应用型本科高校通识教育新形态精品教材

文学经典作品荐读

主　编：刘　莉　胡倩倩

副主编：王　蓓　戚　浩　王黛丽

主　审：陈　莉

华中科技大学出版社
http://press.hust.edu.cn
中国·武汉

内容提要

本书从当前大学生传统文化根基的现状出发,旨在培养和提高大学生的人文素质。本书采取根据内容和特色灵活分组的方式,分八个单元主题,选文经典,题材广泛,注重突出新颖性、丰富性、实用性等特点。本书可作为高等院校文学类课程的辅助教材,也可作为文学爱好者增长知识、开拓视野的文学读物。

图书在版编目(CIP)数据

文学经典作品荐读 / 刘莉,胡倩倩主编. -- 武汉 :华中科技大学出版社,2025.3. --(应用型本科高校通识教育新形态精品教材). -- ISBN 978-7-5772-1651-5

Ⅰ. I206.2

中国国家版本馆 CIP 数据核字第 2025UM8038 号

文学经典作品荐读
Wenxue Jingdian Zuopin Jiandu

刘　莉　胡倩倩　主编

策划编辑:周晓方　宋　焱

责任编辑:江旭玉

封面设计:廖亚萍

版式设计:赵慧萍

责任校对:张汇娟

责任监印:曾　婷

出版发行:华中科技大学出版社(中国·武汉)　　电话:(027)81321913
　　　　　武汉市东湖新技术开发区华工科技园　　邮编:430223

录　　排:华中科技大学出版社美编室

印　　刷:武汉市洪林印务有限公司

开　　本:787mm×1092mm　1/16

印　　张:18.75

字　　数:426千字

版　　次:2025 年 3 月第 1 版第 1 次印刷

定　　价:58.00 元

【前言】

在新时代高等教育改革中，思想培育与价值引领已成为育人核心。大学作为青年价值观塑形的关键阶段，经典文学作品以其深邃的思想和广博的情怀，成为课程思政与人文浸润同频共振的关键桥梁。自20世纪80年代以来，高校人文素养教育持续深化，经典研读成为厚植人文精神、落实立德树人目标的重要路径。在此进程中，兼具思想深度与人文温度的文学读物应势而生，它们以跨越时空的经典为精神根系，将价值塑造、知识传递与审美培育深度交融，既为青年学子点亮理想信念之灯、夯实文化自信之基，也以人文经典的智慧清泉滋养其心灵沃土，在培根铸魂、启智润心的教育实践中绽放出了独特的光芒。

我们广泛汲取国内大学文学经典读本之精华，组织编写团队，编纂了本书。在内容编排上，本书既坚守文学经典作为语言工具的实用性，又追寻文学中所蕴含的美感与智慧——文学魅力、艺术审美、创新思维及哲理启迪。我们特别选取了那些激荡爱国情怀、颂扬英勇战斗精神、塑造坚韧自律品格以及抒发历史感慨与英雄情怀的经典文学作品，既满足高等院校教学之需，又为广大学生搭建起了一座桥梁，让他们在阅读中感受优秀传统文化的深邃与壮丽，激发内心深处的家国情怀与使命担当。

本书的架构以主题脉络为引，穿梭于自中国先秦至20世纪末的璀璨文学长河，精心挑选了紧扣"忠胆报国""英勇无畏""能征善战""胸怀天下""浩然正气""铁骨柔肠""修身立志"及"咏史怀古"等核心主题的经典作品。本书不仅是对文学艺术的深度挖掘，而且是对作者生命力量的深刻致敬，是他们精神品格的不朽传承。

每篇选文的编排均精心设计，涵盖作家背景概述、注释、品读以及思考题等，力求语言平实而意蕴深远，既通俗易懂，又实用性强。教师可根据具体教学计划灵活选择教学内容，亦可将其划分为精读、泛读及自学等不同层次进行教学。

本书编写工作由以下人员完成：第一章由刘莉、王玲编写，第二章由王蓓编写，第三章由王黛丽编写，第四章由张强编写，第五章由李德芳编写，第六章由戚浩编写，第七章由林平编写，第八章由胡倩倩编写。

本书在编写和出版过程中得到了中国人民解放军空军预警学院领导和审稿专家的关心和支持。主审陈莉教授，以及徐光顺教授和赵亮主任都提出了宝贵的建议。姚芳教授、张勇副教授和薛亚梅副教授付出了不少心血。在此向他们表示诚挚的谢意。

本书系 2024 年湖北省教育科学规划重点课题"中华优秀传统文化融入高校思政课课程教学的策略研究——以《马克思主义基本原理》为例"，以及空军预警学院教学课题"'军校人文课程与思政课程协同路径构建与实践探索"和托青课题"中国共产党革命精神融入军校铸魂为战的实践研究"的阶段性研究成果。

我们尽管做出了种种努力，但深知自己的不足，希望本书能够得到使用者的批评指正，我们将结合教学实际和使用者提出的宝贵建议，及时修正，不断完善，提升本书质量。

刘莉

2025 年 4 月

【目录】

文学经典作品荐读

目录

第一单元

忠胆报国

古往今来，没有哪个时代的军队不崇尚忠诚。我国古代倡导的"忠、孝、节、义"基本道德规范，就将"忠"列为首位。中国人民解放军是中国共产党亲手缔造和绝对领导下的人民军队，所倡导和践行的忠诚，批判地继承历代军人忠诚守节的传统，把忠于党、忠于社会主义、忠于祖国、忠于人民完美地统一起来，达到了历史上任何军队都无法企及的崇高境界。

忠诚报国、忠诚于党的坚定信念和不懈追求是革命军人最可贵的政治品格。它可以提升思想境界，激发内在动力，规范行为方式，保持正确方向。没有这种忠诚，官兵的献身精神、顽强意志、战斗作风、纪律观念、英雄气概等就无从谈起，战斗精神就失去了根基，部队也就没有凝聚力和战斗力。人民军队建设和发展的实践也充分表明，只有始终把"忠诚"作为战斗精神的首要内容和灵魂，广大官兵才懂得为谁勇敢、为谁善战，能打仗、打胜仗才会有不竭的力量源泉。

忠诚的品质在中国传统文学作品中多有体现，比如屈原《国殇》中的"身既死兮神以灵，魂魄毅兮为鬼雄"，李白《豫章行》中的"岂惜战斗死，为君扫凶顽"，张巡《守睢阳作》中的"忠信应难敌，坚贞谅不移"，以及袁崇焕《边中送别》中的"杖策只因图雪耻，横戈原不为封侯"。面对新形势、新使命、新考验，军事院校学生必须自觉弘扬中华优秀传统文化，充分运用优秀文化资源，加强忠诚品格培育，切实筑牢官兵高举旗帜、听党指挥、履行使命的思想政治根基。

国　殇[1]

屈　原

　　屈原（约前340—前278年），名平，字原，又自称名正则，字灵均，战国楚人。先秦时期伟大诗人。出身贵族，学识渊博，善于辞令。曾辅佐楚怀王，任左徒、三闾大夫。对外主张联齐抗秦，对内倡导举贤授能、改革弊政、变法图强。但屡受保守势力排挤打压，后被楚怀王疏远，复遭楚顷襄王放逐，因而彷徨山泽，忧国忧君，以诗抒情，寄悲愤于吟咏。最终因国势日颓，理想破灭，投汨罗江而死，表现出对腐恶势力誓死抗争的精神。

　　屈原的作品，有《离骚》《九歌》《九章》《天问》等。

操吴戈兮被犀甲[2]，车错毂兮短兵接[3]。
旌蔽日兮敌若云，矢交坠兮士争先[4]。
凌余阵兮躐余行[5]，左骖殪兮右刃伤[6]。
霾两轮兮絷四马[7]，援玉枹兮击鸣鼓[8]。
天时怼兮威灵怒[9]，严杀尽兮弃原野[10]。
出不入兮往不反[11]，平原忽兮路超远[12]。
带长剑兮挟秦弓[13]，首身离兮心不惩[14]。
诚既勇兮又以武[15]，终刚强兮不可凌。
身既死兮神以灵[16]，子魂魄兮为鬼雄[17]。

【注释】

　　[1]《国殇》是屈原的重要作品《九歌》中的一篇。《九歌》是一组祭歌，共十一篇，所祭的对象有天神，如《东皇太一》（天上最尊贵的神）、《云中君》（云神）、

《东君》(日神)等；有地祇，如《湘夫人》(湘水水神)、《河伯》(河神)、《山鬼》(山神)等。唯独《国殇》一篇所祭既非天神，亦非地祇，而是人鬼。戴震《屈原赋注》："'殇'之义二：男女未冠(二十岁)笄(十五岁)而死者，谓之'殇'；在外而死者，谓之'殇'，'殇'之言伤也。'国殇'，死国事；则所以别于二者之殇也。"通俗地说，"殇"就是指死难者，所谓"国殇"，就是指为国牺牲的将士。

[2] 吴戈：吴国所产的戈，以锋利著名。被，同"披"。犀甲：犀牛皮做的甲。

[3] 错：交错。毂(gǔ)：车轴辘，车轮中心的圆木。短兵：刀剑等短兵器。

[4] 矢：箭。坠：落。士：战士。

[5] 凌：侵犯。躐(liè)：践踏。行(háng)：行列，队伍。

[6] 骖(cān)：古代指驾车时位于车两旁的马。殪(yì)：倒地而死。刃伤：为兵刃所伤。

[7] 霾(mái)：同"埋"。絷(zhí)：绊住。

[8] 援：拿着。玉枹(fú)：玉石装饰的鼓槌。

[9] 怼(duì)：怨恨。威灵：神灵，此处与"天时"相对而言。

[10] 严杀：鏖(áo)战痛杀。

[11] 反：同"返"。

[12] 忽：辽阔渺茫的样子，此处可译为"迷漫"。超远：遥远。

[13] 秦弓：秦地所产的弓，指良弓。战国时，秦地木材质地坚硬，制造的弓射程远。

[14] 惩：因受打击而引起警戒或不再干，此处可译为"止"，引申为"后悔"。

[15] 诚：确实。以：用。

[16] 既：已经。以：同"已"，已经。"神以灵"可译为"精神永不死"。

[17] 子魂魄兮：一作"魂魄毅兮"。子，你，指为国牺牲的将士。鬼雄：鬼中英雄。

【品读】

《国殇》是一首祭祀爱国将士英灵的挽歌，更是一首血泪交加的爱国主义、英雄主义的赞歌。诗中描写了将士和敌人英勇搏杀的壮烈情景，热烈歌颂了他们勇往直前的斗志和视死如归的精神，表现了作者对爱国将士的敬佩之情。

诗歌第一章描述的是爱国将士英勇战斗的壮烈场面：士兵们身披铠甲，手执戈矛，来回厮杀，鼓声雷鸣，惊心动魄，情景逼真，声调激越。第二章赞扬的是将士们以身殉国、舍生忘死的精神，对将士的亡灵致以深沉的哀思，对报仇雪恨寄予了无限的希望和坚定的信念。

壮士死，国之殇。倒下的是血肉之躯，挺立的是不屈的精神脊梁。全诗风格刚健悲壮，气势雄浑，虽然描写的是全军覆没的场面，但表现出来的却是壮美的情调、豪迈的感情，没有丝毫感伤和恐怖。这首诗塑造了在强大的敌人面前，在残酷的战争面前，在生死的考验面前，爱国将士的英雄群像，洋溢着强烈的爱国激情和至死不屈的战斗精神。

【思考题】

一、《国殇》的写作背景是怎样的？

二、这首诗的主题是什么，如何理解它与屈原性格及其诗歌风格的关系？

三、在当今时代，我们应该如何评价屈原的爱国主义思想？

塞下曲（其一）

李 白

李白（701—762 年），字太白，号青莲居士，祖籍陇西成纪（今甘肃）人。自幼随父迁居绵州彰明县（今四川江油）。25 岁时出蜀，仗剑远游十余载。天宝元年（742 年），应诏入长安，供奉翰林。但长安的生活并不能使他实现"使寰区大定，海县清一"的理想抱负。在长安待了不足两年，他被迫离开长安，从此开始了漫游生活。安史之乱后，被永王李璘邀为幕府。永王为唐肃宗击败后，李白受牵连而流放夜郎，途中遇赦而还。后病逝于安徽当涂。

李白是继屈原之后，我国最伟大的浪漫主义诗人。其诗多有抨击时政、描绘壮丽山河、同情百姓之作，但也时时透露出怀才不遇、人生如梦的情绪。李白的诗想象丰富奇特，风格雄伟奔放，语言清新自然。有《李太白集》。

五月天山雪，无花只有寒。
笛中闻折柳[1]，春色未曾看。
晓战随金鼓，宵眠抱玉鞍。
愿将腰下剑，直为斩楼兰[2]。

【注释】

[1] 折柳：即《折杨柳》，古乐府曲调名。
[2] 直：只。斩楼兰：指杀敌。

【品读】

全诗借助想象，再现了戍边将士的战地生活。诗作前四句极写边塞的艰苦：五月的内地早已春暖花开，而这里依然飞雪漫天，寒气逼人，无柳可折，无花可看。首句言"五月天山雪"，已经扣紧题目。五月，在内地正值盛夏。但是，李白所写的五月却在塞下，在天山，自然所见所感也迥然不同。天山常年被积雪覆盖。这种内地与塞下在同一季节的景物上的巨大反差，被诗人敏锐地捕捉到，然而，他没有具体细致地进行客观描写，而是徐徐道出了自己内心的感受："无花只有寒"。"折柳"之事只能于"笛中闻"。柳暗花明是春色的表征，"无花"兼无柳，也就是"春色未曾看"了。这四句意脉贯通，一气直下。

五、六两句聚焦天亮随金鼓而战、入夜抱玉鞍而眠两个典型细节，反映将士们紧张艰苦的边塞生活和常备不懈的战斗精神。七、八两句以慷慨雄壮、坚定有力的语气，表达苦战到底的坚定决心，这既是作者的铮铮誓言，也是历代军人守卫边关、破虏杀敌意志的真切表达。必胜信念比黄金还珍贵。军人有了它，就能披坚执锐、勇往直前；军队有了它，就能攻无不克、战无不胜。

【思考题】

一、简要评析这首诗的表现手法。

二、诗歌描写了怎样的战斗生活？戍边战士具有怎样的精神面貌？

三、请任选一句或一个角度，谈谈本诗在表达技巧上的妙处。

豫 章 行[1]

李 白

胡风吹代马[2]，北拥鲁阳关[3]。
吴兵照海雪[4]，西讨何时还[5]？
半渡上辽津[6]，黄云惨无颜[7]。
老母与子别，呼天野草间[8]。
白马绕旌旗，悲鸣相追攀[9]。
白杨秋月苦，早落豫章山[10]。
本为休明人，斩虏素不闲[11]。
岂惜战斗死，为君扫凶顽[12]。
精感石没羽，岂云惮险艰[13]。
楼船若鲸飞，波荡落星湾[14]。
此曲不可奏，三军鬓成斑[15]。

【注释】

[1] 豫章行：古乐府《相和歌·清调曲》调名。豫章：汉地名，今江西南昌。

[2] 胡风：北地之风，借指安史叛军。代马：代，古国名，在今山西大同与河北蔚县一带；代马，即该地盛产的良马，后代马泛称良马。

[3] 鲁阳关：古关隘名，在今河南鲁山县西南。此两句意思是：战马在风中驰骋，以万马奔腾之势冲向鲁阳关。

[4] 吴兵：从江南吴地征来的士兵。海雪：指豫章附近鄱阳湖的浪涛。

[5] 西讨：指吴兵由东南向西北进军。此两句意思是：从江南吴地征来的士兵出发西征，望着鄱阳湖滚滚浪涛，不舍得离开家乡，心想什么时候才能结束西讨返回家乡。

[6] 上辽津：即上辽河（今名潦河），在豫章西北。此句意思是：大军正在渡上辽河。

[7] 此句意思是：此时阴云密布，天色暗淡。

[8] 此两句意思是：年迈的老母亲看着出征的儿子，悲痛万分，在野草丛生的大地上哭喊着。

[9] 此两句意思是：将士们骑着战马，高举战旗，战马嘶鸣，互相追赶着奔赴战场。

[10] 豫章山：泛指豫章境内的高山。此两句意思是：白杨、秋月仿佛也感受到了骨肉分离之苦，不忍见此，月亮因此早早地落下山。

[11] 休明人：太平盛世的人。斩虏：指与安史残部作战。闲：通"娴"，熟悉之意。此两句意思是：生活在太平盛世的人们，未曾经历战争，不熟悉作战。

[12] 此两句意思是：即便不熟悉作战，但也毫不畏惧，将竭尽全力参加平定叛乱的战斗，为国尽忠。

[13] 石没羽：借李广箭射巨石所留"精诚所至、金石为开"的典故，形容尽心竭力为国而战。此两句意思是：深为李广武艺高强、赤诚报国而感动，我们在面对敌人时怎么能说惧怕险恶和艰难？

[14] 楼船：一种具有多层建筑和攻防设施的大型战船，外观似楼，是内河水战的主力船只。落星湾：又名落星湖，在今江西鄱阳湖西北的彭蠡湾。传说因有星坠此而得名。此两句意思是：参战的楼船在水中全速前进，好像巨鲸飞跃，在落星湾激起阵阵波涛。

[15] 此两句意思是：这曲《豫章行》不能奏唱，免得三军将士听后思乡发愁而鬓发变白。

【品读】

这首诗是唐肃宗上元元年（760年）秋冬时节诗人在豫章时所作。当时安史残部仍猖獗于河南一带，平叛战争正在艰苦地进行。诗人目睹应征入伍的士兵与家人别离，开赴北方战场去参加平叛战争的情景，有感而作此诗。全诗可分为四段。前六句为第一段，写南北两军对垒，形势严峻。"胡风""代马""北拥"，言北兵之强。"照海雪"，谓南兵之盛。"何时还"，担心战争持续时间太长。"黄云惨无颜"用以烘托战争气氛的惨烈。自"老母"起六句为第二段，写战争为百姓带来的灾难。"老母与子别，呼天野草间"为这段的中心句。战马悲鸣，白杨秋月早落，为景物烘托。自"本为"起六句为第三段，写将帅忠勇。虽属善良文人，素不习武，由于精忠，便勇不可当。末四句为第四段，表达战争给三军将士带来的愁苦。楼船若鲸，波荡彭蠡，言战斗之激烈。诗人在此感伤：三军将士想必因愁苦而两鬓斑白。

诗歌抒发了出征将士离别时忧郁复杂的情感。诗人既对平定安史叛乱表示关切，又对出征将士与亲人分别的悲痛表示无限同情；既鼓励将士们报国立功，又为将士们面临的艰险而感到不安；既对将士身处太平盛世不熟悉作战而忧虑，又为他们竭尽全力为国而战的赤诚之心感到欣慰。这首诗对"岂惜战斗死，为君扫凶顽"这种勇于牺牲、舍身为国的精神，给予了肯定和赞颂，充分表达了诗人对祖国的忠诚与对百姓的热爱。

【思考题】

一、作者表达了对出征将士怎样的情感？

二、诗歌表现战争的手法有哪些？请简要分析。

守睢阳作[1]

张 巡

张巡（709—757年），蒲州河东（今山西永济）人，唐爱国名将。唐玄宗开元末年，张巡中进士，历任太子通事舍人、清河县令、真源县令。在平息安史之乱中因功被授金吾将军、主客郎中、河南节度副使，后又任御史中丞，世称"张中丞"。

安史之乱时，起兵守雍丘，抵抗叛军。至德二年（757年），安庆绪派部将尹子奇率军13万南侵江淮屏障睢阳，张巡与许远等数千人，在内无粮草、外无援兵的情况下死守睢阳，前后交战400余次，使叛军损失惨重，有效阻遏了叛军南犯之势，遮蔽了江淮地区，保障了唐朝东南的安全，终因粮草耗尽、士卒死伤殆尽而被俘遇害。后获赠扬州大都督、邓国公。大中二年（848年），唐宣宗命挂张巡等37人像于凌烟阁。至明清时，得以从祀历代帝王庙。

接战春来苦，孤城日渐危[2]。
合围侔月晕[3]，分守若鱼丽[4]。
屡厌黄尘起，时将白羽挥[5]。
裹疮犹出阵，饮血更登陴[6]。
忠信应难敌，坚贞谅不移[7]。
无人报天子，心计欲何施[8]。

【注释】

[1] 睢（suī）阳：唐代郡名，在今河南商丘，由于地处南北运粮通道，为历代兵家必争之地。

[2] 接战：指交战。此两句意思是：苦守睢阳之战从春天持续到现在，睢阳这座孤城的形势越来越危急。

[3] 侔（móu）月晕：比喻叛军将睢阳城包围得很严密，如月亮外边的晕圈。侔：相等，齐。此句意思是：敌人将睢阳城围得水泄不通。

[4] 鱼丽：古代车战的一种阵法，用以抵御敌兵进攻。此句意思是：守城军队分兵把守，誓死抵抗。

[5] 屡厌（yà）：屡次压制敌人。白羽：用白色羽毛装饰的器物，如箭、扇、旗等，用作指挥作战的兵器。此两句意思是：屡次击败来势凶猛的敌军，主帅手持白羽扇指挥，镇定自若。

[6] 裹疮：包扎伤口。陴（pí）：城上有射孔的矮墙。此两句意思是：守城军民受伤了，简单包扎后继续战斗，吮干血迹再次登上城墙迎敌。

[7] 谅：确实，实在。此两句意思是：忠诚之师能够战胜强大的敌人，任何困难都无法改变守城军民坚贞不屈的意志。

[8] 心计：计谋，谋划。此两句意思是：遗憾无法派人向朝廷报告危急战况，我们已经没有什么更好的办法了。

【品读】

睢阳是唐王朝运输江淮庸调的通道，也是北方通向江淮的门户。安史之乱的罪魁祸首安禄山对这一战略要地梦寐以求，试图攻占，以扼住唐王朝的咽喉，切断其命脉。安史之乱爆发后，张巡以真源县令起兵守卫雍丘（今河南杞县），抗击安禄山叛军。肃宗至德二年（757 年）春，安禄山的儿子安庆绪率所部围攻睢阳。安禄山部将尹子奇率大军来攻，睢阳守将许远急忙向当时屯兵宁陵的张巡告急。张巡闻讯，当即奔赴睢阳，与许远合力御敌。经过艰苦抵抗，从春天守到冬天，终因外无援兵，粮断城陷，张巡与南霁云等三十六位将领同时殉难。睢阳的坚守，牵制了叛军主力，为平定安史之乱做出了重大贡献。

这首诗就是张巡在叛军对睢阳重围之下，孤城处于危急之时所写，成为绝笔之作。全诗记录了睢阳保卫战中，在叛军重兵围困下，守军不畏强敌、殊死战斗的场景。尽管在敌军重压之下，睢阳城与外界中断了联系，岌岌可危，已成为一座孤城，但守城将士依然坚信只要"忠信""坚贞"，就能战胜敌人。正是诗人爱国之情、忧国之痛的忠义情操，使全诗的意境悲壮而高昂，感情深沉而炽烈。这种忠贞不屈、以身殉国的精神，深深地激励着一代又一代的爱国志士。

【思考题】

一、"裹疮犹出阵，饮血更登陴"，塑造了广大唐军将士的英勇形象。试还原他们的形象，并品味这句诗的妙处。

二、根据诗歌内容，概括睢阳"日渐危"的原因。

三、全诗蕴含了作者什么样的思想情感？请简要分析。

水调歌头·闻采石矶战胜[1]

张孝祥

张孝祥（1132—1170 年），南宋著名词人、书法家，字安国，号于湖居士。唐代诗人张籍的七世孙。宋绍兴进士，曾任尚书礼部员外郎、荆南湖北路安抚史，主张抗金。颇有政绩。乾道五年（1169 年），以显谟阁直学士致仕。次年在芜湖病逝，年仅三十八岁。

张孝祥善诗文，尤工于词，为"豪放派"代表之一。其词风格豪迈，上承苏轼，下启辛弃疾。在建康任上所作《六州歌头》，慷慨激昂，力主抗金的大臣张浚为之感动。有《于湖居士文集》《于湖词》等传世。

雪洗虏尘静，风约楚云留[2]。
何人为写悲壮，吹角古城楼[3]。
湖海平生豪气，关塞如今风景，剪烛看吴钩[4]。
剩喜燃犀处[5]，骇浪与天浮[6]。

忆当年，周与谢[7]，富春秋[8]。
小乔初嫁，香囊未解，勋业故优游[9]。
赤壁矶头落照，肥水桥边衰草[10]，渺渺唤人愁。
我欲乘风去，击楫誓中流[11]。

【注释】

[1] 采石：即采石矶，在今安徽当涂江边，形势险要，历来为兵家必争之地。宋绍兴三十一年（1161 年）冬天，虞允文率宋军在采石矶以少胜多，大败金军。

[2] 风约楚云留：自己为风云所阻，羁留后方。采石之战时，作者正在抚州（今属江西，旧为楚地）为官，未能参加战斗。

[3] 吹角：奏军乐。

[4] 剪烛看吴钩：指听到胜利消息后，兴奋得挑灯查看武器。

[5] 燃犀处：这里指采石矶，消灭敌人的地方。据《晋书·温峤传》载，苏峻兵反，温峤奉命平叛，至牛渚矶，水深不可测，世云其下多怪物，峤遂燃犀角照之，怪物遂灭。

[6] 骇浪与天浮：意指采石矶一战大胜金兵后，作者心潮澎湃，无法平静。

[7] 周与谢：指周瑜和谢玄。周瑜为三国时吴军主将，与刘备联合在赤壁大败

曹军，时年 33 岁。谢玄为东晋名将，在淝水之战中以少胜多，击败前秦苻坚大军，时年 40 岁。

[8] 富春秋：指少壮之年，正是建功立业的好时候。

[9] "小乔"三句：借周瑜、谢玄均在年轻时建立功勋之事，喻赞虞允文敢作敢为，从容取胜，为国家立了大功。小乔：吴国乔玄的小女儿，后嫁周瑜。香囊未解：谢玄少年时事。据《晋书·谢玄传》载，谢玄少时好佩紫罗香囊，谢安担心他玩物丧志，又不愿伤其自尊，就用打赌的方式赢取香囊，焚之于地。谢玄明白其意后，不再佩戴。优游：闲暇自得、从容不迫的样子。

[10] 肥水：即淝水，俗名东肥河，在今安徽寿县一带。

[11] 击楫誓中流：指祖逖（tì）中流击楫之事。据《晋书·祖逖传》载，祖逖统兵北伐渡江，中流击楫而誓曰："祖逖不能清中原而复济者，有如大江！"意思是说，自己如果不能收复中原，就像大江东去那样一去不再回来。

【品读】

采石之战是南宋自岳飞北伐 20 多年后取得的一大胜利。作者时任抚州知州，喜讯传来，欣然提笔，写下了这首词。

词作抒发了作者获悉采石大捷后喜中含愁、壮中带悲的复杂情感。上阕起首"雪洗虏尘静"充满胜利的痛快与喜悦，为全篇的情绪定调。采石之胜，具有重要的历史意义，洗雪"靖康之耻"，释解宋人痛失家国之恨，所以词人笔调轻快，充满了豪情，同时他为自己未能奔赴前线而感到十分遗憾。"何人"二句，写他兴高采烈地命人吹奏军乐，欢庆胜利，然后用一系列典故抒发内心的感情。"湖海"句，说明自己平生具有豪情壮志，对中原沦丧感到痛心，渴望恢复中原，一展平生抱负。自己夜间燃烛抚摸宝剑，心潮难平，想到曾在采石矶战胜金军，就如当年温峤燃烛照妖一样使金兵现出原形，心中就十分高兴。上阕描写作者闻捷后的激动之情，抒发自己未能亲自参战的隐隐遗憾，暗写虽获战绩但局势依然危急的沉重忧思。

下阕开头巧妙地列举两大战役的名将，破曹的周瑜和击溃苻坚的谢玄，以喻虞允文。虞和他们一样年富力强而战功卓著，都是从容不迫地建立了功业。而现在，时过境迁，他们的功业已成历史陈迹，空余古战场供人凭吊。下阕以仰慕的心情遥想周瑜、谢玄才情勃发、英年建业的风采，以无尽的感慨状写铺满衰草的古战场，表达了作者杀敌雪耻的凌云壮志和殷切期待。全词笔墨酣畅，沉郁苍凉，雄健奔放，有很强的历史感和穿透力。

【思考题】

一、"剪烛看吴钩"一句包含了作者怎样的思想感情？请结合上阕简要分析。

二、用典是诗词中常用的手法，请谈一谈本词的下阕是怎样借典抒情的。

池州翠微亭[1]

岳 飞

岳飞（1103—1142 年），字鹏举，相州汤阴（今河南汤阴）人。南宋抗金名将。曾任河北诸路招讨使、枢密副使等职。中国历史上著名的军事家、战略家，位列南宋"中兴四将"之首。岳飞是南宋最杰出的统帅，他重视人民抗金力量，缔造了"河朔之谋"，主张黄河以北的抗金义军和宋军互相配合，夹击金军，以收复失地。岳飞的文学才华也是将帅中少有的，他的不朽词作《满江红》，是千古传诵的爱国名篇。因主张抗战，反对议和，被宋高宗、秦桧所害。

经年尘土满征衣[2]，特特寻芳上翠微[3]。
好水好山看不足，马蹄催趁月明归。

【注释】
[1] 翠微亭：在池州南边的齐山上。
[2] 经年：常年。征衣：军装。
[3] 特特：特地，特别，用叠字起强调之意。

【品读】

绍兴五年（1135年）春，岳飞率兵驻防池州，游城南齐山翠微亭，作此诗。

诗作首句用尘满征衣表现主人公常年戎马倥偬、南征北战的艰辛。既然长年累月地率领部队转战南北，生活十分紧张，那就根本没有时间、没有心思去悠闲地游览和欣赏祖国的大好河山。越是这样，作者越盼望有朝一日能够有这样的机会。起笔一句就为下面的内容做了充分的渲染和铺垫，看似与记录游览经历无关，而作用却在于突出、强调和反衬这次出游的难得与可贵。"特特"反映诗人忙里偷闲、游山玩水的别样心境和情致。祖国风景美如画，军人责任重如山。山山水水都是军人需要守护的，他们时时刻刻都要紧绷警惕之弦。

第三句没有具体描写景物，而是用"看不足"来表现作者沉浸在大好河山的无限风光之中。马蹄声催、踏月归营的剪影，折射出作者眼前美景不可恋、军务在身不能忘的高度清醒。岳飞之所以成为英雄，之所以为自己的国家英勇战斗，同他如此热爱祖国的大好河山是密不可分的。诗的第三、四句正表现了作者对祖国大好河山特有的深厚感情。

这首诗通过记游，抒发了作者对祖国山河深厚的热爱之情。在艺术上运思巧妙，不落俗套，虽是记游，而不具体描述景物，重在抒写个人感受。其结构方式除以时间为序外，又把情感的变化作为全诗的线索，突出了这次出游登临的喜悦。语言通俗自然，明白如话。

【思考题】

一、诗中哪一句体现了诗人长期紧张的军旅生活？

二、这首诗歌表达了作者怎样的感情？

三、有人认为，"催"字看似平常，实则非常传神，它能真切地刻画出主人公的形象。你同意这种说法吗？为什么？

金陵驿二首（其一）

文天祥

　　文天祥（1236—1283 年），字宋瑞，一字履善，号文山，吉州庐陵（今江西吉安）人，宋理宗宝祐四年（1256 年）进士第一。任瑞州、江南西路提刑，尚书左司郎官等。德祐元年（1275 年），元兵东下，他在赣州组义军，入卫临安（今浙江杭州）。次年任右丞相，出使元军议和，被扣留。后脱逃至温州。端宗景炎二年（1277 年）进兵江西，收复州县多处。不久败退广东。次年在五坡岭（在今广东海丰北）被俘。拒绝元将诱降，于次年被送至大都（今北京），囚禁三年，屡经威逼利诱，誓死不屈。《指南录》《正气歌》等作品，显示了文天祥忠君爱国的情操和大义凛然的气概。1283 年 1 月，文天祥被害。有《文山先生全集》。

第一单元　忠胆报国

草合离宫转夕晖[1]，孤云飘泊复何依[2]？
山河风景元无异[3]，城郭人民半已非[4]。
满地芦花和我老[5]，旧家燕子傍谁飞[6]？
从今别却江南路[7]，化作啼鹃带血归[8]。

【注释】

[1] 草合离宫：行宫已经荒芜，杂草丛生，道路不见。离宫，即行宫，皇帝出巡时临时居住的地方。金陵是宋朝的陪都，所以有离宫。

[2] 孤云：作者自指。

[3] 元：同"原"。

[4] 城郭人民半已非：指金陵城依旧，但城池毁坏严重，居住人口已经发生变化，暗指北方大量人口迁居金陵。

[5] 满地芦花：指金陵的荒凉景象。芦花是寻常景物，春末盛开。如今金陵驿站芦花盛开，沦陷四年的都市，如今荒凉可知。

[6] 旧家燕子：语出唐刘禹锡《乌衣巷》："旧时王谢堂前燕，飞入寻常百姓家。"

[7] 别却：离开。

[8] 化作啼鹃带血归：只有灵魂化为杜鹃啼血而归。《华阳国志·蜀志》记载，杜宇称帝，号曰"望帝"，后让位于其相国开明，效法尧舜禅授之义。望帝升西山隐焉。"望帝死，其魂化为鸟，名曰杜鹃"，日夜悲鸣直至啼出血来。

【品读】

诗人首先从荒凉的景物入手，构建了萧瑟悲壮的意境，运用象征和对比的手法，抒写诗人内心的亡国之痛和殉国之志。

首联"草合离宫转夕晖，孤云飘泊复何依？"，夕阳残照，当年金碧辉煌的皇帝行宫已被荒草覆盖，难以寻觅当年的辉煌。诗人不忍目睹，却又不忍离去，因为它是故国的遗迹，是大宋政权的象征，是人从精神到身体的归宿。而今，这里已经"草合"，不能成为诗人的依托。于是，诗人如"孤云漂泊"。国家与个人的双重不幸，呈现在读者面前。国家存亡与个人命运密切相关的情理，于孤云自况中呈现出来。将之放在傍晚时分，不仅是一种没落的无奈，而且有一种流离失所的伤感，加重了诗歌的悲情。

颔联"山河风景元无异，城郭人民半已非"，短短四年间，山河依旧，城郭人民已非昔日情状，既写出了战争的破坏程度，又点明了江山异色之后从城市风貌到居民人口的现状。以"元无异"与"半已非"的巨大反差，揭露出战乱、征服、驱逐、占有带来的沉重历史灾难，反映了诗人心系天下、情牵百姓的赤子爱国胸怀，进一步渲染了悲壮的基调。

颈联"满地芦花和我老，旧家燕子傍谁飞？"，进一步渲染凋零荒凉的氛围，写景的背后是写人、写史。"满地芦花"犹如遍地哀鸿，摇曳中蕴含哀号，是国破家亡仇恨的无声悲鸣。燕子归来，只见巢毁窝坏，何处安身？人在哭泣，燕在盘旋，整个金陵陷入悲怆绝望之中，令人心碎。

尾联"从今别却江南路，化作啼鹃带血归"，则是诗人爱国情怀最高境界的展现。离别金陵北上，从此再也没有回到江南的打算，唯有死后，自己的灵魂化作杜鹃，啼血而归。诗人慷慨赴死的决心日月可鉴。此句与诗人《过零丁洋》里的"人生自古谁无死，留取丹心照汗青"异曲同工，旗帜鲜明地表达出诗人视死如归、以死报国的坚定决心。

【思考题】

一、谈谈诗歌中主要景物的象征意义。

二、诗中"旧家燕子傍谁飞"一句化用了哪一句古诗？表达了怎样的情感？

三、结合相关历史，理解颔联的深刻含义。

咏海舟睡卒

俞大猷

俞大猷（1504—1580 年），字志辅，晋江（今福建晋江）人。明代抗倭名将。31 岁考取武进士，嘉靖二十八年（1549 年），出任备倭都指挥，平定安南范子义叛乱，稳定了海南的形势。嘉靖三十一年（1552 年），开始与倭寇作战，人称"俞家军"，与戚继光并称"俞龙戚虎"，扫平了为患多年的倭寇。创立兵车营，设计了用兵车对付骑兵的战术，累迁福建总兵官、后府佥书。万历七年（1579 年），告老还乡，著有《兵法发微》《剑经》《洗海近事》《续武经总要》等军事、武术作品，其诗词被编成《正气堂集》。

日月双悬照九天，金塘山迥亦燕然[1]。
横戈息力潮头梦[2]，锐气明朝破虏间。

【注释】

[1] 金塘：指今上海市东南海上的金山，明朝时设金山卫，为江浙沿海要塞。迥：卓然独立。燕然：燕然山。据《后汉书·窦宪传》载，窦宪追赶战败逃走的单于，曾到离边塞三千多里的燕然山，刻石记功而还。

[2] 息力：休息，睡觉。

【品读】

这首诗写俞大猷在抗倭前线巡视时的所见所感。诗作前两句以雄健的笔触写出日月经天、山峦列阵的宏大境界。诗人遥望横亘在远处的金塘，以燕然勒石的典故抒发建功立业的豪情。

诗作后两句由远及近，将镜头聚焦于战船上"横戈息力"的士兵，想象他们正随着波涛的起伏进入梦乡，相信经过一夜的养精蓄锐，士兵们一定会在第二天的激战中奋勇杀敌、痛歼倭寇，字里行间流露出为将者对士卒的体恤和信任。全诗构思精巧，情感充沛，气魄雄伟。

【思考题】

一、作者在什么背景下写了这首诗？
二、这首诗表达了作者怎样的思想感情？

边中送别

袁崇焕

袁崇焕（1584—1630年），字元素，广西藤县（今广西壮族自治区藤县）人（另有广东东莞、广西平南两说）。明代军事家。35岁中进士，被任命为福建邵武知县，喜欢研究兵法，1622年升任兵部主事。单骑赴山海关考察关内外形势，自请守辽抗金，擢山东按察司金事、山海关监军。组织修筑宁远（今辽宁兴城）等地城堡，招练兵马。1624年，再迁山东布政司右参政。督率军民修缮边镇，开疆拓土，拒绝将军队撤到山海关内，率部留守宁远。升山东按察使。次年，挫败努尔哈赤所率后金劲旅，获宁远大捷，改任右金都御史、辽东巡抚兼兵部侍郎，收复高第所弃关外故土，苦战宁远、锦州，击退后金大军。以不为魏忠贤所喜，辞官归。崇祯元年（1628年）召还，以兵部尚书兼右副都御史，督师蓟辽。后金兵入关，威胁北京，袁崇焕千里赴援。崇祯帝中反间计并听信谗言，袁崇焕因谋叛罪入狱。袁崇焕在抗击后金入侵斗争中屡建奇功，其诗文所存不多，被今人辑为《袁崇焕集》。

五载离家别路悠[1]，送君寒浸宝刀头。
欲知肺腑同生死[2]，何用安危问去留？
杖策只因图雪耻[3]，横戈原不为封侯[4]。
故园亲侣如相问[5]，愧我边尘尚未收[6]。

【注释】

[1] 悠：长。

[2] 肺腑：比喻内心。同生死：这里指誓与辽东共存亡。

[3] 杖策：手执马鞭，驰骋疆场。

[4] 横戈：横握戈矛，对敌作战。形容将士威风凛凛，准备冲杀之雄姿。

[5] 亲侣：亲人和朋友。

[6] 边尘：边地烟尘，指战事。收：平定。

【品读】

明天启六年（1626年），后金进攻宁远，袁崇焕与满桂等将领英勇奋战，誓死守城，后金主帅努尔哈赤受伤，撤围败退，史称"宁远大捷"。该诗就是这次大战之前，诗人送别友人时所作。将国家兴衰与安危铭记心间，把个人生死与荣辱置之度外，这就是军人的本色。

　　诗作首联从戍边日久年深着墨，明写送别友人时边地的寒冷，暗写大战在即作者激动难抑的心情。颔联和颈联可谓一吐心声，以斩钉截铁的语气，表明了对生与死、安与危、去与留、荣与辱等一系列人生问题的看法，洋溢着报国精神，充盈着凛然气概。其精忠报国之雄心壮志，跃然纸上，呼之欲出。他出塞赴任，并非为了求取功名。尾联以回答故园亲侣所问的方式，抒发了作者对后金的掳掠攻伐的强烈愤慨之情，表达了边尘未静、决不收兵的意志和抱负。

【思考题】

一、请概括诗歌中作者表达的思想感情。

二、颔联是怎样表现作者不顾生死的坚毅与果断的？

复　台

郑成功

郑成功（1624—1662年），福建南安人，原名郑森，字明俨，号大木。明平国公郑芝龙长子。明末清初军事家，抗清名将，民族英雄。因蒙隆武帝赐明朝国姓"朱"，赐名成功，并封忠孝伯，世称"国姓爷"，又因蒙永历帝封延平王，称"郑延平"。南明隆武二年（1646年），阻父降清无效，移师南澳，继续抗清。永历帝立，封为延平郡王，招讨大将军。永历十三年（1659年），与张煌言合兵，大举入长江，直抵南京，东南大震，旋为清兵所败，退还厦门。永历十五年（1661年），进军台湾，驱逐荷兰侵略者，后收复台湾。后建立府县，编制军队，屯田垦荒，奖励移民，发展贸易，促进了台湾经济的发展。

开辟荆榛逐荷夷[1]，十年始克复先基[2]。
田横尚有三千客[3]，茹苦间关不忍离[4]。

【注释】

[1] 开辟荆榛（zhēn）：披荆斩棘。荆榛：均为灌木名。荷夷：指荷兰侵略者。

[2] 十年：1652年，台湾志士郭怀一发动了反对荷兰侵略者的大规模起义，后失败。此时至郑成功收复台湾恰为十年时间。克：攻克，战胜。先基：祖先的基业。

[3] 田横：秦末狄县（今山东高青东南）人，齐国贵族，从兄起兵反秦，重建齐国。后为刘邦所败，带五百余人逃居海岛，因不愿称臣而自杀，其部属亦全部自杀。

[4] 茹：吃。间关：本指道路崎岖，这里比喻境遇坎坷。

【品读】

1624年，荷兰人乘明清交战、无暇他顾之机，侵占了台湾。1661年，郑成功率军登陆台湾，与当地民众一道，奋力驱逐荷兰侵略者，于次年收复台湾，之后写下了这首诗。诗中指出，今后治理台湾还必须经过一番艰苦努力。作者表达了他对部下的袍泽深情，希望他们同甘共苦、克服困难。

诗作以雄浑有力的语言描绘了他开辟道路、击退侵略者的过程。通过描述十年的努力，诗作展示了郑成功夺回台湾的艰辛和不屈不挠的精神。诗作前两句回顾海峡两岸军民克服重重困难，历时十年，终于将荷兰侵略者逐出台湾的曲折历程，感叹收复领土的艰难和不易。后两句借用天横五百壮士的典故，抒发了对宝岛台湾的热爱之情，表达了誓死捍卫国家领土和主权的坚定决心。"田横尚有三千客"，彰显了郑成功身边的忠实追随者的力量，表达了郑成功与他的伙伴们共同经历艰难困苦的决心。他们不愿意离开这片土地。整首诗以简洁有力的语言传达了郑成功对台湾的热爱和对忠诚的赞美。

【思考题】

一、这首诗赞颂了郑成功怎样的伟大功绩？

二、结合历史背景，谈谈这首诗歌蕴含了作者怎样的志向和情感。

次韵答陈子茂德培[1]

林则徐

林则徐（1785—1850 年），字元抚，福建侯官（今福建福州）人。清末政治家、思想家、诗人，是中华民族抵御外辱过程中伟大的民族英雄，其主要功绩是虎门销烟。官至一品，曾任江苏巡抚、湖广总督、陕甘总督和云贵总督，两次受命为钦差大臣；因主张严禁鸦片、抵抗西方的侵略、坚持维护中国主权和民族利益，深受中国人的敬仰。

送我凉州浃日程[2]，自驱薄笨短辕轻[3]。
高谈痛饮同西笑[4]，切愤沉吟似《北征》[5]。
小丑跳梁谁殄灭[6]，中原揽辔望澄清[7]。
关山万里残宵梦[8]，犹听江东战鼓声。

【注释】

[1] 陈子茂德培：陈子茂，名德培，时任甘肃安定（今甘肃安西）主簿，作者的朋友。

[2] 送我凉州浃（jiā）日程：指陈德培送作者从兰州到凉州，历时十余日。凉州：今甘肃武威。浃日：十天。

[3] 薄笨：古代一种制作简陋、行驶速度较慢的小车，这里指马车。

[4] 西笑：向西而笑。语出东汉桓谭《新论》："人闻长安乐，则出门西向而笑。"意为人们听到长安的乐事，则出门向西而笑。这里指作者与陈德培同行的欢愉。

[5] 《北征》：指杜甫所作的《北征》诗。757 年，杜甫因上奏议事，触怒唐肃宗，被从凤翔放还鄜（fū）州，作《北征》诗，抒发忧国忧民之情。这里指两人对时局的忧虑和愤慨，与杜甫当年相似。

[6] 殄（tiǎn）：消灭。

[7] 揽辔（pèi）：手握马缰绳。

[8] 残宵：夜晚将尽时分。

【品读】

鸦片战争后，林则徐被革职充军，发配新疆伊犁。友人陈子茂在陪送途中作诗相赠，作者以诗相答，此诗为其中的一首。坎坷磨砺骨更硬，逆风飞扬显风流。面对人生挫折，诗人的爱国心非但没有冷却，反而更加炽热。

诗作首联和颔联写发配途中友人相送，一路西行，同诉衷肠，既有高谈痛饮的欢愉，又有悲愤沉吟的感伤。颈联议论时局，抒发志向，表达作者对英国侵略军的蔑视和仇恨，盼望有志之士能够接替自己未竟的事业，重振朝纲，澄清玉宇。尾联写作者虽人在充军路上，仍心系万里关山，即使在梦中，耳边还时时响起东南沿海抗敌的战鼓声。全诗写实与用典结合，叙事与抒情并用，忧愤而不沉沦，感伤而又激越，表现了作者不计个人得失，于逆境中依然心系天下安危的赤子情怀。

【思考题】

一、"自驱薄笨短辕轻"中的"轻"用词精妙，试说说你是如何理解这个"轻"字的意义的。

二、诗中最后一句采用了什么样的艺术手法，表现了诗人怎样的思想感情？

马 上 作

戚继光

　　戚继光（1528—1588 年），字元敬，号南塘，晚号孟诸，登州（今山东蓬莱）人（一说祖籍安徽定远，生于山东济宁）。明代抗倭名将，著名军事家。1559 年 10 月，到浙江义乌招募农民和矿工，组成新军，精心训练，创造了攻防兼宜的"鸳鸯阵"战术，战斗力很强，世称"戚家军"，大破倭寇于浙闽沿海。著有《纪效新书》《练兵实纪》两部军事名著和诗文集《止止堂集》。

　　南北驱驰报主情[1]，江花边月笑平生[2]。
　　一年三百六十日，多是横戈马上行[3]。

【注释】

　　[1] 南北驱驰：指作者在南方的福建、浙江、广东一带防守海疆，又到北方蓟州一带镇守边塞。

　　[2] 江花边月：指江畔花草和边关明月。这里的意思是：转战南北、驰骋疆场是为了报答朝廷对我的信任，江畔花草和边关明月都赞扬我忠诚报国的人生。

　　[3] 这两句意思是：一年到头，大多数时间都是带着兵器、骑着战马在疆场上战斗。

【品读】

　　明代中期，倭寇在东南沿海的侵扰活动日益猖獗，但原驻防各地的明军训练废弛，遇敌一触即溃，以至数十人的小股倭寇就敢沿江深入，一路烧杀，迫使南京大白天竟闭门自守。1555 年，戚继光被调往倭患严重的浙江负责海防。他率部在台州等地九战九捷，大破倭寇，并进驻闽粤继续作战，最终解除了东南沿海长达二百多年的倭患。后又受命驻守蓟州，拱卫京畿。此诗即作者在蓟州时所写。

　　这首诗抒发了作者不畏艰辛、南征北战、忠心报国、矢志不渝的高尚情怀。前两句回顾自己几十年的风雨征程，以"江花""边月"这一南一北常见的景物相互映衬，并用一个"笑"字表现了作者南北驱驰、奋战不息，始终保持着高昂的战斗士气和乐观精神。后两句用平实的话语，刻画了一位常年人不解甲、马不卸鞍的英雄将领形象，展现了作者时刻以国家安危为己任的爱国之情。

【思考题】

一、诗中从容道出"一年三百六十日，多是横戈马上行"的事实，没有明确展示诗人的情感态度，但恰恰因为这样，使得此句更有意味。简要分析其陈述了怎样的事实，蕴含了哪两种意味。

二、世人总喜欢把英雄神化，其实英雄是人，不是神。从此诗中，我们可以读出一个怎样的英雄形象？

从　军　行[1]

骆宾王

骆宾王（约 638—684 年），字观光，婺州义乌（今浙江义乌）人。初唐诗人。7 岁能作诗，被誉为神童。670 年入蜀从军，曾任长安主簿、临海县丞、侍御史等职。他长于七言歌行，与王勃、杨炯、卢照邻并称"初唐四杰"。其诗作题材丰富，内容广泛，风格雄放，感情真挚。

公元 678 年，吐蕃入侵，威胁伊州、西州和庭州，边疆军事形势危急，激发起骆宾王浓烈的爱国热情。当时主政西域的吏部侍郎裴行俭举荐他随军西征，远赴西域参加平叛作战。为表誓死报国的决心，骆宾王写下了这首《从军行》。

平生一顾重，意气溢三军[2]。
野日分戈影，天星合剑文[3]。
弓弦抱汉月，马足践胡尘[4]。
不求生入塞，唯当死报君[5]。

【注释】

[1] 从军行：乐府名，内容多反映军事生活和军中将士的思想感情。

[2] 一顾重（zhòng）：对举荐、提携自己的知遇之恩极其看重。这两句意思是：在人生中对知遇之恩铭记在心，作为军人，只有把知遇之恩化为报国之志和效国之行，整个军队才能始终保持高昂的士气和英勇战斗的意志。

[3] 野日：旷野上空的太阳。分：分辨，识别，这里引申为映照。天星：天上的星辰。合：会合，这里引申为"天星"与"剑文"交相辉映。文：通"纹"，指宝剑上交错的花纹。这两句意思是：白天行军于旷野之上，戈矛如林，在阳光的映照下熠熠生辉；夜间行军时，剑光闪烁，与满天繁星交相辉映。这两句刻画了一支军容严整、昼夜兼程、气势凌厉的军队。

[4] 抱：环绕。汉月：以汉代唐，实指唐代的月亮，比喻握弓射箭，弦满如抱月。践胡尘：比喻打到敌人腹地。胡尘：胡地的尘土。这两句意思是：将士们骑着战马，手执强弓利箭，射杀敌人，长驱直入，踏平敌军腹地。

[5] 这两句意思是：为国家社稷甘愿捐躯赴难、不求生还，一心以身殉国。

【品读】

骆宾王刚强正直，疾恶如仇，在他任奉礼郎的第三年，遭人排挤，被罢了官。这时，西北边境发生了战争，吐蕃大举寇边，占领了西域的大片土地。朝廷派薛仁贵为行军大总管，率兵征讨。骆宾王上诗给朝中掌管人事的大员，要求从军以自效，很快得到吏部同意，于当年七月离开长安，开始了艰苦的军旅生涯。他的内心深处满含杀敌报国之志。这首诗集中地抒发了作者慷慨从军、以身殉国的豪情壮志。

首联表露了作者对知遇之恩的感激之情，表达了三军将士意气风发、斗志昂扬的英雄气概。颔联和颈联表现唐军出征时昼夜兼程、气冲云霄的威武之势，呈现了大军乘胜追击、直插敌军腹地的战斗场景。作者在尾联中以有我无敌的鲜明价值取向和决绝态度，展示了甘愿血洒疆场、一往无前的高尚爱国情怀，充分表达了舍生取义、精忠报国的崇高精神境界。

【思考题】

一、品味颈联中"抱"字的妙处。

二、这首诗表达了诗人怎样的思想感情？

三、首联中哪个字最有表现力？说说自己的理解。

第一单元　忠胆报国

第二单元
英 勇 无 畏

　　有人说，对于一个人勇气的最佳试验，是看他在遭遇不测之难时的表现。那些迎难而上的人，可以当之无愧地被称为英勇无畏之士。

　　"红军不怕远征难，万水千山只等闲"，历史证明，英雄的中国军人能够克服任何艰难险阻，他们都是伟大的英勇无畏之士。纵观我军历史，对于我军战士来说，奋勇杀敌，为了胜利甘愿献出生命的大无畏精神似乎已经刻进了军人的骨髓之中。有的战士身中数弹，仍然与敌人死战，即便重伤，也顾不得包扎，流尽了最后一滴血。军人英勇无畏的精神不仅能砺我胆魄，更能令对手心生敬畏。正是他们身上英勇无畏的战斗精神，才使得我军从小到大，从弱到强，战胜了一个又一个困难，取得了一个又一个胜利。

　　习主席多次强调：和平时期，决不能把兵带娇气了，威武之师还得威武，军人还得有血性，必须加强战斗精神培育，教育引导广大官兵大力发扬我军大无畏的英雄气概和英勇顽强的战斗作风，保持旺盛的革命热情和高昂的战斗意志。这要求我们在强军兴军的时代洪流中，用血性凝聚起实现中国梦、强军梦的磅礴力量。

　　莎士比亚说："懦夫在未死之前，就已近死过好多次；战士一生只死一次。"懦夫即便活着，也必定遭人唾弃；英勇的战士即便死了，他们也永远活在人们的心中。在战场上英勇牺牲的军人们用青春书写了捍卫祖国领土的壮丽华章，用他们的生命为祖国的安宁铸就了不朽功勋。因此，战士们不怕牺牲、勇于奉献、坚守信念的精神，值得我们每一个人传承和弘扬，他们的感人故事值得我们每一个人学习和铭记。

　　青山埋忠骨，英名万古传。我们要用他们身上英勇无畏的精神指导我们的行动，让他们的无私奉献成为我们奋斗前行的力量源泉。英烈的精神永远长存。向所有为国而战的英雄们致敬！

代出自蓟北门行[1]

鲍 照

鲍照（约 414—466 年），字明远，东海郡人。南朝时杰出的诗人。他家境贫困，因献诗得以被任用，曾作荆州刺史临海王刘子顼（xū）前军参军，故世称"鲍参军"。后因刘子顼作乱，鲍照为乱军所杀。他一生怀才不遇，作品中充满愤恨、落寞，以及对世袭门阀制度的不满。他长于七言歌行，善于吸收民歌精髓，擅长表现军旅生活，语言苍劲，形象鲜明，情感充沛，格调悲凉慷慨。与北周庾信并称"鲍庾"，与颜延之、谢灵运合称"元嘉三大家"。对七言诗的发展有推动作用，对唐代李白、高适、岑参等的创作有一定影响。有《鲍参军集》十卷。

羽檄起边亭[2]，烽火入咸阳[3]。
征师屯广武[4]，分兵救朔方[5]。
严秋筋竿劲[6]，虏阵精且强。
天子按剑怒，使者遥相望。
雁行缘石径[7]，鱼贯度飞梁[8]。
箫鼓流汉思[9]，旌甲被胡霜[10]。
疾风冲塞起，沙砾自飘扬[11]。
马毛缩如猬[12]，角弓不可张[13]。
时危见臣节，世乱识忠良。
投躯报明主，身死为国殇[14]。

【注释】

[1] 代出自蓟北门行：乐府旧题，属杂曲歌辞。此诗通过对边庭紧急战事和边境恶劣环境的渲染，突出表现了壮士从军卫国、英勇赴难的壮志和激情。蓟（jì）：古代燕国都城，在今北京西南。

[2] 羽檄（xí）：古代的紧急军事公文。边亭：边境上驻兵防敌的城堡。

[3] 烽火：边防告警的烟火，古代边防发现敌情，便在高台上燃起烽火报警。咸阳：秦国都城，这里借指京城。

[4] 征师：征发的部队，一作"征骑"。屯：驻兵防守。广武：地名，在今山西代县。

[5] 朔方：汉郡名，在今内蒙古鄂尔多斯西北。

[6] 严秋：深秋。筋竿：弓箭。此句的意思是：弓弦与箭杆都因深秋的干燥变得强劲有力。

[7] 雁行（háng）：形容行军整齐有序，像大雁组成的行列一样。缘：沿着。

[8] 鱼贯：这里指部队像游鱼一样连贯而行。飞梁：凌空飞架的桥梁。

[9] 箫鼓：乐器，这里代指军乐。流汉思：传达出汉人的情思。

[10] 旌（jīng）甲：旗帜、盔甲。被（pī）：覆盖。胡霜：胡地风霜。

[11] 砾（lì）：碎石。

[12] 马毛缩如猬：意为天寒地冻，马体蜷缩，毛发上竖，如刺猬一样。猬，一作"蝟"。

[13] 角弓：用兽角装饰的弓。

[14] 国殇（shāng）：为国捐躯的英灵。

【品读】

鲍照曾有过从军的经历，对军旅生活有切身体验和深刻理解。这首诗是作者颂扬卫国将士的豪迈之歌。

诗作前八句写敌人入侵、我方防御的态势，以"羽檄""烽火"互文见义的手法渲染军情紧急，以敌军虎视眈眈、朝廷调兵遣将、信使往来不绝预示大战在即。"雁行"以下八句描绘大军奔赴前线的神速威武，描写边塞战场恶劣和残酷的环境。最后四句"时危见臣节，世乱识忠良。投躯报明主，身死为国殇"升华情感，点明题旨：越是世乱时危，越能察识忠良、彰显气节，表达了作者慷慨报国、不惜牺牲生命的豪情壮志。诗人用《九歌·国殇》颂扬勇武刚强、为国捐躯的壮士，寄托了他对英烈的无比崇敬之情。这四句流传千古，几乎成了封建时代衡量忠良行为准则的诗句，产生了鼓舞人心的力量。

贯穿于上述紧凑情节中的，是各种生活画面，如边亭、咸阳、广武、朔方、房阵、胡霜，包括了胡汉双方的广阔空间。活跃其中的，有交驰的羽檄，连天的烽火，雁行的队列，鱼贯的军容，箫鼓的节奏，旌甲的光辉等。尤其是疾风起、沙砾扬、马瑟缩、弓冻凝的边塞风光和画面，更为此诗增添了艺术色彩，是鲍照表现边塞生活的重要艺术标志。上述画面从多角度进行描绘，而位于其中心的，则是壮士的英雄群像。在征骑、分兵、缘石径、度飞梁、吹箫伐鼓的严峻时刻，他们的形象十分耀眼。尤其是他们在时危世乱之际表现出的忠胆和气节，更突出地闪耀着英烈们为国献身的光芒。

【思考题】

一、剖析这首诗的结构，试将其与曹植的《白马篇》做比较分析。

二、诗歌最后两句是全诗的点睛之笔，请谈谈你的阅读感想。

三、杜甫在《春日忆李白》中评价李白诗歌风格特点及渊源时，曾直言"清新庾开府，俊逸鲍参军"，认为李诗的俊逸和清新分别源于南朝的鲍照和北朝的庾信。试分析鲍照的"俊逸"风格在本诗中是如何体现的。

从 军 行

明余庆

明余庆（生卒年不详），隋朝平原鬲（gé，今山东平原）人，是梁、周、隋三朝名士明克让之子。善为诗，仕隋官至司门郎。

三边烽乱惊[1]，十万且横行[2]。
风卷常山阵[3]，笳喧细柳营[4]。
剑花寒不落[5]，弓月晓逾明[6]。
会取河南地[7]，持作朔方城[8]。

【注释】

[1] 三边：汉代称幽州、并州、凉州为三边，这里泛指边地。

[2] 且：将要。横行：勇猛出击，所向披靡。

[3] 常山阵：古人将一种首尾呼应的排兵布阵之法称为常山阵。

[4] 笳（jiā）：即胡笳，从少数民族传入的一种军中乐器。细柳营：汉文帝时，以治军严明著称的将军周亚夫驻军处，这里借指纪律严明的兵营。

[5] 剑花：寒气在剑上凝结成的霜花。

[6] 弓月：像弓一样的弯月。逾（yú）：更加。

[7] 会：定能。河南地：指今内蒙古河套一带。据《汉书·匈奴传》载，汉武帝元朔二年（公元前127年），汉军击匈奴，攻取河南地，设立朔方郡。下句的"朔方城"即指设朔方郡之事。

[8] 持：拿来。

【品读】

能打仗、打胜仗，是军队必须始终紧盯的目标。这是一首描写大军赴战迎敌的诗作。

汉代称幽、并、凉三州为三边，这里泛指边境。烽惊，谓边境有变，烽火报警。加一"乱"字，则是纷至沓来，敌情十分紧急了。首联写敌军进扰，汉家出兵御敌。《史记·季布栾布列传》载，上将军樊哙曾于吕后前表示："臣愿得十万众，横行匈奴中。"这里即化用此语。横行，纵横驰骋也。将欲统率十万大军，纵横驰骋于塞上，不仅说明了出兵御敌，而且表现出了将士们的威武气概。这气概是全诗情感的基调，以下各句更进一步凸显了这一点。

颔联渲染军威之盛大。再加以"风卷""笳喧"二词，意谓兵阵之动，如疾风卷地；军营之中，则笳声喧天。接下来，作者以特写镜头，展现将士们不畏艰苦、枕戈待旦、常备不懈的精神风貌。

颈联侧重渲染军队之声威，表现士卒之气概。剑上之霜，凝结如花，因天寒而不落；碧空之月，未圆如弓，拂晓前而更明。这里乍看上去，只是在写剑、写月，但剑有人持，月有人看，虽未明写人，而人却自在其中。"剑花"见得人不畏严寒；"弓月"见其彻夜警戒。

汉武帝时，驱逐匈奴，收复河南地，建立朔方郡。尾联即借此事，以辟地建功、充满乐观自信精神的壮语作结。这样的结尾，与前文的形象描绘遥相呼应，充满英勇豪迈之气，遂使全诗浑然一体。整首诗显示了士卒不畏艰苦、精忠报国的精神。全诗点面结合，虚实相间，充满豪情，振奋人心。

【思考题】

一、有人说这首诗很好地表现了边塞诗中特有的"大国之气""强国之音"，你同意这个观点吗？请简述你的理由。

二、作者在诗中表达了怎样的思想感情？请结合全诗简要分析。

送李侍御赴安西

高 适

高适（约 702—765 年），字达夫，一字仲武，渤海郡（今河北景县）人。少孤贫，潦倒失意，长期客居梁宋，以耕渔为业。曾北游燕赵。后中有道科，授封丘尉。不久入节度使哥舒翰幕府，掌书记。安史之乱起，他反对分封诸王，获肃宗李亨赏识，官职屡升。历任谏议大夫，监察御史，淮南、四川节度使，官至散骑常侍，封渤海县侯，世称高常侍。高适是一位有政治才能的诗人，许多作品写边地战争和个人感慨，也有一部分反映民生疾苦，他的主要成就在边塞诗，是唐代边塞诗的代表作家之一，与岑参并称"高岑"。其诗意气豪迈，情辞慷慨，直抒胸臆，不尚雕饰。有《高常侍集》十卷。

行子对飞蓬[1]，金鞭指铁骢[2]。
功名万里外，心事一杯中[3]。
虏障燕支北[4]，秦城太白东[5]。
离魂莫惆怅[6]，看取宝刀雄[7]。

【注释】

[1] 行子：离家远行的人，这里指李侍御。飞蓬：蓬草，一种多年生的草本植物，花小色白，叶大根浅，秋季其叶枯萎后随风到处飘飞，故称"飞蓬"。古代常用其比喻漂泊不定的旅人、游子。

[2] 金鞭：镶金嵌银、装饰华美的马鞭。铁骢（cōng）：毛色青黑相杂的马，也称青骊马。这两句意思是：李侍御志在四方，常年跨马扬鞭在外奔走。

[3] 功名：指功绩和名声，也指官职。这两句意思是：到万里之外去为国家建功立业，饮一杯饯行酒，把个人心事抛在脑后。

[4] 虏障：秦汉时在边塞险要处构筑的用于防御的小城叫障，汉武帝时，筑遮虏障，故址在今内蒙古额济纳旗东南，唐时已废，这里以此借指李侍御所经的边塞。燕支：山名，又名"焉支山""胭脂山"，在今甘肃山丹东南一带，是通往安西的要道。安西在燕支山西北之处。

[5] 秦城：秦朝都城咸阳，此处指当时京城长安，今陕西西安。咸阳与长安相距只有二十五公里，唐代诗人常常以此二地互相借代。太白：太白山，秦岭的最高峰，在今陕西太白，唐代长安城的西面，冬夏积雪，因以得名。这里的意思是：李

侍御从长安出发前往安西，要经太白山、燕支山，路过边地许多亭障旧址。

[6] 离魂：离别时的心情。

[7] 看取：看着。"取"是语气助词，表示行为的进行。宝刀雄：手持宝刀杀敌建功的雄心壮志。这里的意思是：离别之时不要心怀惆怅，我一定能看到你凭借宝刀取得功名，实现雄心壮志。

【品读】

在这首诗中，作者借饯行，表达了对友人不怕牺牲生命、卫国戍边豪情壮志的赞赏和钦佩，也是对友人的祝福和激励。诗人眼界跨越千里，出长安、过高山、越房障，鼓励友人抛却"行子"的孤寂哀怨，充满以金鞭铁马奔腾驰骋、靠手中宝刀杀敌立功、名扬四海的激情与豪迈。

人生的悲欢离合皆莫能免，有作为的人总是审时度势，正确积极面对。诗歌显示了深情却不颓废的态度，抒发了进取有为的英雄情怀。高适对于朋友的远去虽然心有不舍，情谊深切，但他能以报国精神振作起来，一扫惆怅，变得昂扬挺拔，给人以鼓舞。"房障燕支北，秦城太白东。离魂莫惆怅，看取宝刀雄"，在这里，功名是有价值的，因为它并不是利己的出路，而是远去为国家抵御敌寇的进犯，所以人不必为此伤情。他提醒朋友：腰中的宝刀满是豪情，日后要看它有多少雄风和威力了。唐人送别诗中，写歧路分手时悲不胜悲者很多，写难舍难分者很多，写别后不忘者很多，写后会有期者很多，写嘱语旷达者很多，并且多有名篇名句，但写"离魂莫惆怅，看取宝刀雄"者，唯高适一人而已！

全诗写了依依惜别的心情，也写了举杯谈心、互相劝慰的场面，感情非常真挚，调子是高昂的。这正反映了盛唐诗歌中奋发图强、保家卫国的积极精神。

【思考题】

一、请结合盛唐历史赏析本诗。

二、请结合全诗，分析诗人表达了哪些情感。

军　行[1]

李　白

骝马新跨白玉鞍[2]，战罢沙场月色寒[3]。
城头铁鼓声犹震[4]，匣里金刀血未干[5]。

【注释】

[1] 军行：唐代诗人李白（一说王昌龄）的作品。行：古诗的一种体裁。

[2] 骝（liú）马：黑鬃黑尾的红马，骏马的一种。旧注"赤马黑髦曰骝"。新：刚刚。跨：装上，安上。白玉鞍：指用白玉装饰的马鞍。

[3] 沙场：战场。胡三省《通鉴注》："唐人谓沙漠之地为沙场。"

[4] 震：响。

[5] 匣：刀鞘。

【品读】

这首诗描写了一场惊心动魄的战斗刚刚结束的情景。枣红马刚刚装上白玉装饰的马鞍，战士就骑着它出发了。战斗结束的时候，天已经很晚了，战场上只留下寒冷的月光。城头上催战的鼓声仍在旷野上回荡，刀鞘里的钢刀血迹未干。诗人用寥寥数笔，就把战士们的英勇气概、胜利者的神态生动地描绘出来。

骝马，是再好不过的马了，还要给它配上白玉马鞍，可以想象这马上战士的威风。这英勇的战士是手持"金刀"奋战沙场的。这战士披一身月色，顶着凛冽的寒风，鏖战而归。但他仍沉浸在烟尘滚滚的沙场，那咚咚的进击鼓声还响彻耳畔。这风度轩昂、勇武不凡、充满自信的战士，就是诗人心目中唐军的形象，也是诗人无时无刻不意欲拼搏战场的深刻写照。"城头铁鼓声犹震，匣里金刀血未干。"这实在是一个坚定的爱国者从内心深处发出的雄壮的呐喊，寄托着诗人的殷切希望。

这首诗书写以自信、进取、开拓为特征的传统尚武精神，风格刚健、清新。诗人描写战争的胜利，不在于字面，而在于形成一种气氛。诗作选取战斗生活的一个片段，以"骝马""沙场""铁鼓""金刀"等战争意象勾勒出战斗的画面，战斗的激烈与战场的肃杀尽在其中。诗作开头"新跨"一词将战士风风火火、迎接战斗的激情表达得淋漓尽致，而诗作末尾以"血未干"这样一幅看似血腥的场景描写战士的内心——热血并未因为战斗的结束而冷却。这种激烈肃杀的气氛，生动地表现出战士的飒爽英姿和激昂振奋的风貌，热情地歌颂了战士们为国杀敌立功的勇敢精神。战鼓的鸣响虽已停歇，战刀的血迹也会风干，但战士胸中永远沸腾着战斗的激情。

【思考题】

一、诗作塑造了什么样的战士形象？表达了作者怎样的情感？

二、诗人是运用什么手法来塑造人物形象的？请简要说明。

少年行[1]（其二）

王 维

王维（701—761年），字摩诘（mó jié），人称诗佛，号摩诘居士，河东蒲州（今山西运城）人，祖籍山西祁县。苏轼曾这样评价王维："味摩诘之诗，诗中有画；观摩诘之画，画中有诗。"开元九年（721年）中进士，任太乐丞。天宝年间，拜吏部郎中、给事中。唐肃宗乾元年间任尚书右丞，世称"王右丞"。

王维在诗歌上的成就是多方面的，无论边塞诗、山水诗，都有广为流传的佳篇。他在描写自然景物方面，有独到的造诣。无论是名山大川的壮丽宏伟，还是边疆关塞的壮阔荒凉，或者是小桥流水的恬静平淡，他都能准确地塑造出完美无比的鲜活形象，着墨不多，意境高远，诗情与画意完全融合为一个整体。

出身仕汉羽林郎[2]，初随骠骑战渔阳[3]。
孰知不向边庭苦[4]，纵死犹闻侠骨香[5]。

【注释】

[1] 少年行：乐府诗题。王维的《少年行》写得激奋昂扬，充满了慷慨报国的热情，洋溢着盛唐时期蓬勃向上的进取精神。开拓疆土，反击侵扰，是唐王朝巩固封建统治的重大国策；建立军功，为国效劳，是当时人们的抱负。王维和他同时代的许多知识分子一样，早期的思想是积极入世的，这一首诗以及其他一些边塞诗，形象地反映了王维早期的思想，体现了他早期诗歌创作的风格，表现出强烈的英雄主义色彩。

[2] 出身：离家求取功名。仕汉：做汉朝官吏，这里借汉指唐。羽林郎：官名，汉代置禁卫骑兵营，名羽林骑，以中郎将、骑都尉监羽林军。唐代亦置左右羽林军，为皇家禁军之一。

[3] 骠骑（piào qí）：古代将军的名号，这里指曾任骠骑的汉代大将霍去病。渔阳：郡名，管辖范围为今天津蓟州，汉军经常与匈奴在此交战。本属幽州，唐玄宗开元十八年（730年）改隶蓟州，唐玄宗天宝元年（742年）又改蓟州为渔阳郡，唐肃宗乾元元年（758年）复改为蓟州。

[4] 孰知不向："孰不知向"的倒置。孰，谁。边庭，边境。

[5] 纵：纵然。

【品读】

报国不惜身，是军人永远的价值追求；征途不畏难，是军人鲜明的意志品格。此诗是王维《少年行》四首中的第二首，写一位汉朝将军不恋京城繁华，不畏苦寒凶险，毅然奔赴边塞，希望实现驰骋疆场、杀敌建功的理想，充满了豪侠气概和英雄主义精神，生动地表现了英雄不惜为国捐躯的高尚境界。

前两句借汉朝的事来讲。骠骑将军是汉代大将霍去病的封号。霍去病是西汉武帝时期的杰出军事家，是名将卫青的外甥，任大司马骠骑将军。自幼好骑射，十七岁即创造了八百破两千的战绩，十九岁被封为骠骑将军，此后他多次率军与匈奴交战，在他的带领下，匈奴被汉军杀得节节败退。少年游侠的梦想就是跟着这样一位将军建功立业，或者更确切地说，霍去病就是少年游侠的梦想实现者。

后两句说这些少年游侠明知去边关就是受苦，却情愿赴死，以求流芳百世。这一句是本诗的精华，至今读来仍令人热血沸腾。边塞生活的艰苦、戍边杀敌的风险，少年游侠当然是清楚的，但是，驰骋疆场，纵然为国捐躯，也胜于老死在家中。诗句中的"苦"和"香"，形成强烈反差，折射出一个深刻的道理：不畏生死考验，甘愿为国献身，才能青史留名。这种慷慨激越的建功立业思想，积极向上的追寻生命价值的行为，正是盛唐气象的生动体现。

【思考题】

一、诗中的少年形象具有怎样的特征？

二、试将文中的少年与曹植的《白马篇》中的游侠做比较，谈谈两者的异同。

少年行（其三）

王 维

一身能擘两雕弧[1]，虏骑千重只似无。
偏坐金鞍调白羽[2]，纷纷射杀五单于[3]。

【注释】

[1] 擘（bò）：用手拉开。雕弧：用花纹装饰的弓。

[2] 金鞍：镶着金属装饰的马鞍。调：调试，校正。白羽：箭，以白色羽毛做箭羽，故云"白羽"。

[3] 纷纷：众多貌。五单于：汉宣帝时，匈奴在与汉交战中屡败，内部分裂为五部，诸王皆自立为单于。这里泛指敌方将领。

【品读】

这是王维《少年行》四首中的第三首。沙场争锋要有真本领，武艺精湛才能打得赢，这是军人建立功勋、军队赢得战争的不二法则。这首诗成功地塑造了一位战场上武艺超群、勇猛杀伐的英雄形象，赞美了他技艺娴熟、神态自若的英雄气概。诗人截取了英雄张弓射敌的特定动作，将主人公的英姿描绘得丰满高大，如在眼前。显然，诗人在这位英雄的身上寄托了自己早年的理想与豪情。

"一身能擘两雕弧，虏骑千重只似无。"英雄技艺超群，能同时拉开两张大弓，进入敌军阵营如入无人之境。这两句就像一个特写镜头一样，为我们刻画出一位勇猛果敢、智勇双全的英雄形象。敌人的骑兵黑压压地围过来，狂啸、马嘶、金戈之声震天动地，而一位全身盔甲的英雄骑在马上，手中是早已备好的弓箭。他静立不动，沉着似水，只待敌人已冲到近前，才左右开弓，连发数箭，敌方的许多头目纷纷落马。"偏坐金鞍调白羽，纷纷射杀五单于。"他侧身坐在金属马鞍上准备箭羽，射杀了无数敌军首领。"偏坐"表现了英雄镇定自若的神态，而"金鞍""白羽"又让他有了一丝洒脱。擒贼先擒王，连续射杀"五单于"更能说明他的勇武与智慧。

这首诗写英雄既有勇气，又有技艺。一个"偏"字，活灵活现地写出了英雄虽临大敌，但潇洒自如、勇冠三军的形象。普通将士出生入死的战场被诗人写成了英雄表演武艺的竞技场，铁血之战竟然充满了诗意的美感。

【思考题】

一、全诗刻画了一个什么样的英雄形象？表达了诗人怎样的思想感情？

二、同样是写英雄形象，王维的《少年行》与毛泽东的《沁园春·长沙》有何不同？请结合文本简要分析。

赠防江卒[1]（其二）

刘克庄

刘克庄（1187—1269年），字潜夫，号后村，莆田（今福建莆田）人。南宋诗人、词人、诗论家。初名灼，于嘉定二年（1209年）以荫入仕，更名为克庄，官至工部尚书兼侍读。他是江湖诗人和辛派词人的重要作家，其诗词多为感慨时事之作，渴望收复中原，振兴国力，反对妥协苟安；词风粗犷豪放，慷慨激越，有明显的散文化、议论化倾向。著有《后村先生大全集》《后村别调》。

壮士如驹出渥洼[2]，死眠牖下等虫沙[3]。
老儒细为儿郎说，名将皆因战起家[4]。

【注释】

[1] 防江卒：南宋派驻淮北守卫边界的士兵。

[2] 渥（wò）洼：水名，在今甘肃瓜州，是党河的支流，《史记·乐书》记载"得神马渥洼水中"。

[3] 牖（yǒu）：窗户。虫沙：《太平御览》引《抱朴子》："周穆王南征，一军尽化，君子为猿为鹤，小人为虫为沙。"后多用"猿鹤虫沙"比喻战死的将士，这里只取"小人为虫为沙"之意。这两句意思是：壮士如同出自渥洼的神马，应当轰轰烈烈驰骋沙场，如果庸碌无为老死家中，就像虫沙一般没有出息。

[4] 老儒：作者自称。这两句意思是：听我这个老书生为诸位防江儿郎细细说来，自古名将都是在战争中锻炼成长起来的。

【品读】

在南宋与金的军事斗争中，江淮一带一直是南宋防守的重点。1234年，元灭金后，成为南宋面临的最为强大的敌人，边防威胁日益严重。作者有感于当时的情势，写下了一组赠边防战士的诗。这是组诗中的第二首。这首诗描述了防江卒（即守卫边防的战士）的英勇气概和牺牲精神。前两句，诗人通过比喻，将战士比作奔驰的马驹，他们应该勇敢地离开安逸的家园，投身于危险的战场，如果庸碌无为老死家中，不过就像死去的虫子和沙一样躺在窗下。后两句中，老儒（指知识分子，也是作者的自称）细心地为儿郎们讲述这些战士的事迹，告诉他们名将们都是因为参与战争而成就了自己的事业。

作者亲自深入边防前线，告诫战士们要勇于战斗，在战场上实现价值，赢得荣誉和地位。他用神马出水喻指战士只有在疆场建功才能证明自己，那些贪生怕死、瞻前顾后的庸碌之徒，只能老死家中，如同最后化作虫和沙的小人一样；而一切名将的崛起，必然都要经历一场场殊死搏杀，他们绝不可能是畏缩怯战之辈。这首诗通过简洁而富有力量的语言，表达了对防江卒的赞美和敬意。诗人以生动的比喻和形象的描写，展现了战士们的英勇气概和牺牲精神。他们舍弃了安逸的生活，毅然投身于保卫家园的战斗中，用生命守卫国家的安宁。整首诗既表达了诗人对战士们的敬仰，也传递了对战争的思考和对和平的渴望。

【思考题】

一、谈谈你对这首诗主题的理解。

二、这首诗运用了哪些艺术表现手法？请简要说明。

一颗未出膛的枪弹[1]

丁　玲

丁玲（1904—1986年），原名蒋祎文，湖南临澧人，中共党员。1927年毕业于上海大学中文系。1930年加入中国左翼作家联盟，任左翼作家联盟机关刊物《北斗》主编，1936年到达陕北保安，是第一个到延安的文人。丁玲的到来，为陕甘宁抗日根据地原本力量薄弱的文艺运动注入了新鲜的血液。她在中国现代文学史上做出过令人瞩目的贡献。代表作品有长篇小说《太阳照在桑干河上》，短篇小说《莎菲女士的日记》，短篇小说集《在黑暗中》等。

丁玲的小说人物鲜活，情节跌宕起伏，人物心理刻画细腻，深深地吸引着无数海内外读者；她的散文笔墨酣畅，激情奔放，富有极强的文学感染力。鲁迅、瞿秋白、毛泽东等都曾对丁玲不同时期的作品给予过高度评价，丁玲本人也被列为二十世纪初期新女性的代表人物。

"说瞎话咧！娃娃，甭怕，说老实话，咱是一个孤老太婆，还能害你？"

一个瘪嘴老太婆，稀疏的几根白发从黑色的罩头布里披散在额上，穿一件破烂的棉衣，靠在树枝做的手杖上，亲热地望着站在她前面的张皇失措的孩子；这是一个褴褛得连帽子也没有戴的孩子。她又翕动着那没有牙齿的嘴，笑着说："你是……嗯，咱知道……"

这孩子大约有十三岁，骨碌碌转着两只灵活的眼睛，迟疑地望着老太婆，他显得很和气很诚实。他远远地望着无际的原野上，没有一个人影，连树影也找不到一点。太阳已经下山了，一抹一抹的暮烟轻轻地从地平线上升起，模糊了远去的、无尽止的大道，这大道将他的希望载得很远，而且也在模糊起来。他回过头来打量着老太婆，再一次重复他的话："真的一点也不知道吗？"

"不，咱没听见过枪响，也没看见有什么人，还是春上红军走过这里，那些同志真好，住了三天，唱歌给我们听，讲故事。咱们杀了三只羊，硬给了我们八块洋钱，银的，耀眼睛呢！后来东北军跟着来了，那就不能讲，唉……"她摇着头，把注视在空中的眼光又回到小孩的脸上。"还是跟咱回去吧，天黑了，你往哪儿走，万一落到别人手上，哼……"

一步一拐，她就向前边走去，有一只羊毛毡做的长袜笼着那双小脚。

小孩仍旧凝视着四围的暮色，却不能不跟着她走，并且用甜的语声问起来：

"好老人家，你家里一共有几口人？"

"一个儿子，帮别人放羊去了，媳妇和孙女都在前年死了。前年死的人真多，全是一个样子的病，不知道是什么邪气。"

"好老人家，你到什么地方去？"

"我有一个侄女生产，去看了来，她那里不能住，来回二十多里地，把咱走坏了。"

"让我扶着你吧。"小孩跑到前边扶着她，亲热地仰着脖子从披散着的长发中又打量她。"村上有多少人家呢？"

"不多，七八户，都是种地的苦命人，你怕有人害你么？不会。到底你是怎样跑到这里来的？告诉我，你这个小红军！"她狡猾的、无光的老眼，很亲热地用那已不能表示感情的眼光抚摩着这流落的孩子。

"甭说那些吧。"他也笑了，又轻声地告诉她，"回到村子里，就说是捡来的一个孩子算了。老人家，我真的做你儿子吧，我会烧饭，会砍柴。你有牲口吗？我会喂牲口……"

牲口，小孩子回忆起那匹枣红色的马来了，多好的一匹马，它全身一个颜色，只有鼻子当中一条白，他常常去摸它的鼻子，望着它，它也望着他，轻轻地喷着气，用鼻尖去触他，多乖的一匹马！他喂了它半年了，它是从草地得来的，是政治委员的，团长那匹白马也没有它好。他想起它来了，他看见那披散在颈上的长毛，和垂地的长尾，还有那……他觉得有一双懂事的、爱着他的马眼在望着他，于是泪水不觉一下就涌上了眼睑。

"我喂过牲口的！我喂过牲口的！"他固执地、重复地说了又说。

"呵，你是个喂牲口的，你的牲口和主人跑到什么地方去了？你却落到这里！"

慢慢地，两个人来到一个沟口了。沟里错错落落有几个窑门，还有两个土围的院子，他牵着她在一个斜路上走下去，不敢作声，只张着眼四方搜索着。沟里已经黑起来了，有两个窑洞里露出微明的灯光，一头驴子还在石磨边打圈，却没有人。他们走过两个窑洞前，从门隙处飘出一阵阵的烟，小孩子躲在她的身后，在一个窑门前停下了。她开了锁，先把他让了进去。窑里黑黢黢的，他不敢动，听着她摸了进去，在找东西。她把灯点上了，是一盏油灯，一点小小的火星从那里发出来。

"不要怕，娃娃！"她哑着声音，"去烧火，我们煮点小米稀饭，你也饿了吧？"

两个人坐在灶前，灶里的火光不断地舔在他们脸上，锅里有热气喷出来了，她时时抚摩着他。他呢，他暖和了，他感到很饥饿，他知道今天晚上，可以有一个暖热的炕，他很满意；因为疲倦，睡意很厉害地袭着他了。

陕北的冬天，在夜里，常起着一阵阵的西北风。孤冷的月亮在薄云中飞逝，用黯淡的水似的光辉，涂抹着无际的荒原。但这埋在一片黄土中的一个黑洞里，正有一个甜美的梦在拥抱这流落的孩子：他这时正回到他的队伍里，同司号员或宣传队员在玩着，或是让团长扭他的耳朵而且亲昵地骂着："你这锤子，吃了饭为什么不长呢？"也许他正牵着枣红色的马，用肩头去抵那含了嚼口的下唇。那个龌龊褴褛的孤老太婆，也远离了外面的霜风，沉沉地酣睡在他的旁边。

"我是瓦窑堡人。"村上的人常常有趣地向孩子重述着这句话，谁也明白这是假话。尤其是几个年轻的妇女，拈着一块鞋片走到他面前，摸着他冻裂口的小手，问他："你到底是哪搭人，你说的话咱解不下[2] 嘛！瓦窑堡的？你娃娃哄人咧！"

孩子跟在后边到远处去割草，大捆的草，连人也捆在了里边似的走回来。四野全无人影，蒙着尘土的沙路上，也寻不到多的杂乱的马蹄和人脚的痕迹，依着日出日落，他辨得出方向。他热情地望着东南方，那里有他的朋友，他亲爱的人，那个他生长在里边的四方飘行着的家。他们，大的队伍到底走得离他多远了呢？他懊恼自己，想着那最后一些时日，他们几个马夫和几个特务员跟着几个首长在一个山凹子里躲飞机，他藏在一个小洞里，倾听着炸弹不断地爆炸，他回忆起他所遭遇的许多危险。后来，安静了，他从洞中爬出来，然而只剩他一人了。他大声地叫过，他向着他以为对的路上狂奔，却始终没遇到一个人；他孤独地走了一个下午，夜晚冷得睡不着，第二天，又走到黄昏，才遇到了老太婆。他的运气是好的，这村子上人人都喜欢他，优待他，大概都猜他是掉了队的红军，并没有什么可担心的事。但他运气又太坏了，为什么他们走了，他会不知道呢？他要回去，他在那里过惯了，他苦苦地想着他们回来了，或是他能找到另外几个掉队的人。晚上他又去汲水，也没有一点消息。广漠的原野上，他凝视着，似乎有声音传来，是熟悉的那点名的号声吧。

隔壁窑里那个后生，有两只活泼的黑眼和一张大嘴，几次拍着他的肩膀，要他唱歌。他起始就觉得有一种想跟他亲热的欲望，后来才看出他长得很像他们的军长。他只看到过军长几次，有一次是在行军的路上，军长在那里休息，他牵马走过去喝水。军长笑着问过他："你这个小马夫是什么地方的人？怎样来当红军的？"他记得他的答复是："你怎样来当红军的，我也就是那样。"军长更笑了："我问你，为什么要打倒日本帝国主义？"他又听到军长低声对旁边坐着的人说："要好好教育，这些小鬼都不错呢。"那时他几乎跳了起来，望着军长诚恳的脸，只想扑过去。从那时起，他就更爱他了。现在，这后生长得跟军长一个样，这就更使他想着那些走远了的人群。

有人送了苞谷做的馍来，有人送来一碗酸菜。一双羊毛袜子穿在脚上了，一顶破毡帽也盖在头上。他的有着红五星的帽子仍揣在怀里，不敢拿出来。大家都高兴地来盘问着，都有着一个愿望，那就是他能说出一点真情的话，那些关于红军的事情。

“红军好嘛！今年春上咱哥哥到过苏区的，说那里的日子过得好，红军都帮忙老百姓耕田咧！”

“这么一个娃娃，也当红军，你娘你老子知道吗？”

“同志！是不是？大家都是这么叫的。同志！你放心，尽管说吧，咱都是一家人！”

天真的、热情的笑浮上了孩子的脸。像这样的从老百姓那里传来的言语，他是常常感受得到的，不过没有想到一个人孤独地留在村上，这些却来得更亲热。他暂时忘去了忧愁，他一连串解释着红军是一个什么军队，重复着他从小组会上或是演讲里面学得的一些话，熟练地背着许多术语。

“红军是革命的军队，是为大多数工人农民谋利益的……我们红军当前的任务，就是为解放中华民族而奋斗，要打倒日本帝国主义，因为日本快要灭亡中国了，一切不愿做亡国奴的人都要参加红军去打日本……”

他看见那些围着他的脸，都兴奋地望着他，露出无限的羡慕；他就更高兴了。老太婆也扁着嘴笑道：

“咱一看就看出了这娃娃不是咱们这里的人，你们看他那张嘴多灵呀！”

他接着就述说一些打仗的经验，他并不夸张，但事实却被他描写得使人很难相信，他只好又补充着：

“那是因为我们有教育，别的士兵是为了两块钱一月的饷，而我们是为了阶级和国家的利益，红军没有一个怕死的；谁肯为了两块钱不要命呢？”

他又唱了许多歌给他们听，小孩子们都跟着学。妇女们抹着额前的刘海，露出白的牙齿笑。但到了晚上，人都走空了，他却沉默了。他又想起了队伍，想起了他喂过的马，并且有一丝恐惧，万一这里的人，有谁走了水[3]，他将怎样呢？

老太婆似乎窥出了他的心事，把他按在炕上被子里，狡猾地笑道：“如果有什么坏人来了，你不能装病就这么躺下吗？放一百二十个心，这里全是好人！”

村子上的人，也这么安慰他：“红军还会来的，那时你就可以回去，我们大家都跟你去，好不好呢？”

“我是瓦窑堡人！”这句话总还是时时流露在一些亲昵的嘲笑中，他也只好回以一个不好意思的笑。

有一夜，跟着狂乱的狗吠声，院子里响起了庞杂的声音，马夹在里面嘶叫，人的脚步声和喊声一起涌了进来，分不清有多少人马，这孤零的小村顿时沸腾了。

“蹲下去，不要说话，我先去看看。”老婆子按着身旁的孩子，站起身往窑门走去。

烧着火的孩子，心在剧烈地跳：“难道真的自己人来了吗？”他坐到地下去，将头靠着墙，屏住气听着外边。

“砰！”窑门却在枪托的猛推之下打开了，淡淡的一点天光照出一群杂乱的人影。

“妈啦巴子……”冲进来的人把老太婆撞到地上。“什么狗日的拦路……”他一边骂，一边走到灶边来了。“哼，锅里预备着老子的晚饭吧。”

孩子从暗处悄悄看了他一下，他认得那帽子的样子，那帽徽是不同的。他更紧缩了他的心，恨不得这墙会陷进去，或是他生了翅膀，飞开去，不管是什么地方都好，只要离开这新来的人群。

跟着又进来几个，隔壁窑里边，有孩子们哭着到院子里去了。

发抖的老太婆挣扎着爬了起来，摇摆着头，走到灶前孩子身旁，痉挛地摸索着。无光的老眼，巡着那些陌生的人，一句话也不敢讲。

粮食篓子翻倒了，有人捉了两只鸡进来，院子里仍奔跑着一些脚步。是妇女的声音吧："不得好死的……"

"鬼老婆子，烧火呀！"

这里的人，又跑到隔壁，那边的又跑来了，刺刀弄得吱吱响，枪托子时时碰着门板或是别的东西。风时时从开着的门口吹进来，带着恐怖的气息，空气里充满了惊慌，重重地压住这村庄，月儿完全躲在云后边去了。

一阵骚乱之后，喂饱了的人和马都比较安静了，四处都堆着碗筷和吃不完的草料。好些人已经躺在炕上，吸着搜索来的鸦片；有的围坐在屋子当中，那里烧了一堆木柴，喝茶，唱着淫靡的小调。

"妈啦巴子，这几天走死了，越追越远，那些红鬼的腿究竟是怎么生的？"

"还是慢点走的好，就怕他打后边来，这种亏我们吃过太多了。"

"明天一定会驻下来，后续部队还离三十多里地，我们这里才一连人，唉，咱老子这半年真被这赤匪治透了。就是这么跑来跑去，这种鬼地方人又少，粮又缺，又冷，真是他妈！"

有人眼光扫到老太婆脸上，她这时还瑟缩地坐在地下，掩护她身后的孩子。"呸！"一口痰吐到她身上。

"这老死鬼干吗老挨在那儿。张大胜，你走去搜她，看那里，准藏有娘儿们。"

老婆子一动，露出了躲在那里的孩子。

"是的，有人，没错，一个大姑娘。"

三个人扑过来了。

"老爷！饶了咱吧，咱只这一个孙子，他病咧！"她被拖到一边，头发披散在脸上。

孩子被抓到火跟前。那个张大胜打了他一个耳光，为什么他是个小子呢！

"管他，妈啦巴子！"另外一双火似的眼睛逼拢来，揪着他，开始撕他的衣服。

老太婆骇得叫起来："天呀！天杀的呀！"

"他妈的！老子有手枪先崩了你这畜生！"这是孩子大声的嚷叫，他因为愤怒，倒一点也懂不得惧怕了，镇静地瞪着两只眼睛，那里燃烧着火焰。孩子踢了一脚出去，竟将那家伙打倒了，于是孩子抽腿便朝外跑，却一下又被一只大手擒住了！

"什么地方来的这野种！"一拳落在他身上，"招，你姓什么，干什么的？你们听他口音，他不是这里的人！"

孩子不说话，用力睁着两只眼睛，咬紧牙齿。

"老天爷呀！他们要杀咱的孙子呀！可怜咱就这一个孙子，咱要靠他送终的……"爬起来的老太婆又摔倒在地上，她就号哭起来。

这时，门突然开了，门口直立着一个人，屋子里顿时安静了，全立了起来，张大胜敬礼之后说：

"报告连长，一个混账小奸细。"

连长走了进来，审视着孩子，默然地坐在矮凳上。

消息立即传播开了："呵呀！在审问奸细呀！"窑外边密密麻麻挤了许多人。

"咱的孙子嘛！可怜咱就这一个种，不信问问看，谁都知道的……"

几个老百姓战战兢兢地在被盘问，壮着胆子答应："是她的孙子……"

"一定要搜他，连长！"是谁看到连长有释放那孩子的意思了，这样说。同时，门外也有别的兵士在反对："一个小孩子，什么奸细！"

连长又凝视了半天那直射过来的眼睛，下了一道命令："搜他！"

一把小洋刀、两张纸票子从口袋里翻了出来。裤带上扎了一顶黑帽子，这些东西让屋子里所有的人兴奋起来了，几十只眼睛都集中在连长的手上，连长翻弄着这些物品。纸票上印的有两个人头，一个是列宁，另一个是马克思，反面有一排字："中华苏维埃人民共和国国家银行。"帽子上闪着一颗光辉的红色五星。孩子看见了这五星，心里更加光亮了，静静地等待判决。

"妈啦巴子，这么小也做土匪！"站在连长身旁的人这么说了。

"招吧！"连长问他。

"没有什么招的，任你们杀了吧！红军不是土匪，我们从来没有骚扰过老百姓，我们四处受人欢迎，我们对东北军是好的，我们争取你们和我们一道打日本，有一天你们会明白过来的！"

"这小土匪真顽强，红军就是这么凶悍的！"

他的顽强虽说激怒了一些人的心，同时也得到了许多尊敬，这是他从那沉默的空气里感受到的。

连长仍是冷冷地看着他，又冷冷地问道：

"你怕死不怕？"

这问话似乎羞辱了他，他不耐烦地昂了一下头，急促地答道："怕死不当红军！"

围拢来看的人一层一层地在增加，多少人在捏一把汗，多少心在担忧，多少眼睛变成怯弱的，露出乞怜的光去望着连长。连长却深藏着自己的情感，只淡淡地说道：

"那么，给你一颗枪弹吧！"

老太婆又号哭起来了。多半的眼皮沉重地垂下了。有人便走开了。但没有人，就是那些凶狠的家伙也没有请示，是不是要立刻执行。

"不，"孩子却镇静地说了，"连长！还是留着一颗枪弹吧，留着去打日本！你可以用刀杀我！"

忍不住了的连长，从许多人之中跑出来用力拥抱着这孩子，他大声喊道：

"还有人要杀他吗？大家的良心在哪里？日本人占了我们的家乡，杀了我们的父母妻子，我们不去报仇，却老在这里杀中国人。看这个小红军，我们拿什么来比他！他是红军，我们叫他赤匪。谁还要杀他吗，先杀了我吧……"声音慢慢地因嘶哑而哽住了。

人都涌到了一块来，孩子觉得有热的、水似的东西滴落在他的手上、他的衣襟上。他的眼也慢慢模糊了，在雾似的里面，隔着一层毛玻璃，那红色的五星浮动着，他被举起来了！

一九三七年四月十四日

【注释】

[1] 本文是丁玲在抗战时期创作的一部短篇小说，原载于《解放周刊》1937 年 4 月 24 日创刊号。初收入创作集《苏区的文艺》，南华书局 1938 年 1 月出版。

[2] 解不下：懂不了的意思。

[3] 走了水：走漏风声。

【品读】

本文写一个天真活泼的小红军战士掉队后藏匿乡间，不幸落入国民党军队之手的故事。在即将被杀害之际，小红军英勇无畏，视死如归，说："还是留着一颗枪弹吧，留着去打日本！你可以用刀杀我！"这是最坚强、最忠实的抗日战士发出的心声，它出自一个小红军之口，他这种视死如归的大无畏英雄气概和崇高的爱国主义情感，甚至使国民党军队的连长和士兵都被感动了，使他们的枪弹无法出膛。作者没有孤立地去表现小红军临危不惧的气节，而是把他放在党领导的抗日民族战争的背景下，写出了小红军成长的时代环境。小说以特有的思想深度，宣布了包括国民党官兵在内的全中国人民在民族战争中精神面貌的历史性转变，歌颂了党的抗日民族统一战线思想的威力。

在小说中，作者通过典型化的手法，赋予一位掉了队的小红军战士以成熟的政治觉悟和坚定的意志品格。小说在运用语言刻画和细节描写表现人物的性格方面相当成功。

在语言刻画上，如果说小红军对孤老太婆的倾诉表现出的只是小孩子的懂事、勤劳、能干的话，那么，这个小瓦窑堡人回想起自己与军长的对话，则再现了这位小红军战士的成长历程。

"你这个小马夫是什么地方的人？怎样来当红军的？"

"你怎样来当红军的，我也就是那样。"

军长低声对旁边坐着的人说："要好好教育，这些小鬼都不错呢。"

在收留他的村庄，这位天真、热情的孩子暂时忘却了忧愁，他与村里的老百姓更亲热了。他喋喋不休地重复着他从小组会上或者演讲里面学得的一些话："红军是革命的军队，是为大多数工人农民谋利益的……我们红军当前的任务，就是为解放中华民族而奋斗，要打倒日本帝国主义，因为日本快要灭亡中国了，一切不愿做亡国奴的人都要参加红军去打日本……"

艰苦的环境能磨炼人的意志。在国难当头、民族危亡的时候，无依无靠、无家可归的小孩子成长为勇敢、坚毅的小红军。

文中多次描写小红军揣在怀里的有着红五星的帽子。这一细节描写使得小红军的形象更加丰满。

他因失去了父母、失去了家而投奔红军，在一次"躲飞机""躲炸弹"的时候与队伍走散了。此后，他又遭遇了许多危险情况，然而，他却牢牢珍藏着那顶有着红五星的帽子。在身份暴露的时候，作者写道：

"帽子上闪着一颗光辉的红色五星。孩子看见了这五星，心里更加光亮了，静静地等待判决。"

此时，一位深明大义、信念坚定、坚强果敢的小红军形象跃然纸上。

小红军的崇高思想境界感动了同样受欺侮的中国人。小说的最后，"他被举起来了"，这是真情的呼唤，是良知的觉醒，是民族团结的渴望。

【思考题】

一、小说标题"一颗未出膛的枪弹"具有丰富的内涵。请结合作品简要分析。

二、闪耀着红色五角星的帽子在文中出现了多次，且表述富于变化。请简要分析这样写有何效果。

三、请简要概括文中孩子的形象。

亮剑[1]（节选）

都　梁

　　都梁（1954—　），原名梁战，江苏人。出身于军人家庭，少年参军，曾服役于坦克部队。复员回到北京后，从事教师、公务员、公司经理、石油勘探技术研究所所长等工作，现为自由撰稿人。2000 年 1 月，出版个人首部长篇小说《亮剑》。2001 年 12 月，发表电视剧剧本《亮剑》。后写出长篇小说《血色浪漫》《梦开始的地方》《狼烟北平》《荣宝斋》《百年往事》等颇具感染力的作品。先后获中共中央宣传部"五个一工程奖"等，由长篇小说《亮剑》改编的同名电视连续剧获电视剧"风云大奖"。

　　……

　　冬天的田野山峦，显得特别空旷。西北风钻进了晋西北的群山，在山峰和沟谷间尖厉地呼啸着，似乎把裸露的岩石都冻裂了。户外活动的人每人嘴上都像叼上了烟袋，呼呼地冒白烟。李云龙命令分散在各地的连队进行刺杀训练。这是没有办法的事，部队缺乏御寒的棉衣，不活动活动就会冻死人。有些连队只有一两件棉衣，只有哨兵上岗才能穿。李云龙认为，与其让部队冻得乱蹦乱跳，不如练练刺杀，既练出一身汗，又提高了战斗素质。只穿着一件单衣的赵刚冻得病倒了，高烧到 39度。李云龙一发愁就爱骂街，他骂天骂地骂西北风骂小鬼子，日爹操娘地把老天爷和小鬼子的先人都骂了一遍。赵刚从昏迷中醒来，见李云龙骂街，便抱歉地说："老李，我这一病，担子都放在你身上了，我这身体太不争气，要不怎么说百无一用是文人呢？"李云龙眼一瞪："你哪儿这么多废话？谁没个头疼脑热的时候？文人怎么没用？小时候我爹就告诉我，这辈子谁都可以不敬，唯有秀才不可不敬，那是文曲星，不是凡人。在我们村，我家不算最穷，好歹还有二亩薄地，年景好时，一家老小吃饱肚子没问题。我爹说，这辈子就算穷死，也要让我读书，全家人省吃俭用供我去私塾先生那儿读书，可惜只读了三年就赶上灾年，饭都吃不饱，还能读得起书？只学了《三字经》《百家姓》，这些日子不是你教我，我李云龙脑子里还不是一盆浆糊？我李云龙上辈子烧了高香，碰见你这么个大知识分子，我还不该当菩萨似的供着？"赵刚有气无力地骂了一句："你狗日的少给我戴高帽……"

"你看，你看，你这大知识分子咋也学会骂人了，总不是跟我学的吧？"

赵刚睁开眼说："得想点儿办法啦，再这样下去，咱们要被困死。棉衣还是小事，挺一挺也就过去了，最严重的是弹药问题。每人不到五发子弹，一场小规模战斗也打不起。"李云龙摸起赵刚的笔记本要撕纸卷烟。赵刚抗议道："你少动我的本子，都快让你扯光了。"李云龙哼了一声："小气鬼，一个破本子也当宝贝，老子过些日子还你个新的，还是日本货。"赵刚眼睛一亮："我知道你又打鬼子运输队的主意呢，说吧，这仗准备怎么打？""先把一营集结起来，以一营为主。再把其他营的战斗骨干补充进一营，编成加强营。据侦察报告，鬼子运输队的押送兵力一般为一个小队，我拿一个加强营干他一个小队，10：1的兵力，该是没问题了。老赵，你说，这仗怎么打才好？"李云龙在卖关子。赵刚说："我知道你在考我。我要是说了可就没你这个团长什么事了，我当了团长，你干得了政委吗？好，只当咱们团现在没有团长，我暂时代理团长组织这场伏击战。第一，咱们的弱点是火力差，缺弹药。论兵力，咱们和日军为10：1，若论火力，咱们和日军恐怕连1：20都不止。在这么强的火力下，别说一个加强营，就算独立团全上去也不过是一堆活靶子。打平型关，115师倾全师之兵力，在弹药充足、地形极为有利的情况下，向毫无防备的日军发起突然攻击，以正规野战军对付二流的辎重部队不过是打了个平手，伤亡比例是1：1。比起平型关之战，咱们没有115师当时的本钱，要是算计不好，这个本可赔大了……"

李云龙一拍桌子笑道："好你个赵刚，看来我这个团长位子坐不长了，你小子是不是早惦记上这位子啦？"

赵刚顺着自己的思路继续说："其实你在安排部队进行刺杀训练时我就想到了，看看你安排的那些科目，单兵对刺，一对一、一对三对刺，当时我就猜出来，你打算在适当的时机、适当的地形条件下打一场正规的白刃战。日本陆军擅长白刃战，单兵训练中以刺杀训练为重。他们的《步兵操典》中规定得更为机械，进行白刃战之前要退出枪膛内的子弹。据说，他们最反感的是八路军在白刃战中开枪射击，认为这有损于一支正规军队的荣誉。我猜想，你希望能用事实证明，八路军的刺杀技术和勇气丝毫不逊色于日本军人。"

李云龙点点头："对，是这么想的。其实，以中国武术的眼光看，日本步兵那两下子刺杀技术根本上不得台面。论冷兵器，咱中国人是老祖宗。这次刺杀训练中，全团有一百多个战士曾经练过武术，他们把武术中使红缨枪的套路揉进了刺杀训练，不光重视刺刀和枪托的杀伤力，还注意武术中腿法的使用。和尚这小子更有阴招，他设计了一种能安在脚尖上的刀子，脚踢出去，刀刀见血。要在过去，玩儿这种暗器会被武林中人所不齿，现在对付鬼子可没这么多讲究了。一营的二连长张大彪上次找我，说二连不打算练刺杀，练练砍刀成不成。我才想起这小子在宋哲元的29军大刀队当过排长，懂些刀法。我说行，只要你不用子弹就能把日本鬼子宰了，你用老娘们儿的锥子剪子都成。没想到我刚一说成，二连变戏法似的拿出一百多把大砍刀，闹了半天，人家早预备好了。"

赵刚接着说:"第二,选择地形是个关键,首先需要一个加强营的兵力能从隐蔽地点迅速展开,在日军没来得及组织火力反击之前,以迅雷不及掩耳之势冲上去和敌人绞在一起。这种战术的前提是,尽量缩短冲击距离,最好限定在 50 米内,这样一分钟之内就冲上去了。一旦和敌人绞在一起,他们就算不想拼刺刀,也由不得他们了。"李云龙眉开眼笑地说:"你看,一套完整的作战方案已经出来了嘛,老赵,你做好事做到底,帮我想想伏击地点选在哪里。"

赵刚揶揄道:"得啦,别假谦虚了,这是你的作战方案,我不过是替你说出来罢了。你也别卖关子了,前些日子你带和尚在野狼峪那边转悠,我就知道你想干什么。那地方选得不错,我看就在野狼峪干吧。"李云龙喊道:"知我者,赵刚也。""不过,我要提醒你一句,万一情报不准,鬼子不是一个押车小队,而是一个中队或一个大队作战部队,你怎么办?"李云龙道:"古代剑客和高手狭路相逢,假定这个对手是天下第一剑客,你明知不敌,该怎么办?是转身逃走,还是求饶?""当然不能退缩,要不你凭什么当剑客?""这就对了,明知是个死,也要宝剑出鞘,这叫亮剑,没这个勇气,你就别当剑客。倒在对手剑下算不上丢脸,那叫虽败犹荣,要是不敢亮剑,你以后就别在江湖上混了。咱独立团不当孬种,鬼子来一个小队咱亮剑,来一个大队也照样亮剑。"

大地上覆满了白雪,干燥而坚硬,刺骨的寒风仿佛把人的脑子都冻住了,连思维都凝固了。路边几棵孤零零的槐树在严寒的侵袭下,时而可以听到树枝的折裂声,好像它的肢体在树皮下碎裂了,偶尔一截粗大的树枝被寒风刮落到地上,砸在潜伏的战士们的背上。

一个加强营 400 多号战士一动不动地趴在公路两侧的土沟里。他们身上盖着事先搞来的枯草,这样既能御寒,又能达到隐蔽的效果。李云龙看见路边的草都在微微颤动,他知道这是身穿单衣的战士们在寒风中被冻得发抖。部队已经进入潜伏位置三个小时了,李云龙自己也冻得两排牙在不停地撞击,用他自己的话说,听见这声跟打机枪似的。他用不连贯的声音对着被冻得脸色发青的赵刚说:"老……老……赵……看你那……那模样……像他娘的……青面兽似……似的……"病刚好点儿的赵刚知道这下子又该大病一场了。但他坚持要参加战斗,不能让人家看着说知识分子出身的政委是个熊蛋,连冻都扛不住,还当什么政委?他上牙打下牙地还嘴道:"你……你还他妈……妈的说我……你,你,你那模样……比我……我也好不到哪……哪里去,像……像他娘的……挂……挂着霜……霜的冬瓜……"李云龙还想还嘴,但嘴动了半天却一句话说不出来,他隔着单衣摸摸肚皮,发觉手感有些不对,肚皮怎么硬邦邦的?好像五脏六腑全冻在一起了,他自嘲地想:穿上铠甲啦,鬼子的刺刀也捅不进去。

前面的小山上瞭望哨打出暗号,终于来了,不知有多少人,不管它,反正也是一样,破釜沉舟了,鬼子来一个小队要干,来一个联队也得干,总比冻死强。日军的汽车队出现了,头车的驾驶棚顶上架着两挺歪把子机枪。车厢里满载着荷枪实弹穿着黄色粗呢面皮大衣、戴着皮帽的日本士兵,满载士兵的卡车竟有几十辆……

日军的卡车开得很慢,先头车似乎在谨慎地前进。随风传来日军士兵的歌声:

"朝霞之下任遥望，起伏无比几山河，吾人精锐军威壮，盟邦众庶皆康宁，满载光荣啊，关东军。"

懂些日语的赵刚脸色有变，轻声道："这是关东军军歌，老李，情况有变，这不是日本驻山西的部队，是刚调进关的关东军。兵力有两个中队，和咱们的兵力对比差不多是一比一，干不干？"李云龙注视着开近的车队，牙一咬发狠道："狭路相逢勇者胜，干！敌人把胸脯送到咱们的刺刀尖前，咋能把刺刀缩回来？"李云龙一挥手，和尚拉响了预先埋好的地雷。"轰"的一声，第一辆车被炸得粉碎，汽车的碎片、日军士兵破碎的肢体纷纷扬扬从天上落下，几乎全落在潜伏战士身上。

路边的枯草在一瞬间被掀开，一排排雪亮的刺刀出现了。部队潮水般冲上公路，顷刻间，身穿黄色军装的人群和身穿灰色军装的人群便绞做一团。训练有素的关东军士兵在突如其来的打击前迅速做出反应，他们嗷嗷地嚎叫着从车上纷纷跳下去，哗哗地拉枪栓声响成一片，黄澄澄的子弹从枪膛里跳出来，落在地上，训练有素而又墨守成规的日本士兵，百忙中也没有忘了在白刃战前按《步兵操典》的规定退出子弹。就这么一眨眼的停顿，有几十个日军士兵手脚稍微慢了些，被独立团的刺刀捅个透心凉。

这是场硬碰硬的肉搏战。双方杀红了眼，刺刀相交的铿锵声，枪托击中肉体发出的闷响声，濒死者的惨叫声，杀得性起的吼声响成一片……

两架日军的"零式"战斗机超低空掠过，日军驾驶员发现，下面的公路上密密麻麻的人群绞在一起，灰色和黄色都有。飞行员紧按机枪发射钮的手松开了，飞机一掠而过。

按照战前团党委的决定：团长、政委应坚守指挥位置，绝不允许参加白刃战。这条规定实际上是冲着李云龙去的，李云龙也郑重表了态，坚决遵守团党委的决定。可战斗一打响，他和警卫员都进入了兴奋状态。李云龙三下两下就把单军装脱下来，抄起鬼头刀赤膊冲上去。团长光了膀子，警卫员自然没有穿衣服的道理，和尚也把衣服一甩，拎着红缨枪冲上去。赵刚制止不及，见两人已冲进敌阵，一时也按捺不住，和他的警卫员小张一齐拎着驳壳枪冲出去。

好一场混战，军人的意志、勇气和战斗技巧完美结合。八路军115师的那位大名鼎鼎的师长，未来的元帅曾得出结论：敢于刺刀见红的部队才是过硬的部队。身穿单薄夏装、顶着刺骨寒风的独立团一营，以破釜沉舟的赴死精神面对强敌，在和对手兵力相等的情况下率先发起攻击，进行了一场惨烈的白刃战，这在当时的中日战场上也实为罕见。

李云龙的第一个对手是个日本军曹，他不像别的日本兵一样嘴里呀呀地叫个没完，而是一声不吭，端着刺刀以逸待劳，对身旁惨烈的格斗视若无睹，只是用双阴沉沉的眼睛死死盯着李云龙。两人对视着兜了几个圈子。也许日本军曹在琢磨，为什么对手摆出一个奇怪的姿态。

李云龙双手握刀，刀身下垂到左腿前，刀背对着敌人，而刀锋却向着自己，几乎贴近了左腿。日本军曹怎么也想象不出以这种姿势迎敌有什么奥妙，他不耐烦了，呀的一声倾其全力向李云龙左肋来个突刺，李云龙身形未动，手中的刀迅速上扬，"咔嚓"一声，沉重的刀背磕开了日本军曹手中的步枪，一个念头在军曹脑子里倏然闪过：坏了，他一个动作完成了两个目的，在扬刀磕开步枪的同时，刀锋已经到位……他来不及多想，李云龙的刀锋从右至左，从上而下斜着抢出了一个180°的杀伤半径。军曹的身子飞出两米开外，还怒视着李云龙呢。李云龙咧开嘴乐了，这宋哲元29军的大刀队不愧是玩儿刀的行家，真是越厉害的刀术往往越简单。这招刀术是曾在29军大刀队干过的二连连长张大彪的绝活儿，李云龙也学会了，这招确实厉害。

少林寺出身的魏和尚根本不是当警卫员的料。他早把保卫首长安全的职责抛到爪哇国去了，只顾自己杀得痛快，他的红缨枪经过改装，红缨穗足有二尺多长，枪杆是直径两公分的白蜡杆。这类极具古典风格的兵器在中国传统武术中具有枪和棍的双重功能，在精通中国武术的和尚手里，这种兵器所发挥出的杀伤力是日本兵手中装着刺刀的三八式步枪没法比的。

崇尚冷兵器的日本军人的眼光都很敏锐，和尚一出场就捅穿了两个日本兵。他们马上发现这个对手不一般，顿时上来五个日本兵围住他。五把刺刀走马灯似的不停地突刺，根本不容他缓缓手，他猛地仰面朝天栽倒，日本兵们还没有醒过味来，和尚手中的枪杆呼啸着贴地一个360°扫堂棍，五个日本兵惨叫着栽倒。白蜡杆的力道之大，五个日本兵的踝骨全被扫断，圈外的日本兵大惊失色，纷纷围拢过来，和尚一枪刺入一个躺倒的日本兵胸部，身子借力来个撑杆跳，腾空而起，右脚已踢中一个日本兵的喉咙，脚上的暗器划断了日本兵的颈动脉，鲜血随着压力喷起半尺多高，而枪尖借体重把另一个日本兵钉在地上，三个日本兵再不敢轻举妄动，背靠背摆出三角阵以求自保。和尚手中枪杆一抖，两尺多长的红缨穗如铁拂尘一样扫中面对他的两个日本兵的眼睛。枪尖又一抖，从两个脑袋之间穿过刺入背对着他的日本兵后脑，和尚正要收拾剩下的两个，就听见"啪啪"两声枪响，两个日本兵应声栽倒，他回头一看，见赵刚正扬着枪口吹气呢，和尚不满地说："政委，省点儿子弹行不？要拼刺刀就别开枪，你看人家鬼子多懂规矩，子弹都退了，别让鬼子笑话咱八路军不讲规矩呀。"赵刚"啪啪"又是两枪，打倒两个日本兵，嘴里说："废话，哪儿这么多规矩？只要能消灭敌人就行。"和尚拎着红缨枪向格斗激烈的地方蹿过去，嘴里低声挖苦道："政委枪法不赖，两三米内弹无虚发……"

赵刚虽然参加过不少次战斗，但这种硬碰硬的白刃战还是第一次碰上，对这种惨烈的搏斗显然缺乏足够的心理准备，眼前这种血淋淋的场面使他感到震惊。在他看来，日军士兵的身高虽普遍矮小，但几乎每个士兵都长得粗壮敦实，肌肉发达，脸上都泛着营养良好的油光，无论是突刺还是格挡，手臂上都带着一种训练有素的爆发力。相比之下，八路军战士显得身材单薄，脸上也呈现出营养不良的菜色，两个国家经济实力的悬殊，体现在单兵素质上，很使赵刚感到痛心疾首。但赵刚也同时发现，独立团的战士的确不同于别的部队，他们身上有一种共同的气质，就是出手凶狠果断，有种敢和敌人拼命的劲头，一出刺刀就痛下杀手，很少使用格挡等以求自保的方式，招招都是要和对手同归于尽的意思。赵刚看见搏斗中不断地有战士被敌人的刺刀刺中，有的战士腹部已被刺刀豁开，青紫色的肠子已挂在体外，但仍然发着狠地将刺刀向敌人捅去。一个身中十几刀、浑身血肉模糊的战士，已经站不起来了，他双手握着砍刀卧在地上，只要见到穿翻毛皮鞋的脚就狠命地砍，有两个正在对刺的日本兵都在猝不及防中被他砍断脚腕，一头栽倒。看得赵刚眼眶发热，他不停地用驳壳枪向敌人点射，二十发子弹顷刻间就打光了，若不是有经验的警卫员小张恰到好处地扣响了驳壳枪，一个日军少尉的刺刀很可能就把赵刚捅个透心凉。小张打空了弹夹，还没来得及换，一个日本兵的刺刀就捅进了他的腹部，这时，赵刚的驳壳枪又扣响了……

二连长张大彪也是个闻到血腥味就兴奋的家伙。他是个颇具古典气质的军人，崇尚冷兵器。宋哲元的29军在国民党军战斗序列中，以人手一把大砍刀闻名于世，其前身西北军由于装备较差，不得不注重使用大砍刀进行近身肉搏。部队的训练科目中，刀法训练占有很大的比重。在29军中，由士兵提升为军官的人，必须是刀法上有过人之处的军人。当年喜峰口一战，身为班长的张大彪一把砍刀砍掉四个鬼子的脑袋，被提升为排长。1937年，卢沟桥事变，在争夺永定河上的大铁桥时，29军何基丰旅和关东军展开肉搏，张大彪用大砍刀砍倒九个鬼子。后来，29军南撤时，张大彪开了小差，他要回家安顿老母亲，谁知他家乡一带的村子都被日军烧了，老母亲也被烧死。张大彪埋葬了母亲，一跺脚便投了八路。从此，他见了日本人眼睛就红。

当地雷把关东军的第一辆卡车炸上天时，一顶被炸飞的日本钢盔从高空落下，正砸在张大彪的脑门上，锋利的钢盔沿把他的脑门砸开一个口子，鲜血顺着脑门流下来，把眼睛都糊住了。他打了多年的仗，连根毫毛都没伤过，从来都是见别人流血，这次居然是自己脑门上淌血了，不禁勃然大怒。他用袖子在脸上胡乱揩了几把，拎着砍刀就冲了上去。坐在汽车驾驶室里的一个日军少佐刚推开车门往下跳，张大彪的刀锋一闪，日军少佐的脑袋飞出了几米远。一个日军士兵刚从车厢里跳下来，脚还没站稳，张大彪一刀下去，他的右手连同三八式步枪的木质枪托被齐崭崭砍断，落进尘埃。日本士兵疼得抱着断臂嚎叫起来，张大彪又是一刀横着抡出，刀尖轻飘飘地从日军士兵的脖子上划过，准确地将颈动脉划断，鲜血从动脉血管的断处喷出。

李云龙正抡着鬼头刀冲过来，看见这一幕，不禁心疼起那支被砍掉枪托的步枪来，便怒骂道："大彪，你狗日的真是个败家子，多好的一支枪让你毁了，你是砍人还是砍枪？"张大彪举着刀扑向另一个鬼子，嘴里抱歉地说："对不起啦团长，那狗日的手腕子咋像是豆腐做的？我没使劲儿呀！"

白刃战就像体育竞技中的淘汰赛，不到十分钟时间，双方大部分人都倒下了，幸存下来的都是些刺杀高手了。一个身穿黄呢军服，佩戴中尉军衔的日本军官还在做困兽之斗。这个中尉是个中等个子，很壮实，皮肤白皙，长得眉清目秀，很年轻，却骁勇异常，一把刺刀使得神出鬼没，几个八路军战士把他围在中间，他竟面无惧色，呀呀地叫着，左突右刺，频频出击，几个战士都被他刺倒。李云龙大怒，拎着鬼头刀就要往上冲，张大彪扑过来拦住李云龙大吼道："团长，给我点儿面子，把这狗日的留给我……"他满脸通红，两眼炯炯放光，这是一种突然遇见势均力敌的对手引起的兴奋。李云龙挥挥手，张大彪感激地看了团长一眼，举刀扑向前去。

赵刚拎着驳壳枪从远处跑过来，见张大彪正和日军中尉对峙，举枪就要打，被李云龙拦住了："老赵，千万别开枪，咱们今天玩儿的是冷兵器，我李云龙不能让鬼子笑话咱不讲规矩。"赵刚不屑地说："和鬼子讲什么规矩？我看你脑子有病，时间紧迫，快开枪打死这个鬼子，赶快打扫战场……"李云龙固执地说："不行，白刃战有白刃战的规矩，我李云龙往后还要在这一带混呢，不能让鬼子笑话我的部队没拼刺刀的本事，这有损我的名誉。现在是单打独斗，大彪要不行我再上，我就不信这小子还有三头六臂不成。"

高手相搏，胜负只在毫厘之间，张大彪和日军中尉转眼间已过了五六招，两人身上的军装都被刀锋划得稀烂，鲜血把军装都浸透了。张大彪的左肋和胳膊都被刺刀划开几道口子，不过那日军中尉也没占着便宜，他的肩膀和手臂也在淌血，尤其是脸上被刀锋从左至右划开一道横口子，连鼻子都豁开了。大砍刀和刺刀相撞溅出火星，发出铿铿的金属音。

李云龙两腿叉开，双手拄着鬼头刀在若无其事地观战，嘴里还啧啧评论着："这小鬼子身手不错，有股子拼命的劲头，还算条汉子。我说大彪，你还行吗？不行就换人，别他娘的占着茅坑不屙屎。"张大彪把砍刀抡出一片白光，嘴里说着："团长，你先歇着，不劳你大驾了，我先逗这小子玩儿会儿，总得让人家临死前露几手嘛……"和尚拎着红缨枪不耐烦地催道："快点儿，快点儿，你当是哄孩子呢。这狗日的也就这几下子，上盘护得挺严，下盘全露着，大彪你那刀是干吗吃的？咋不攻他的下盘……"和尚话音没落，张大彪一侧身躲开了对方的突刺，身子扑倒在地，砍刀贴着地皮呈扇面掠过，日军中尉突然惨叫一声，他正呈弓箭步的左脚被锋利的砍刀齐脚腕砍断，顿时失去支撑点，一头栽倒在地上。张大彪闪电般翻腕就是一刀，日军中尉的脑袋和身子分了家。

白刃战用了十几分钟就结束了。田野里横七竖八地躺满了血淋淋的尸体，像个露天屠宰场。300多个关东军士兵的尸体和300多个八路军士兵的尸体都保持着生前搏斗的姿势。有如时间在一霎间凝固了，留下这些惨烈的雕塑。

赵刚的警卫员小张被刺中腹部，青紫色的肠子已滑出体外。赵刚抱着濒死的小张连声喊："小张，再坚持一下，要挺住呀……"他的泪水成串地滚落下来，悲痛得说不出话来。

李云龙脸色凝重地环视着尸体横陈的战场，关东军士兵强悍的战斗力给他留下了深刻的印象。那个脑袋和身子已经分家的日军中尉伏在沟边，李云龙对和尚说："别的鬼子尸体不用管，让鬼子自己去收尸，这个中尉的衣服不要扒了，好好把他埋了，这狗日的是条汉子，硬是刺倒了我四个战士，娘的，是个刺杀高手，可惜了。"和尚瞪着眼表示不满："这天寒地冻的埋自己人还埋不过来，我还管他……"李云龙也瞪起了眼："你懂什么？别看你能打两下子，也只是个刚还俗的和尚，还不算是军人，这小子有种，是真正的军人我就尊重，快去。"

是役，独立团一营阵亡358人，仅存30多人。日军阵亡371人，两个中队全军覆没。

日军驻山西第一军司令官筱冢义男得到消息时正和下属下围棋，他先是被震惊得说不出话来，随后又暴怒地抽出军刀将围棋盘砍成碎片，他愤怒的是，穷得像叫花子一样的八路军竟敢率先攻击一流的关东军部队，他发誓有朝一日要亲手用军刀砍下李云龙的脑袋。

八路军总部传令嘉奖。国民党军第二战区司令长官阎锡山除传令嘉奖外，还赏李云龙团大洋两千元。远在重庆的蒋委员长对何应钦说："你去查一查，这个李团长是不是黄埔生？嗯，军衔该是上校吧，军政部考虑一下，能否提为陆军少将？"何应钦苦笑着说："委员长，人家共产党不认军衔，我听说，120师的贺龙把中将服都赏给了他的马夫……"

李云龙派人给楚云飞送去一把日军指挥刀和一副军用望远镜，还捎去一封信："楚兄，前日县城会面，兄待弟不薄，大碗喝酒大块吃肉不说，临别还赠予爱枪，弟乃穷光蛋一个，摸遍全身，无以回赠，不胜惶惶。有道是，来而不往非礼也，鄙团虽说'游而不击'，近来也颇有斩获，一点薄礼，实难出手，望兄笑纳。弟云龙顿首。"

楚云飞派人送来子弹五万发，信上写道："云龙兄，近闻贵团以一营之兵力全歼关东军两个中队，敌官佐至士兵无一漏网，贵团战斗力之强悍已在第二战区传为佳话。昔日田光赞荆轲曰：血勇之人，怒而面赤；脉勇之人，怒而面青；骨勇之人，怒而面白；荆轲当属神勇之人，怒而色不变。依愚弟之见，云龙兄率部以劣势装备率先向强敌发起攻击，并手刃敌数百人，实属神勇之人，愚弟不胜钦佩。"

【注释】

[1] 亮剑：《亮剑》是都梁创作的长篇小说。小说以主人公李云龙的个人经历为主线，反映了从抗日战争、解放战争直至中华人民共和国成立后的历史。这是一部融合了史诗风格和悲剧色彩的战争题材作品，具有较强的艺术风格。

【品读】

这段文字描写了李云龙指挥独立团一营在野狼峪伏击关东军的战斗。在这场战斗中，李云龙采用拼刺刀——最能体现作者对"勇气"的理解——的方式消灭了所有敌人。李云龙几次提到"狭路相逢勇者胜"，这彰显的是一个人的精神，也是整个军队的精神。文字的最后，作者借楚云飞之口表达了对李云龙的赞美："昔日田光赞荆轲曰：血勇之人，怒而面赤；脉勇之人，怒而面青；骨勇之人，怒而面白；荆轲当属神勇之人，怒而色不变。依愚弟之见，云龙兄率部以劣势装备率先向强敌发起攻击，并手刃敌数百人，实属神勇之人，愚弟不胜钦佩。"

从《亮剑》中的英雄人物身上，我们可以找到英雄之间的共同点，那就是精神上的至高无上与不可战胜。他们在面对强大的外敌时，表现出了万众一心、其利断金的伟大决心。

在小说中，李云龙带领战士，克服重重困难，在物质条件极度匮乏的条件下，努力钻研先进军事技术，提高作战水平，打出了令对手闻风丧胆的胜仗，打出了军威，彰显了国威。关于亮剑精神的核心，作者借主角李云龙之口这样阐述：古代剑客们在与对手狭路相逢时，无论对手有多么强大，就算是天下第一的剑客，明知不敌，也要亮出自己的宝剑；即使倒在对手的剑下，也虽败犹荣，这就是亮剑精神。亮剑精神是勇往直前、慷慨无畏的精神。它穿越时空，跨越地域，联动民众，是中华民族崛起征程中应对世纪风云变幻的巨大精神动力。它的意义在于，面对困难，明知可能无法战胜，也要勇于挑战，开拓进取。

【思考题】

一、《亮剑》塑造的李云龙性格有什么特点？这个英雄形象与 20 世纪 50 年代战争小说中的英雄形象有什么区别？试举例，分析李云龙这个形象塑造成功的原因。

二、本文如何通过细节描写凸显独立团的战斗精神？试举例说明。

三、请简述亮剑精神在新时代的价值和意义。

第三单元

能 征 善 战

　　能征善战，形容将士善于打仗。自古以来，讴歌沙场上善战的将士，展示军事实践中最鲜活、最激越、最壮美的图景，一直是军旅文学作品中不可或缺的重要内容。这些不朽的作品，以凝练的语言和真挚的情感，抒发了作者对浴血奋战、保家卫国将士深深的敬仰之情。在作者笔下，一次次行军战斗让人如临其境，一个个英雄形象让人如见其人，既有对军旅艰辛生活的感叹，也有对将士得胜凯旋的欢呼；既有对将士精湛武艺的褒奖，也有对将士机智果敢的赞誉。

　　我们可以从经典诗句中，比如李白《从军行》中的"突营射杀呼延将，独领残兵千骑归"，杜甫《后出塞（其二）》中的"平沙列万幕，部伍各见招"，以及严武《军城早秋》中的"更催飞将追骄虏，莫遣沙场匹马还"，领略将领临危不惧、英勇善战的战斗才能和风采。学习体悟古典诗词中蕴含的兵法智慧和尚武文化，对于革命军人培育战斗精神具有重要作用。

　　能征善战是我军从弱小走向强大、从一个胜利走向又一个胜利的重要保证，是我军的优良传统。习主席明确指出，能打胜仗是强军目标的核心，反映了军队的根本职能和军队建设的根本方向。加强战斗精神培育是实现强军目标的内在要求，也是具体举措和重要支撑。未来的信息化战争，不仅是打钢铁、打科技，而且是打智谋、打技能、打士气。只有在战争决策、力量运用和战法创新上技高一筹，才能确保革命军人能打仗、打胜仗。培育将士的战斗能力和素质，同样需要优秀的军事文化作为支撑，本单元选取中华传统文化经典作品中的优秀篇目，让我们一同欣赏前人用精美诗句对能征善战的解读，在诗人们艺术般的韵律中探寻能征善战的真谛！

安丰侯诗[1]

崔 骃

崔骃（？—92年），字亭伯，涿郡安平（今河北安平）人。东汉文学家，与汉代著名学者班固齐名。自幼聪明过人，13岁便精通《诗》《易》《春秋》，博学多才。他写的《四巡颂》，颂扬汉朝之德，文辞优美，受到汉章帝的重视。窦太后当政时，窦融的曾孙窦宪为车骑将军，崔骃任主簿。窦宪骄横放纵，崔骃屡次劝谏，切中要害。但窦宪不能容忍，便疏远他，并让他任长岑长（汉时辽东某县长官），他弃官不做，回归家园。

戎马鸣兮金鼓震，壮士激兮忘身命[2]。
被光甲兮跨良马，挥长戟兮彀强弩[3]。

【注释】

[1] 安丰：西汉县名，在今河南固始东南。安丰侯：指东汉著名将领窦融。

[2] 激：情绪昂扬。这两句意思是：在战马嘶鸣、鼓声震天的战场上，窦将军慷慨激昂，舍生忘死，上阵杀敌。

[3] 被（pī）：同"披"，穿着。光甲：闪亮的金属甲衣。彀（gòu）：用力拉开。这两句意思是：只见他身着闪亮的盔甲，骑着战马时而挥动长戟刺杀，时而拉开弓箭射敌。

【品读】

东汉初年，窦融镇守河西五郡，为平定边患立下大功。崔骃任主簿时，写下本诗，借对当年窦融领兵作战的赞美与推崇，表达对窦宪的诫勉与激励。

这首诗先描写了战马嘶鸣、金鼓震天的战斗场面，展现了将士们舍生忘死、英勇作战的昂扬斗志。诗一开头，就进入了激战，没有序幕，也没有前奏，开篇便是奔驰嘶叫的战马和催人冲锋的战鼓，战斗的紧张气氛被烘托出来了。接下来是对英勇将士的歌咏，"壮士激兮"说的是将士们的激昂情绪，"忘身命"说的是将士们的勇敢精神，加起来一起说，就成了将士们奋勇杀敌、勇往直前的真实写照。后两句是具体描写，披甲、策马、挥戟、拉弓，更细致地再现了将士们的英姿，描写了将士们以光甲良马、精兵锐器向敌人进攻时的情景。全诗连用"鸣""震""激""忘""被""跨""挥""彀"等富有动感的字眼，生动地表现了将士骁勇善战的英雄形象和战斗精神。全诗只写了战马、金鼓、壮士、甲、戟、弩这些与战争有关的人和物，却让读者非常激动和紧张，仿佛将士们的冲杀之声不绝于耳。全诗以烘托手法描写了安丰侯威武的英雄形象，是一首很好的描写战斗场面的诗。

　　【思考题】
　　一、诗歌第二句描绘了怎样的战斗场景？
　　二、此诗是如何刻画将士们骁勇善战、奋勇杀敌的英姿的？
　　三、这首诗表达了诗人怎样的思想感情？

从 军 行

李 白

百战沙场碎铁衣[1]，城南已合数重围。
突营射杀呼延将[2]，独领残兵千骑归。

【注释】

［1］铁衣：铁片连缀的铠甲。

［2］突营：指突出重围。呼延将：这里指敌酋。呼延是汉时匈奴四姓贵族之一。

【品读】

　　盛唐时期，国力强盛，君主锐意进取，人们渴望在这个时代崭露头角、有所作为。武将把一腔热血洒向沙场，渴望建功立业，诗人则为伟大的时代精神所感染，用雄浑悲壮的豪情谱写了一曲曲气势磅礴、瑰丽壮美而又哀婉动人的诗篇。诗作描写了战士的作战经历、从军感想以及征战杀敌、守护和平的愿望。这首诗描写了一位久经沙场的将领勇杀敌将、率部成功突围的传奇之战。作战是勇的较量，更是谋的比拼。一将智勇双全，三军扭转乾坤。前两句先声夺人，聚焦细节，直言将军身经百战，用"碎铁衣"凸显厮杀之惨烈，然后俯瞰全景，以"数重围"表现被敌军团团围困的紧迫形势。后两句定格"射杀"敌将的突围瞬间，描绘率部归来的胜利时刻，表现将军作战时的神勇无畏，其勇猛机智、胆识过人的风采跃然纸上。诗作所要表现的是一位勇武过人的英雄，而所写的战争从全局来看，是一场败仗。虽战败却并不令人丧气，而是败中见豪气。"独领残兵千骑归"，"独"字几乎有千斤之力，压倒了敌方的千军万马，给人以顶天立地之感。诗作没有对这位将军进行肖像描写，但通过紧张的战斗场景，把英雄的精神与气概表现得异常鲜明而突出，给人留下难忘的印象。诗作将这场惊心动魄的突围战和首句"百战沙场碎铁衣"相对照，让人想到这不过是他"百战沙场"中的一仗。这样，就把刚才这一场突围战，以及英雄的整个战斗历程，渲染得格外威武壮烈，充满传奇色彩。诗作让人不觉得出现在眼前的是一批残兵败将，却让人感受到这些从血泊中厮杀出来的英雄充满豪情。

【思考题】

一、诗中哪些字词反映了眼前这场战事的严峻形势？

二、一个"碎"字和一个"独"字刻画出了一位怎样的将领形象？

三、有人说此诗"于败中见豪气"，为何这样说？

前出塞（其六）

杜 甫

杜甫（712—770 年），字子美，号少陵野老，原籍襄阳（今湖北襄阳）人，后迁居巩县（今河南巩义）。唐代著名诗人，与李白齐名，并称"李杜"。曾在剑南节度使严武幕中任参谋，并被荐为检校工部员外郎，故后人称他为"杜工部"。杜甫的创作成就极高，是古典诗歌现实主义的高峰。其诗风沉郁悲凉，雄浑奔放，语言精练，今存诗 1440 多首，有《杜工部集》传世。

杜甫生逢安史之乱，一生忧国忧民，虽然仕途坎坷、历经磨难，但始终怀着报效国家的满腔热忱。他的诗多是围绕唐朝由盛转衰的社会现实，真实形象地反映了战乱中国无宁日、民不聊生的苦难情景，抒发了爱国报国的真挚情感，被称为"诗史"。他创作了大量反映战争和军旅生活的边塞诗。本诗是其代表作，也是流传甚广的名篇。

挽弓当挽强，用箭当用长[1]。
射人先射马，擒贼先擒王[2]。
杀人亦有限，立国自有疆[3]。
苟能制侵陵，岂在多杀伤[4]。

【注释】

[1] 这两句意思是：在战场上用硬弓使长箭，才能更有效地杀伤敌人。挽弓，拉弓。挽强，拉强硬的弓。用长，使用长箭，长箭可增加射程与杀伤力。

[2] 这两句意思是：作战要抓住关键，射箭要先射马，攻敌要先打首领。

[3] 这两句意思是：战场上杀敌要有限度，就像国家有自己的疆界一样。有限，有限度。有疆，有边界。

[4] 这两句意思是：如果能够制止侵略，守住国土，就不必大量杀伤敌人和平民。苟，如果。制，制止。侵陵，侵犯、凌辱。

【品读】

《前出塞》是杜甫写天宝末年唐将哥舒翰征伐吐蕃之事的组诗，本诗是其中的名篇。

这首诗是作者多年对战争思考认识的深刻总结和精练表达。前四句，似民谣，似谚语，既富有韵律，又蕴含道理，道出的却是一种极为重要的战略战术思想：就战斗力而言，无论将士，还是武器，都要最强、最出色的，更利于杀伤敌人；就战术来讲，要首先打击敌人的要害，破坏它的指挥系统。马作为目标，易被射中，马倒则骑手非死即伤；贼王是群贼的核心，群贼行动都听命于他，所以如果擒获了贼王，群贼也必然作鸟兽散了。和平是对军人的最大褒奖。以战止战，是争取和平之道；强兵止战，是立国安边之策。后四句，提出的则是制止战争与侵略的安疆稳邦之策。尤其是最后两句，明确了对待战争的正确态度，认为国家自有一定疆界，只要能制止敌人入侵，守住国土，就不要去大量杀伤对方的兵士和百姓，表达了作者热爱和平、反对穷兵黩武的鲜明立场。全诗境界高，意蕴深，富有哲理和气势，深得后世推崇。

【思考题】

一、诗人慷慨陈词，表达了自己怎样的战争观？

二、为什么要"射人先射马，擒贼先擒王"？

三、请赏析本诗的艺术特色。

后出塞（其二）

杜　甫

朝进东门营[1]，暮上河阳桥[2]。
落日照大旗，马鸣风萧萧。
平沙列万幕[3]，部伍各见招[4]。
中天悬明月，令严夜寂寥[5]。
悲笳数声动[6]，壮士惨不骄[7]。
借问大将谁，恐是霍嫖姚[8]。

【注释】

[1] 东门营：指当时设在洛阳城东门附近的军营。

[2] 河阳桥：横跨黄河的浮桥，在今河南孟津，是当时由洛阳通往黄河以北的要道。

[3] 平沙：指开阔之地。万幕：形容军帐众多。

[4] 各见招：各自召集所属部队。

[5] 令严：军令严明。寂寥：寂静无声。

[6] 笳：演奏军乐的乐器。

[7] 惨不骄：心存畏惧，不敢放肆。

[8] 霍嫖姚：西汉名将霍去病。

【品读】

　　杜甫写下《后出塞》五首，借用一个投身边塞而又脱身归来的战士的自述，表现了当时有些人从渴望在边塞建功立业到幻想破灭的历程，并深刻反映了唐王朝发岌可危的局势，为执政者敲响警钟。本文所选是这组诗的第二首，重点突出战士从军、初入军营的感受，并暗喻军中主帅有开边邀功之意。这首诗以一个新兵的视角，描述了出征关塞的军旅生活情景。

　　诗作前两句中的"朝""暮"述说时间的转换。早上，官府在洛阳城门招兵；晚上，入伍的战士被分送孟津县河阳桥边集结待命，说明了入伍地点和行军路线，一"朝"一"暮"间，显示出军旅生活特有的急促节奏。第三、四句写日暮时分边塞的壮阔景象：夕阳与战旗辉映，风声与马鸣交织，行军场面庄严肃穆。第五、六句写大漠宿营：万千营帐排列整齐，各路将领清点人马，展现出千军万马的磅礴气势，体现了部队军令严明、秩序井然。"中天"以下四句以月悬高空烘托军营之夜的寂静，以悲笳数声反衬军队纪律的严明和战士庄严的心境。诗的最后两句，借用历史典故，称赞招兵统兵的主将，并微含讽刺之意，讥讽朝廷的好大喜功、穷兵黩武和边将的好大喜功。"借问大将谁，恐是霍嫖姚。"嫖姚即剽姚，汉武帝时，霍去病为剽姚校尉，多次跟随大将军卫青出塞攻打匈奴。这里以霍去病比领兵主将，一个"恐"字，既有赞美其治军严明、令行禁止之意，又暗寓其如霍去病有开边之意。作者用战士静夜之思作结，表达对治军有方、韬略过人之良将的倾慕和期盼。全诗层次分明，写景叙意，有声有色。

【思考题】

一、分析结尾句的妙处所在。

二、诗歌前三句表达了哪几层意思？在全诗中有何作用？

三、诗歌后三句寄托了诗人怎样的思想情感？

军城早秋

严 武

严武（726—765 年），字季鹰，华州华阴（今陕西华阴）人。20 岁调补太原参军事，安史之乱后随唐玄宗入川，先后任谏议大夫、给事中、成都尹兼剑南节度使等职。曾率军破吐蕃七万之众于当狗城（今四川理县东南），收盐川城（在当狗城西北），使吐蕃兵不敢进犯，以功被封为郑国公。在成都任职时，与杜甫交情很深，两人经常一起作诗，杜甫曾赞其"诗清立意新"。作品多流失，《全唐诗》仅存其诗六首。

昨夜秋风入汉关，朔云边月满西山[1]。
更催飞将追骄虏，莫遣沙场匹马还[2]。

【注释】

[1] 汉关：指唐朝军队驻守的边关要塞。朔云边月：北方边境上的云和月，这里泛指边塞景象。西山：指四川西部的岷山，当时是唐朝与吐蕃接壤的地带。这两句意思是：昨夜的秋风吹进边关，寒云冷月笼罩着西山。

[2] 飞将：西汉抗击匈奴的名将李广有"飞将军"的美誉。这里指严武部下勇猛的将士。骄虏：指吐蕃军队。莫遣沙场匹马还：不让战场上的敌人有一马一卒逃离。这两句意思是：边塞受到侵犯，军情紧急，将士们要抓紧追击骄横的残寇，决不让敌军一人一马活着回去。

【品读】

唐代宗广德二年（764年）秋，吐蕃分两路入侵大唐：一路进入陕西，威胁长安；另一路进入四川，直逼成都。在攻陷拓州、静州之后，吐蕃集中七万兵力，进攻当狗城和盐川城。当时，严武镇守剑南，率军一举击退吐蕃进犯。这首诗就是为反映这次战事而写的。

"昨夜秋风入汉关"，反映了唐朝西北和北部的少数民族的统治力量常于秋高马肥的季节向唐朝进犯的情况。"秋风入汉关"就意味着边境上的紧张时刻又来临了。"昨夜"二字，紧扣诗题"早秋"，反映了严武作为边关主将对时局的密切关注，对敌情的熟悉。诗人镇守西山，寒云低压，月色清冷，一个"满"字，就把那阴沉肃穆的气氛写得更为浓重，这气氛正似大战前的沉默。诗的前两句写出了战前的严峻形势。后两句中，"更催"二字暗示战事已按主将的部署胜利展开。这里一气呵成，既显示出战场上将士势如破竹的气势，也表现了主将刚毅果断的气魄和稳操胜券的信心，而整个战斗的结果也自然非常明晰了。

全诗景中有情，显示出主将准确地掌握了时机和敌情，这就意味着主将已经居于主动地位，取得了主动权，拥有克敌制胜的先决条件，这一切正预示着战争的顺利，因而，胜利也就成了人们意料中的结果，有一种水到渠成、果然如此的满足之感。这首诗写得生动跳跃，干净利落，表现出了豪迈的英雄本色。

这首诗中，作者虽然没有直接描写交战的激烈场面和将士凯旋的场景，却用"催飞将""追骄虏""匹马还"等简练词语，生动地表现了主将运筹帷幄的谋略、每战必胜的信心和务必全歼来犯之敌的气魄。全诗表明，善战之师从来不打无准备之仗，只要军队拥有强烈的忧患意识，常备不懈，来犯之敌只能拥有被全歼的命运。

【思考题】

一、诗的第一句描绘了什么样的景象？有什么寓意？

二、诗的第二句表现了作者什么样的情怀？请简要分析。

三、全诗表达了怎样的思想感情？

教战守策[1]

苏 轼

　　苏轼（1037—1101年），字子瞻，号东坡居士，眉州（今四川眉山）人。北宋著名文学家，与父苏洵、弟苏辙，合称"三苏"。宋仁宗嘉祐二年（1057年），进士及第。神宗熙宁年间，因与王安石政见不合，自请外放，历任杭州通判，密州、徐州、湖州知州。元丰二年（1079年），因"谤讪朝廷"罪，遭御史弹劾，被捕入狱，史称"乌台诗案"，后贬为黄州（今湖北黄冈）团练副使。哲宗时，连续升任中书舍人、翰林学士，出任杭州、颍州知州。绍圣初年，又因"为文讥斥朝廷"的罪名远谪今广东惠州、海南儋州，徽宗时赦还，途中病死于常州，死后谥号"文忠"。

　　苏轼一生官海浮沉、历经坎坷，但他总能自我开解，始终保持积极进取的精神，林语堂称之为"乐天派"。苏轼在文学创作方面有突出成就：散文自然流畅，随物赋形，如行云流水，为"唐宋八大家"之一；词开豪放一派，突破了唐五代以来的艳词藩篱，与辛弃疾并称"苏辛"；诗歌与黄庭坚齐名，并称"苏黄"，开启了宋代诗歌的新风气。他成为继欧阳修之后的北宋文坛领袖，对后世文学影响极深。有《东坡七集》《东坡乐府》。

　　夫当今生民之患[2]，果安在哉[3]？在于知安而不知危，能逸而不能劳。此其患不见于今而将见于他日。今不为之计[4]，其后将有所不可救者。

　　昔者先王知兵之不可去也[5]，是故天下虽平，不敢忘战。秋冬之隙，致民田猎以讲武[6]，教之以进退坐作之方[7]，使其耳目习于钟鼓旌旗之间而不乱，使其心志安于斩刈杀伐之际而不慑。是以虽有盗贼之变，而民不至于惊溃。及至后世，用迂儒之议，以去兵为王者之盛节[8]。天下既定，则卷甲[9]而藏之。数十年之后，甲兵顿[10]弊，而人民日以安于佚[11]乐；卒[12]有盗贼之警，则相与恐惧讹言[13]，不战而走。开元、天宝之际，天下岂不大治？惟其民安于太平之乐，酣豢[14]于游戏酒食之间，其刚心勇气，消耗钝眊[15]，痿蹷[16]而不复振。是以区区之禄山一出而乘[17]之，四方之民兽奔鸟窜；乞为囚虏之不暇[18]。天下分裂，而唐室固以微[19]矣。

盖尝试论之：天下之势，譬如一身。王公贵人所以养其身者[20]，岂不至[21]哉？而其平居常苦于多疾，至于农夫小民，终岁勤苦，而未尝告疾[22]。此其故何也？夫风雨霜露寒暑之变，此疾之所由生也。农夫小民，盛夏力作，而穷冬暴露[23]，其筋骸之所冲犯[24]，肌肤之所浸渍[25]，轻霜露而狎风雨[26]，是故寒暑不能为之毒[27]。今王公贵人处于重屋[28]之下，出则乘舆，风则袭裘[29]，雨则御盖[30]，凡所以虑患之具莫不备至，畏之太甚而养之太过，小不如意，则寒暑入之矣。是故善养身者，使之能逸而能劳，步趋动作，使其四体狃[31]于寒暑之变，然后可以刚健强力，涉险而不伤。夫民亦然。今者治平之日久，天下之人骄惰脆弱，如妇人孺子不出于闺门[32]。论战斗之事，则缩颈而股栗[33]；闻盗贼之名，则掩耳而不愿听。而士大夫亦未尝言兵，以为生事扰民，渐不可长[34]。此不亦畏之太甚而养之太过欤？

且夫天下固有意外之患也。愚者见四方之无事，则以为变故无自而有[35]，此亦不然矣！今国家所以奉西、北之虏者[36]，岁以百万计。奉之者有限而求之者无厌，此其势必至于战。战者必然之势也，不先于我，则先于彼；不出于西，则出于北。所不可知者，有迟速远近，而要[37]以不能免也。天下苟不免于用兵，而用之以渐[38]。使民于安乐无事之中，一旦出身[39]而蹈死地，则其为患必有不测。故曰，天下之民，知安而不知危，能逸而不能劳，此臣之所谓大患也。

臣欲使士大夫尊尚武勇，讲习兵法；庶人之在官者[40]，教以行阵之节[41]；役民之司盗者[42]，授以击刺之术。每岁终则聚于郡府，如古都试之法[43]，有胜负、赏罚。而行之既久，则又以军法从事[44]。然议者必以为无故而动民[45]，又挠[46]以军法，则民将不安。而臣以为此所以安民也！天下果未能去兵，则其一旦将以不教之民而驱之战[47]。夫无故而动民，虽有小怨[48]，然孰与[49]夫一旦之危哉！

今天下屯聚之兵[50]，骄豪而多怨，陵压百姓而邀其上者[51]，何故？此其心以为天下之知战者惟我而已。如使平民皆习于兵，彼知有所敌[52]，则固已破其奸谋而折其骄气。利害之际[53]，岂不亦甚明欤？

【注释】

[1] 教战守策：宋仁宗嘉祐六年（1061年），苏轼应制科考试时作策、论各二十五篇，其中，策包括"策略""策别""策断"三部分，本文是"策别"中的一篇。当时，辽和西夏都是对宋朝而言威胁极大的敌人，随时有进犯的可能。苏轼在这篇文章中，从边防安全着眼，引经据典地指出"知安而不知危""能逸而不能劳"的危险，主张教民习武，为作战做准备。文章切中时弊，见识深远，论证充分，鞭辟入里，充满警示意义。

[2] 生民：人民。患：祸患。

[3] 果：究竟。安在：何在，在哪里。

［4］计：计划，谋划。

［5］先王：指三代（夏、商、周）时期的帝王。兵，军备。去，废弃，解除。

［6］致：召集。讲，讲习。

［7］进退坐作之方：指操演战阵之法。进，进攻。退，退守。坐，即跪，古代人席地而坐，坐时以足跟承于臀部，这里指跪的姿势。作，起。坐作，指行军时的休息和进军。方，方法。

［8］去兵：解除军备。盛节：好的措施、德政。

［9］卷：收藏，收起来。甲，铠甲，此处泛指武器。

［10］顿：通"钝"，不锋利。

［11］佚：通"逸"，安逸。

［12］卒：通"猝"，突然。

［13］讹言：谣言。

［14］豢：（沉醉地）生活于。

［15］钝眊（mào）：迟钝，衰竭。

［16］痿蹶：萎缩，僵化。痿，肢体麻木。蹶，僵硬。

［17］乘：利用时机。

［18］不暇：来不及。暇，时间。

［19］"固以"：一作"因以"。微，衰微。

［20］所以养其身者：用来养护身体的方法。

［21］至：完备。

［22］告疾：一作"告病"，因病而中止（劳动），指生病。

［23］穷冬暴露：指隆冬时节在露天的田野里劳作。

［24］筋骸：指身体。冲犯，受到侵害。

［25］浸渍：本指被水所淹、所浸，此处指受霜露侵袭。

［26］轻：轻视。狃，狃昵，因轻视而敢于接近。

［27］毒：害，加害。

［28］重屋：重檐的屋，指深宅大院。

［29］袭裘：穿上皮袄。衣加于外叫袭，动词。

［30］御盖：撑伞。御，使用。

［31］狃（niǔ）：习惯。

［32］闱门：内室的门。

［33］股栗：两腿发抖。股，大腿。栗，颤抖，哆嗦。

［34］渐不可长：不能让有苗头的事再发展下去。渐，事物的萌芽、开端。

［35］无自而有：没有机会发生，即不可能发生。

［36］奉西、北之虏：指北宋朝廷每年给予西夏、契丹财物，苟且贪安。西，指西夏。北，指契丹（辽国）。虏，指敌人。

［37］要：总之。

［38］渐：渐进。

［39］出身：投身。

[40] 庶人之在官者：在官府服役的平民，指从民间抽调来官府训练的乡兵。

[41] 行阵：军队作战的行列和阵势。节，节奏，操练时须步调一致，故有节奏。

[42] 役民之司盗者：从民间抽调来的负责治安工作的人。

[43] 都试：定期把官兵集合到郡府所在地，讲习武事。都，指郡府所在地。

[44] 以军法从事：按军法办事。

[45] 议者：指持不同意见的人。动民，使动用法，"使民动"。

[46] 挠：扰乱，困扰，一作"悚"，恐惧，威吓。

[47] 以：用。不教之民，没有经过训练的百姓。

[48] 小怨：一作"小恐"，小的麻烦、恐慌。

[49] 孰与：如何。常用于反诘语气，表示比较。

[50] 屯聚之兵：驻扎在地方上的兵。

[51] 陵压：欺压。陵，通"凌"。邀，通"要"，要挟。

[52] 彼：指屯聚之兵。敌，对手，指知战之民。

[53] 利害之际：利害之间，这里指利与害两者之间的关系。

【品读】

在这篇政论文中，作者首先提出在国家管理中不能有"知安而不知危，能逸而不能劳"的思想；其次叙述先王知道军备的重要性，但是后来的帝王听从迂腐儒生的建议，废除军备，出现了潜在的危险，曾导致唐朝的安史之乱；再次，作者以百姓和王公贵人为例，通过对比，论述应当居安思危，要教民习武，方能有备无患，批驳了反对军备的谬论；最后，作者指出国家要崇尚武艺，讲习兵法，操练武艺，以应对可能发生的战争威胁，同时要打击骄兵悍将，使社会保持安定。文章主要论述了国家不能苟安不知危，而应教民习武，以防敌人入侵的思想，文笔自然流畅，于平常中起波澜，有较强的说服力和感染力。

文章先以设问句"夫当今生民之患，果安在哉？"引出中心论点"在于知安而不知危，能逸而不能劳"，然后紧紧围绕中心论点，分五层意思，逐层展开论证。

在第一层，作者先展开古今对比。古代先王重视军备，利用农闲时节训练平民，提高了平民的军事素质和战斗力，"是以虽有盗贼之变，而民不至于惊溃"。可是北宋朝廷，用迂儒之议，不重视军备，终于造成严重后果："甲兵顿弊，而人民日以安于佚乐；卒有盗贼之警，则相与恐惧讹言，不战而走"。接着，作者又举唐代安史之乱的例子，安禄山之所以导致天下大乱，唐室衰微，就是由于人们安于太平之乐而不重视军备。这是借唐讽宋，用意十分明显。

在第二层，作者对当时的天下形势进行分析，将王公贵人和农夫小民进行对比。王公贵人，养尊处优，反而经常生病；农夫小民，勤劳辛苦，身体经受锻炼，反而不容易生病。这里将不善养身的王公贵人和善于养身的农夫小民做对比。王公贵人由于"畏之太甚而养之太过"，所以稍不注意就会生病。善于养身者由于注意劳逸结合，重视运动，所以能"刚健强力，涉险而不伤"。文章一针见血地指出，北宋人民"骄惰脆弱，如妇人孺子不出于闺门"，一听到打仗，"则缩颈而股栗"，而士大夫还把重视军备看作"生事扰民"。作者严肃地指出，这不是和王公贵人保养身体一样吗？这个比喻贴切，言辞激烈，针对性极强。

在第三层，作者驳斥了天下久已无事，变故无从发生的错误观点，指出每年输敌之物以百万计，但"奉之者有限而求之者无厌，此其势必至于战"，一旦战争发生，让处于安乐环境中的百姓去打仗，"其为患必有不测"。这一层完全贴近现实，驳斥有理有据，掷地有声。

在第四层，作者提出教民备战的具体措施，并再一次强调，如不教民以战，一旦战争发生，将会"以不教之民而驱之战"，其后果将不堪设想。作者进一步指出，教民备战，虽使民有"小怨"，但与发生战争而民无法打仗的危险来比，这些"小怨"又算得了什么呢？这一层正反对比，层层深入，极为有力。

在第五层，作者指出，当时的骄兵惰卒只会欺压百姓、要挟上司，如教民备战，就可以"破其奸谋而折其骄气"，对抑制骄兵惰卒能起到很重要的作用。这又是针对时弊的一针见血之论。

总之，这篇策论写得鞭辟入里，论述有理有据，是论说文中的上乘之作。

【思考题】

一、本文的中心论点是"当今生民之患……在于知安而不知危，能逸而不能劳"。作者是从哪些方面来论证这一论点，进而提出教民习武的主张的？

二、对比是本文的论证方法之一。找出文中哪些地方运用了对比的方法，并谈谈它们的作用。

三、作者提出了哪些"教战守"的具体主张？

林海雪原

曲　波

　　曲波（1923—2002 年），山东黄县（今龙口凤仪）人，作家，中国作家协会常务理事。1938 年参加八路军。在抗日战争时期，任连、营指挥员。1945 年抗日战争胜利后，随部队开赴东北作战，担任过大队和团的指挥员。他曾率领一支英勇善战的小分队深入东北牡丹江一带深山密林与敌人周旋，进行了艰难的剿匪战斗。1955年起，他开始从事业余文学创作，1956 年完成了《林海雪原》手稿，1957 年出版。这部小说曾先后被改编成电影、电视剧、戏剧上映上演。其中，电影《林海雪原》和根据小说改编的京剧《智取威虎山》产生了非常广泛而深远的影响。继《林海雪原》之后，曲波又创作了以抗日战争为题材的长篇小说《山呼海啸》和《桥隆飙》等。

　　小说写的是 1946 年冬天，东北民主联军一支小分队，在团参谋长少剑波的率领下，深入林海雪原执行剿匪任务的过程，着重描写了侦察英雄杨子荣与威虎山座山雕匪帮斗智斗勇的传奇故事。

第二十回　逢险敌，舌战小炉匠

　　威虎山上。

　　杨子荣摆布一天的酒肉兵，把座山雕这个六十大寿的百鸡宴，安排得十分排场。

　　傍晚，他生怕自己的布置有什么漏洞，在小匪徒呅二喝三忙活布置碗盘时，他步出威虎厅，仔细检查了一遍他的布置。当他确信自己的安排没有什么差错的时候，内心激起一阵暗喜："好了！一切都好了！剑波同志，您的计划，我已经执行就绪了。"可是，在他的暗喜中，还有一丝担心，他担心小分队此刻走在什么地方了，孙达德是否取回了他的报告，剑波接没接到报告，小分队是否能在今夜到达，大麻子还没回来，是否这个恶匪会漏网……总之，在这个时间，他的心里是千万个担心袭上来。

他又仰面环视了一下这不利的天气，厚厚的阴云，载来那滚滚的雪头，眼看就会倾天盖地压下来，这加重了他的担心。他走到鹿砦边上，面对着暮色中的雪林，神情十分焦躁。他想："即便是小分队已经来了，会不会因为大雪而找不到这匪巢呢？特别是我留在最后一棵树上的刻痕离这里还有几里远。"他的担心和烦恼，随着这些激剧地增加着。

"九爷，点不点明子？"

杨子荣背后这一声呼叫，把他吓了一跳，他立则警惕起来，自己的神情太危险了，他的脑子"唰"地像一把锯子扫过去，扫清了他的担心。他想："这样会出娄子的。"于是，他立刻一定神，拿出他司宴官的威严，回头瞧了一眼他背后的那个连副，慢吞吞地道："不忙！天还不太黑，六点再掌灯。"

"是！"那个匪连副答应着转身跑去。

杨子荣觉得不能在这儿久想，需立刻回威虎厅，他刚要转身，忽然瞥见东山包下，大麻子出山道路上走来三个移动的人影。他的心忽然一翻腾，努力凝视着走来的三个人，可是夜幕和落雪挡住了他的视线，怎么也看不清楚。他再等一分钟，揉了揉眼睛，那三个人影逐渐地走近了，是两个小匪徒押来一个人。这人眼上蒙着进山罩，用一条树枝牵着。"这是谁呀？"顿时，千头万绪的猜测袭上他的心头。"是情况有变，剑波又派人来了吗？是因为我一个人的力量单薄，派人来帮忙吗？是孙达德路上失事，派人来告知我吗？这个被押者与自己无关呢，还是有关？是匪徒来投山吗？是被捉来的老百姓吗？是大麻子行动带回来的俘虏吗？"

愈走近，他看被押来的那人的走相愈觉得眼熟，一时又想不起他到底是谁。他在这刹那间想遍了小分队全部的同志，可是这人究竟是谁呢？

得不出结论。

"不管与我有关无关，"他内心急躁地一翻腾，"也得快看明白，如果与自己有关的话，好来应付一切。"他想着，迈步向威虎厅走来。当他和那个被押者走拢的时候，杨子荣忽然认出了这个被押者，他立刻大吃一惊，全身怔住了，僵僵地站在那里。

"小炉匠，栾警尉。"

他差一点喊出来，他全身紧张得像块石头，他的心沉坠得像灌满了冷铅。"怎么办？这个匪徒认出了我，那一切全完了。他必然毫不费事地就能认出我。这个匪徒，他是怎么来的呢？是越狱了吗？还是被宽大释放了？他又来干什么？"

他眼看着两个匪徒已把小炉匠押进威虎厅。他急躁地两手一擦脸，忽然发现自己手上握着两把汗，紧张得两条腿几乎麻木了。他发觉了这些，啐了一口，狠狠地蔑视了一番自己："这是恐惧的表现，这是莫大的错误，事到临头，还这样不镇定，势必出大乱子。"

他立刻两手一搓，全身一抖，牙一咬，立刻一股力量使他镇定下来。"不管这个匪徒是怎么来的，反正他已经来了！来了就要想来的法子。"

他眉毛一皱，咬一下嘴唇，内心一狠："消灭他，我不消灭他，他就要消灭我，消灭小分队，消灭剑波的整个计划，要毁掉我们歼灭座山雕的任务。"

一个消灭这个栾匪的方案，涌入杨子荣的脑海，他脑子里展开了一阵激烈的盘算："我是值日官，瞒过座山雕，立刻枪毙他！"他的手不自觉地伸向他的枪把，可是他立刻又转念一想："不成！这会引起座山雕的怀疑。那我就躲着他，躲到小分队来了的时候一起消灭他。不成，这更愚蠢，要躲，又怎么能躲过我这个要职司宴官呢？那样，我又怎么指挥酒肉兵呢？不躲吧！见了面，我的一切就全暴露了！我是捉他的审他的人，怎么会认不出我呢？一旦被他认出，我的性命不要紧，我可以一排子弹，一阵手榴弹，杀他个焦头烂额，死也抓他几个垫肚子的。可是小分队的计划、党的任务就都落空了！那么，怎么办呢？怎么办呢？……"

他要在这以秒计算的时间里，完全做出准确的决定，错一点就要一切完蛋。他正想着，忽然耳边一声"报告"，他定睛一看，一个匪徒站在他的面前。

"报告胡团副，旅长有请。"

杨子荣一听到这吉凶难测的"有请"两字，脑子轰的一下像要爆炸似的激烈震动。可是他的理智和勇敢，不屈的革命意志和视死如归的伟大胆魄，立刻全部控制了他的惊恐和激动，他立刻向那个匪徒回答道：

"回禀三爷，说我马上就到！"

他努力听了一下自己发出来的声音，是不是带有惊恐？是不是失去常态？还不错，坦然，镇定，从声音里听不出破绽。

他自己这样品评着。他摸了一下插在腰里的二十响和插在腿上的一把锋利的匕首，一晃肩膀，内心自语着："不怕！有利条件多！我现在已是座山雕确信不疑的红人，又有'先遣图'的铁证，我有置这个栾匪于死地的充分把握。先用舌战，实在最后不得已，我也可以和匪首们一块毁灭，凭我的杀法，杀他个天翻地覆，直到我最后一口气。"

想到这里，他抬头一看，威虎厅离他只有五十余步了，三十秒钟后，这场吉凶难卜、神鬼难测的斗争就要开始。他怀着死活无惧的胆魄，迈着轻松的步子，摆出一副和往常一样从容的神态，走进威虎厅。

威虎厅里，两盏野猪油灯闪耀着蓝色的光亮。座山雕和七个金刚，威严地坐在他们自己的座位上，对面的栾匪垂手站立着。这群匪魔静默不语。杨子荣跨进来看到这种局面，也猜不透事情已有什么进程，这群匪魔是否已计议了什么？

"不管怎样，按自己的计划来。"他想着，便笑嘻嘻地走到座山雕跟前，施了个匪礼，"禀三爷，老九奉命来见！"

"嘿！我的老九！看看你这个老朋友。"座山雕盯着杨子荣，又鄙视了一下站在他对面的那个栾警尉。

杨子荣的目光早已盯上了背着他站立的死对头，当杨子荣看到这个栾匪神情惶恐、全身抖颤、头也不敢抬时，他断定了献礼时的基本情况还没变化，心里更安静了，他便开始施用他想定的"老朋友"见面的第一招，他故意向座山雕挤了一下眼，满面笑容地走到栾匪跟前，拍了一下他那下坠的肩膀。"噢！我道是谁呀，原来是栾大哥，少见！少见！快请坐！请坐。"说着，他拉过一条凳子。

栾匪蓦一抬头，惊讶地盯着杨子荣，两只贼眼像是僵直了，嘴张了两下，不敢坐下，也没说出什么来。

杨子荣生怕他这个敌人占了先，便更凑近栾匪的脸，背着座山雕和七个金刚的视线，眼中射出两股凶猛可怕的光，威逼着他的对手，施用他的先发制敌的手段。"栾大哥，我胡彪先来了一步，怎么样？你从哪儿来？嗯？投奔蝴蝶迷和郑三炮，他们高抬你了吗？委了个什么官？我胡彪祝你高升。"

栾匪在杨子荣威严凶猛的目光威逼下，缩了一下脖子。他被杨子荣这番没头没脑、铺天盖地的假话弄得蒙头转向，目瞪口呆。他明明认出他眼前站的不是胡彪，胡彪早在奶头山落网了；他也明明认出了他眼前站的是曾擒过他、审过他的共军杨子荣，可是在这个共军的威严之下，他却说不出半句话来。

座山雕和七个金刚一阵狞笑。"蝴蝶迷给你个什么官？为什么又到我这儿来？嗯？"

杨子荣已知道自己的话占了上风，内心正盘算着为加速这个栾匪毁灭来下一招。可是这个栾匪，神情上一秒一秒地起了变化，他由惊怕，到镇定，由镇定，又到轻松，由轻松，又表现出了心怀希望的神色。他似笑非笑地上下打量着杨子荣。

杨子荣看着自己的对手的变化，内心在猜测："这个狡猾的匪徒是想承认我是胡彪，来个将计就计借梯子下楼呢，还是要揭露我的身份，以讨座山雕的欢心呢？"杨子荣忽然觉悟到自己前一种想法的错误和危险，他清醒地认识到，在残酷的敌我斗中，不会有什么前者，必须是后者。即便是前者，自己也不能给匪徒当梯子，必须致他一死，才是安全，才是胜利。

果然不出杨子荣的判定，这个凶恶的匪徒，眼光又凶又冷地盯着杨子荣冷冷地一笑："好一个胡彪！你——你——不是……"

"什么我不是？"杨子荣在这要紧关头摸了一下腰里的二十响，发出一句森严的怒吼，把话岔到题外，"我胡彪向来对朋友讲义气，不含糊，不是你姓栾的，当初在梨树沟你三舅家，我劝你投奔三爷，你却硬要拉我去投蝴蝶迷，这还能怨我胡彪不义气？如今怎么样？"杨子荣的语气略放缓和了一些，但含有浓厚的压制力，"他们对你好吗？今天来这儿有何公干哪？"

七个金刚一起大笑："是啊！那个王八蛋不够朋友，不是你自己找了去的？怎么又到这里来？有何公干哪？"

杨子荣的岔题显然在匪首当中起了作用，可是栾匪却要辩清他的主题。他显露出一副理直气壮的神气。"听我说，我不是这个意思，我是说……"

"别扯淡，今天是我们三爷的六十大寿，"杨子荣厉声吓道，"没工夫和你辨是非。"

"是呀，你的废话少说，"座山雕哼了哼鹰嘴鼻子，"现在我只问你，你从哪里来？来我这儿干什么？"

栾匪在座山雕的怒目下，低下了头，咽了一口冤气，身上显然哆嗦起来，也不知是吓的，还是气的，干哑哑的嗓子挤出了一句："我从……蝴蝶迷那里来……"

杨子荣一听他的对手说了假话，不敢说出自己被俘，心中就更有底了，确定了迅速进攻，大岔话题。别让这个恶匪喘息过来，也别让座山雕这个老匪回味。他得意地晃了晃脑袋。"那么栾大哥，你从蝴蝶迷那里来干什么呢？莫非是来拿你的'先遣图'吗？嗯？"杨子荣哈哈地冷笑起来。

这一句话，压得栾匪大惊失色，摸不着头绪，他到现在还以为他的'先遣图'还在他老婆那里，可是共军怎么知道了这个秘密呢？他不由得眼一僵。

"怎么？伤了你的宝贝了？"杨子荣一边笑，一边从容地抽着小烟袋，"这没法子，这叫着前世有缘，各保其主呀！"

这个匪徒愣了有三分钟，忽然来了个大进攻，他完全突破了正在进行的话题，像条疯狗一样吼道：

"三爷，你中了共军的奸计了！"

"什么？"座山雕忽地站起来瞅着栾匪惊问。

"他……他……"栾匪指着杨子荣，"他不是胡彪，他是一个共军。"

"啊！"座山雕和七个金刚，一起惊愕地瞅着杨子荣，眼光是那样凶恶可畏。这一刹那间，杨子荣脑子和心脏轰的一阵，像爆炸一样。

他早就提防的问题焦点，竟在此刻，在节节顺利的此刻忽然爆发，真难住他了，威虎厅里的空气紧张得像要爆炸一样。"是开枪呢，还是继续舌战？"他立刻选择了后者，因为这还没到万不得已的境地。

于是他扑哧一笑，磕了磕吸尽了的烟灰，更加从容和镇定，慢吞吞地、笑嘻嘻地吐了一口痰，把嘴一抹说道：

"只有疯狗，才咬自家的人，这叫作六亲不认。栾大哥，我看你像条被挤在夹道里的疯狗，翻身咬人，咬到咱多年的老朋友身上了。我知道你的'先遣图'，无价宝，被我拿来，你一定恨我，所以就诬陷我是共军，真够狠毒的。你说我是共军，我就是共军吧！可是你怎么知道我是共军呢？嗯？！你说说我这个共军的来历吧！"说着，他朝旁边椅子上一坐，掏出他的小烟袋，又抽起烟来。

杨子荣那派从容镇定的神态和毫不紧张的言语，减轻了座山雕对杨子荣的惊疑。座山雕转过头来对栾匪质问道：

"姓栾的，你怎么知道他是共军？你怎么又和他这共军相识的？"

"他……他……"栾匪又不敢说底细，但又非说不可，吞吞吐吐地，"他在九龙汇捉……捉……过我。"

"哟！"杨子荣表示出一副特别惊异的神情，"那么说，你被共军捕过吗？"杨子荣立起身来，更凶地逼近栾匪，"那么说，你此番究竟从哪里来的？共军怎么把你又放了？或者共军怎么把你派来的？"

他回头严肃地对着座山雕道："三爷，咱们威虎山可是严严实实呀！所以共军他才打不进来，现在，他被共军捉去过，他知道咱们威虎山的底细，今番来了，必有鬼！"

"没有！没有！"栾匪有点慌了，"三爷听我说！……"

"不管你有没有，"杨子荣装出怒火冲天的样子，"现在漫山大雪，你的脚印，已经留给了共军，我胡彪守山要紧。"说着他高声叫道：

"八连长！"

"有！"威虎厅套间跳出一个匪连长，戴一块黄布值日袖标，跑到杨子荣跟前。

杨子荣向那个八连长命令道："这混蛋，踏破了山门，今天晚上可能引来共军，快派五个游动哨，顺他来的脚印警戒，没有我的命令，不许撤回。"

"是！"匪连长转身跑出去。

杨子荣的安排，引起了座山雕极大的欢心，全部的疑惑已被驱逐得干干净净。他离开了座位，大背手，逼近栾匪，笑着说："你这条疯狗，你成心和我作对。先前你拉老九投蝴蝶迷，如今你又来施离间计，好小子！你还想把共军引来，我岂能容你。"

栾匪被吓得倒退了两步，扑倒跪在地上，声声哀求："三爷，他不是胡彪，他是共军！"

杨子荣心想时机成熟了，只要座山雕再一笑，愈急愈好，再不能纠缠，他确定拿拿架子，于是袖子一甩，枪一摘，严肃地对着座山雕道：

"三爷，我胡彪向来不受小人的气，我也是为把'先遣图'献给您而得罪了这条疯狗，这样吧。今天有他无我，有我无他，三爷要是容他，就快把我赶下山去，叫这个无义的小子吃浊的吧！我走！我走！咱们后会有期。"说着，他袖子一甩就要走。

这时，门外急着要吃百鸡宴的一群匪徒正等得不耐烦，一看杨子荣要走，乱吵吵喊道：

"胡团副不能走……九爷不能走……"

吵声立刻转为对栾匪的叫骂。"那个小子，是条癞疯狗，砸碎他的骨头，尿泡的……"

座山雕一看这情景，忙拉住杨子荣。"老九！你怎么还孩子气，你怎么和条疯狗要性子？三爷不会亏你。"说着，座山雕回头对他脚下的那个栾匪咯咯又一笑，狠狠地像踢狗一样地踢了一脚。"滚起来！"他笑嘻嘻地又回到他的座位。

杨子荣看了座山雕的第二笑，心里轻松多了，因为座山雕有个派头，三笑就要杀人，匪徒中流传着一句话："不怕座山雕暴，就怕座山雕笑。"

座山雕回到座位，咧着嘴瞧着栾匪戏要地问道：

"你来投我，拿的什么做见面礼？嗯？"

栾匪点头弯腰地装出一副可怜相。"丧家犬，一无所有，来日我下山拿来'先遣图'作为……"

"说得真轻快，"座山雕一歪鼻子，"你的'先遣图'在哪里？"

"在我老婆的地窖里。"

杨子荣扑哧笑了。"活见鬼，又来花言巧语地骗人，骗到三爷头上了。"

座山雕咯咯又一笑，顺手从桌下拿出一个小铁匣，从里面掏出几张纸，朝着栾匪摇摇。"哼……哼……它早来了！我崔某人用不着你雨过送伞，你这空头人情还是去孝敬你的姑奶奶吧。"

栾匪一看座山雕拿的正是他的"先遣图"，惊得目瞪口呆，满脸冒虚汗。

"栾大哥，没想到吧？"

杨子荣得意而傲慢地道："在你三舅家喝酒，我劝你投奔三爷，你至死不从，我趁还你的衣服，我就把它拿来了！看看。"杨子荣掀了一下衣襟，露出擒栾匪时在他窝棚里所得的栾匪的一件衣服。"这是你的吧？今天我该还给你。"

栾匪在七大金刚的狞笑中，呆得像个木鸡一样，死僵的眼睛盯着傲慢的杨子荣。面对杨子荣这套细致的准备，他再也没法在座山雕面前尽他那徒子徒孙的反革命孝心了。他悲哀丧气地喘了一口粗气，像个泄了气的破皮球，稀软稀软地几乎站不住了。可是这个匪徒忽然一眨巴眼，大哭起来，狠狠照着自己的脸打了响响的两个耳光子。"我该死！我该死！三爷饶我这一次，胡彪贤弟，别见我这个不是人的怪，我不是人！我不是人！"说着，他把自己的耳朵扭了一把，然后又狠狠地打两个耳光子。

杨子荣一看栾匪换了这套伎俩，内心暗喜他初步的成功。"不过，要治死这个匪徒，还得费一些唇舌，绝不能有任何松懈。对敌人的仁慈，就是对人民、对革命的罪恶。必须继续进攻，严防座山雕对这匪徒发恻隐之心，或者为了发展他的实力而收留了这个匪徒。必须猛攻直下，治他一死，否则必是心腹大患。现在要想尽办法，借匪徒的刀来消灭这个匪徒。这是当前的首要任务。"

他想到这里，便严肃恭敬地把脸转向座山雕。"禀三爷，再有五分钟就要开宴，您的六十大寿，咱的山礼山规，可不能被这条丧家的癫疯狗给扰乱了！弟兄们正等着给您拜寿呢！"

拥挤在门口的匪徒们，早急着要吃吃喝喝了，一听杨子荣的话，一起在门口起哄："三爷！快收拾了这条丧家狗！"

"今天这个好日子，这个尿泡的来了，真不吉利！"

"这是个害群马，丧门星，不宰了他，得倒霉一辈子！"

群匪徒吵骂成一团。

"三爷……三爷……"

栾匪听了这些，被吓得颤抖着跪在座山雕面前，苦苦哀告。"饶我这条命……弟兄们担待……胡……胡……"

"别他妈的装洋蒜！"

杨子荣眼一瞪，袖子一甩，走到大门口，向挤在门口气汹汹、乱哄哄的匪徒高喊道：

"弟兄们！司宴官胡彪命令，山外厅里一起掌灯！准备给三爷拜寿，弟兄们好大饮百鸡宴！"

匪徒们一听，嗷的一声喊："九爷！得先宰了这个丧门星！"

十几个匪徒像抓一只半死的狐狸一样，把栾匪抓起来，狠狠地扭着他的胳臂和衣领，拼命地搡了几搡，一起向座山雕请求道："三爷早断。"

座山雕把脚一跺，点着栾匪的脑门骂道："你这个刁棍，我今天不杀了你，就冲了我的六十大寿，也对不起我的胡老九。"说着，他把左腮一摸。"杀了丧门星，逢凶化吉；宰了猫头鹰，我好益寿延年。"

说着，他身子一仰，坐在他的大椅子上。

七大金刚一看座山雕的杀人信号，齐声喊道："架出去！"

匪徒们一阵呼喊怪叫，吵成一团，把栾匪像拖死狗一样，拖出威虎厅。

杨子荣跟在群匪徒身后，走出威虎厅，他边走边喊道：

"弟兄们！今天是大年三十，别伤了你们的吉利，不劳驾各位，我来干掉他。你们快摆宴掌灯。"

杨子荣走上前去，右手操枪，左手抓住栾匪的衣领，拉向西南。群匪徒一片忙碌，山外厅里，掌灯摆宴，威虎山灯光闪烁。

杨子荣把栾匪拉到西南陡沟沿，回头一看，没有旁人，他狠狠地抓着栾匪的衣领，低声怒骂道：

"你这个死不回头的匪徒，我叫你死个明白，一撮毛杀了你的老婆，夺去你的'先遣图'。我们捉住了一撮毛，我们的白姑娘又救活了你的老婆。本来九龙汇就该判决你，谁知今天你又来为非作恶，罪上加罪。这是你自作自受。今天我代表祖国，代表人民，来判处你死刑。"

杨子荣说完，当当两枪，匪徒倒在地上。杨子荣细细地检查了一番，确信匪徒已死无疑，便一脚把栾匪的尸体，踢进烂石陡沟里。

杨子荣满心欢喜地跑回来，威虎厅已摆得整整齐齐，匪徒们静等着他这个司宴官。他笑嘻嘻地踏上司宴官的高大木墩，拿了拿架子，一本正经地喊道：

"三爷就位！"

"徒儿们拜寿！"

在他的喊声中，群匪徒分成三批，向座山雕行拜寿礼。

杨子荣内心暗骂道："你们他妈的拜寿礼，一会儿就是你们的断命日，叫你们这些匪杂种来个满堂光。"

拜寿礼成，杨子荣举一大碗酒，高声喊道："今天三爷六十大寿，特在威虎厅赐宴，这叫作师徒同欢。今天酒肉加倍，弟兄们要猛喝多吃，祝三爷官升寿长！现在，本司宴官命令：为三爷的官，为三爷的寿，通通一齐干！"

群匪徒一阵狂笑，捧大饭碗，咕咚咕咚喝下去。

接着，匪徒们便"五阿！六阿！八仙寿！巧巧巧哇！全来到哇！……"猜拳碰大碗，大喝狂饮起来。

杨子荣桌桌劝饮，指挥着他的酒肉兵。此刻，他更加急切地盼望着、惦记着小分队。

【品读】

《林海雪原》以绚丽多彩的笔墨，出色地描绘了解放军侦察员艰苦卓绝的战斗生活，塑造了人民战士的英雄形象，酣畅淋漓地表现了在"突破险中险，历经难中难，发挥智上智，战胜魔中魔"的斗争中，"压过了敌人，战胜了敌人，直至将匪徒消灭"的这场艰苦卓绝斗争的全过程。这部作品成功地刻画了满腹智谋、浑身是胆的侦察英雄杨子荣的光辉形象，深刻地揭示了他的大智大勇的阶级根源和思想基础。他说："为人民事业生死不怕，对敌人就一定神通广大。"这光芒四射的豪言壮语是他崇高的共产主义精神的写照。

《林海雪原》吸引广大读者的一大特色在于它成功地塑造出杨子荣、少剑波等一批个性鲜明而又极具传奇色彩的经典英雄人物形象。其他英雄人物，还有如猛擒刁占一、袭击虎狼窝、活捉许大马棒的刘勋苍；善于登攀，有飞越天堑"绝技"的栾超家；具有超人耐力，能日行百里的孙达德等。他们都以其生动鲜明的个性特征和富于传奇色彩的战斗事迹，在读者心目中留下了难以磨灭的印象。《林海雪原》从一个崭新的角度（小分队的剿匪战斗）反映了东北解放战争波澜壮阔的斗争史，塑造了一批英勇机智的人民英雄形象，讴歌了他们所从事的正义事业，即为了解救人民而英勇献身的精神，鞭挞了那群逆历史潮流而动，残酷屠杀人民，又负隅顽抗的敌对分子的罪恶行径。

【思考题】

一、该小说第二十回是怎样塑造杨子荣这个人物形象的？

二、3D电影《智取威虎山》、京剧《智取威虎山》都是根据小说《林海雪原》改编的，但在情节处理和人物塑造上都有了变化，请以少剑波为例，分析引起这种变化的原因。

三、历史上，真实的杨子荣同志在剿匪过程中已经牺牲，但是小说中的杨子荣同志却毫发无损地胜利完成任务，请据此谈谈历史事实与文学虚构之间的关系。

智　斗

《沙家浜》[1]

　　"智斗"是出自京剧《沙家浜》的唱段。《沙家浜》的前身是沪剧《芦荡火种》。1963 年，北京京剧团接受了改编沪剧《芦荡火种》的任务，创作组由汪曾祺、杨毓珉、肖甲、薛厚恩四人组成，汪曾祺为主要执笔者。在改编过程中，创作组把功夫放在了剧本的文学性上。被改编为京剧的《芦荡火种》最初取名为《地下联络员》。相关人员审查后，提出了修改意见，剧名由毛泽东主席定为《沙家浜》。

　　故事梗概：抗战时期，新四军辗转江南浴血抗日。沙家浜日伪猖獗，"忠义救国军"司令胡传魁、参谋长刁德一假意抗日，暗投日寇。某部指挥员郭建光及十八名新四军伤员养伤于此，危险重重。地下党员阿庆嫂依靠沙奶奶等抗日群众，巧妙与敌人周旋，成功地掩护了新四军伤员，直至他们痊愈，随后安全护送他们归队。最终，新四军消灭了盘踞在沙家浜一带的日伪武装。

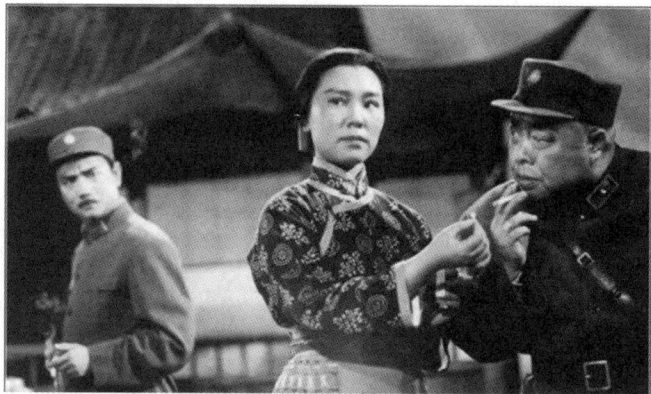

人　物：阿庆嫂（春来茶馆的老板娘，中共地下工作者）
　　　　刁德一（"忠义救国军"参谋长）
　　　　胡传魁（"忠义救国军"司令）

胡传魁　你问的是她？（唱）（西皮二六）想当初老子的队伍才开张，拢共才有十几个人、七八条枪。（西皮流水）遇皇军追得我晕头转向，多亏了阿庆嫂，她叫我水缸里面把身藏。她那里提壶续水，面不改色，无事一样。
　　　　［阿庆嫂提壶拿杯，细心地听着，发现敌人看了看自己，就若无其事地从屋里走出。］

胡传魁　（接唱）骗走了东洋兵，我才躲过了大难一场。（转向阿庆嫂）似这样救命之恩终身不忘，俺胡某讲义气终当报偿。

阿庆嫂　（有意在敌人面前掩饰自己）胡司令，这么点小事，您别净挂在嘴边上。那我也是急中生智，事过之后，您猜怎么着，我呀，还真有点后怕呀！

　　　　〔阿庆嫂一面倒茶，一面观察。〕

阿庆嫂　参谋长，您吃茶！（忽然想起）哟，香烟忘了，我拿烟去。（进屋）

刁德一　（看着阿庆嫂背影）司令！我是本地人，怎么没有见过这位老板娘啊？

胡传魁　人家"八·一三"以后才来这儿开茶馆，那时候你还在日本留学，你怎么会认识她哪？

刁德一　哎！这个女人真不简单哪！

胡传魁　怎么，你对她还有什么怀疑吗？

刁德一　不不不！司令的恩人嘛！

胡传魁　你这个人哪！

刁德一　嘿嘿嘿……

　　　　〔阿庆嫂取香烟、火柴，提铜壶从屋内走出。〕

阿庆嫂　参谋长，烟不好，请抽一支呀！

　　　　〔刁德一接过阿庆嫂送上的烟。阿庆嫂欲点烟，刁德一谢绝，自己用打火机，点着。〕

阿庆嫂　胡司令，抽一支！

　　　　〔胡传魁接烟。阿庆嫂给胡传魁点烟。〕

刁德一　（望着阿庆嫂背影，唱）（西皮摇板）……这个女人不寻常！

阿庆嫂　（接唱）刁德一有什么鬼心肠？

胡传魁　（唱）（西皮摇板）这小刁一点面子也不讲！

阿庆嫂　（接唱）这草包倒是一堵挡风的墙。

刁德一　（略一想，打开烟盒请阿庆嫂抽烟）抽烟。

　　　　〔阿庆嫂摇手拒绝。〕

胡传魁　人家不会，你干什么！

刁德一　（接唱）她态度不卑又不亢。

阿庆嫂　（唱）（西皮流水）他神情不阴又不阳。

胡传魁　（唱）（西皮摇板）刁德一搞的什么鬼花样？

阿庆嫂　（唱）（西皮流水）他们到底是姓蒋还是姓汪？

刁德一　（唱）（西皮摇板）我待要旁敲侧击将她访。

阿庆嫂　（接唱）我必须察言观色把他防。

　　　　〔阿庆嫂欲进屋。刁德一从身后叫住她。〕

刁德一　阿庆嫂！（唱）（西皮流水）

　　　　适才听得司令讲，

　　　　阿庆嫂真是不寻常。

　　　　我佩服你沉着机灵有胆量，

竟敢在鬼子面前耍花枪。
若无抗日救国的好思想，
焉能够舍己救人不慌张！

阿庆嫂　（接唱）
参谋长休要谬夸奖，
舍己救人不敢当……
开茶馆，盼兴旺，
江湖义气第一桩。
司令常来又常往，
我有心背靠大树好乘凉。
也是司令洪福广，
方能遇难又呈祥。

刁德一　（接唱）
新四军久在沙家浜，
这棵大树有阴凉，
你与他们常来往，
想必是安排照应更周详！

阿庆嫂　（接唱）
垒起七星灶，
铜壶煮三江。
摆开八仙桌，
招待十六方。
来的都是客，
全凭嘴一张。
相逢开口笑，
过后不思量。
人一走，茶就凉……

〔阿庆嫂泼去刁德一杯中残茶，刁德一一惊。〕

阿庆嫂　（接唱）
有什么周详不周详！

胡传魁　哈哈哈……

刁德一　嘿嘿嘿……阿庆嫂真不愧是个开茶馆的，说出话来滴水不漏。佩服！佩服！

阿庆嫂　胡司令，这是什么意思呀？

胡传魁　他就是这么个人，阴阳怪气的！阿庆嫂别多心啊！

阿庆嫂　我倒没什么！（提铜壶进屋）

胡传魁　老刁啊，人家阿庆嫂救过我的命，咱们大面儿上得过得去，你干什么这么东一榔头西一棒子，叫我这面子往哪儿搁！你要干什么你？

刁德一　不是啊，司令，这位阿庆嫂眼观六路，耳听八方，胆大心细，遇事不

088

慌。咱们要在沙家浜久住，搞曲线救国，这可是用得着的人啊，就不知道她跟咱们是不是一条心！

胡传魁 阿庆嫂？自己人！

刁德一 那要问问她新四军和新四军的伤员，她不会不知道。就怕她知道了不说。

胡传魁 要问，得我去！你去，准得碰钉子！

刁德一 那是，还是司令有面子嘛！

胡传魁 哈哈哈……

【注释】

[1]《沙家浜》：沙家浜位于江苏常熟市南，南接风光绮丽的阳澄湖，北临波光粼粼的昆承湖，抗日战争时期，新四军游击队和沙家浜人民在芦苇荡中留下了许多可歌可泣的杀敌故事，沙家浜因京剧《沙家浜》而家喻户晓，现已成为旅游风景区。

【品读】

在《沙家浜》中，阿庆嫂、胡传魁、刁德一从各自的利益、各自的处境出发，展开了一场"智斗"。正面角色与反面角色在一个暂时排除了简单的政治价值判断的语境中展开了生动的智力对垒。这位垒起七星灶、铜壶煮三江的阿庆嫂是《沙家浜》中，也是样板戏中难得的一个不是依靠政治身份，而是用心计和胆识于不动声色中战胜敌手的英雄人物。阿庆嫂的这一特性使她在众多"金刚怒目"式的样板戏英雄中格外醒目。"智斗"是无比精彩的一场，刁德一的狡猾多疑、阿庆嫂的机智周旋、胡传魁的江湖义气被刻画得无比生动，他们各有各的心思，各有各的算盘。特别是刁德一、胡传魁、阿庆嫂的三人轮唱，表面上不动干戈，但刁德一、阿庆嫂间的内心角斗已经充分展开，而胡传魁的愚蠢，恰恰折射出刁德一的狐疑和阿庆嫂的机智，也折射出这两个人智斗加暗斗的高度紧张。像"智斗"这样让敌我双方的三个人物在智力、勇气、情感上都获得了多样化的表现的样板戏片段似乎并不多见，但恰恰是这个片段，让观众充分欣赏了英雄的智与勇。

【思考题】

一、通过文本阅读和戏剧观赏，分析三个人物各具什么性格特征。

二、《沙家浜》是在毛泽东主席"古为今用，洋为中用"的文艺指导方针下，以"文艺为工农兵服务"为目的而进行的中国式文艺创作。请你谈谈京剧《沙家浜》在人物形象塑造上有什么特点。

第四单元

胸 怀 天 下

　　早在先秦，儒家就要求君子应"修身齐家"，进而"治国平天下"，自觉承担起社会责任。从此，胸怀天下、忧国忧民成为我国历代仁人志士薪火相传的优良传统。

　　"位卑未敢忘忧国"，"居庙堂之高则忧其民，处江湖之远则忧其君"，历朝历代，总有许多人以天下兴亡为己任，关注着国家的盛衰与百姓的疾苦，怀抱着忠贞为国、赤诚为民的忠心。范仲淹"先天下之忧而忧，后天下之乐而乐"，诸葛亮则鞠躬尽瘁，死而后已。其他如孟子、屈原、杜甫、辛弃疾、关汉卿、海瑞、顾炎武、孙中山等圣贤英杰，正是为国家、为民族、为人民捧出了这样的一颗颗天地良心，才与江河同在，与日月同辉。

　　胸怀天下、忧国忧民的精神内核是忧患意识。人生难免遭受挫折和坎坷，社会也总有动荡不安的时期，因而人们需要居安思危，防患于未然；需要有直面灾难的勇气和战胜灾难的信心。人格光辉是在与灾难搏斗中闪现的，人类社会也是在不断战胜灾难中前进的。尽管人生会有短暂的安宁，社会也会有一时的太平，但如果一味安享太平，则往往会招致新的灾祸。居安必须思危，高枕不能无忧。"忧劳可以兴国，逸豫可以亡身。""生于忧患，死于安乐。"忧患意识之所以被人们看重，就因为它总是与个体生命之树是否能常青、国家社会是否能长治久安息息相关。

　　当今世界，还存在着许多忧患，我们不能有丝毫懈怠。单边主义的横行、恐怖主义的威胁、环境污染的危害、资源匮乏的困窘等，都需要我们关注。我们理应继承先辈胸怀天下的优良传统，担负起推动人类社会不断进步的神圣使命。

哀　郢[1]

屈　原

皇天之不纯命兮[2]，何百姓之震愆[3]？
民离散而相失兮，方仲春而东迁[4]。
去故乡而就远兮[5]，遵江夏以流亡[6]。
出国门而轸怀兮[7]，甲之鼂吾以行[8]。
发郢都而去闾兮[9]，荒忽其焉极[10]？
楫齐扬以容与兮[11]，哀见君而不再得。
望长楸而太息兮[12]，涕淫淫其若霰[13]。
过夏首而西浮兮[14]，顾龙门而不见[15]。
心婵媛而伤怀兮[16]，眇不知其所蹠[17]。
顺风波以从流兮，焉洋洋而为客[18]。
凌阳侯之泛滥兮[19]，忽翱翔之焉薄[20]。
心絓结而不解兮[21]，思蹇产而不释[22]。
将运舟而下浮兮[23]，上洞庭而下江[24]。
去终古之所居兮[25]，今逍遥而来东[26]。
羌灵魂之欲归兮[27]，何须臾而忘反[28]。
背夏浦而西思兮[29]，哀故都之日远。
登大坟以远望兮[30]，聊以舒吾忧心。
哀州土之平乐兮[31]，悲江介之遗风[32]。
当陵阳之焉至兮[33]，淼南渡之焉如[34]。
曾不知夏之为丘兮[35]，孰两东门之可芜[36]？
心不怡之长久兮[37]，忧与愁其相接。
惟郢路之辽远兮[38]，江与夏之不可涉。
忽若去不信兮[39]，至今九年而不复[40]。
惨郁郁而不通兮[41]，蹇侘傺而含戚[42]。
外承欢之汋约兮[43]，谌荏弱而难持[44]。
忠湛湛而愿进兮[45]，妒被离而鄣之[46]。
尧舜之抗行兮[47]，瞭杳杳而薄天[48]。
众谗人之嫉妒兮，被以不慈之伪名[49]。
憎愠怆之修美兮[50]，好夫人之忼慨[51]。

众踥蹀而日进兮[52]，美超远而逾迈[53]。

乱曰[54]：曼余目以流观兮[55]，冀壹反之何时[56]？

鸟飞返故乡兮，狐死必首丘[57]。

信非吾罪而弃逐兮[58]，何日夜而忘之？

【注释】

[1] 哀郢（yǐng）：屈原《九章》之一。从题目看，此诗当为哀悼郢都被秦将白起攻破而作，当时屈原已在放逐中。郢，楚国都城，故址在今湖北江陵西北。

[2] 皇天：上天。纯：正常。全句意思是说，天命不常。

[3] 震愆（qiān）：惊恐获罪。愆，罪过。

[4] 仲春：旧历二月。东迁：郢都被攻破后，楚国军民被迫向东迁移至陈（今河南淮阳）。

[5] 去：离。就远：到远方去。

[6] 遵：循，沿。江夏：长江、夏水。夏水原在长江和汉水之间，因冬竭夏流而得名。"东迁"逃亡是由夏水入江。后水流改道，夏水干涸。

[7] 国门：指郢都之门。轸（zhěn）怀：内心痛苦。轸，痛。

[8] 甲之鼂：甲日的早晨。古人以干（甲乙丙丁戊己庚辛壬癸）支（子丑寅卯辰巳午未申酉戌亥）计时，甲，即指含甲之日。鼂，古"朝"（zhāo）字。

[9] 闾：里巷，指家乡旧居之地。这里当是指楚国贵族"昭""屈""景"三氏聚居之所在，即"三闾"。

[10] 荒忽：恍惚。焉极：何处是尽头。

[11] 楫（jí）：船桨。容与：徘徊不前的样子。

[12] 楸（qiū）：一种高大的落叶乔木。古人常将高大的树木作为故国和故乡的象征。太息：叹息。

［13］涕：泪。淫淫：眼泪汪汪貌。霰（xiàn），小雪珠。

［14］夏首：指夏水流进长江的入口处。西浮，船随流水曲折而西行。

［15］顾：回头望。龙门，指郢都东门。

［16］婵媛：眷恋，牵挂，忧思不安。

［17］眇：通"渺"，渺茫。蹢（zhí）：通"跖"，踩踏。不知所蹢，不知走向何处之意。

［18］焉：于是。洋洋：漂泊不定的样子。

［19］凌：乘。阳侯：指大波涛。传说古陵阳国之侯溺水而亡，化为波涛之神。

［20］焉薄：止于何处。焉，于何，在哪里。薄，迫近，止。

［21］絓（guà）结：焦虑郁结。

［22］蹇（jiǎn）产：形容情思严重而无法舒展的样子。释：解开。

［23］运舟：驾船。下浮：顺流而下。

［24］上洞庭而下江：向右入洞庭，往左进长江。古时往右称上，往左称下。

［25］终古：指宗族世代。

［26］逍遥：此处指漂泊不定。

［27］羌：发语词，楚地方言。

［28］须臾：片刻。反：通"返"。

［29］背夏浦：过了夏口。背，背向。夏浦，地名，又称夏口，今汉口。西思：指思念夏浦西方的郢都。

［30］大坟：水边高地。

［31］州土：指所经之荆楚大地。平乐：土地宽广平坦，百姓安居乐业。

［32］江介：江边，江畔，指荆楚大地。遗风：指古代留传下来的淳朴民风。

［33］当：面对着。陵阳：古地名，一说在今安徽青阳附近，一说即今安徽宣城。

［34］淼（miǎo）：水茫茫貌。焉如：何往。

［35］曾不知：未曾料想。夏：通"厦"，高房大屋。丘：土丘、废墟。此处用大厦变土丘喻指国家遭战火毁坏。

［36］孰两东门之可芜：怎么可以让两东门成为荒芜之地。

［37］怡：喜悦，快乐。

［38］惟：思。

［39］忽若去不信：忽然像这样被放逐，得不到信任。

［40］九年：当指流放时间。不复：不得返回。

［41］惨郁郁：愁苦抑郁貌。不通：指音信断绝。一说指心情忧愁烦闷、郁结不畅。

［42］蹇：发语词，楚地方言。侘傺（chà chì）：怅然独立，形容失意者的无所适从。戚，忧伤。这里的意思是：我愁思郁积，心情愁闷，怅然独立，内心伤悲。

［43］外：表面。承欢：媚上以邀取欢心。汋（chuò）约：同"绰约"，姿态柔美貌，此处指谄媚状。

［44］谌（chén）：实。荏（rěn）弱：怯懦，软弱。持，通"恃"。

［45］湛（zhàn）湛：朴实厚重貌。愿进：愿被重用。

［46］被离：同"披离"，众多纷乱貌。鄣：同"障"，阻隔。

［47］抗行：高尚的行为。抗，通"亢"，高。

［48］瞭杳杳：高远貌。瞭，通"辽"，远。薄天：近天，与天相接。

［49］被：通"披"，加上。不慈：无慈爱之心。尧舜禅让，传位贤人而不传给儿子，被谬称"不慈"。《庄子·盗跖》篇有"尧不慈，舜不孝"之言。

［50］愠忩（yùn lǔn）：诚信积于心而不巧于言。此指忠贤君子。

［51］夫人：那些小人。忼慨：即慷慨。此指小人善于装腔作势、高谈阔论。

［52］踥蹀（qiè dié）：小步行走貌。此指奔走钻营态。

［53］美：指贤人君子。超远：疏远。逾迈：越来越加大，越来越厉害。

［54］乱：本为乐曲最末一章，此指篇末结语。

［55］曼：引，展开。一说，远。流观：四处张望。

［56］冀：希望。壹反：有一个返回的机会。

［57］首丘：传说狐狸死亡时总要把头朝向穴居的山丘。

［58］信：确实。

【品读】

屈原被放逐江南多年后，惊闻楚国郢都被秦国攻破，悲痛欲绝，于是写下这首诗以寄托哀思。由于诗中主要描述了屈原被放逐后在路途中对郢都的留恋伤怀之情，以及流亡期间对故国的思念，所以有不少人认为，该诗不是抒发眼下他对郢都被攻破的悲伤之情，而是回忆当年他被逐出郢都时的痛楚。其实，这两者并非对立。屈原遭放逐，郢都失陷，楚国败亡，根源都在于朝政的昏聩腐朽。尽管至今人们对此诗主旨仍有争议，但对全诗思想感情的基本理解还是一致的，那就是抒发屈原对放逐难归的悲愤和日夜不忘祖国的眷恋之情，抨击楚国统治者的昏庸腐朽和嫉贤炉能，自始至终流露着浓浓的爱国深情。

楚辞以抒情委婉、一唱三叹见长。这首《哀郢》虽然不像屈原的其他篇章那样，多以神话传说隐喻和香草美人比兴，而是通篇叙事，但在看似平铺直叙的行文中，却涌动着一股炽热的情感流，并且这情感流沿着离别郢都、回望郢都、思念郢都、至死不忘郢都的线路流淌，将叙事、心理刻画、环境描绘、气氛渲染融为一体，不仅在内在结构上能够一气贯通，而且盘旋推进，呈现出一浪高过一浪的态势。特别是写他在行程中三步一回首，五步一哀叹，再三明志，反复呼告，将他那不忍离去又不得不离去的无奈心情，以及既挚爱又怨恨的复杂感情表现得淋漓尽致。

【思考题】

一、有人说，《哀郢》虽然主要描写屈原自己被放逐时的情景，但以百姓"震愆"、民众"离散"开头，中间又呼告"孰两东门之可芜"（怎么能让郢都两东门荒芜），显然是在想象中把今日郢都失陷惨状与往日自己被放逐的情景融为一体，此诗为反思秦将白起攻破郢都而作无疑。你认为这种看法有没有道理？

二、诗的题目是"哀郢",但却激烈地抨击了楚王的昏庸，你认为这两者能够统一起来吗？

三、找出诗中回望郢都、思念故国的诗句，把握该诗回环往复、再三明志的抒情特点，体会诗人复杂而哀婉的感情。

乐毅报燕王书[1]

《战国策》

《战国策》，又名《国策》《国事》《事语》《长书》《短长》等，属国别体杂史著作，约成书于秦代，其文多出自战国中晚期各国史官之手，记载各国有关政治、外交、军事等方面的史实。经西汉著名学者刘向整理编订，定名为《战国策》。全书分十二国策，共三十三篇。宋时已有缺失，由曾巩做了订补。

《战国策》记事始于周贞定王十四年（前 455 年），止于秦始皇三十一年（前 216 年），其中保存了许多珍贵的史料，对战国时期谋臣策士辩论的言行记载尤为具体，是研究战国史的重要文献。《战国策》也是我国古代一部优秀的散文集。它文笔恣肆，语言流畅，论事深入，写人传神，还善于运用寓言故事和新奇的比喻来说明抽象的道理，具有浓厚的艺术魅力和文学趣味。《战国策》对我国两汉以来的史传文和政论文的发展都产生过积极影响。

臣不佞[2]，不能奉先王之教[3]，以顺左右之心[4]，恐抵斧质之罪[5]，以伤先王之明，而又害于足下之义，故遁逃奔赵。自以负不肖之罪，故不敢为辞说。今王者使使者数之罪[6]，臣恐侍御者之不察先王之所以畜幸臣之理[7]，而又不白于臣之所以事先王之心[8]，故敢以书对。

臣闻贤圣之君，不以禄私其亲，功多者授之；不以官随其爱，能当之者处之[9]。故察能而授官者，成功之君也；论行而结交者，立名之士也。臣以所学者观之，先王之举错有高世之心[10]，故假节于魏王[11]，而以身得察于燕[12]。先王过举[13]，擢之乎宾客之中[14]，而立之乎群臣之上，不谋于父兄，而使臣为亚卿[15]。臣自以为奉令承教，可以幸无罪矣，故受命而不辞。

先王之命曰："我有积怨深怒于齐，不量轻弱，而欲以齐为事[16]。"臣对曰："夫齐，霸国之余教[17]，而骤胜之遗事也[18]，闲于兵甲[19]，习于战攻。王若欲攻之，则必举天下而图之；举天下而图之，莫径于结赵矣[20]。且又淮北宋地[21]，楚、魏之所同愿也[22]。赵若许，约楚、魏、宋尽力，四国攻之[23]，齐可大破也。"先王曰："善。"臣乃口受令，具符节，南使臣于赵。顾反命[24]，起兵随而攻齐。以天之道，先王之灵，河北之地[25]，随先王举而有之于济上[26]。济上之军奉命击齐，大胜之。轻卒锐兵，长驱至国[27]。齐王逃遁走莒[28]，仅以身免。珠玉财宝，车甲珍器，尽收入燕。大吕陈于元英[29]，故鼎反于历室[30]，齐器设于宁台[31]。蓟丘之植，植于汶篁[32]。自五伯以来[33]，功未有及先王者也。先王以为惬其志[34]，以臣为不顿命[35]，故裂地而封之，使之得比乎小国诸侯。臣不佞，自以为奉令承教，可以幸无罪矣，故受命而弗辞。

乐毅伐齐

臣闻贤明之君，功立而不废，故著于《春秋》[36]；蚤知之士[37]，名成而不毁，故称于后世。若先王之报怨雪耻，夷万乘之强国[38]，收八百岁之蓄积[39]，及至弃群臣之日[40]，余令诏后嗣之遗义，执政任事之臣，所以能循法令、顺庶孽者[41]，施及萌隶[42]，皆可以教于后世。

臣闻善作者不必善成，善始者不必善终。昔者五子胥说听乎阖闾[43]，故吴王远迹至于郢[44]。夫差弗是也[45]，赐之鸱夷而浮之江[46]。故吴王夫差不悟先论之可以立功，故沉子胥不悔；子胥不蚤见主之不同量[47]，故入江而不改。夫免身全功以明先王之迹者，臣之上计也；离毁辱之非[48]，堕先王之名者，臣之所大恐也。临不测之罪，以幸为利者，义之所不敢出也。

臣闻古之君子，交绝不出恶声[49]，忠臣之去也，不洁其名[50]。臣虽不佞，数奉教于君子矣。恐侍御者之亲左右之说，而不察疏远之行也，故敢以书报，唯君之留意焉。

【注释】

[1] 本文选自《战国策·燕策二》，篇名为后人所拟。

[2] 不佞（nìng）：不才，无用之人。

[3] 先王：指燕昭王（？—前279年），名平，公元前311年至前279年在位，曾筑黄金台以招纳贤能之士。

[4] 左右：指燕惠王（？—前272年），燕昭王之子。

[5] 斧质之罪：死罪。质，通"锧"，用斧子斩杀罪犯所配的砧板。

[6] 数：数说，列举。

[7] 侍御者：犹前之左右，指燕惠王。畜：养。幸：亲，信。

[8] 不白：不明白。

[9] 能当之者：才能与官职相称的人。

[10] 高世：超越世俗。

［11］假节于魏王：凭借魏王使节的身份。假，借。节，符节，外交使臣所持的凭证。

［12］身得察于燕：亲自到燕国考察实际情况。

［13］过举：过高抬举。

［14］擢：提拔。

［15］亚卿：次卿，地位仅次于正卿的朝廷官员。

［16］以齐为事：指报复齐国。

［17］霸国之余教：早先，齐桓公曾为春秋五霸之一，到战国时期，其有关图霸的教导犹存。

［18］骤胜之遗事：屡次战胜之余威。

［19］闲于兵甲：熟悉军事。闲，通"娴"，习熟。

［20］径：快捷。

［21］淮北：淮河以北地区，原属楚，后为齐占领。宋地：在今山东、安徽、江苏三省之间。公元前286年，齐灭宋而占其地。

［22］楚、魏之所同愿：指楚欲恢复其淮北之地，魏国欲得宋地。

［23］四国：当时宋已亡，四国应指燕、赵、楚、魏四国。

［24］顾反命：刚回来复命。反，通"返"。

［25］河北之地：此指齐国的黄河以北地区。

［26］济上：指齐国的济水流域。

［27］轻卒锐兵，长驱至国：精锐的兵士长驱直入，直达齐都（今山东淄博）。

［28］齐王：指齐湣王（？—前284年），田氏，名地，曾败楚，又攻燕，后为燕将乐毅所败，终为楚将淖齿所杀。莒（jǔ）：地名，今属山东。

［29］大吕：齐国大钟名。元英：燕国宫殿名。

［30］故鼎：指原被劫往齐国的燕鼎。在古代，钟鼎是象征国家社稷的重宝礼器。历室：燕国宫殿名。

［31］宁台：燕台名，原址在今北京丰台区。

［32］蓟：燕都，在今北京西南。植于汶皇：（燕国蓟都的土丘）移植了齐国汶水的竹子。皇，通"篁"。

［33］五伯：指春秋五霸，即齐桓公、晋文公、宋襄公、秦穆公、楚庄王。另外，也有其他说法。伯，通"霸"。

［34］惬：适意。

［35］顿：坠，丧失。

［36］《春秋》：原为鲁国编年史，此泛指史册。

［37］蚤：通"早"。

［38］夷：平定。万乘：夸张说法，指春秋战国时大国战车数量众多。强国：指齐国。

［39］八百岁：从周初封姜太公于齐立国至齐湣王时，约八百年。

［40］弃群臣之日：指燕昭王逝世之时。

［41］顺庶孽：媵妾所生之子，因非嫡出，易作乱，所以必须安抚，使之顺服。

［42］萌：通"氓"，百姓。

［43］五子胥：即伍子胥（？—前484年），名员，子胥为其字。原为楚人，因父伍奢、兄伍尚为楚平王所杀而逃到吴国，为吴大夫，助吴王阖闾攻破楚之郢都，鞭平王尸。后吴王夫差不听其谏，奸臣又谗构之，夫差遂赐属镂剑令其自杀。阖闾：春秋时吴国国君，名光，原为吴公子，后刺王僚而即位，任用伍员为行人，孙武为将军，励精图治，国势渐强，大败楚国。

［44］吴王：指阖闾。郢：楚国都城，在今湖北江陵。

［45］夫差：春秋时吴国国君，阖闾之子，得伍员之力，大败越国。越求和，他不听伍员忠谏，许越和，又北上与齐争霸。越王勾践乘虚攻吴，不久灭吴，夫差自杀。

［46］鸱（chī）夷：革囊，可作为盛酒的器皿。伍员自杀后，夫差令以革囊盛其尸投于江中。

［47］主之不同量：指吴王阖闾与夫差父子二人气量大不相同。

［48］离：通"罹"，遭到。

［49］交绝：断绝往来。

［50］不洁其名：不自取高洁之名。

【品读】

战国时期的公元前314年，燕国发生内乱，齐国乘机攻燕，毁其宗庙，迁其重宝，燕、齐两国遂结下深仇。燕昭王是历史上著名的明君，他即位后忍辱负重，励精图治，举贤任能，经过长期准备，于公元前284年，以乐毅为上将军，合诸侯四国之兵伐齐，齐师大败。燕昭王死后，燕惠王即位，燕惠王中了齐国的反间计，解除乐毅的兵权。乐毅恐遭不测，遂奔赵国。后齐军反攻，于是形势逆转。燕惠王害怕赵国起用乐毅攻燕，就写信责备乐毅。乐毅以此书作答，表明心迹。

在本文中，乐毅对燕惠王来信中的责问，一一作答：一是回忆自己当年忠于国事，精心谋划，完成了伐齐的总体设计；二是亲自率军深入齐国腹地，连败齐师，以雪国耻，报答先王的知遇之恩；三是君择臣而臣亦可择君，自己是为国家而战，但并不愚忠于君主个人。本文洒脱的姿态、诚挚的言辞，表现了乐毅高洁的人格，更反衬出燕惠王的昏聩和无能。

在古代，士大夫要胸怀天下，为国效命，实现自己的政治理想，不能不借助于君主贤明，在上者为明君，在下者为贤臣；只有君臣齐心协力，方能治理好国家，造福于百姓。燕、齐之怨固然是因统治者利益冲突所致，乐毅报答先王之心也未免出于知恩图报的个人立场，有其历史局限性；但乐毅在本文中对贤圣之君提出的种种要求，在古代却具有一定的普遍意义，在某种程度上，可以说是士大夫得以实现治国平天下理想的先决条件。《左传·哀公十一年》记录了孔子的话，"鸟则择木，木岂能择鸟"，《孔子家语》也记录孔子说过"君择臣而任之，臣亦择君而事之"，晋代文学家潘岳在《杨荆州诔》中也说过"鸟则择木，臣亦简（选择）君"。于是，后人常有"良禽择木而栖，贤臣择主而事"的说法，可见贤臣须择明君而事，包含着合理的思想内核，已成为后世儒家实现胸怀天下政治理想的一个重要指导思想。

此文是历代传诵的书信名篇，因其是以下致上，所以议论委婉，并无一句直接指责燕惠王的言辞，但观其行文，态度不亢不卑，绝无一点奴颜媚骨，该说的话，无不尽言。乐毅虽为武将，文章却写得非常儒雅，读来有一唱三叹之风采。其所议论，思路清晰，事实俱在而条条在理，逻辑严密。"散郁陶，托风采"，"条畅以任气，优柔以怿怀"（《文心雕龙·书记》），一个胸怀天下的爱国将军形象，活跃在字里行间。

【思考题】

一、文章未直接批评燕惠王，但将其与先王做比较，读者自有认识。请描绘一下隐藏在语言文字背后的燕惠王的形象，并谈谈你的体会。

二、君臣际遇与战争，是本文的重要内容，这是否从侧面反映了战国时期的独特社会风貌？

三、通过齐燕大战，分析其胜败原因，以资借鉴。

后汉书·寇恂传（节选）

范　晔

　　《后汉书》是一部记载东汉历史的纪传体断代史书，由南朝宋时期的历史学家范晔编撰。全书由"十纪""八十列传""志三十卷"组成，共一百二十卷。其中，"八志"自司马彪《续汉书》引入，故称《后汉书》作者，往往并列范晔和司马彪。《后汉书》记载了从东汉的汉光武帝建武元年（公元25年），到汉献帝建安二十五年（公元220年），共190多年的史事。《后汉书》是继《史记》《汉书》之后又一部私人撰写的重要史书，与《史记》《汉书》《三国志》并称为"前四史"。

　　范晔（398—446年），字蔚宗，南朝宋顺阳（今河南淅川东）人，官至左卫将军，太子詹事。南朝刘宋文帝元嘉九年（432年），因"左迁宣城太守，不得志，范晔乃删众家《后汉书》为一家之作"。元嘉二十二年十二月，范晔以谋反罪被杀，未能完成全书的写作。《后汉书》虽然只有纪、列传和志，无表，但叙事连贯，相互照应，史料详尽。

　　寇恂字子翼[1]，上谷昌平人也，世为著姓[2]。恂初为郡功曹[3]，太守耿况甚重之[4]。
　　……
　　建武二年[5]，恂坐系考上书者免[6]。是时颍川人严终、赵敦聚众万余，与密人贾期连兵为寇。恂免数月，复拜颍川太守，与破奸将军侯进俱击之[7]。数月，斩期首，郡中悉平定。封恂雍奴侯，邑万户[8]。

　　执金吾贾复在汝南[9]，部将杀人于颍川，恂捕得系狱。时尚草创，军营犯法，率多相容，恂乃戮之于市。复以为耻，叹。还过颍川，谓左右曰："吾与寇恂并列将帅，而今为其所陷，大丈夫岂有怀侵怨而不决之者乎[10]？今见恂，必手剑之！"恂知其谋，不欲与相见。谷崇曰[11]："崇，将也，得带剑侍侧。卒有变，足以相当。"恂曰："不然。昔蔺相如不畏秦王而屈于廉颇者[12]，为国也。区区之赵，尚有此义，吾安可以忘之乎?"乃敕属县盛供具[13]，储酒醪[14]，执金吾军入界，一人皆兼二人之馔[15]。恂乃出迎于道，称疾而还。贾复勤兵欲追之，而使士皆醉，遂过去[16]。恂遣谷崇以状闻[17]，帝乃征恂[18]。恂至引见，时复先在坐，欲起相避。帝曰："天下未定，两虎安得私斗? 今日朕分之。"于是并坐极欢，遂共车同出，结友而去。

【注释】

[1] 寇恂：生年不详，卒于公元 36 年，字子翼，上谷昌平（今北京）人，东汉开国名将，"云台二十八将"第五位。寇恂出身世家大族，原是王莽新朝上谷功曹，后与耿弇一起归顺刘秀，被任命为偏将军、承义侯，镇守河内，治理颍川、汝南，协助刘秀建立东汉。刘秀称帝后，寇恂任执金吾，封雍奴侯。建武十二年病逝，谥号"威"。

[2] 著姓：有声望的族姓。

[3] 功曹：汉代郡守有功曹史，简称功曹，除掌人事外，可参与一郡事务。

[4] 耿况：东汉名臣，也是开国功臣，字侠游，扶风茂陵（今陕西兴平东北）人。耿况生年不详，卒于公元 36 年。初任上谷太守，后归顺刘秀（汉光武帝），消灭王郎，平定彭宠。晚年因病退居洛阳。耿况病重期间，刘秀数次探望。建武十二年，耿况病故，谥号"烈"。

[5] 建武：汉光武帝刘秀的年号（公元 25—56 年）。

[6] 坐系考上书者免：因为抓捕询问上书的人而免职。

[7] 侯进：西汉末年、东汉初年人，封破奸将军、积射将军，为东汉初名将。

[8] 邑万户：食邑一万户，即可收入一万户的赋税。邑，食邑。

[9] 执金吾（yù）贾复：掌管禁卫军的统帅贾复。贾复（公元 9—55 年），字君文，南阳冠军（今河南邓州西北）人，东汉名将，"云台二十八将"第三位。

[10] 侵怨：因受他人侵害而产生的仇怨。

[11] 谷崇：生卒年不详，东汉桂阳郡人。光武帝时，谷崇率领突骑作为军队先锋，拜偏将军。

[12] 蔺相如不畏秦王而屈于廉颇：蔺相如不害怕秦王而甘愿忍让廉颇。详见《史记·廉颇蔺相如列传》。

[13] 盛供具：隆重地陈设酒食器具，指酒食超出实际需要。

[14] 酒醪（láo）：泛指酒。醪，汁渣混合的酒，又称浊酒。这里总称酒。

[15] 馔（zhuàn）：食物。

[16] 过去：路过，离开。

[17] 闻：报告。

[18] 征恂：召见寇恂。

【品读】

本文描写了一个精明强干、刚正不阿、顾全大局的东汉开国功臣形象。读本文，读者可能有似曾相识的感觉。《史记·廉颇蔺相如列传》记载了蔺相如的故事，主要有"完璧归赵""渑池之会""刎颈之交"。京剧舞台上长盛不衰的《将相和》，也取材于广泛传播的历史故事。在西汉末年王莽篡位建立新政权，农民起义风起云涌，各路将领割据地盘的背景下，刘秀最主要的任务是网罗人才，从隐士到将领。于是，邓禹、耿况、贾复、寇恂等名将，归顺在刘秀的麾下，成为东汉政权的基础。

刘秀的政权体系刚刚建立，天下尚未完全统一，需要手下的将领团结一致，为汉家的恢复而贡献力量。所以，当寇恂与贾复产生矛盾的时候，刘秀出面调和矛盾。廉颇和蔺相如的故事是因为地位问题而产生的，蔺相如的忍让感化了廉颇，赵惠文王并没有出面调和矛盾。当时，双方都极为重要，蔺相如的忍让需要廉颇的感觉、感动、体悟。于是，廉颇做出了积极的反应，负荆请罪。而本文中，寇恂与贾复则仇怨太深。对贾复而言，是个人恩怨加面子；对寇恂而言，则是国家法令加大局。寇恂严格执法，杀了贾复的部将，但以大局为重，避免与贾复直接冲突，于是上报刘秀，由皇帝来调和。贾复的部队经过寇恂的地盘，得到的是隆重的接待，超常规标准的饮食。寇恂"出迎于道"，见了贾复一面就"称疾而还"，已经使贾复有所触动，也为后面光武帝的调解创造了条件。最后，在皇帝的劝说下，两人"并坐极欢，遂共车同出，结友而去"，共同为汉朝的复兴贡献力量。

本文的叙事自有特点，大事略写，不失其影响力，小事详写，关注其对国家全局的影响，从而突出了寇恂顾全大局的品行。为了国家，寇恂不在乎个人面子，以谦卑的态度与隆重的礼节感化对方，达到化解矛盾、团结一致的目的。

【思考题】

一、故事表现了寇恂怎样的品质？

二、在本文中，我们从哪些地方可以看出贾复态度的变化？

三、比较本文与"廉蔺交欢"在写法上的异同。

与陈伯之书

丘 迟

丘迟（464—508 年），字希范，吴兴乌程（今浙江湖州）人。自幼颖慧，八岁能文。初仕齐，任殿中郎。后仕梁，官至司空从事中郎（一作司徒从事中郎）。齐时，劝梁武帝萧衍进梁王等文，皆出自其手。武帝建梁后，群臣继作者数十人作"连珠"，其中以丘迟所作者为最佳。擅骈文，文辞典雅精美。诗歌善于吟咏山水，辞藻华丽。有《丘中郎集》。

南北朝时期，南方政权更替频繁，从东晋到宋、齐、梁、陈。北方则由匈奴、鲜卑、羯、羌、氐等游牧部落联盟相互征伐，北魏实现统一，又分裂为东魏和西魏，随后为北齐与北周所取代。从西晋灭亡到隋朝统一，近四个世纪的纷争中，战火相连，百姓罹难，田园荒芜，人口锐减。交战双方，唯有厮杀，仁义不存。两军阵前，斗智斗勇，军事实力固然是决定胜败的主要因素，但是，阵前将领的态度往往引导了战役的走向。丘迟这封书信，无疑具有千军万马的力量。陈伯之由齐入梁，梁时为江州刺史，于梁武帝天监元年叛降北魏。天监四年，武帝命临川王萧宏率军北伐，陈伯之领兵相抗。丘迟奉萧宏之命作此书。陈伯之得书之后，从寿阳率兵归梁。

迟顿首[1]。陈将军足下[2]：无恙[3]，幸甚幸甚！将军勇冠三军[4]，才为世出[5]，弃燕雀之小志，慕鸿鹄以高翔[6]。昔因机变化[7]，遭遇明主[8]，立功立事，开国称孤[9]，朱轮华毂[10]，拥旄万里[11]，何其壮也！如何一旦为奔亡之虏，闻鸣镝而股战[12]，对穹庐以屈膝[13]，又何劣邪！

寻君去就之际[14]，非有他故，直以不能内审诸己[15]，外受流言，沈迷猖獗，以至于此。圣朝赦罪责功[16]，弃瑕录用[17]，推赤心于天下[18]，安反侧于万物[19]，将军之所知，不假仆一二谈也[20]。朱鲔涉血于友于[21]，张绣剚刃於爱子[22]；汉主不以为疑，魏君待之若旧。况将军无昔人之罪，而勋重于当世。夫迷途知返[23]，往哲是与[24]；不远而复，先典攸高[25]。主上屈法申恩，吞舟是漏[26]；将军松柏不翦[27]，亲戚安居，高台未倾[28]，爱妾尚在。悠悠尔心，亦何可言！今功臣名将，雁行有序[29]，佩紫怀黄[30]，赞帷幄之谋，乘轺建节[31]，奉疆场之任[32]，并刑马作誓[33]，传之子孙。将军独腼颜借命[34]，驱驰毡裘之长[35]，宁不哀哉！

夫以慕容超之强，身送东市[36]；姚泓之盛，面缚西都[37]。故知霜露所均[38]，不育异类[39]；姬汉旧邦[40]，无取杂种[41]。北虏僭盗中原[42]，多历年所，恶积祸盈，理至燋烂[43]。况伪孽昏狡，自相夷戮[44]；部落携离[45]，酋豪猜贰[46]。方当系颈蛮邸[47]，悬首藁街[48]。而将军鱼游於沸鼎之中，燕巢于飞幕之上[49]，不亦惑乎！

暮春三月，江南草长，杂花生树，群莺乱飞。见故国之旗鼓，感平生于畴日[50]，抚弦登陴[51]，岂不怆悢[52]！所以廉公之思赵将[53]，吴子之泣西河[54]，人之情也。将军独无情哉？

想早励良规，自求多福。当今皇帝盛明，天下安乐。白环西献[55]，楛矢东来[56]；夜郎滇池[57]，解辫请职[58]；朝鲜昌海[59]，蹶角受化[60]。唯北狄野心，掘强沙塞之间[61]，欲延岁月之命耳。中军临川殿下[62]，明德茂亲[63]，揔兹戎重[64]，吊民洛汭[65]，伐罪秦中。若遂不改，方思仆言。聊布往怀[66]，君其详之[67]。丘迟顿首。

【注释】

[1] 顿首：叩拜。古人书信首尾常用的客气语。

[2] 足下：对人的敬称。

[3] 无恙：问候语。恙，病，忧。

[4] 勇冠三军：勇敢为三军第一。

[5] 才为世出：是世间杰出的人才。

[6] 弃燕雀之小志，慕鸿鹄以高翔：语出《史记·陈涉世家》，"燕雀安知鸿鹄之志哉"。以小鸟燕雀比喻平庸者，以大鸟鸿鹄比喻才高者。此处指陈伯之有远大的志向，选择弃齐归梁。

[7] 因：顺。机：时机。

[8] 明主：指梁武帝。

[9] 立功立事，开国称孤：陈伯之原为齐江州刺史，梁武帝起兵讨齐，伯之投降，并以助平齐有功，封丰城县公。古代诸侯亦可自称为孤，这里即指受封之事。

[10] 朱轮华毂：形容车舆的华丽。毂：车轮中心的圆木。

[11] 拥旄：古代高级武将持节治理一方，称为"拥旄"。旄，用牦牛尾装饰的旗子，此处指节。

[12] 鸣镝：响箭。股战：大腿发抖。

[13] 穹庐：毡帐。此处指北魏政权。

[14] 去就：弃梁，投降北魏。

[15] 直：但，仅。审：思考。

[16] 圣朝：指梁朝。责：求。

［17］瑕：缺点，过失。

［18］赤心：真心。

［19］反侧：不安貌。

［20］仆：对自己的谦称。一二谈：一样一样地叙述。

［21］"朱鲔"句：汉光武之兄为刘玄所杀，朱鲔曾参与此事。后光武帝攻洛阳，朱鲔坚守，光武帝遣岑彭劝朱鲔投降。朱鲔不敢降。光武帝再遣岑彭，说建功立业的人不计较小恩仇，并答应保留其官职。朱鲔遂降。

［22］"张绣"句：《三国志》记载，建安二年，"公到宛，张绣降，既而悔之，复反。公与战，军败，为流矢所中。长子昂、弟子安民遇害"。建安四年，"张绣率众降，封列侯"。

［23］迷途知返：出自《离骚》，"回朕车以复路兮，及行迷之未远"。

［24］往哲：先贤，指屈原。与：嘉许。

［25］先典：此处指《易经》。上句"不远而复"语出《易经》。

［26］吞舟：吞舟之鱼，指大鱼。语出《史记·酷吏列传序》。此处以"吞舟"比喻罪大恶极的人。

［27］松柏不翦：祖先的坟墓没有受到破坏。古人常于坟墓上栽松柏。

［28］高台：住宅。

［29］雁行有序：大雁成行列飞行，比喻尊卑有序。

［30］紫：紫绶，系官印的丝带。黄：黄金印。

［31］轺：轻小的马车。建节：将旄节插立在车上。

［32］疆场：边境。

［33］刑马：杀马。古人杀白马饮其血以立誓，表示郑重。

［34］腼颜：强颜。借命：苟活。

［35］驱驰：效力。

［36］慕容超：南燕主，曾大掠淮北，刘裕北伐时，将慕容超擒拿，斩于建康。东市：汉代长安处决犯人的地方，后泛指刑场。

［37］姚泓：后秦主。刘裕伐后秦，姚泓出降。面缚：面部向前，缚手于背。

［38］霜露所均：霜露所及的地方，即天地之间。均：分布。

［39］异类：当时对少数民族的贬称。

［40］姬汉：周汉，即汉族。姬是周朝的姓。

［41］取：收。杂种：当时对少数民族的贬称。

［42］北虏：指北魏。僭：假称帝号。

［43］燋：通"焦"。燋烂：溃败灭亡。

［44］夷戮：诛杀。此处指北魏咸阳王元禧谋反之事。

［45］携离：分裂，不团结。

［46］贰：有二心。

［47］系颈：投降时，以绳索系住颈部。蛮：当时对少数民族的贬称。邸：官邸。

[48] 藁街：汉长安街名，为少数民族聚居之地。

[49] 飞幕：飞动摇荡的帐幕。

[50] 畴日：昔日。

[51] 陴：城上的矮墙。

[52] 怆恨：悲恨。

[53] 廉公：廉颇。《史记·廉颇蔺相如列传》记载："廉颇居梁久之，魏不能信用。赵以数困于秦兵，赵王思复得廉颇，廉颇亦思复用于赵。"思赵将，即想复为赵将。

[54] 吴子：吴起。吴起为魏守西河，魏武侯听信谗言而召吴起。吴起知道自己去后，西河必为秦所得，故临行前面对西河哭泣。后西河为秦所得。

[55] 白环西献：传说舜时西王母来朝，献白环。

[56] 楛矢东来：武王克商，"肃慎氏贡楛矢石砮"。肃慎氏，东北的少数民族。

[57] 夜郎滇池：两地在汉时为西南少数民族所建国名。

[58] "解辫"句：他们本来是编发为辫的，现在解开辫子请求封职。表示梁帝圣明，四方归顺。

[59] 昌海：蒲昌海，为西域地名。

[60] 蹶角：叩头。

[61] 掘：通"崛"。沙塞：沙漠边塞。

[62] 临川殿下：指萧宏。萧宏为梁武帝之弟，封临川郡王，时为中军将军。

[63] 茂亲：亲密的亲属。

[64] 揔：通"总"。

[65] 吊民：慰问老百姓。洛汭：洛水汇入黄河的洛阳、巩义一带。

[66] 布：陈述。往怀：指去信中所述情意。

[67] 详：详加考虑。

【品读】

六朝时，骈体文盛行。骈体讲究音律和谐、对偶工整、用典丰富、辞藻华美，有四四、六六、七七等句式，单句、对偶句经常交错使用。

陈伯之初为齐将领。梁武帝即位，陈伯之在浔阳被招安，后任江州刺史。天监元年（502年），他受邓缮、戴永忠等人怂恿，起兵谋反，败而投降北魏。可见，此人意志薄弱，缺乏定力。天监四年，武帝命临川王萧宏率军北伐，陈伯之率兵相抗，恰逢丘迟为萧宏记室，奉命修书劝降陈伯之。在两军对峙、千钧一发之际，这一纸书信成了力挽狂澜的最后一线希望。为了达到这一目的，丘迟在遣词造句上费尽了心思。他肯定了陈伯之当年归梁是英明之举，对比其在梁时的优越待遇与如今投魏的卑微姿态，还告之当今梁帝的贤明宽容，以消除陈伯之的疑虑。之后，文中进一步述及陈伯之在梁的牵挂："松柏不翦，亲戚安居，高台未倾，爱妾尚在。"梁朝如此厚待他的家人，怎能不激起陈伯之的眷恋之情？接着，作者又分析敌我双方的形势，指出北魏政权内部相互倾轧，危机四伏，劝其看清大势，迷途知返。此外，文中还贴切地运用了廉颇思故国、吴起恋故土等大量典故，精准贴切，字字扣动对方的心弦。全文层层深入，晓之以理，动之以情，同时恩威并施，具有强烈的说服力与感染力。

"暮春三月，江南草长，杂花生树，群莺乱飞。"此文语言典雅俊逸，对于江南风物的描写优美生动，富于表现力。

【思考题】

一、举例谈谈骈体文的文体特点。

二、此书信是从哪几个角度说服陈伯之的？试分析。

第四单元　胸怀天下

北　征[1]

杜　甫

皇帝二载秋，闰八月初吉[2]。杜子将北征[3]，苍茫问家室[4]。
维时遭艰虞[5]，朝野无暇日。顾惭恩私被[6]，诏许归蓬荜[7]。
拜辞诣阙下[8]，怵惕久未出[9]。虽乏谏诤姿，恐君有遗失[10]。
君诚中兴主，经纬固密勿[11]。东胡反未已[12]，臣甫愤所切。
挥涕恋行在[13]，道途犹恍惚。乾坤含疮痍，忧虞何时毕？
靡靡逾阡陌[14]，人烟眇萧瑟[15]。所遇多被伤[16]，呻吟更流血。
回首凤翔县，旌旗晚明灭。前登寒山重，屡得饮马窟。
邠郊入地底[17]，泾水中荡潏[18]。猛虎立我前[19]，苍崖吼时裂[20]。
菊垂今秋花，石戴古车辙[21]。青云动高兴[22]，幽事亦可悦[23]。
山果多琐细，罗生杂橡栗。或红如丹砂，或黑如点漆。
雨露之所濡，甘苦齐结实。缅思桃源内[24]，益叹身世拙。
坡陀望鄜畤[25]，岩谷互出没。我行已水滨，我仆犹木末[26]。
鸱鸟鸣黄桑[27]，野鼠拱乱穴。夜深经战场，寒月照白骨。
潼关百万师[28]，往者散何卒[29]？遂令半秦民[30]，残害为异物[31]。
况我堕胡尘[32]，及归尽华发。经年至茅屋[33]，妻子衣百结[34]。
恸哭松声回，悲泉共幽咽。平生所娇儿，颜色白胜雪[35]。
见耶背面啼[36]，垢腻脚不袜。床前两小女，补绽才过膝[37]。
海图坼波涛[38]，旧绣移曲折[39]。天吴及紫凤[40]，颠倒在裋褐[41]。
老夫情怀恶，呕泄卧数日。那无囊中帛[42]，救汝寒凛栗。
粉黛亦解苞[43]，衾裯稍罗列[44]。瘦妻面复光，痴女头自栉[45]。
学母无不为，晓妆随手抹。移时施朱铅[46]，狼藉画眉阔。

文学经典作品荐读

110

生还对童稚，似欲忘饥渴。问事竞挽须[47]，谁能即嗔喝[48]？
翻思在贼愁[49]，甘受杂乱聒[50]。新归且慰意，生理焉得说[51]？
至尊尚蒙尘[52]，几日休练卒[53]？仰观天色改[54]，坐觉妖氛豁[55]。
阴风西北来，惨淡随回纥[56]。其王愿助顺，其俗善驰突[57]。
送兵五千人，躯马一万匹。此辈少为贵[58]，四方服勇决。
所用皆鹰腾[59]，破敌过箭疾。圣心颇虚伫[60]，时议气欲夺[61]。
伊洛指掌收[62]，西京不足拔[63]。官军请深入，蓄锐可俱发。
此举开青徐[64]，旋瞻略恒碣[65]。昊天积霜露[66]，正气有肃杀[67]。
祸转亡胡岁，势成擒胡月。胡命其能久[68]？皇纲未宜绝[69]。
忆昨狼狈初[70]，事与古先别：奸臣竟菹醢[71]，同恶随荡析[72]。
不闻夏殷衰[73]，中自诛褒妲[74]。周汉获再兴[75]，宣光果明哲[76]。
桓桓陈将军[77]，仗钺奋忠烈[78]。微尔人尽非[79]，于今国犹活。
凄凉大同殿[80]，寂寞白兽闼[81]。都人望翠华[82]，佳气向金阙[83]。
园陵固有神[84]，洒扫数不缺[85]。煌煌太宗业[86]，树立甚宏达[87]！

【注释】

[1] 北征：唐肃宗至德二年（757 年）秋，杜甫从肃宗临时居住的凤翔（今属陕西）返回家人所在的鄜州（今陕西富县），是往东北方向走，因此这首诗名为《北征》。

[2] 初吉：初一。

[3] 杜子：诗人自称。

[4] 苍茫：形容诗人在战乱中返乡茫然无着落的心境。

[5] 维时：指当时。艰虞：艰难忧患，这里指安史之乱。

[6] 恩私被：指唯独自己蒙受皇恩，被允许回家探亲。

[7] 蓬荜：蓬门荜户的缩语，草和树枝编的门户，指穷人家，此指杜甫的家。

[8] 诣：觐见。阙下：本义是宫殿前的望楼，这里指到朝廷面见皇帝。

[9] 怵惕（chù tì）：诚惶诚恐的样子。

[10] 遗失：指考虑不周和失误之处。

[11] 经纬：这里是用织布的纵横交错来比喻治理国家的复杂性。密勿：勤勉努力。

[12] 东胡：指安禄山、史思明的叛军。

[13] 行在：皇帝离开皇宫时临时居住的地方，这里指凤翔。

[14] 靡靡：缓缓。阡陌：田间的小路。

[15] 眇（miǎo）：少。

[16] 被伤：带着创伤。

[17] 邠（bīn）：即邠州，今陕西彬县。入地底：泾水在邠州城北郊流过，冲刷出了盆地，从山上望去，北郊就好像在地底一样。

[18] 荡潏（yù）：水流动涌出的样子。

[19] 猛虎：形容山上的奇险怪石。一说是真遇到猛虎。

［20］吼：指穿岩而过的风声。一说是猛虎的吼叫。

［21］戴：印着。

［22］高兴：高雅的情致。

［23］幽事：指山中幽美的景色。

［24］缅思：远想。桃源：东晋诗人陶渊明所作《桃花源记》中没有纷争的世外理想社会。

［25］坡陀：山坡。畤（zhì）：祀神的祭坛，据《史记·封禅书》记载，春秋时秦文公曾在鄜地设坛祭祀白帝，因此以鄜畤为鄜州的别称。

［26］木末：树梢。由于山路很陡，杜甫已经走到山下水边，仆人还在山上，回头看仆人好像在树梢上一样。

［27］鸱鸟：猫头鹰一类的鸟。黄桑：枯黄的桑树。

［28］潼关：关名，在今陕西潼关东北，地处今陕西、山西、河南三省要冲，自古为兵家必争之地。

［29］散何卒：安禄山叛乱后，哥舒翰被任为兵马副元帅，率军二十万驻潼关，本拟坚守，但在朝廷催逼下匆忙出击，结果大败，致使长安沦陷。卒，通"猝"，仓猝，现写作"仓促"。

［30］秦：今陕西和甘肃东部一带，春秋战国时属秦国。

［31］异物：指死人。

［32］堕胡尘：杜甫至德元年（756年）七月从鄜州至灵武谒见唐肃宗，半途被叛军俘房押至长安，到次年三月始得逃脱。

［33］经年：诗人至德元年七月离开鄜州的家，到至德二年的八月回来，已经有一年多的时间了。

［34］妻子：妻子和儿女。百结：衣服破烂，缝缝补补的样子。

［35］白胜雪：指面色苍白，没有血色。

［36］耶：即"爷"，古时对父亲的称呼。背面啼：转过身去啼哭。孩子因为很久没见父亲而感到陌生，才会这样。

［37］补绽：缝补，打补丁。才过膝：指女儿的衣服短小，不合身。

［38］海图：绣有海景图案，挂在墙上作为装饰品的布。波涛：布上的花纹图案。

［39］旧绣：旧的刺绣品。移曲折：因为缝补衣服把绣品原有的曲折花纹打乱了。

［40］天吴：神话传说中的水神，这里是指刺绣的图案。紫凤：紫色的凤凰，这里也是指刺绣的图案。

［41］裋（shù）褐：粗布衣，穷人穿的衣服。

［42］那（nuó）："奈何"二字的合音。

［43］粉黛：妇女化妆用的白粉和描眉用的青黑色颜料。苞：通"包"，包裹。

［44］衾：被子。裯（chóu）：床帐。

［45］栉（zhì）：梳头。

[46] 移时：一会儿。朱铅：红色的胭脂和白色的铅粉，古代妇女的化妆品。

[47] 挽须：扯胡子。

[48] 嗔喝：责骂。

[49] 翻：通"反"。

[50] 杂乱聒：指小孩子的吵吵闹闹。

[51] 生理：生计。

[52] 至尊：最尊贵的人，指唐肃宗。蒙尘：蒙受风尘，指唐肃宗逃离京城长安，流亡在外。

[53] 练卒：练兵，指打仗。

[54] 天色改：这是借天象说明平叛的形势有所好转。

[55] 坐觉：顿时感觉到。妖氛：妖气，邪气，指叛军气焰。

[56] 回纥（hé）：唐代西北部族。至德二载（757 年）九月，郭子仪建议唐肃宗借回纥兵马协助平叛。回纥怀仁可汗派遣太子叶护等率精兵四千到凤翔。

[57] 其王：回纥首领怀仁可汗。助顺：指帮助唐朝讨伐叛军。驰突：驰骋冲杀，指擅长骑马作战。

[58] 少为贵：以少为贵。

[59] 鹰腾：比喻回纥精兵非常勇武。

[60] 圣心：指唐肃宗的想法。唐肃宗对借兵回纥寄予厚望。虚伫（zhù）：虚心以待。

[61] 时议：当时朝廷上下的舆论。气欲夺：指朝臣们迫于形势不敢提出异议。夺：丧失。

[62] 伊洛：伊水和洛水，这两条河都流经洛阳，故而此处用以代指洛阳。指掌收：形容轻易收复。

[63] 西京：指长安，唐代以洛阳为东京，长安为西京。拔：攻拔。

[64] 青：青州（今山东青州）。徐：徐州（今江苏徐州）。

[65] 旋：很快。略：攻取。恒：指恒山，又名常山，在今河北曲阳西北。碣：指碣石山，在今河北昌黎北。此处，"恒碣"指河北一带叛军的老巢。

[66] 昊天：秋天。

[67] 肃杀：秋降霜露，能使草木凋零，有肃杀之气。言朝廷于此时平叛，正合于天时。

[68] 其：岂。

[69] 皇纲：朝廷的纲纪。

[70] 狼狈初：指安史之乱刚发生的时候。

[71] 奸臣：指杨国忠等人。竟：终。菹醢（zū hǎi）：古代的一种极刑，把受刑者剁成肉酱，代指处死杨国忠等人。

[72] 同恶：指杨国忠的同党。荡析：荡涤瓦解。安禄山叛乱后，潼关失守，唐玄宗仓皇逃奔四川，到马嵬驿时，左龙武大将军陈玄礼发动兵变，杀死杨国忠，唐玄宗被迫下令缢死杨贵妃。

[73] 夏殷衰：指像夏商周三代那样亡国。这里以"夏殷"总括夏商周三代。殷，即商代。

[74] 诛褒妲：指唐玄宗赐死杨贵妃。褒，西周最后一位君主幽王的宠妃褒姒（sì）；妲（dá），商代最后一位君主纣的宠妃妲己。这里"褒妲"与上文的"夏殷"是互文关系，总括三代的亡国之君夏桀、商纣王和周幽王的宠妃妹喜、妲己、褒姒。

[75] 周汉：这里是借周、汉两代事说唐朝的中兴。

[76] 宣光：这里把唐肃宗比作周、汉两代中兴的君主周宣王、汉光武帝。

[77] 桓桓：威武有力的样子。陈将军：指发动马嵬驿兵变的陈玄礼。

[78] 仗：持。钺（yuè）：长把大斧，古代的一种兵器，象征征伐诛杀的权力。

[79] 微：没有。尔：你，指陈玄礼。

[80] 大同殿：唐代长安皇宫殿名，曾是唐玄宗召见大臣的地方。当时，长安已被叛军占领。

[81] 白兽闼（tà）：即白兽门，唐代长安未央宫的宫门。

[82] 都人：指长安城的居民。望：盼望。翠华：翠鸟羽毛做成的旗帜，为皇帝的仪仗所用，代指皇帝。

[83] 佳气：兴旺的气象。金阙：金门，代指长安的皇宫。

[84] 园陵：帝王的陵寝，这里指唐代历朝先帝的陵寝。固：本来。神：神灵。

[85] 扫洒：对陵寝的祭扫。数：礼数，即祭礼。

[86] 太宗业：唐太宗创立的基业。

[87] 树立：建立，建树。宏达：宏伟，宏大。此指发扬光大。

【品读】

《北征》全诗约七百字，是杜甫五言古体长诗中最长的作品，写于安史之乱爆发后的第三年（757年），当时诗人从唐肃宗所在的凤翔返回鄜州家中。整首诗以叙述诗人在回家前后和途中的亲身经历为主，同时也表达了诗人对时局的看法和忧虑，是一篇极富现实主义精神的杰作。

全诗根据内容，可以分为五个部分。第一部分从开篇到"忧虞何时毕？"，写回家之前辞别皇帝的经过。第二部分从"靡靡逾阡陌"到"残害为异物"，写回家途中的所见所闻。第三部分从"况我堕胡尘"到"生理焉得说？"，叙述回到家中的情况，写出了战乱中诗人与亲人重逢时悲喜交集的复杂情感。第四部分从"至尊尚蒙尘"到"皇纲未宜绝"，记录了唐肃宗向回纥借兵一事，并表达了诗人对此事的看法。第五部分从"忆昨狼狈初"到篇末，回顾了马嵬驿兵变，写出了长安百姓对平叛的期待，以此来勉励唐肃宗重新振兴唐太宗建立的"煌煌"基业。

就内容来看，《北征》既涉及安史之乱中的具体事件，又表现了安史之乱为国家带来的巨大创伤，更结合诗人的亲身经历，反映了战乱为百姓带来的苦难。就写作手法来看，此诗夹叙夹议，诗人在其中表达了对国家和人民真挚的情感。全诗细节描写生动细致，人物形象鲜活，措辞老成凝重，风格沉郁顿挫。这使得《北征》成为杜甫"诗史"中最有代表性的作品之一。

【思考题】

一、为什么说《北征》是杜甫诗歌作为"诗史"的代表作？你能从诗中梳理出诗人忧国忧民思想的具体表现吗？

二、诗中第二部分的景物描写有何特点？

三、举例说明诗中细节描写的艺术效果。有人说杜诗"万景皆实"，读了这首诗后，你对此有什么体会？

鹧　鸪　天[1]

辛弃疾

　　辛弃疾（1140—1207 年），字幼安，号稼轩，历城（今山东济南）人，南宋著名词人。宋高宗绍兴三十一年（1161 年），辛弃疾参加耿京领导的抗金义军，归宋后被任命为江阴签判。他坚持北伐，但始终不被信任。曾先后进奏《美芹十论》《九议》等，陈述增强国力、适时出兵等大计，均未被采纳。淳熙八年（1181 年）落职，此后除一度出任福建提点刑狱、安抚使外，四十余年间数遭猜忌，长期在江西农村闲居，终抱恨以殁。

　　辛弃疾词今存六百多首，题材广泛，意境深远，手法多样，善于用典。他把爱国抱负和满腔激情倾注到词作之中，形成了雄浑豪放、苍凉沉郁的风格，是南宋豪放词派的主要代表。有《稼轩长短句》等传世。

　　有客慨然谈功名，因追念少年时事[2]，戏作。
　　壮岁旌旗拥万夫[3]，锦襜突骑渡江初[4]。燕兵夜娖银胡䩮[5]，汉箭朝飞金仆姑[6]。
　　追往事，叹今吾，春风不染白髭须[7]。却将万字平戎策[8]，换得东家种树书[9]。

【注释】

　　[1] 鹧鸪天：词牌名。
　　[2] 少年时事：年轻时的事情。
　　[3] "壮岁"句：指作者领导起义军抗金时正二十岁出头。他在《美芹十论》里说："臣尝鸠众二千，隶耿京，为掌书记，与图恢复，共籍兵二十五万，纳款于朝。"壮岁，少壮之时。
　　[4] "锦襜"句：指作者南归前统帅部队和敌人战斗之事。锦襜突骑，穿锦绣短衣的骑兵。襜，战袍。衣蔽前曰"襜"。
　　[5] "燕兵"句：指金兵在夜晚枕着箭袋小心防备。燕兵，此处指金兵。娖（chuò），整理的意思。一说"娖"为谨慎貌。银胡䩮：银色或镶银的箭袋。胡䩮是一种用皮制成的测听器，军士枕着它，可以测听三十里内外的人马声响，见《通典》。
　　[6] "汉箭"句：指清晨宋军便万箭齐发，向金兵发起进攻。汉，代指宋。金仆姑，箭名，见《左传·庄公十一年》。
　　[7] 髭（zī）须：胡子。唇上曰髭，唇下为须。

[8] 平戎策：平定当时入侵者的策略。此指作者南归后向朝廷提出的《美芹十论》《九议》等在政治上、军事上都很有价值的抗金意见书。

[9] 东家：东邻。种树书：表示回家务农。

【品读】

这首词深刻地概括了一位抗金名将的悲惨遭遇。上阕回忆青年时代的杀敌壮举，气势恢宏。词中描述了作者参加抗金义军，率领上万精锐骑兵渡江，突破金兵防线，并和金兵战斗的场面。金兵晚上准备箭筒，修筑工事，而宋兵拂晓便发起了进攻。作者描写战斗情况时，用"拥"字、"飞"字表动作，用旌旗、军装、兵器作为烘托，写得有声有色，极富感染力。作者回忆抗敌的战斗时，壮志豪情溢于笔端，他怀着一片报国之心南渡归宋，希望为宋杀敌建功，却不被高宗重用，平戎之策也未被采纳，因此他无法施展抱负。

在下阕，作者追忆往事，不免深深地叹息："追往事，叹今吾，春风不染白髭须。"今昔对照，一"追"一"叹"，包含多少辛酸与感慨。作者灵活地从上阕的忆旧引出下阕的叙今。草木经春风的吹拂能重新变绿，人的须发在春风中却不能由白变黑，作者借此感叹青春不再，韶华易逝。"却将万字平戎策，换得东家种树书"，以最鲜明、最典型、最生动的形象，突出作者的理想与现实的尖锐矛盾，突出他一生的政治悲剧，把上一句的感慨引向更为深入的地步。作者南归后向朝廷提出《美芹十论》《九议》等在政治上、军事上都很有价值的抗金意见书。但是，上万字的"平戎策"毫无用处。作者感慨：倒不如和人交换种树书，还有一些生产上的实用价值。这是一种政治现实。他并非想过这种归隐田园的农耕生活，而是不得已啊！作者借此抒发壮志难酬的悲愤之情。

【思考题】

一、陆游《小园》诗中有"骏马宝刀俱一梦，夕阳闲和饭牛歌"，刘克庄《满江红·夜雨凉甚忽动从戎之兴》词中有"生怕客谈榆塞事，且教儿诵花间集"，它们和本词中的"却将万字平戎策，换得东家种树书"意境相近。请结合作者生平的文韬武略、英雄事迹，试着比较这三个句子中的悲愤之情。

二、当你也遭受了怀才不遇的命运，你会如何应对？请你写一段文字，描述自己的想法。

满 江 红

刘克庄

夜雨凉甚忽动从戎之兴。

金甲雕戈[1]，记当日辕门初立[2]。磨盾鼻一挥千纸[3]，龙蛇犹湿[4]。铁马晓嘶营壁冷，楼船夜渡风涛急[5]。有谁怜猿臂故将军[6] 无功级[7]？

平戎策[8]，从军什[9]，零落尽，慵收拾。把茶经香传[10]，时时温习。生怕客谈榆塞事[11]，且教儿诵花间集[12]。叹臣之壮也不如人，今何及？

【注释】

[1] 金甲雕戈：金饰的铠甲，刻镂过的戈。形容武装的壮丽。

[2] 辕门：军门，指李珏帅府。

[3] 磨盾鼻：南朝梁诗文作家荀济曾在盾鼻上磨墨作檄，讨伐梁武帝萧衍。后以"磨盾鼻"喻军中作檄。盾鼻是盾的纽。

[4] 龙蛇：原指草书的笔势，后泛指书法、文字。

[5] 楼船：战船。

[6] 猿臂故将军：李广。《史记·李将军列传》："广为人长，猿臂，其善射亦天性也。"李广曾为骁骑将军，因事被降为庶人，所以称"故将军"。

[7] 无功级：古代杀敌以首级的数目计功，故称功级。李广平生与匈奴经历大小七十余战，而不得封侯。

[8] 平戎策：平定外族的策略。这里指作者屡有奏疏陈述抗敌恢复方略。

[9] 从军什：记录军中生活的诗篇。

[10] 茶经：这里指记录茶叶的品种及烹茶方法的书籍。香传：即香谱，用于记录香的品种、烧香的方法、器具等。

[11] 榆塞：泛称边关、边塞。《汉书》："后蒙恬为秦侵胡，辟数千里，以河为竟，累石为城，树榆为塞，匈奴不敢饮马于河。"

[12] 花间集：五代十国时期编纂的一部词集，也是中国文学史上的第一部文人词选集，由后蜀人赵崇祚编选。

【品读】

作者在这首词的题序中说"忽动从戎之兴"，即作者忽然产生从军抗金的念头。情况是这样的。刘克庄曾因"江湖诗案"被黜。到绍定六年（1233 年）蒙古灭金之际，宋师北上，刘克庄赋闲在家，宋金之间的这场战争引发了作者从军抗金的念头。开篇用倒装，描写自己刚参军时英勇神武的形象。那时候，作者身披"金甲"，手持武器，在辕门口站立，精神抖擞，气宇轩昂，从内到外洋溢着青春的气息。这里，他用荀济在盾鼻上磨墨讨伐梁武帝的典故，表现书生从戎的豪情。"龙蛇犹湿"将作者的才气酣畅淋漓地表现出来。"铁马"句化用陆游的诗句，内容却是军旅生活的真实写照。无论是拂晓突袭，还是夜里抢渡，在作者的笔下都显得声势浩大、气魄非凡，充满了高昂的抗金激情。"铁马晓嘶营壁冷，楼船夜渡风涛急"对仗工整，读来铿锵有力，掷地有声，然而作者随即将所有的豪迈之情化作满纸苍凉。他以李广讨伐匈奴有功，却至死未能封侯的故事来比喻自己徒有抗金志向，却最终无法实现理想、未能建功立业的心境。"谁怜"二字，语含无限悲愤。

作者在下片中抒发了归隐情怀。在传统士大夫的精神世界中，隐逸只是入世的补充，往往仕途不畅时，他们才会选择隐居。归隐亦是报国理想落空后不得已的选择。作者虽然表面上很豁达从容，然而笔下却透露出愤懑之情与不平之气。平生写成的平戎对策、从军诗篇，如今都零落散尽；时常把玩的书籍都是研究茶艺、焚香的闲逸之书；而自己在教导子孙时，不是讲仕途经济，而是吟咏《花间集》。一系列行为把作者被罢官后万念俱灰的心态描绘得淋漓尽致。然而这些都只不过是反语而已。从题序的"忽动从戎之兴"，从"今何及"的悲叹之中，我们可以知道，"慵收拾"的正是自己最挂念的"榆塞事"，也恰恰是自己最关切的。只因报国无门，壮志难酬，这些才被作者无奈地搁置。作者在结尾借烛之武怨郑文公未能及时任用自己的话，表达自己怀才不遇的愤懑，这也与题序切合。

上片写过去，正面着笔，风格豪迈雄健；下片写今日，用反笔，风格压抑忧郁。作者运用对比手法，使词作极富感染力。

【思考题】

一、刘克庄是辛派词人，这首词的风格与辛词在风格上有何异同？

二、这首词运用了怎样的艺术表现手法，使词的意蕴深沉含蓄？

三、中国古代还有哪些怀才不遇的作家？结合这些作家的代表作品，说一说他们的境遇。

出　塞[1]

于　谦

　　于谦（1398—1457年），字延益，钱塘（今杭州）人。明永乐十九年（1421年）进士，历任御史，兵部右侍郎和山西、河南、江西等地巡抚。在任期间，兴利除弊，不畏强权，为官清廉，深得民心。明英宗正统十四年（1449年），蒙古瓦剌也先南侵，明朝五十万精兵在"土木堡之役"覆灭，英宗被俘，瓦剌军队挟英宗进逼北京。于谦临危受命，被任为兵部尚书，他力排南迁之议，提出"社稷为重君为轻"的口号，调兵挫败瓦剌也先的阴谋。英宗还朝复位后，听信徐有贞、石亨谗言，以"大逆不道，迎立外藩"的"谋逆罪"将于谦处死。

　　明英宗天顺三年（1459年），于谦的女婿朱骥将于谦的灵柩运回故乡，葬于杭州西湖三台山麓，和岳飞墓遥相呼应，忠魂义骨，悲壮豪迈，为西湖增色。袁枚诗云："赖有岳于双少保，人间才觉重西湖。"

　　于谦是明朝著名的爱国将领、民族英雄，也是一位爱国诗人。他生平未尝以吟咏为事，但其诗直抒胸臆，反映百姓疾苦，写得质朴、刚健、有力，非文士所能为。有《于忠肃集》。

　　　健儿马上吹胡笳[2]，旌旗五色如云霞。
　　　紫髯将军挂金印[3]，意气平吞瓦剌家[4]。
　　　瓦剌穷胡真犬豕[5]，敢向边疆挠赤子[6]。
　　　狼贪鼠窃去复来[7]，不解偷生求速死[8]。

将军出塞整戎行[9]，十万戈矛映雪霜。

左将才看收部落[10]，前军又报缚戎王[11]。

羽书捷奏上神州，喜动天颜宠数优[12]。

不愿千金万户侯[13]，凯歌但愿早回头[14]。

【注释】

[1] 出塞：明英宗年间，蒙古瓦剌族也先贵族多次侵犯北方。"土木堡之役"后，于谦率兵驻守北京，并派兵出击长城外，抗击瓦剌军队，此诗作于期间。

[2] 健儿：强健勇武的将士。胡笳（jiā）：我国古代北方民族的一种乐器，类似笛子。

[3] 紫髯将军：仪表威严的将军，原指孙权，这里指明朝大将石亨。挂金印：挂印出征。

[4] 瓦剌：蒙古族部落名。

[5] 胡：我国古代西北部民族的统称。犬豕：狗和猪，这是对入侵者的贬称。

[6] 敢：竟敢。挠：扰乱，侵犯。赤子：刚坠地的孩子，这里喻指善良的百姓。

[7] 狼贪鼠窃：如狼那样贪婪，似鼠那样偷窃，常用于形容敌人卑鄙。

[8] 不解：不懂得。

[9] 整：整顿。戎行：指代军队。

[10] 左将：左，古代车骑以左为尊位，左路将领，表示敬称。部落：这里指代瓦剌军队。

[11] 前军：先头部队。缚：捆绑，意指抓获。戎王：外族敌人的首领。

[12] 优：优厚，优待。宠数优，这里指宠爱有加，赏赐丰厚。

[13] 万户侯：汉代封侯制度，以户为单位，权位高者封万户，权位低者则封五六百户。万户侯指封地万户之侯，此处指代高官厚禄。

[14] 回头：指战斗结束班师回朝。

【品读】

　　这是一首反抗侵略的爱国主义诗篇。诗人描述了将士英勇战斗的场面，庆祝已经取得的胜利，歌颂将士不图功名利禄的高贵品质。

　　全诗共用四韵，四句一转韵。前四句描写挂帅出征的雄壮场面，这是一支训练有素的军队，武器精良，群情激昂，将士们在悠扬的军乐声中一往无前地挺进。作者强调了爱国将士"平吞瓦剌"的英雄气概和必胜信心。第五至八句写勇气的由来。这次军事行动不是穷兵黩武，而是自卫反击。敌人胆大妄为，一再滋事，真是"不解偷生求速死"。这里揭露了外族敌人的贪婪无耻，表达了诗人对他们的蔑视和警告。随后的四句写出了反侵略战斗的辉煌战绩。战前，将军整顿军队，十万大军严阵以待，左锋才收部落，前锋又缚戎王，既见士卒之骁勇，又见将领之善战。这样的军队对付野心勃勃的侵扰者，所到之处，自然势如破竹，锐不可当，捷报频传。诗人笔调激昂，充满喜悦之情和自豪之感。最后四句歌颂出征将士为国为民的无私情怀。诗人放慢了节奏，以舒缓的语气，写出胜利的捷报传至京师，皇帝为之喜笑颜开，传令厚赏三军将士。不料将士们都不在意那些赏赐，只希望凯旋之后能早日回归乡里。"不愿千金万户侯，凯歌但愿早回头"，指明将士们出生入死、浴血奋战的目的，是保家卫国，是百姓安居乐业，而不是获取功名利禄。诗人以此讴歌大明将士纯朴的性格、高尚的情操。

全诗围绕"爱国"这一主题，通篇充满杀敌报国的坚定信念。诗人运用比喻、夸张的手法，遣词造句富含感情色彩，爱国热情处处显现。全诗气势雄浑，语言豪迈，格调高昂。

【思考题】

一、分析这首诗在结构安排和韵脚转换上的特征。

二、试分析此诗包含的多重感情色彩。

三、试分析此诗场面描写所蕴含的特定意义。

黄海舟中日人索句并见日俄战争地图[1]

秋　瑾

秋瑾（1875—1907 年），女，原名闺瑾，字璿卿，后改名竞雄，又称鉴湖女侠，别号汉侠女儿。祖籍浙江山阴（今浙江绍兴），是杰出的革命家、妇女解放运动的先驱。

光绪三十年（1904 年）夏，秋瑾自筹旅费东渡日本留学。同年秋，在东京创办《白话报》，宣传推翻清政府，提倡妇女平等。翌年先后加入光复会、同盟会，并被推为同盟会评议员、同盟会浙江分会会长。1907 年，在上海创办《中国女报》，宣传妇女解放，倡导民主革命。接替徐锡麟主持绍兴大通学堂，任督办，赴浙东各地联络会党，组织光复军，准备皖浙两地同时起义。1907 年 7 月 6 日，徐锡麟在安庆起义，后失败。7 月 13 日，清政府派兵包围大通学堂，秋瑾被捕入狱。7 月 15 日，秋瑾在绍兴轩亭口从容就义，年仅 32 岁。

秋瑾工诗文，所作诗词豪放悲壮，后人辑为《秋瑾集》。

万里乘风去复来[2]，只身东海挟春雷[3]。
忍看图画移颜色[4]，肯使江山付劫灰[5]！
浊酒不销忧国泪[6]，救时应仗出群才[7]。
拼将十万头颅血，须把乾坤力挽回[8]。

【注释】

[1] 黄海舟中日人索句并见日俄战争地图：这首诗约作于光绪三十一年（1905 年）七月。秋瑾第二次去日本，这首诗是她在船上写给日本银澜使者的。船过黄海，见日俄战图，想起上一年末爆发的日俄战争刚结束，她很有感触，适值"日人索句"，她于是作诗，抒发对日俄帝国在中国领土上进行争夺战的气愤和誓死投身革命、拯救民族的决心。

[2] 乘风：即乘风而行的意思。用列子乘风的典故，兼用宗悫"愿乘长风破万里浪"的典故（见《宋书·宗悫传》）。去复来：秋瑾 1904 年东渡留学，后因事回国；1905 年再次赴日，故云。

[3] 只身东海：指单身乘船渡海。挟春雷：比喻胸怀春雷般的革命大志，为使祖国获得新生而奔走。

[4] 忍看：反诘之词，意为"哪忍看"。图画：指地图。移颜色：改变颜色，指中国的领土被日俄帝国主义侵吞。

[5] 肯使：怎肯使。付：变成。劫灰：劫火之灰，佛家语，这里指被战火毁坏，有沦丧之意。这里意为：岂能让祖国河山在日俄帝国主义的炮火中化为灰烬！此处用典，诗人忆起宋人郑思肖《二砺》"肯使神州竟陆沉"之亡国悲声，脱口而出"肯使江山付劫灰"。

[6] 销：同"消"。此句言其忧国忧民的愁苦之深。

[7] 救时：国家危亡的局势。仗：依靠。出群才：指出类拔萃的人物。杜甫政论诗《诸将五首》的第五首有"西蜀地形天下险，安危须仗出群才"。诗人借用杜甫对安史之乱以来军政大事的感慨，表达自己实现民族独立的心愿。

[8] 乾坤：天地，此指中国危亡的局势。

【品读】

这是一首比较著名的爱国主义诗篇。全诗通过对日俄战争的反思，用悲壮激越的笔墨，表达了诗人对帝国主义侵略行径的极大愤慨，抒发了诗人为拯救破碎山河而宁愿献身的豪情壮志。

诗的首联大气磅礴，描写诗人只身前往日本留学，寻求救国救民的真理，展现出诗人意气风发的一面，表现了诗人强烈的爱国之情。颔联用反诘和感叹的语气，点出观图之事，从而表达对日俄横行东北的极大愤恨。颈联进一步表现诗人对国家前途和命运的担忧，表达了应由有识之士来挽救时局的迫切心愿。尾联由忧国而思济世，诗人表达了自己愿为民族独立事业而抛头颅洒热血的崇高志向。1907 年，秋瑾在浙江起义，失败后不幸被捕，在绍兴轩亭口英勇就义，她以热血践行了自己的誓言。

此诗因事而发，虽篇幅不长，却情辞激越奔放，语言雄健明快，形象鲜明感人。全诗直抒胸臆，慷慨悲壮，刚劲有力，读后令人热血沸腾。

【思考题】

一、20 世纪初，革命志士纷纷前往日本留学，寻求救国救民的真理。结合日俄战争的史实以及"日人索句"的具体语境，客观分析诗中所反映的思想感情。

二、纵观诗人的革命经历，结合本诗的相关内容，体会诗人在爱国热情和豪侠义气方面的特点。

三、全诗对仗工整，语言精练豪放，表达效果较好。试做具体分析。

《革命军》序[1]

章炳麟

章炳麟（1869—1936 年），初名学乘，字枚叔，后因敬慕顾炎武、黄宗羲而更名绛，号太炎，又改名炳麟，浙江余杭人。16 岁，应童子试，因病未果。23 岁，入诂经精舍，拜俞樾为师，潜心治学 8 年，拥有深厚的国学基础。后入强学会，投身戊戌变法。1903 年，发表《驳康有为论革命书》，并为邹容的《革命军》作序。1904 年，在上海成立光复会，任孙中山总统府枢密顾问，为中国民主革命先行者之一。

章炳麟一生经历了戊戌维新改良运动和资产阶级民主革命两个历史时期，是我国近代杰出的资产阶级革命家、思想家和著名的国学大师。鲁迅先生曾十分推崇他"英雄一入狱，天地亦悲秋"的英雄气概和"七被追捕，三入牢狱，而革命之志，终不屈挠"的豪杰精神，并誉之为"后生的楷范"。

章炳麟在经学、哲学、文学、语言学、文字学、音韵学、逻辑学等方面造诣颇深，著述颇丰，主要著作由后人编入《章氏丛书》等。1982 年起，上海人民出版社陆续出版《章太炎全集》，有中国文化百科全书之称。其文学成就多在散文。

蜀邹容为《革命军》方二万言，示余曰："欲以立懦夫，定民志，故辞多恣肆，无所回避，然得无恶其不文耶？"余曰：凡事之败，在有其唱者而莫与为和，其攻击者且千百辈；故仇敌之空言[2]，足以堕吾实事[3]。

夫中国吞噬于逆胡二百六十年矣，宰割之酷，诈暴之工[4]，人人所身受，当无不昌言革命[5]。然自乾隆以往，尚有吕留良、曾静、齐周华等持正议以振聋俗[6]，自尔遂寂泊无所闻。吾观洪氏之举义师，起而与为敌者，曾、李则柔煦小人，左宗棠喜功名、乐战事，徒欲为人策使，顾勿问其趣非枉直，斯固无足论者。乃如罗、彭、邵、刘之伦[7]，皆笃行有道士也，其所操持，不洛、闽而金溪、余姚[8]。衡阳之《黄书》[9]，日在几阁[10]。孝弟之行，华戎之辨，仇国之痛，作乱犯上之戒，宜一切习闻之。卒其行事，乃相紾戾如彼。材者张其角牙以覆宗国，其次即以身家殉满洲，乐文采者则相与鼓吹之。无他，悖德逆伦[11]，并为一谈，牢不可破。故虽有衡阳之书，而视之若无见也。然则洪氏之败，不尽由计画失所，正以空言足与为难耳。

今者风俗臭味少变更矣。然其痛心疾首，恳恳必以逐满为职志者[12]，虑不数人。数人者，文墨议论，又往往务为温藉，不欲以跳踉搏跃言之[13]，虽余亦不免是也。

嗟乎！世皆嚚昧而不知话言[14]，主文讽切，勿为动容。不震以雷霆之声，其能化者几何？异时义师再举，其必堕于众口之不俚[15]，既可知矣。

今容为是书，一以叫咷恣言[16]，发其惭恚[17]，虽嚚昧若罗、彭诸子，诵之犹当流汗祇悔。以是为义师先声，庶几民无异志，而材士亦知所返乎。若夫屠沽负贩之徒[18]，利其径直易知而能恢发智识，则其所化远矣[19]。藉非不文[20]，何以致是也？

抑吾闻之[21]，同族相代，谓之革命；异族攘窃，谓之灭亡；改制同族，谓之革命；驱除异族，谓之光复。今中国既灭亡于逆胡，所当谋者，光复也，非革命云尔，容之署斯名，何哉？谅以其所规画，不仅驱除异族而已，虽政教、学术、礼俗、材性，犹有当革者焉，故大言之曰"革命"也。共和二千七百四十四年四月[22]。

【注释】

[1]《革命军》序：1903 年 5 月，邹容的《革命军》由章炳麟作序，革命党人集资，由上海大同书局出版，立即轰动全国，被视为中国的"人权宣言"。《革命军》先后重印超过 20 次，各地为之纸贵，为当时第一畅销书。

[2] 空：空洞，不实际。

[3] 堕：毁坏。

[4] 工：精巧，引申为擅长。

[5] 昌言：赞美。

[6] 吕留良：明清之际的思想家。曾静、齐周华等都受到吕留良的影响，著文反清而被杀。聋俗：不辨善恶的世风，指当时安于政府统治、得过且过的风气。

[7] 罗、彭、邵、刘：罗泽南、彭玉麟、邵懿辰、刘蓉，他们都是曾国藩镇压太平军的帮手。伦：类。

[8] 洛、闽：洛学和闽学，即程朱理学。北宋程颢、程颐为洛阳人，南宋朱熹曾在福建讲学。金溪，一作"金蹊"，这里指的是南宋理学家陆九渊，其为金溪人。余姚，这里指的是明朝思想家王守仁，其为余姚人。陆九渊与朱熹齐名，但二人学术见解多有不合，王守仁继承并发展了陆九渊的学说，成为陆王学派。

[9] 衡阳之《黄书》：衡阳指衡阳人王夫之，《黄书》是他的著作，内容为汉族统治者在民族斗争中的失败教训。

[10] 几阁：小桌子。

[11] 悖德逆伦：违背道德，违反人伦。

[12] 恳恳：忠心耿耿，殷切。

[13] 跳踉搏跃：蹦跳着与人搏斗，这里指慷慨激昂。

[14] 嚚（yín）昧：愚蠢而顽固。

[15] 俚：依赖，依托。

[16] 叫咷（táo）恣言：大声疾呼。咷，哭。

[17] 恚（huì）：恼怒，发怒。

[18] 屠沽负贩之徒：屠夫和卖酒的商贩这样的人。屠，屠夫。沽，卖酒的人。贩，小贩。徒，同一类人。

[19] 化：教化。

[20] 藉：假使。

[21] 抑：连词，表示轻微转折，可译为"不过"。

[22] 共和：公元前841年，周厉王暴虐引发全国起义，周厉王出逃，大臣周定公和召穆公共同主政，史称"共和"，公元前841年为共和元年。按照我国纪年方法，辛亥革命以前，用帝王年号纪年与干支纪年；辛亥革命后，用公元纪年。但是清末革命党人不愿用清朝的年号，加之革命党人对共和制度无比向往，故以此纪年。

【品读】

邹容的《革命军》语言"多恣肆，无所回避"，号召人民群众团结起来，推翻清朝的统治，社会反响极其强烈。章炳麟高度评价此书，通过作序，他明确指出舆论的重要作用，提出宣传革命思想的文本就应该通俗易懂，豪放不羁，而不应像以前一样"务为温藉"。作者在文中表达了坚持革命的坚定信念。

文章首先用问答的方式，明确了革命进程中舆论的重要作用，强调革命既要有号召，又要有群众的响应，不要光讲空话。其次，作者通过对历史的回顾和对现实的分析，论证了舆论对革命的重要作用，对邹容的《革命军》给予了充分的肯定和极高的评价。最后，作者又对"革命""灭亡""光复"等词语进行了辨析，对邹容所取的书名给予了诠释和称颂。

全文突破传统的写序方法，重点对《革命军》的语言和风格进行说明论证，强调了舆论、语言对革命的影响。全文结构明晰，层次清楚，重点鲜明。

【思考题】

一、分析这篇序言和传统书籍序言的不同之处。

二、结合书中具体内容和相关历史事实，分析舆论对于革命的重要影响。

三、赏析本篇序言在语言方面的特色。

乡愁四韵[1]

余光中

余光中（1928—2017 年），当代著名诗人、散文家和评论家，生于南京，祖籍福建，因母亲原籍江苏，故也自称"江南人"。

青年时在四川、南京、厦门等地辗转求学，1959 年获美国艾奥瓦大学艺术硕士学位，毕业后到台湾任教，1972 年任台湾政治大学西语系教授兼系主任，1974 年任香港中文大学中文系教授，1985 年 9 月任台湾中山大学文学院院长，兼外国语文研究所所长，1988 年起担任梁实秋文学奖翻译评审。

余光中一生热爱诗歌、散文、评论、翻译，自称此为自己写作的"四度空间"。主要诗作有《乡愁》《白玉苦瓜》《等你，在雨中》《敲打乐》等；诗集有《余光中诗选》等。

给我一瓢长江水啊长江水
酒一样的长江水
醉酒的滋味
是乡愁的滋味
给我一瓢长江水啊长江水

给我一张海棠红啊海棠红
血一样的海棠红
沸血的烧痛
是乡愁的烧痛
给我一张海棠红啊海棠红

给我一片雪花白啊雪花白
信一样的雪花白
家信的等待
是乡愁的等待
给我一片雪花白啊雪花白

给我一朵腊梅香啊腊梅香
母亲一样的腊梅香
母亲的芬芳
是乡土的芬芳
给我一朵腊梅香啊腊梅香

【注释】

[1] 乡愁四韵：这是余光中中年时创作的作品，表达了诗人的思乡之情、爱国之意。

【品读】

《乡愁四韵》全诗共分四段，诗人分别运用"长江水""海棠红""雪花白""腊梅香"作拟，表达思念祖国母亲、期盼早日回归的情愫。第一段，诗人用"酒一样的长江水"表达自己心中对祖国母亲神圣的、炽热的爱；第二段，诗人用"血一样的海棠红"，在表达思念之情的同时，也抒发了勿忘耻辱、振兴中华的豪情壮志，渴望回归的心情更趋强烈；第三段，诗人用"信一样的雪花白"这一富有民族传统文化特色的意象，表达了对于两岸交往的冷静思考，表达自己愿作为两岸交往使者的坚定决心；第四段，诗人用"母亲一样的腊梅香"暗示台湾与大陆关系的改善，表达了游子思念祖国母亲的复杂情感。

全诗艺术特色鲜明，感情因素复杂。首先，该诗采用直接的抒情方式，表达了诗人对中华民族和中华传统文化深深的依恋之情，亲情、乡情、爱国情跃然纸上。其次，诗人采用意义高度集中的四组意象，充分表达了内心的思念和期盼之情。这体现了诗人极强的艺术敏感性，高超的驾驭意象、表达情感的能力，真可谓"意以象言，情以象抒"。最后，全诗联想自然，音韵和谐，一唱三叹，使主题思想得以不断深化，产生了荡气回肠的艺术效果。

【思考题】

一、结合诗人的《乡愁》，分析这两首诗中所体现出来的诗人的思想感情。

二、分析诗中的四组意象所包含的具体内涵。

三、在诗中，作者不说"一张红海棠""一片白雪花""一朵香腊梅"，而偏说"一张海棠红""一片雪花白""一朵腊梅香"，看似违反生活逻辑和表达习惯，却产生了别具匠心的效果，试分析。

赞　美[1]

穆　旦

　　穆旦（1918—1977 年），原名查良铮，曾用笔名梁真，祖籍浙江海宁，出生于天津。中国现代主义著名诗人、翻译家。1940 年毕业于西南联合大学（简称西南联大）外文系并留校任教。1948 年赴美留学，获芝加哥大学文学硕士学位。1953 年回国，执教于南开大学。穆旦早期的诗歌创作始于中学时期。20 世纪 40 年代前，受英国浪漫主义诗风的影响较大。后来，他在浪漫主义中融合了现实主义因素，成为"九叶诗派"的重要代表。20 世纪 40 年代的诗作多收入《穆旦诗集》。20 世纪 50 年代主要从事外国文学作品的翻译工作，译有普希金、拜伦、雪莱、济慈、布莱克等人的诗作，在翻译界享有盛名。今人编有《穆旦诗文集》。

走不尽的山峦的起伏，河流和草原，
数不尽的密密的村庄，鸡鸣和狗吠，
接连在原是荒凉的亚洲的土地上，
在野草的茫茫中呼啸着干燥的风，
在低压的暗云下唱着单调的东流的水，
在忧郁的森林里有无数埋藏的年代。
它们静静地和我拥抱：
说不尽的故事是说不尽的灾难，沉默的
是爱情，是在天空飞翔的鹰群，
是干枯的眼睛期待着泉涌的热泪，
当不移的灰色的行列在遥远的天际爬行；
我有太多的话语，太悠久的感情，
我要以荒凉的沙漠，坎坷的小路，骡子车，
我要以槽子船，漫山的野花，阴雨的天气，
我要以一切拥抱你，你，
我到处看见的人民呵，
在耻辱里生活的人民，佝偻的人民，
我要以带血的手和你们一一拥抱，
因为一个民族已经起来。

一个农夫，他粗糙的身躯移动在田野中，
他是一个女人的孩子，许多孩子的父亲，

多少朝代在他的身边升起又降落了，
而把希望和失望压在他身上，
而他永远无言的跟在犁后旋转，
翻起同样的泥土溶解过他祖先的，
是同样的受难的形象凝固在路旁。
在大路上多少次愉快的歌声流过去了，
多少次跟来的是临到他的忧患；
在大路上人们演说，叫嚣，欢快，
然而他没有，他只放下了古代的锄头，
再一次相信名词，溶进了大众的爱，
坚定地，他看着自己溶进死亡里，
而这样的路是无限的，悠长的，
而他是不能够流泪的，
他没有流泪，因为一个民族已经起来。

在群山的包围里，在蔚蓝的天空下，
在春天和秋天经过他家园的时候，
在幽深的谷里隐着最含蓄的悲哀：
一个老妇期待着孩子，许多孩子期待着
饥饿，而又在饥饿里忍耐，
在路旁仍是那聚焦着黑暗的茅屋，
一样的是不可知的恐惧，一样的是
大自然中那侵蚀着生活的泥土，
而他走去了，从不回头诅咒。
为了他，我要拥抱每一个人，
为了他，我失去了拥抱的安慰，
为了他，我们是不能给以幸福的，
痛哭吧，让我们在他的身上痛哭吧，
因为一个民族已经起来。

一样的是这悠久的年代的风，
一样的是从这倾圯的屋檐下散开的
无尽的呻吟和寒冷，
它歌唱在一片枯槁的树顶上，
它吹过了荒芜的沼泽，芦苇和虫鸣，
一样的是这飞过的乌鸦的声音。
当我走过，站在路上踟蹰：
我踟蹰着为了多年耻辱的历史
仍在这广大的山河中等待，

等待着，我们无言的痛苦是太多了。

然而一个民族已经起来，

然而一个民族已经起来。

【注释】

[1] 赞美：本诗收入诗集《旗》。

【品读】

20世纪40年代初，正是抗日战争相持阶段。在人民的苦难面前，在艰苦卓绝的民族斗争中，作为诗人的穆旦，以深沉饱满的热情去赞美祖国、赞美人民，以急切的心情欢唱着"一个民族已经起来"，流露出对历史耻辱的悲悯，对民族灾难的思索和对人民力量的歌颂。

作为中国诗歌现代化历程中一位具有标志性意义的诗人，穆旦除了创造了介于口语与书面语之间的文体外，还在诗中融入了强烈的民族感情。在本诗客观冷峻的描写中，我们看到，在一组组意象群中，"我"的视点在下沉，"我"的思绪在跳跃，"我"已"溶进了大众的爱"，"溶进死亡里"，如凤凰涅槃一样，诗人的民族情感在这里得以升华，他用那"带血"的情感去拥抱祖国和人民。与其他的诗作相比较，《赞美》更注重对现实生活中的具象进行准确提炼，使之成为民族精神的定格。无论是景物描写，还是人物塑造，其意象背后的诗情都是鲜明的——"赞美"成为整个诗情的凝练和概括。

全诗的情感节奏有张有弛，韵律感很强。全诗共四节，每一节最后的"一个民族已经起来"表达强调，充分抒发了诗人内心炙热的情感，是整首诗的"诗眼"所在。

【思考题】

一、本诗表现了作者内心哪几种复杂的情感？这些情感怎样构成了"一个民族已经起来"的庄严宣告？

二、试分析本诗中塑造的农民形象。

三、此诗与舒婷的《祖国啊，我亲爱的祖国》（作于1979年）都写到了中华民族和祖国的命运，但两位作者处于不同的时代，诗中的形象和情感有何异同？

北　方[1]

艾　青

　　艾青（1910—1996年），原名蒋海澄，浙江金华人，幼时被寄养在农妇大堰河家。初中毕业后开始学习美术，1929至1932年赴法勤工俭学。回国后以笔名"艾青"发表成名作《大堰河——我的保姆》。1941年赴延安，诗风有所变化。他在遍地抗日烽火中深切地感染到时代的精神，出版了《北方》《向太阳》《旷野》《火把》《黎明的通知》《雪里钻》等诗集。1979年，任中国作家协会副主席。艾青被认为是中国现代诗的代表诗人之一，其诗作在新诗史上居重要地位，影响深远。

　　抗日战争爆发后，诗人艾青辗转于南北各地，1938年初由武汉赴西安，途经陕西潼关，因一位朋友"北方是悲哀的"感叹而引发思绪，写下了此诗，抒发他北国之行的感受。

第四单元　胸怀天下

　　　　一天，
　　　　那个科尔沁草原上的诗人[2]
　　　　对我说：
　　　　"北方是悲哀的。"

　　　　不错
　　　　北方是悲哀的。
　　　　从塞外吹来的
　　　　沙漠风，
　　　　已卷去北方的生命的绿色
　　　　与时日的光辉
　　　　——一片暗淡的灰黄
　　　　蒙上一层揭不开的沙雾；
　　　　那天边疾奔而至的呼啸
　　　　带来了恐怖
　　　　疯狂地
　　　　扫荡过大地；
　　　　荒漠的原野
　　　　冻结在十二月的寒风里，
　　　　村庄呀，山坡呀，河岸呀，
　　　　颓垣与荒冢呀

都披上了土色的忧郁……
孤单的行人，
上身俯前
用手遮住了脸颊，
在风沙里
困苦地呼吸
一步一步地
挣扎着前进……
几只驴子
——那有悲哀的眼和
疲乏的耳朵的畜生，
载负了土地的
痛苦的重压，
它们厌倦的脚步
徐缓地踏过
北国的
修长而又寂寞的道路……
那些小河早已干枯了
河底也已画满了车辙，
北方的土地和人民
在渴求着
那滋润生命的流泉啊！
枯死的林木
与低矮的住房
稀疏地，阴郁地
散布在灰暗的天幕下；
天上，
看不见太阳，
只有那结成大队的雁群
惶乱的雁群
击着黑色的翅膀
叫出它们的不安与悲苦，
从这荒凉的地域逃亡，
逃亡到
绿荫蔽天的南方去了……

北方是悲哀的。
而万里的黄河
汹涌着混浊的波涛

给广大的北方
倾泻着灾难与不幸；
而年代的风霜
刻画着
广大的北方的
贫穷与饥饿啊。
而我
——这来自南方的旅客，
却爱这悲哀的北国啊。
扑面的风沙
与入骨的冷气
决不曾使我诅咒；
我爱这悲哀的国土，
一片无垠的荒漠
也引起了我的崇敬
——我看见
我们的祖先
带领了羊群
吹着笳笛
沉浸在这大漠的黄昏里；
我们踏着的
古老的松软的黄土层里
埋有我们祖先的骸骨啊，
——这土地是他们所开垦。
几千年了，
他们曾在这里，
和带给他们以打击的自然相搏斗，
他们为保卫土地，
从不曾屈辱过一次，
他们死了
把土地遗留给我们——
我爱这悲哀的国土，
它的广大而瘦瘠的土地
带给我们以淳朴的言语
与宽阔的姿态，
我相信这言语与姿态
坚强地生活在大地上，
永远不会灭亡；

我爱这悲哀的国土，
古老的国土
——这国土
养育了我所爱的
世界上最艰苦
与最古老的种族。

【注释】

[1] 北方：写于1938年，最早收录于1939年出版的诗集《北方》。

[2] 科尔沁草原上的诗人：指端木蕻良（1912—1996年），原名曹京平，辽宁昌图人，现代作家，著有长篇小说《科尔沁旗草原》。科尔沁为蒙古旧部名，明末归附后金（后改国号为清），所属科尔沁左翼前、中、后旗与右翼前、中、后旗，在今内蒙古东部。这一带的草原被称为科尔沁草原。

【品读】

这首诗是诗人本人，也是现代自由体诗的一篇代表性作品，它充满深情地吟唱了诗人对祖国土地和人民的爱。

诗的上半部分，描绘了战火笼罩下北方国土荒凉、黯淡、衰颓、阴郁的景象，表现了诗人对承受着战乱和不幸的人民的同情和关切。这既是对国土沦陷、敌寇横行的现实景观的真实再现，也是诗人主观情感渗透于自然景色的结果。诗人用很大的篇幅描写北方国土的悲哀，同时表达自己内心的忧郁。

在下半部分，诗人直接抒发情感。他反复而深沉地吟唱着："我爱这悲哀的国土。"诗人回顾了中华民族几千年来生存于斯、搏斗于斯的历史，从中汲取力量与信念。这就使诗的调子在悲哀与忧郁之外，又有了激动与信仰，也使诗人对国土的挚爱有了更深刻的内涵。

本诗是自由体诗，没有整齐的段落和统一的韵脚，在表达上不受拘束，语言朴素而舒缓，散文气息很重，但诗的特质仍然十分鲜明。首先，语言富有节奏感，各层次之间、各句之间、各词语之间的停顿与衔接，都符合语言的自然节奏，加上适当的反复，使全诗有了内在的旋律。其次，诗人以画家的感受力，敏锐地观察、艺术地展示了大自然的景观。他以素描的笔法勾勒出一幅幅富于动感的北国风景画。诗人对色彩、光线、形体动作的捕捉，都形象、生动、准确、传神，从而把自然景象诗化了。最后，回荡在这画面、节奏中的，是一种强烈而深沉的对祖国北方土地和人民的挚爱之情。正是这种真挚深厚的感情要素的浸润，才是作品产生美感的最重要的原因。

【思考题】

一、艾青在诗集《北方》的序言中说："这集子是我在抗日战争后所写的诗作的一小部分，在今日，如果真能由它而激起一点种族的哀感、不平、愤懑，和对于土地的眷恋之情，该是我的快乐吧。"请结合这段话，谈谈这首诗的主题。

二、艾青提倡"诗的散文美"，请结合本诗，谈谈你对这一命题的理解与评价。

三、艾青原是一位画家，对于色彩和光线的使用特别敏感，请你举例说明在本诗中诗人是如何运用声、光、色来创造诗歌意境的。

第五单元

浩然正气

　　"天地有正气，杂然赋流形。"文天祥在《正气歌》中道出了浩然正气的本质——它是天地间最纯粹的精神力量，是人性中最耀眼的道德光芒。人之所以要有浩然正气，不仅因为它是个体立身处世的根本准则，而且因为它是文明得以延续的精神支柱。这种正气穿越时空，在历史的长河中不断被诠释和传承，成为中华民族的精神基因。

　　在中国古代的文学作品中，浩然正气被赋予了永恒的艺术生命，显现出震撼人心的力量。鲁仲连以布衣之身，却敢直言进谏，展现了文人的傲骨；苏武手持汉节，在匈奴的威逼利诱下始终坚贞不屈；史可法死守扬州，以身殉国；文天祥在元军大牢中写下"人生自古谁无死，留取丹心照汗青"的千古绝唱。这些仁人志士用生命诠释了"富贵不能淫，贫贱不能移，威武不能屈"的大丈夫气概。这种对道德和理想的坚守，构成了中华文明最深层的精神底色。

　　在价值多元的今天，我们更需要浩然正气，它能够帮助我们在纷繁复杂的现实中保持定力，在物质诱惑面前守住本心。浩然正气不是抽象的教条，而是可以践行的生命态度，它最终指向的是个体生命的完善与人类文明的进步。

鲁仲连列传

司马迁

司马迁（前 145 或前 135—前 90 年），字子长，夏阳（今陕西韩城南）人，我国著名史学家、文学家。自幼随任太史令的父亲司马谈在长安读书，受到良好的教育。青年时，从长安出发，游历祖国大好河山，参访古迹，瞻仰遗址，采集传说，考察风俗。汉武帝元封元年（前 110 年），司马谈去世，司马迁承袭太史令，并继承父志，准备著述通史，因此遍阅宫廷藏书、档案文献，着手《史记》的编撰。太初元年（前 104 年），与唐都、落下闳一起改革历法，共订太初历。天汉二年（前 99 年），司马迁为李陵兵败匈奴并投降之事辩护，得罪下狱，被处腐刑，遇赦后任中书令，发愤著书，终于成就了《史记》这一史学名著。

《史记》是我国第一部纪传体通史，它记载了上自传说中的黄帝，下至武帝太初年间约 3000 年的历史。全书 130 篇，由本纪（12 篇）、表（10 篇）、书（8 篇）、世家（30 篇）、列传（70 篇）组成。《史记》创立了以叙述人物为中心的传记形式，为我国传记文学奠定了基础。作者直书历史，又善于选择典型材料，人物形象鲜明，语言准确生动，对后世史学、文学产生了深远的影响。《史记》被鲁迅先生誉为"史家之绝唱，无韵之《离骚》"。

鲁仲连者，齐人也。好奇伟俶傥之画策[1]，而不肯仕宦任职，好持高节。游于赵。

赵孝成王时，而秦王使白起破赵长平之军前后四十余万，秦兵遂东围邯郸。赵王恐，诸侯之救兵莫敢击秦军。魏安釐王使将军晋鄙救赵，畏秦，止于汤阴不进。魏王使客将军新垣衍间入邯郸[2]，因平原君谓赵王曰："秦所为急围赵者，前与齐湣王争强为帝，已而复归帝[3]；今齐（湣王）已益弱，方今唯秦雄天下，此非必贪邯郸，其意欲复求为帝。赵诚发使尊秦昭王为帝，秦必喜，罢兵去。"平原君犹豫未有所决。

此时鲁仲连适游赵，会秦围赵[4]，闻魏将欲令赵尊秦为帝，乃见平原君曰："事将奈何？"平原君曰："胜也何敢言事！前亡四十万之众于外，今又内围邯郸而不能去。魏王使客将军新垣衍令赵帝秦，今其人在是。胜也何敢言事！"鲁仲连曰："吾始以君为天下之贤公子也，吾乃今然后知君非天下之贤公子也。梁客新垣衍安在？吾请为君责而归之。"平原君曰："胜请为绍介而见之于先生[5]。"平原君遂见新垣衍曰："东国有鲁仲连先生者，今其人在此，胜请为绍介，交之于将军。"新垣衍曰：

"吾闻鲁仲连先生，齐国之高士也。衍，人臣也，使事有职[6]，吾不愿见鲁仲连先生。"平原君曰："胜既已泄之矣。"新垣衍许诺。

鲁仲连见新垣衍而无言。新垣衍曰："吾视居此围城之中者，皆有求于平原君者也；今吾观先生之玉貌，非有求于平原君者也，曷为久居此围城之中而不去?"鲁仲连曰："世以鲍焦为无从颂而死者[7]，皆非也。众人不知，则为一身[8]。彼秦者，弃礼仪而上首功之国也[9]，权使其士[10]，虏使其民。彼即肆然而为帝[11]，过而为政于天下，则连有蹈东海而死耳，吾不忍为之民也。所为见将军者，欲以助赵也。"

新垣衍曰："先生助之将奈何?"鲁连曰："吾将使梁及燕助之，齐、楚则固助之矣。"新垣衍曰："燕则吾请以从矣；若乃梁者，则吾乃梁人也，先生恶能使梁助之?"鲁连曰："梁未睹秦称帝之害故耳。使梁睹秦称帝之害，则必助赵矣。"

新垣衍曰："秦称帝之害何如?"鲁连曰："昔者齐威王尝为仁义矣，率天下诸侯而朝周。周贫且微，诸侯莫朝，而齐独朝之。居岁余[12]，周烈王崩，齐后往，周怒，赴于齐曰：'天崩地坼[13]，天子下席[14]。东藩之臣因齐后至[15]，则斫[16]。'齐威王勃然怒曰：'叱嗟，而母婢也！'卒为天下笑。故生则朝周，死则叱之，诚不忍其求也。彼天子固然，其无足怪。"

新垣衍曰："先生独不见夫仆乎? 十人而从一人者，宁力不胜而智不若邪[17]? 畏之也。"鲁仲连曰："呜呼，梁之比于秦若仆邪?"新垣衍曰："然。"鲁仲连曰："吾将使秦王烹醢梁王[18]。"新垣衍怏然不悦，曰："噫嘻，亦太甚矣先生之言也！先生又恶能使秦王烹醢梁王?"鲁仲连曰："固也，吾将言之。昔者九侯、鄂侯、文王，纣之三公也。九侯有子而好[19]，献之于纣，纣以为恶[20]，醢九侯。鄂侯争之强，辩之疾，故脯鄂侯[21]。文王闻之，喟然而叹，故拘之牖里之库百日[22]，欲令之死。曷为与人俱称王，卒就脯醢之地? 齐湣王之鲁，夷维子为执策而从，谓鲁人曰：'子将何以待吾君?'鲁人曰：'吾将以十太牢待子之君[23]。'夷维子曰：'子安取礼而来〔待〕吾君? 彼吾君者，天子也。天子巡狩，诸侯辟舍[24]，纳管籥[25]，摄衽抱机[26]，视膳于堂下，天子已食，乃退而听朝也。'鲁人投其籥，不果纳[27]。不得入于鲁，将之薛，假途于邹。当是时，邹君死，湣王欲入吊，夷维子谓邹之孤曰：'天子吊，主人必将倍殡棺，设北面于南方，然后天子南面吊也。'邹之群臣曰：

'必若此，吾将伏剑而死。'固不敢入于邹。邹、鲁之臣，生则不得事养，死则不得赙襚[28]，然且欲行天子之礼于邹、鲁，邹、鲁之臣不果纳。今秦万乘之国也，梁亦万乘之国也。俱据万乘之国，各有称王之名，睹其一战而胜，欲从而帝之，是使三晋之大臣不如邹[29]、鲁之仆妾也。且秦无已而帝，则且变易诸侯之大臣。彼将夺其所不肖而与其所贤，夺其所憎而与其所爱。彼又将使其子女谗妾为诸侯妃姬，处梁之宫。梁王安得晏然而已乎？而将军又何以得故宠乎？"

于是新垣衍起，再拜谢曰："始以先生为庸人，吾乃今日知先生为天下之士也。吾请出，不敢复言帝秦。"秦将闻之，为却军五十里。适会魏公子无忌夺晋鄙军以救赵，击秦军，秦军遂引而去。

于是平原君欲封鲁连，鲁连辞让（使）者三，终不肯受。平原君乃置酒，酒酣起前，以千金为鲁连寿[30]。鲁连笑曰："所贵于天下之士者，为人排患释难解纷乱而无取也。即有取者，是商贾之事也[31]，而连不忍为也。"遂辞平原君而去，终身不复见。

其后二十余年，燕将攻下聊城，聊城人或谗之燕，燕将惧诛，因保守聊城，不敢归。齐田单攻聊城岁余，士卒多死而聊城不下。鲁连乃为书，约之矢以射城中，遗燕将。书曰：

"吾闻之，智者不倍时而弃利，勇士不却死而灭名[32]，忠臣不先身而后君。今公行一朝之忿，不顾燕王之无臣，非忠也；杀身亡聊城，而威不信于齐[33]，非勇也；功败名灭，后世无称焉[34]，非智也。三者世主不臣，说士不载，故智者不再计[35]，勇士不怯死。今死生荣辱，贵贱尊卑，此时不再至，愿公详计而无与俗同。"

"且楚攻齐之南阳，魏攻平陆，而齐无南面之心，以为亡南阳之害小，不如得济北之利大，故定计审处之。今秦人下兵，魏不敢东面；衡秦之势成[36]，楚国之形危；齐弃南阳，断右壤，定济北，计犹且为之也。且夫齐之必决于聊城，公勿再计。今楚魏交退于齐，而燕救不至。以全齐之兵，无天下之规[37]，与聊城共据期年之敝，则臣见公之不能得也。且燕国大乱，君臣失计，上下迷惑，栗腹以十万之众五折于外，以万乘之国被围于赵，壤削主困，为天下僇笑[38]。国敝而祸多，民无所归心。今公又以敝聊之民距全齐之兵，是墨翟之守也。食人炊骨，士无反外之心，是孙膑之兵也。能见于天下。虽然，为公计者，不如全车甲以报于燕。车甲全而归燕，燕往必喜；身全而归于国，士民如见父母，交游攘臂而议于世，功业可明。上辅孤主以制群臣，下养百姓以资说士，矫国更俗[39]，功名可立也。亡意亦捐燕弃世[40]，东游于齐乎？裂地定封，富比乎陶、卫，世世称孤，与齐久存，又一计也。此两计者，显名厚实也，愿公详计而审处一焉。"

"且吾闻之，规小节者不能成荣名，恶小耻者不能立大功。昔者管夷吾射桓公中其钩，篡也；遗公子纠不能死，怯也；束缚桎梏[41]，辱也。若此三行者，世主不臣而乡里不通。乡使管子幽囚而不出[42]，身死而不反于齐[43]，则亦名不免为辱人贱行矣。臧获且羞与之同名矣[44]，况世俗乎！故管子不耻身在缧绁之中而耻天下之不治[45]，不耻不死公子纠而耻威之不信于诸侯，故兼三行之过而为五霸首，名高天下而光烛邻国[46]。曹子为鲁将，三战三北，而亡地五百里。乡使曹子计不反顾，议不还踵[47]，刎颈而死，则亦名不免为败军禽将矣[48]。曹子弃三北之耻，而退与鲁君计。桓公朝天下，会诸侯，曹子以一剑之任，枝桓公之心于坛坫之上，颜色不变，词气不悖，三战之所亡一朝而复之，天下震动，诸侯惊骇，威加吴、越。若此二士者，非不能成小廉而行小节也，以为杀身亡躯，绝世灭后，功名不立，非智也。故去感忿之怨，立终身之名；弃忿悁之节，定累世之功。是以业与三王争流，而名与天壤相弊也。愿公择一而行之。"

燕将见鲁连书，泣三日，犹豫不能自决。欲归燕，已有隙[49]，恐诛；欲降齐，所杀虏于齐甚众，恐已降而后见辱。喟然叹曰："与人刃我，宁自刃。"乃自杀。聊城乱，田单遂屠聊城[50]。归而言鲁连，欲爵之。鲁连逃隐于海上，曰："吾与富贵而诎于人[51]，宁贫贱而轻世肆志焉。"

【注释】

[1] 俶傥（tì tǎng）：潇洒豪迈，卓尔不群。

[2] 客将军：他国人在本国为将军。间入：从隐蔽的小路进入。

[3] 复归帝：又取消帝号。

[4] 会：适逢，正赶上。

[5] 绍介：介绍。

[6] 使事有职：奉命出使，身负职责。

[7] 从颂（róng）：从容不迫，引申为胸怀博大。颂，通"容"。

[8] 这里意思是说：一般人不了解鲍焦耻居浊世的心意，认为他是为个人打算而死。

[9] 上：通"尚"，崇尚，尊重。首功：指战功。秦国以在战场上斩首级多少论功晋爵。

[10] 权：欺诈权术。

[11] 即：如果，假如。肆然：放肆、无所忌惮的样子。

[12] 居岁余：过了一年多。

[13] 天崩地坼（chè）：天崩地裂，以喻帝王之死。坼，裂开。

[14] 下席：新君离开原来的宫室，睡在草席上，以示哀悼。

[15] 东藩：东方属国。

[16] 斫（zhuó）：斩，杀。

[17] 宁：难道，岂。

[18] 烹醢（hǎi）：古代的刑罚。烹，下锅煮。醢，剁成肉酱。

[19] 子：女儿。好：姣美。

[20] 恶：丑陋。

[21] 脯：做成肉干。

[22] 库：原指储藏兵甲战车的屋舍，此指牢狱。

[23] 太牢：牛、羊、猪各一头为一太牢。十太牢是款待诸侯之礼。

[24] 辟舍：迁出正宫。辟，躲开。

[25] 纳管龠：交出钥匙。纳，交出。

[26] 摄衽：撩起衣襟。

[27] 不果纳：不让进入。

[28] 赙襚：送给丧家的货财衣被。其中，"赙"指货财，"襚"指衣被。

[29] 三晋：由晋分化立国的韩、赵、魏三国。

[30] 寿：敬酒或用礼物赠人，表示祝人长寿。

[31] 商贾（gǔ）之事：生意人的行为。

[32] 却：回避。

[33] 信（shēn）：通"伸"，伸展。

[34] 称：述说。

[35] 再计：犹豫，不能决断。

[36] 衡：通"横"，指六国结盟，共同对抗秦国。

[37] 规：谋求，贪求。

[38] 僇：侮辱。

[39] 矫国更俗：矫正国事，改变弊俗。

[40] 亡：通"无"。

[41] 桎梏：脚镣和手铐，指管仲被囚。

[42] 乡：从前，过去。一说"乡"通"向"，假如。

[43] 反：返回。

[44] 臧获：奴婢的贱称。

[45] 缧绁：绑犯人的绳索，引申为牢狱。

[46] 烛：照，照耀。

[47] 还踵：旋转脚跟，极言时间短促。还，旋转。

[48] 禽：同"擒"，捕捉。

[49] 隙：隔阂，裂痕。

[50] 屠：大规模地屠杀。

[51] 诎：屈服。

【品读】

本篇节选自《史记·鲁仲连邹阳列传》。赵孝成王六年（前260年），秦于长平大败赵军，坑杀赵卒四十余万，继而围攻赵都邯郸。魏国虽派援军救赵，但部队至汤阴后不敢前进，竟派新垣衍游说赵降秦。平原君心急如焚，可又束手无策，形势岌岌可危。平民鲁仲连主动拜见新垣衍，用具体的事例作比，生动而又透彻地阐明降秦的弊端，使不愿会见鲁仲连的新垣衍拜服，不敢复言降秦。最终，"秦将闻之，为却军五十里"。后来，燕将据守聊城，齐田单攻聊城一年有余，士卒多死而聊城不下。鲁仲连写了一封《遗燕将书》，使燕将读后，"泣三日"，终于自杀身亡。本传就是通过这两件事，刻画了鲁仲连"好奇伟傲倪之画策，而不肯仕宦任职，好持高节"的名士形象。他热心为人排除患难、解决纷乱，而不取一物。邯郸解围，平原君欲封鲁仲连，"辞让者三，终不肯受"。平原君以千金为鲁仲连祝寿，鲁仲连笑曰："所贵于天下之士者，为人排患释难解纷乱而无取也。即有取者，是商贾之事也，而连不忍为也。"他放浪形骸、不受羁绊的性格，为后世所传诵。

太史公崇尚感情丰富、极具文采的艺术佳作。本篇的感情色彩极为浓郁，语言生动，人物刻画栩栩如生。宋代洪迈曰："如骏马下注千丈坡，其文势正尔风行于上而水波，真天下之至文也。"

【思考题】

一、本文从哪些方面表现鲁仲连的人格魅力？

二、体会该文的语言特色。

报任安书

司马迁

　　太史公牛马走司马迁再拜言[1]，少卿足下：曩者辱赐书[2]，教以慎于接物，推贤进士为务。意气勤勤恳恳，若望仆不相师[3]，而用流俗人之言[4]。仆非敢如此也。仆虽罢驽[5]，亦尝侧闻长者遗风矣[6]。顾自以为身残处秽[7]，动而见尤，欲益反损，是以独抑郁而谁与语。谚曰："谁为为之？孰令听之？"盖钟子期死，伯牙终身不复鼓琴[8]。何则？士为知己者用，女为说己者容[9]。若仆大质已亏缺矣，虽才怀随、和[10]，行若由、夷[11]，终不可以为荣，适足以发笑而自点耳[12]。书辞宜答，会东从上来[13]，又迫贱事，相见日浅，卒卒无须臾之间得竭志意[14]。今少卿抱不测之罪，涉旬月，迫季冬[15]，仆又薄从上雍[16]，恐卒然不可讳[17]。是仆终已不得舒愤懑以晓左右，则长逝者魂魄私恨无穷。请略陈固陋。阙然久不报，幸勿为过。

　　仆闻之：修身者，智之符也；爱施者，仁之端也；取予者，义之表也；耻辱者，勇之决也；立名者，行之极也。士有此五者，然后可以托于世，而列于君子之林矣。故祸莫憯于欲利[18]，悲莫痛于伤心，行莫丑于辱先，诟莫大于宫刑[19]。刑余之人，无所比数，非一世也，所从来远矣。昔卫灵公与雍渠同载，孔子适陈[20]；商鞅因景监见，赵良寒心[21]；同子参乘，袁丝变色[22]，自古而耻之。夫中材之人，事有关于宦竖[23]，莫不伤气，而况于慷慨之士乎[24]！如今朝廷虽乏人，奈何令刀锯之余荐天下豪俊哉！仆赖先人绪业，得待罪辇毂下[25]，二十余年矣。所以自惟[26]，上之，不能纳忠效信，有奇策材力之誉，自结明主；次之，又不能拾遗补阙，招贤进能，显岩穴之士；外之，不能备行伍，攻城野战，有斩将搴旗之功[27]；下之，不能积日累劳，取尊官厚禄，以为宗族交游光宠。四者无一遂，苟合取容，无所短长之效，可见于此矣。向者，仆亦尝厕下大夫之列[28]，陪奉外廷末议[29]，不以此时引纲维[30]，尽思虑，今已亏形为扫除之隶[31]，在阘茸之中[32]，乃欲仰首伸眉[33]，论列是非，不亦轻朝廷、羞当世之士邪？嗟乎！嗟乎！如仆尚何言哉！尚何言哉！

　　且事本末未易明也。仆少负不羁之才，长无乡曲之誉[34]，主上幸以先人之故，使得奏薄伎，出入周卫之中[35]。仆以为戴盆何以望天[36]，故绝宾客之知，亡室家之业，日夜思竭其不肖之才力，务一心营职，以求亲媚于主上。而事乃有大谬不然者。

　　夫仆与李陵俱居门下[37]，素非能相善也，趣舍异路[38]，未尝衔杯酒、接殷勤之欢[39]。然仆观其为人，自守奇士，事亲孝，与士信，临财廉，取与义，分别有让，恭俭下人，常思奋不顾身以殉国家之急。其素所蓄积也，仆以为有国士之风[40]。夫人臣出万死不顾一生之计，赴公家之难，斯已奇矣。今举事一不当，而全躯保妻子之臣随而媒孽其短[41]，仆诚私心痛之。且李陵提步卒不满五千，深践戎马之地，足历王庭[42]，垂饵虎口，横挑强胡[43]，仰亿万之师[44]，与单于连战十有余日，所杀过当，虏救死扶伤不给。旃裘之君长咸震怖[45]，乃悉征其左右贤王[46]，举引弓之人，一国共攻而围之。转斗千里，矢尽道穷，救兵不至，士卒死伤如积。然陵一呼劳军，士无不起，躬自流涕，沬血饮泣[47]，更张空弮[48]，冒白刃，北首争死敌者。

陵未没时[49]，使有来报，汉公卿王侯皆奉觞上寿。后数日，陵败书闻，主上为之食不甘味，听朝不怡。大臣忧惧，不知所出。仆窃不自料其卑贱，见主上惨怆怛悼，诚欲效其款款之愚[50]。以为李陵素与士大夫绝甘分少[51]，能得人之死力，虽古之名将，不能过也。身虽陷败，彼观其意，且欲得其当而报于汉。事已无可奈何，其所摧败，功亦足以暴于天下矣。仆怀欲陈之，而未有路，适会召问，即以此指推言陵之功[52]，欲以广主上之意，塞睚眦之辞[53]。未能尽明，明主不晓，以为仆沮贰师[54]，而为李陵游说，遂下于理[55]。拳拳之忠，终不能自列，因为诬上，卒从吏议。家贫，货赂不足以自赎，交游莫救视，左右亲近不为一言。身非木石，独与法吏为伍，深幽囹圄之中[56]，谁可告诉者[57]！此真少卿所亲见，仆行事岂不然乎？李陵既生降，隤其家声[58]，而仆又佴之蚕室[59]，重为天下观笑。悲夫！悲夫！事未易一二为俗人言也。

仆之先非有剖符、丹书之功[60]，文、史、星、历[61]，近乎卜、祝之间，固主上所戏弄，倡优所畜[62]，流俗之所轻也。假令仆伏法受诛，若九牛亡一毛，与蝼蚁何以异[63]？而世俗又不能与死节者次比，特以为智穷罪极、不能自免、卒就死耳。何也？素所自树立使然也。人固有一死，死或重于泰山，或轻于鸿毛，用之所趣异也。太上不辱先，其次不辱身，其次不辱理色，其次不辱辞令，其次诎体受辱[64]，其次易服受辱[65]，其次关木索、被箠楚受辱[66]，其次剔毛发、婴金铁受辱[67]，其次毁肌肤、断肢体受辱，最下腐刑极矣[68]。传曰："刑不上大夫。"[69]此言士节不可不勉励也。猛虎在深山，百兽震恐，及在槛阱之中[70]，摇尾而求食，积威约之渐也。故士有画地为牢，势不可入；削木为吏，议不可对，定计于鲜也[71]。今交手足，受木索，暴肌肤，受榜箠[72]，幽于圜墙之中，当此之时，见狱吏则头枪地[73]，视徒隶则心惕息[74]。何者？积威约之势也。及已至是，言不辱者，所谓强颜耳，曷足贵乎！

且西伯[75]，伯也，拘于羑里[76]；李斯[77]，相也，具于五刑[78]；淮阴[79]，王也，受械于陈[80]；彭越[81]、张敖[82]，南面称孤，系狱抵罪；绛侯诛诸吕[83]，权倾五伯[84]，囚于请室[85]；魏其，大将也，衣赭衣，关三木[86]；季布为朱家钳奴[87]；灌夫受辱于居室[88]，此人皆身至王侯将相，声闻邻国，及罪至罔加[89]，不能引决自裁[90]，在尘埃之中。古今一体，安在其不辱也？由此言之，勇怯，势也；强弱，形也。审矣，曷足怪乎？夫人不能早自裁绳墨之外，已稍陵迟，至于鞭箠之间，乃欲引节[91]，斯不亦远乎！古人所以重施刑于大夫者，殆为此也。夫人情莫不贪生恶死，念父母，顾妻子，至激于义理者不然，乃有所不得已也。今仆不幸早失父母，无兄弟之亲，独身孤立，少卿视仆于妻子何如哉？且勇者不必死节，怯夫慕义，何处不勉焉！仆虽怯懦欲苟活，亦颇识去就之分矣[92]，何至自湛溺缧绁之辱哉[93]！

且夫臧获婢妾犹能引决[94]，况若仆之不得已乎！所以隐忍苟活，幽于粪土之中而不辞者，恨私心有所不尽，鄙陋没世而文采不表于后也。

古者富贵而名磨灭，不可胜记，唯倜傥非常之人称焉[95]。盖文王拘而演《周易》[96]；仲尼厄而作《春秋》[97]；屈原放逐，乃赋《离骚》[98]；左丘失明，厥有《国语》[99]；孙子膑脚，兵法修列[100]；不韦迁蜀，世传《吕览》[101]；韩非囚秦，《说难》《孤愤》[102]。《诗》三百篇[103]，大底圣贤发愤之所为作也。此人皆意有所郁结，不得通其道，故述往事，思来者。乃如左丘无目，孙子断足，终不可用，退论书策以舒其愤，思垂空文以自见。仆窃不逊，近自托于无能之辞，网罗天下放失旧闻[104]，略考其事，综其终始，稽其成败兴坏之纪，上计轩辕，下至于兹。为十表、本纪十二、书八章、世家三十、列传七十，凡百三十篇。亦欲以究天地之际，通古今之变，成一家之言。草创未就，会遭此祸，惜其不成，是以就极刑而无愠色[105]。仆诚已著此书，藏之名山，传之其人、通邑大都。则仆偿前辱之责，虽万被戮，岂有悔哉！然此可为智者道，难为俗人言也。

且负下未易居，下流多谤议。仆以口语遇遭此祸，重为乡党所戮笑[106]，以污辱先人，亦何面目复上父母之丘墓乎？虽累百世，垢弥甚耳！是以肠一日而九回[107]，居则忽忽若有所亡，出则不知其所往。每念斯耻，汗未尝不发背沾衣也！身直为闺阁之臣[108]，宁得自引深藏岩穴邪？故且从俗浮沉，与时俯仰，以通其狂惑，今少卿乃教以推贤进士，无乃与仆私心剌谬乎？今虽欲自雕琢，曼辞以自饰，无益，于俗不信，适足取辱耳。要之，死日然后是非乃定。书不能悉意，略陈固陋。谨再拜。

【注释】

[1] 太史公：司马迁担任的官职太史令。牛马走：谦辞，意为像牛马一样奔走。走，义同"仆"。

[2] 曩（nǎng）：从前。

[3] 望：抱怨。

[4] 流俗人：世俗之人。

[5] 罢（pí）：同"疲"。驽（nú）：劣马。

[6] 闻：听说。

[7] 身残处秽：指因受宫刑而身体残缺，兼与宦官贱役杂处。

[8] 钟子期、伯牙：春秋时楚人。伯牙善鼓琴，钟子期善听。钟子期死后，伯牙破琴，终身不复鼓琴。事见《吕氏春秋·本味篇》。

[9] 说：同"悦"。

[10] 随、和：随侯珠与和氏璧，是战国时的珍贵宝物。

[11] 由、夷：许由和伯夷，两人都是古代品德高尚的人。

[12] 点：玷污。

[13] 会东从上来：太始四年（前93年），汉武帝东巡泰山，后返回长安，司马迁随驾出行。

[14] 卒（cù）卒：同"猝猝"，匆匆忙忙的样子。

[15] 季冬：冬季的第三个月，即十二月。汉律，每年十二月处决囚犯。

[16] 薄：同"迫"。雍：地名，在今陕西凤翔，设有祭祀五帝的神坛五畤。

[17] 不可讳：死的委婉说法。

[18] 憯（cǎn）：同"惨"。

[19] 诟：耻辱。

[20] "昔卫灵公"句：春秋时，卫灵公和夫人乘车出游，让宦官同车，还让孔子坐后面一辆车，孔子以此为耻，就离开了卫国。

[21] "商鞅"句：商鞅得到秦孝公的支持变法革新。景监是秦孝公宠信的宦官，曾向秦孝公推荐商鞅。赵良是秦孝公的臣子，与商鞅政见不同。事见《史记·商君列传》。

[22] "同子"句："同子"指汉文帝的宦官赵谈，因其与司马迁的父亲司马谈同名，避讳而称"同子"。袁丝，即袁盎，汉文帝时任郎中。有一天，文帝坐车去看他的母亲，宦官同乘，袁盎对此表达不满，于是文帝只得依言令赵谈下车。

[23] 竖：供役使的小臣。后泛指卑贱者。

[24] 况：况且。

[25] 待罪：做官的谦辞。辇毂下：皇帝的车驾之下，代指京城长安。

[26] 惟：思考，思虑。

[27] 搴（qiān）：拔取。

[28] 厕：参加。下大夫：太史令官位较低，属下大夫。

[29] 外廷：汉制，凡遇疑难不决之事，则令群臣在外廷讨论。末议：微不足道的意见。

[30] 纲维：国家的法令。

[31] 扫除之隶：司马迁在此处言自己地位低下。

[32] 阘茸：下贱，低劣。

[33] 仰首：抬头。

[34] 乡曲：乡里。

[35] 周卫：周密的护卫，即宫禁。

[36] 戴盆何以望天：当时谚语，形容忙于政务，见识浅陋，无暇他顾。

[37] 李陵：字少卿，西汉名将李广之孙，善骑射。武帝时，李陵为骑都尉，率兵出击匈奴，战败投降。俱居门下：司马迁曾与李陵同任侍中。

[38] 趣舍：向往和废弃。趣，同"趋"。

[39] 衔杯酒：在一起喝酒，指私下交往。

[40] 风：风范。

[41] 媒蘖（niè）：酿酒的酵母，这里用作动词。

[42] 王庭：匈奴单于的居处。

[43] 胡：指匈奴。

[44] 仰：仰攻，当时李陵军被围困谷地。

[45] 旃（zhān）：毛织品。

[46] 左右贤王：左贤王和右贤王，匈奴封号最高的贵族。

［47］沫（huì）：以手掬水洗脸。

［48］眷：弓弩。

［49］没：覆没。

［50］款款：忠诚的样子。

［51］士大夫：指李陵的部下。分少：即使所得甚少也平分给众人。

［52］指：意思。

［53］睚眦（yá zì）：怒目相视。

［54］沮：毁坏。贰师：贰师将军李广利，汉武帝宠妃李夫人之兄。李陵被围时，李广利并未率主力救援，致使李陵兵败。后来，司马迁为李陵辩解，武帝以为他有意诋毁李广利。

［55］理：即大理寺，掌刑法。

［56］囹圄：监狱。

［57］诉：倾诉。

［58］家声：家族声誉。李陵是名将之后，李陵投降，对李氏一族的声誉影响极大。

［59］蚕室：温暖密封的房子，像养蚕的房子。初受腐刑的人怕风，故需住此。

［60］剖符：把竹做的契约一剖为二，君臣各执一半，以为凭信。丹书：把誓词用丹砂写在铁制的契券上。汉初规定，凡持有剖符、丹书的大臣，其子孙犯罪可获赦免。

［61］文、史、星、历：史籍和天文历法，都由太史令掌管。

［62］畜：同"蓄"。

［63］异：区别。

［64］诎：同"屈"。

［65］易服：换上罪犯的服装。

［66］木索：木枷和绳索。

［67］髡：把头发剃光，是古代的一种刑罚。婴金铁：颈上带着铁链，即受钳刑。婴，环绕。

［68］极：最严重。

［69］刑不上大夫：语出《礼记·曲礼》。

［70］槛：关猛兽的笼子。

［71］鲜：态度鲜明，即自杀，以示不受辱。

［72］榜：鞭打。

［73］枪：同"抢"。

［74］惕息：胆战心惊。

［75］西伯：周文王，为西方诸侯之长。

［76］羑（yǒu）里：一作"牖里"，在今河南汤阴。文王曾被殷纣王囚禁于此。

［77］李斯：秦始皇时任丞相，后因秦二世听信赵高谗言，李斯受五刑，被腰斩于咸阳。

［78］五刑：秦汉时的五种刑罚。

［79］淮阴：淮阴侯韩信。

［80］受械于陈：汉立，淮阴侯韩信被刘邦封为楚王，后高祖疑其谋反，用陈平之计，在陈（楚地）逮捕了他。械，拘禁手足的木制刑具。

［81］彭越：汉高祖的功臣。

［82］张敖：汉高祖功臣张耳的儿子，袭父爵。彭越和张敖都因被人诬告谋反而入狱。

［83］绛侯：汉初功臣周勃，封绛侯。惠帝和吕后死后，吕后家族谋夺汉室，周勃和陈平一起用计谋诛杀谋反之人，迎立刘邦之子刘恒为文帝。

［84］五伯：即"五霸"。

［85］请室：有罪的大臣等待判决的地方。

［86］魏其：大将军窦婴，汉景帝时被封为魏其侯。武帝时，窦婴被人诬告，被判处死罪。三木：头枷、手铐、脚镣。

［87］季布：楚霸王项羽的大将。项羽死后，刘邦出重金缉捕季布。季布改名换姓，受髡刑和钳刑，卖身给鲁人朱家为奴。

［88］灌夫：汉景帝时为中郎将，武帝时官太仆。因得罪了丞相田蚡，被囚于居室，后被诛杀。

［89］罔：同"网"，法网。

［90］自裁：自杀。

［91］节：气节。

［92］识：明白。

［93］缧绁：捆绑犯人的绳子，引申为捆绑、牢狱。

［94］臧获：奴曰臧，婢曰获。

［95］倜傥：才气豪迈而不受拘束。

［96］文王拘而演《周易》：传说周文王被殷纣王拘禁时，把古代的八卦推演为六十四卦，形成《周易》。

［97］仲尼厄而作《春秋》：孔子，字仲尼，曾周游列国，在陈地和蔡地受到围攻和绝粮之苦，返回鲁国后作《春秋》一书。

［98］屈原：楚国大夫，曾两次被楚王放逐。著有《离骚》。

［99］左丘：春秋时鲁国史官左丘明。《国语》：史书，相传为左丘明所著。

［100］孙子：春秋战国时期著名的军事家孙膑，有《孙膑兵法》传世。膑脚：断足，古代的一种刑罚。

［101］不韦：吕不韦，战国末年的知名商人，秦初为相国。吕不韦曾命门客作《吕氏春秋》。秦王恐其叛变，令吕不韦举家迁蜀，后吕不韦自杀。

［102］韩非：战国后期韩国公子，入秦后被李斯谗言所害。韩非著有《韩非子》，《说难》《孤愤》是其中的名篇。

［103］《诗》三百篇：《诗经》共有约三百篇。

［104］失：一作"佚"。

［105］愠（yùn）：怒。

［106］戮笑：耻笑。

［107］九回：九转，形容痛苦至极。

［108］闺阁之臣：指宦官。

【品读】

《报任安书》是司马迁写给其友人任安的一封信。任安，字少卿，西汉大臣。任安早年丧父，家境贫寒，由于办事有智谋，得以成为大将军卫青的舍人。在卫青的举荐下，任安当了郎中，后迁为益州刺史。征和元年（前92年），朝中发生巫蛊之祸，江充乘机诬陷戾太子（刘据），戾太子发兵诛杀江充等人，当时任安担任北军使者护军，收到戾太子要他发兵的命令，但按兵未动。戾太子事件后，汉武帝认为任安坐观成败，有不忠之心，论罪腰斩。任安在狱中，想到好友司马迁曾冒死为李陵辩解，有舍己救人之义，于是写信给司马迁，求他代为申冤。司马迁接到信后，犹豫再三，迟迟没有回复，直到此年十一月，刑期将近，司马迁才写了这一封著名的回信。

在本文中，司马迁以极其激愤的心情，陈述了自己的不幸遭遇，抒发了内心的无限痛苦，大胆揭露了汉武帝喜怒无常、刚愎自用的弱点，提出了"人固有一死，或重于泰山，或轻于鸿毛"的比较进步的生死观，并表现出了他为实现理想而甘受凌辱、坚韧不屈的战斗精神。本文感情真挚，语言流畅，具有强烈的艺术感染力，对于读者了解司马迁的生平和思想有着重要价值。

【思考题】

一、试从文人风骨的角度，谈谈司马迁的人格境界。

二、试论"述往事，思来者"与中国文学家的创作观。

三、试分析"发愤著书"的文学传统与"冲淡平和"的文学传统。

苏　武　传

班　固

　　班固（32—92年），字孟坚，扶风安陵（今陕西咸阳）人，东汉史学家、文学家。幼年聪颖，学识渊博，能文善赋。建武三十年（54年），父亲班彪去世，他返乡居住，开始整理父亲未能独立成书的《史记后传》，并准备撰写《汉书》。永平五年（62年），班固被人告发"私修国史"，被捕入狱，弟弟班超为其伸冤，明帝赏识班固的才华，封班固为兰台令史，后升为郎官，奉诏撰写《汉书》。永元四年（92年），班固因大将军窦宪企图谋反案被捕，死于狱中。当时，《汉书》尚未完成，其中的八"表"与"天文志"由其妹班昭和班昭弟子马续补写。

　　班固擅长作赋，是汉代重要的辞赋家，撰有《两都赋》《幽通赋》等。《汉书》是我国第一部纪传体断代史，书的体例多模仿《史记》。全书有纪十二篇，表八篇，志十篇，传七十篇，共一百篇，记录了从汉高祖元年一直到王莽地皇四年间的史实，具有重要的史料价值。

　　武字子卿，少以父任[1]，兄弟并为郎[2]，稍迁至栘中厩监[3]。时汉连伐胡，数通使相窥观，匈奴留汉使郭吉、路充国等[4]，前后十余辈。匈奴使来，汉亦留之以相当。天汉元年[5]，且鞮侯单于初立[6]，恐汉袭之，乃曰："汉天子我丈人行也。"尽归汉使路充国等。武帝嘉其义，乃遣武以中郎将使持节送匈奴使留在汉者[7]，因厚赂单于，答其善意。武与副中郎将张胜及假吏常惠等募士斥候百余人俱[8]。既至匈奴，置币遗单于。单于益骄，非汉所望也。

　　方欲发使送武等，会缑王与长水虞常等谋反匈奴中[9]。缑王者，昆邪王姊子

153

也[10]，与昆邪王俱降汉，后随浞野侯没胡中[11]。及卫律所将降者[12]，阴相与谋劫单于母阏氏归汉[13]。会武等至匈奴，虞常在汉时素与副张胜相知，私候胜曰："闻汉天子甚怨卫律，常能为汉伏弩射杀之。吾母与弟在汉，幸蒙其赏赐。"张胜许之，以货物与常。后月余，单于出猎，独阏氏子弟在。虞常等七十余人欲发，其一人夜亡，告之。单于子弟发兵与战，缑王等皆死，虞常生得。

单于使卫律治其事。张胜闻之，恐前语发，以状语武。武曰："事如此，此必及我。见犯乃死，重负国。"欲自杀，胜、惠共止之。虞常果引张胜。单于怒，召诸贵人议，欲杀汉使者。左伊秩訾曰[14]："即谋单于，何以复加？宜皆降之。"单于使卫律召武受辞[15]，武谓惠等："屈节辱命，虽生，何面目以归汉！"引佩刀自刺。卫律惊，自抱持武，驰召医。凿地为坎，置煴火，覆武其上，蹈其背以出血。武气绝，半日复息。惠等哭，舆归营[16]。单于壮其节，朝夕遣人候问武，而收系张胜。

武益愈，单于使使晓武，会论虞常，欲因此时降武。剑斩虞常已，律曰："汉使张胜谋杀单于近臣，当死，单于募降者赦罪。"举剑欲击之，胜请降。律谓武曰："副有罪，当相坐[17]。"武曰："本无谋，又非亲属，何谓相坐？"复举剑拟之，武不动。律曰："苏君，律前负汉归匈奴，幸蒙大恩，赐号称王，拥众数万，马畜弥山，富贵如此。苏君今日降，明日复然。空以身膏草野[18]，谁复知之！"武不应。律曰："君因我降，与君为兄弟，今不听吾计，后虽欲复见我，尚可得乎？"武骂律曰："女为人臣子，不顾恩义，畔主背亲，为降虏于蛮夷，何以女为见？且单于信女，使决人死生，不平心持正，反欲斗两主[19]，观祸败。南越杀汉使者，屠为九郡[20]；宛王杀汉使者，头县北阙[21]；朝鲜杀汉使者，即时诛灭[22]。独匈奴未耳。若知我不降明，欲令两国相攻。匈奴之祸从我始矣！"

律知武终不可胁，白单于。单于愈益欲降之，乃幽武置大窖中，绝不饮食。天雨雪，武卧啮雪与旃毛并咽之[23]，数日不死，匈奴以为神。乃徙武北海上无人处[24]，使牧羝[25]，羝乳乃得归[26]。别其官属常惠等，各置他所。

武既至海上，廪食不至[27]，掘野鼠去中实而食之[28]。杖汉节牧羊，卧起操持，节旄尽落。积五六年，单于弟於靬王弋射海上[29]。武能网纺缴[30]，檠弓弩[31]，於靬王爱之，给其衣食。三岁余，王病，赐武马畜服匿穹庐[32]。王死后，人众徙去。其冬，丁令盗武牛羊[33]，武复穷厄。

初，武与李陵俱为侍中[34]，武使匈奴明年，陵降，不敢求武。久之，单于使陵至海上，为武置酒设乐，因谓武曰："单于闻陵与子卿素厚，故使陵来说足下，虚心欲相待。终不得归汉，空自苦亡人之地，信义安所见乎？前长君为奉车[35]，从至雍棫阳宫[36]，扶辇下除[37]，触柱折辕，劾大不敬[38]，伏剑自刎，赐钱二百万以葬。孺卿从祠河东后土[39]，宦骑与黄门驸马争船[40]，推堕驸马河中溺死，宦骑亡，诏使孺卿逐捕不得，惶恐饮药而死。来时，大夫人已不幸[41]，陵送葬至阳陵[42]。子卿妇年少，闻已更嫁矣。独有女弟二人[43]，两女一男，今复十余年，存亡不可知。人生如朝露，何久自苦如此！陵始降时，忽忽如狂，自痛负汉，加以老母系保宫[44]，子卿不欲降，何以过陵？且陛下春秋高，法令亡常，大臣亡罪夷灭者数十家，安危不可知，子卿尚复谁为乎？愿听陵计，勿复有云。"武曰："武父子亡功德，皆为陛下所成就，位列将[45]，爵通侯[46]，兄弟亲近，常愿肝脑涂地。今得杀身自效，虽蒙斧钺汤镬[47]，诚甘乐之。臣事君，犹子事父也，子为父死亡所恨。愿勿复再言。"陵与武饮数日，复曰："子卿壹听陵言。"武曰："自分已死久矣！王必欲降武，请毕今日之欢，效死于前！"陵见其至诚，喟然叹曰："嗟乎，义士！陵与卫律之罪上通于天。"因泣下沾衿，与武决去。

陵恶自赐武，使其妻赐武牛羊数十头。后陵复至北海上，语武："区脱捕得云中生口[48]，言太守以下吏民皆白服，曰上崩。"武闻之，南向号哭，欧血，旦夕临[49]。

数月，昭帝即位。数年，匈奴与汉和亲。汉求武等，匈奴诡言武死。后汉使复至匈奴，常惠请其守者与俱，得夜见汉使，具自陈道。教使者谓单于，言天子射上林中，得雁，足有系帛书，言武等在某泽中。使者大喜，如惠语以让单于[50]。单于视左右而惊，谢汉使曰[51]："武等实在。"于是李陵置酒贺武曰："今足下还归，扬名于匈奴，功显于汉室。虽古竹帛所载，丹青所画，何以过子卿！陵虽驽怯，令汉且贳陵罪[52]，全其老母，使得奋大辱之积志，庶几乎曹柯之盟[53]，此陵宿昔之所不忘也[54]。收族陵家，为世大戮，陵尚复何顾乎？已矣！令子卿知吾心耳。异域之人，壹别长绝！"陵起舞，歌曰："径万里兮度沙幕[55]，为君将兮奋匈奴。路穷绝兮矢刃摧，士众灭兮名已聩[56]。老母已死，虽欲报恩将安归！"陵泣下数行，因与武决。单于召会武官属，前已降及物故，凡随武还者九人。

武以始元六年春至京师[57]。诏武奉一太牢谒武帝园庙[58]，拜为典属国[59]，秩中二千石[60]，赐钱二百万，公田二顷，宅一区。常惠、徐圣、赵终根皆拜为中郎，赐帛各二百匹。其余六人老归家，赐钱人十万，复终身。常惠后至右将军，封列侯，自有传。武留匈奴凡十九岁，始以强壮出，及还，须发尽白。

武来归明年，上官桀子安与桑弘羊及燕王、盖主谋反。武子男元与安有谋，坐死。

初桀、安与大将军霍光争权，数疏光过失予燕王，令上书告之。又言苏武使匈奴二十年不降，还乃为典属国，大将军长史无功劳，为搜粟都尉，光颛权自恣[61]。及燕王等反诛，穷治党与，武素与桀、弘羊有旧，数为燕王所讼，子又在谋中，廷尉奏请逮捕武。霍光寝其奏，免武官。

数年，昭帝崩，武以故二千石与计谋立宣帝，赐爵关内侯，食邑三百户。久之，卫将军张安世荐武明习故事[62]，奉使不辱命，先帝以为遗言。宣帝即时召武待诏宦者署，数进见，复为右曹典属国。以武著节老臣[63]，令朝朔望，号称祭酒，甚优宠之。

武所得赏赐，尽以施予昆弟故人[64]，家不余财。皇后父平恩侯、帝舅平昌侯、乐昌侯、车骑将军韩增、丞相魏相、御史大夫丙吉皆敬重武。武年老，子前坐事死，上闵之，问左右："武在匈奴久，岂有子乎？"武因平恩侯自白："前发匈奴时，胡妇适产一子通国[65]，有声问来，愿因使者致金帛赎之。"上许焉。后通国随使者至，上以为郎。又以武弟子为右曹。武年八十余，神爵二年病卒[66]。

【注释】

[1] 父：指苏武的父亲苏建，因有功被封为平陵侯，做过代郡太守。

[2] 兄弟：指苏武和他的兄弟。郎：官名，汉代专指职位较低的皇帝侍从。汉制，年俸二千石以上的官员，可保举其子弟为郎。

[3] 稍迁：逐渐提升。栘中厩（jiù）：汉宫中有栘园，园中有马厩（马棚），故称。监：此指管马厩的官，掌鞍马、鹰犬等。

[4] 郭吉：元封元年（前110年），汉武帝亲自率领十八万大军到北地，派郭吉到匈奴规劝单于归顺，单于大怒，扣留了郭吉。路充国：元封四年（前107年），匈奴派遣使者至汉，病故，汉派路充国送丧到匈奴，单于以为使者是被汉杀死的，就扣留了路充国。

[5] 天汉元年：公元前100年。天汉，汉武帝年号。

[6] 且（jū）鞮（dī）侯：单于嗣位前的封号。单（chán）于：匈奴首领的称号。

[7] 中郎将：皇帝的侍卫长。节：使臣所持信物，以竹为杆，柄长八尺，拴上旄牛尾，共三层，故又称"旄节"。

[8] 假吏：临时委任的使臣属官。斥候：军中担任警卫的人员。

[9] 缑王：匈奴的一个贵族。长水：水名，在今陕西蓝田。

[10] 昆（hún）邪（yé）王：匈奴的一个贵族，于元狩二年（前121年）降汉。

[11] 浞（zhuō）野侯：汉将赵破奴的封号。赵破奴曾带兵出击匈奴，兵败而降。

[12] 卫律：本为长水胡人，但长于汉，任汉使，曾出使匈奴，回汉后，因怕受牵连又逃到匈奴，被封为丁零王。

[13] 阏氏（yān zhī）：匈奴王后的称号。

[14] 左伊秩訾（zī）：匈奴的王号，有"左""右"之分。

[15] 受辞：受审讯。

[16] 舆：轿子，此处用作动词，有"载送"的意思。

[17] 相坐：连带治罪。古代法律规定，凡犯谋反等大罪者，其亲属也要连同治罪，叫作连坐，或相坐。

[18] 膏：肥美，此处用作动词。

[19] 斗两主：使汉朝皇帝和匈奴单于相斗。

[20] 屠：平定。《史记·南越列传》记载，南越王相吕嘉杀其国王及汉使者，叛汉，武帝发兵讨伐，活捉吕嘉，将其地改为珠崖、南海等九郡。

[21] 北阙：宫殿的北门。这里的"宛王"指大宛国王毋寡。《史记·大宛列传》记载，宛王毋寡派人杀前来求良马的汉使，武帝即命李广利讨伐大宛，大宛诸贵族乃杀毋寡而降汉。

[22] 诛：杀死。《史记·朝鲜列传》记载，武帝派遣涉何出使朝鲜，涉何暗害了送他的朝鲜人，谎报为杀了朝鲜武将，因而被封为辽东东部都尉，朝鲜派人袭击涉何。武帝发兵讨伐，朝鲜降汉。

[23] 旃：同"毡"，毛毡。

[24] 北海：当时在匈奴北境，即今贝加尔湖。

[25] 羝（dī）：公羊。

[26] 乳：用作动词，生育，指生小羊。公羊不可能生小羊，故这里是说苏武永远没有归汉的希望。

[27] 廪食：官方供给的粮食。

[28] 去：通"弆"（jǔ），收藏。中，也作"艸"（草）。

[29] 於（wū）靬（jiān）王：且鞮单于之弟，为匈奴的一个亲王。弋射：射猎。

[30] "武能"句：根据《太平御览》，此句"网"前应有"结"字。缴（zhuó）：箭的尾部所系的绳子。

[31] 檠（qíng）：矫正弓箭的器具。此处用作动词，有"矫正"之意。

[32] 服匿：盛酒的器皿，类似今天的坛子。穹庐：大型的圆顶篷帐，类似今天的蒙古包。

[33] 丁令：即丁零，匈奴北边的一个部族。当时卫律为丁零王，丁零盗苏武牛羊，应该是受卫律指使。

[34] 李陵：李广之孙，字少卿，西汉名将，武帝时曾为骑都尉。天汉二年（前99年），李陵带兵五千与匈奴作战，因众寡悬殊，又无接应，兵败投降，后病死匈奴。侍中：官名。

[35] 长君：指苏武的长兄苏嘉。奉车：官名，即奉车都尉，掌管皇帝出行时的车驾。

[36] 雍：汉代地名，在今陕西凤翔。棫（yù）阳宫：秦时所建宫殿，在雍东北。

[37] 辇（niǎn）：皇帝乘坐的车。除：宫殿的台阶。

[38] 劾（hé）：弹劾，汉时称判罪为劾。大不敬：对皇帝不敬，为一种不可赦免的重罪。

[39] 孺卿：苏武弟弟苏贤的字。祠：祭祀。河东：郡名，在今山西黄河以东地区。后土：土地神。

[40] 宦骑：骑马的宦官。黄门驸马：宫中掌管车辇马匹的官。

[41] 大夫人：指苏武的母亲。

[42] 阳陵：汉时有阳陵县，在今陕西咸阳。

[43] 女弟：妹妹。

[44] 保宫：本名"居室"，太初元年更名为"保宫"，是囚禁罪臣及家属的地方。李陵投降后，其家属被逮捕，母亲被囚禁在保宫。

[45] 位：指被封的爵位。列将：一般将军的总称。这里的"位列将"指苏武父子曾被任为右将军、中郎将等。

[46] 通侯：汉爵位名。苏武的父亲苏建曾被封为平陵侯。

[47] 斧钺（yuè）汤镬：古时两种极刑。斧钺，古时用以杀犯人的斧头。镬，大锅。

[48] 生口：指俘虏。

[49] 临：哭。

[50] 让：责备。

[51] 谢：谢罪，道歉。

[52] 令：假使。

[53] 曹柯之盟：春秋时，齐军伐鲁，鲁将曹沫三战皆败。鲁庄公献遂邑之地以求和，与齐结盟于柯（地名，今山东阳谷）。曹沫于盟时执匕首劫持齐桓公，迫使他交还所侵之地。

[54] 宿昔：以前。李陵投降后，汉朝没有杀他的家属。后来，因讹传李陵训练匈奴士兵，与汉为敌，汉武帝才将他的家属全部处死。此处指家属尚未被杀之时。

[55] 径：行经。沙幕：沙漠。

[56] 殰：同"颓"，败坏。

[57] 始元：汉昭帝年号，始元六年即公元前81年。

[58] 太牢：以一牛、一猪、一羊为祭品的祭祀被称为太牢。园：陵园，帝后的葬所。庙：古代祭祀祖先的场所。

[59] 典属国：官名。

[60] 秩：官员的俸禄。汉代俸禄与官职对应，二千石又分为中二千石、二千石、比二千石等。

[61] 颛（zhuān）权自恣（zì）：专权，放肆。颛，同"专"。恣，放纵。

[62] 明习故事：熟悉朝章。

[63] 著节：节操显著。

[64] 昆：兄。故人：过去的朋友。

[65] 胡妇：这里指苏武在匈奴时娶的老婆。适：恰好。通国：苏武在匈奴的儿子的名字。

[66] 神爵二年：汉宣帝神爵二年，即公元前60年。

【品读】

《苏武传》是《汉书》中的名篇，记录了苏武出使匈奴被扣留，面对威逼利诱，受尽折磨，坚守节操，誓不投降，历尽艰辛，终于不辱使命的事迹。作者通过具体生动的情节描写，鲜明地刻画出了一个"富贵不能淫，贫贱不能移，威武不能屈"的爱国志士的光辉形象，高度赞扬了苏武高尚的民族气节和矢志不渝的爱国精神。

本文首先介绍了苏武的身世、出使的背景和原因，指明苏武出使时的政治环境，为下文苏武被扣留埋下伏笔。本文重点记录了苏武被扣留十九年间备受摧残，但依然坚守民族气节的事迹，生动地表现了苏武宁死不屈的高贵品格。最后一部分介绍了苏武回汉的经过和遭遇，生动地体现了作者对苏武"强壮出"而回归时"须发尽白"的惋惜之情，表达了作者对苏武历尽艰辛完成使命、维护国家尊严、保持民族气节的欣慰之情。

文章善于采用典型事件，借用语言和行动描写，通过正反对比手法来刻画苏武这一典型人物形象。全文以精彩的笔墨，描写了苏武反抗匈奴统治者招降的种种斗争情形，如卫律迫降，苏武凛然怒斥，双方矛盾激烈，场面紧张；北海牧羊，身处荒野，苏武仍手握汉节；好友李陵前来劝降，双方针锋相对，既表现了苏武可贵的情操，又刻画了李陵的复杂心态。

文章整体上采用顺叙的表达方式，同时又采用插叙和补叙的写法，使得内容翔实，人物关系明晰，叙事主体突出。例如，作者写苏武出使匈奴被扣留十九年后回汉，这是按照时间顺序来写的；作者写缑王的身世及其造反经过，以及李陵和苏武的关系，这是插叙；苏通国回汉等则是补叙的情节。

【思考题】

一、这篇文章的主题思想是什么？作者是如何表现主题思想的？

二、试分析文章中采用的对比手法。

三、结合文章中的事例，分析并概括苏武的个性特点。

刺世疾邪赋

赵 壹

赵壹（122—196 年），本名赵懿，因避司马懿名讳，故作"壹"，字元叔，汉阳西县（今甘肃天水南）人，东汉辞赋家。体貌魁伟，恃才傲物，屡次因得罪权贵获罪，友人救之，赵壹遂作《穷鸟赋》答谢友人相助，并作《刺世疾邪赋》抒发愤懑之情。

伊五帝之不同礼[1]，三王亦又不同乐。数极自然变化，非是故相反驳。德政不能救世涽乱[2]，赏罚岂足惩时清浊？春秋时祸败之始，战国逾复增其荼毒。秦汉无以相逾越，乃更加其怨酷。宁计生民之命？唯利己而自足。

于兹迄今，情伪万方。佞谄日炽，刚克消亡。舐痔结驷，正色徒行。妪偻名势，抚拍豪强。偃蹇反俗，立致咎殃。捷慑逐物[3]，日富月昌。浑然同惑，孰温孰凉？邪夫显进，直士幽藏。

原斯瘼之所兴[4]，实执政之匪贤。女谒掩其视听兮，近习秉其威权。所好则钻皮出其毛羽，所恶则洗垢求其瘢痕。虽欲竭诚而尽忠，路绝险而靡缘。九重既不可启，又群吠之狺狺[5]。安危亡于旦夕，肆嗜欲于目前。奚异涉海之失柁，坐积薪而待燃？荣纳由于闪榆，孰知辨其蚩妍？故法禁屈桡于势族，恩泽不逮于单门。宁饥寒于尧舜之荒岁兮，不饱暖于当今之丰年。乘理虽死而非亡，违义虽生而匪存。

有秦客者，乃为诗曰："河清不可俟[6]，人命不可延。顺风激靡草[7]，富贵者称贤。文籍虽满腹[8]，不如一囊钱。伊优北堂上[9]，抗脏倚门边[10]。"

鲁生闻此辞，紧而作歌曰："势家多所宜[11]，咳唾自成珠。被褐怀金玉[12]，兰蕙化为刍[13]。贤者虽独悟[14]，所困在群愚。且各守尔分[15]，勿复空驰驱[16]。哀哉复哀哉，此是命矣夫！"

【注释】

[1] 伊：发语词。

[2] 涽（hùn）乱：混乱。

[3] 捷慑逐物：急切而唯恐落后地追逐名利权势。

[4] 原：推究。瘼：病，这里指弊病。

[5] 狺狺：狗叫声。

[6] 河清：语出《左传·襄公八年》，"俟河之清，人寿几何？"古人传说黄河一千年清一次，黄河一清，清明的政治局面就将出现。

[7] 激：指猛吹。靡：倒下。

[8] 文籍：文章典籍，代指才学。

[9] 伊优：逢迎谄媚之貌。北堂：指富贵者所居。

[10] 抗脏：高尚刚正之貌。倚门边：有被疏远的意思。

[11] 势家：有权有势的人。

[12] 被褐：披着短褐的人，借指贫穷的人。金玉：借喻美好的品德。

[13] 兰蕙：两种香草名。刍：饲草。

[14] 独悟：意同"独醒"。《楚辞·渔父》中有"众人皆醉我独醒"。

[15] 尔分：你的本分。

[16] 空驰驱：白白奔走。

【品读】

东汉时期，处于外戚、宦官篡权争位的夹缝中的士人，志向、才能不得施展，愤懑郁结，便纷纷以赋抒情。赵壹的《刺世疾邪赋》就是这类抒情小赋的代表作。作者压抑在心中的郁闷和不平，在文中化为激烈的言辞，揭露了东汉末年奸臣当道、贤者悲哀的黑暗腐朽的社会本质："舐痔结驷，正色徒行"，"邪夫显进，直士幽藏"。作者甚至敢于把批评的矛头直指最高统治者："原斯瘼之所兴，实执政之匪贤。"作者在文中表明自己要同这黑暗的世道彻底决裂："宁饥寒于尧舜之荒岁兮，不饱暖于当今之丰年。"

作者在抒发感情时直率激烈，痛快淋漓，批判时政的深度和力度都是空前的。这篇赋语言犀利，感情激烈，对现实的揭露颇有深度。在风格上，它变汉赋的华丽为通俗。作者借秦客和鲁生所作的两首五言诗，抒发了刚正之士不能容于时的强烈愤慨，形象生动，是东汉五言诗中的佳作。

【思考题】

一、赵壹的《刺世疾邪赋》体现了作者怎样的批判精神？

二、《刺世疾邪赋》反映了当时什么样的社会现实？身处"舐痔结驷，正色徒行""邪夫显进，直士幽藏"的社会，应如何坚守凛然正气？

三、《刺世疾邪赋》在中国赋体创作中的历史意义是什么？

第五单元 浩然正气

左忠毅公逸事[1]

方　苞

　　方苞（1668—1749年），字灵皋，一字凤九，晚年号望溪，安徽桐城人，清代散文家，是桐城派散文的创始人，与姚鼐、刘大櫆合称"桐城三祖"。康熙四十五年（1706年）进士。康熙五十年（1711年），方苞因戴名世"《南山集》案"被牵连入狱，后被赦免，任武英殿修书总裁，累官至内阁学士兼礼部侍郎。方苞曾写《狱中杂记》，揭露当时司法制度的黑暗与残酷，具有现实意义。方苞提倡写古文要重"义法"。他在行文时始终以此为宗旨，文章简洁精练，平实质朴，开创了清代古文的新风貌。著有《望溪先生文集》等。

　　先君子尝言[2]，乡先辈左忠毅公视学京畿[3]，一日风雪严寒，从数骑出[4]，微行入古寺[5]，庑下一生伏案卧[6]，文方成草[7]。公阅毕，即解貂覆生[8]，为掩户[9]。叩之寺僧[10]，则史公可法也[11]。及试，吏呼名至史公，公瞿然注视[12]，呈卷，即面署第一[13]。召入使拜夫人，曰："吾诸儿碌碌，他日继吾志事，惟此生耳。"

　　及左公下厂狱[14]，史朝夕狱门外。逆阉防伺甚严[15]，虽家仆不得近。久之，闻左公被炮烙[16]，旦夕且死[17]，持五十金，涕泣谋于禁卒[18]，卒感焉。一日使史更敝衣草屦[19]，背筐，手长镵[20]，为除不洁者，引入。微指左公处，则席地倚墙而坐，面额焦烂不可辨，左膝以下，筋骨尽脱矣。史前跪，抱公膝而呜咽。公辨其声，而目不可开，乃奋臂以指拨眦[21]，目光如炬，怒曰："庸奴！此何地也？而汝来前。国家之事，糜烂至此，老夫已矣，汝复轻身而昧大义，天下事谁可支拄者？不速去，无俟奸人构陷，吾今即扑杀汝！"因摸地上刑械，作投击势。史噤不敢发声^[22]，趋而出^[23]。后常流涕述其事以语人曰："吾师肺肝，皆铁石所铸造也！"

崇祯末，流贼张献忠出没蕲、黄、潜、桐间^[24]，史公以凤庐道奉檄守御^[25]。每有警，辄数月不就寝，使将士更休，而自坐幄幕外^[26]，择健卒十人，令二人蹲踞而背倚之，漏鼓移则番代^[27]。每寒夜起立，振衣裳，甲上冰霜迸落，铿然有声^[28]。或劝以少休，公曰："吾上恐负朝廷，下恐愧吾师也。"史公治兵，往来桐城，必躬造左公第，候太公、太母起居，拜夫人于堂上。余宗老涂山^[29]，左公甥也，与先君子善，谓狱中语乃亲得之于史公云。

【注释】

[1] 左忠毅公：左光斗，字遗直，明代桐城（今安徽桐城）人，进士出身，任大理寺丞，因反对魏忠贤宦官集团而被捕，受酷刑而死，南明弘光帝追谥"忠毅"。

[2] 先君子：对已故父亲的敬称。

[3] 视学京畿（jī）：在京城地区担任考官，古代称担任考官为"视学"。京畿，京城和京城附近的地区。

[4] 从数骑：让几个骑马的随从跟着。从，让……跟从。

[5] 微行：微服出行，指君主和大官隐藏身份，着平民装束出行。

[6] 庑（wǔ）下：厢房里。

[7] 成草：完成了草稿。

[8] 解貂：脱下貂皮外衣。

[9] 掩户：关门（以防风寒）。

[10] 叩：询问。

[11] 史公可法：史可法，字宪之，号道邻，祥符（今河南开封）人，进士出身，明末大臣，抗清名将。

[12] 瞿（jù）然：惊视的样子。

[13] 面署第一：当面批为第一名。面，当面。

[14] 厂狱：明朝设东厂，缉查谋反等案件，由太监掌管，成为皇帝的特务机关。魏忠贤擅权时期，掌管东厂，大肆迫害反对派东林党人，许多正直的官吏遭受陷害，左光斗也被诬告入狱而死。

[15] 防：看守。

[16] 被：遭受。炮（páo）烙：用烧红的铁来烫犯人的酷刑。

[17] 旦夕：早晚。且：将要。

[18] 涕：名词用作动词，流着眼泪。

[19] 更：换上。敝衣：破衣服。

[20] 手：名词用作动词，用手拿着。

[21] 以指拨眥：用手指拨开眼眶。

[22] 噤（jìn）：闭口。

[23] 趋：小步快走。

[24] 流贼：旧时士大夫对起义军的蔑称。张献忠：明末农民起义领袖之一，起

兵于陕西，攻占四川，建大西国，称大西王，后为清兵所杀。蕲：蕲州府，今湖北蕲春一带。黄：黄州府。潜：今安徽潜山。桐：今安徽桐城。

[25] 凤庐道：管理凤阳府、庐州府的官。明朝在省下设守巡道、兵备道等官职，管辖几个府的军政事务。凤阳府，今安徽凤阳一带。庐州府，今安徽合肥一带。奉檄（xí）：奉上级的命令。檄，古代官府用以征召、晓谕或声讨的公文。

[26] 幄（wò）幕：（军用的）帐幕。

[27] 漏鼓移则番代：过了一更鼓时间就轮流替换。漏，古代用滴水来计时的器具。鼓，打更的鼓。番代，轮换。

[28] 铿然：清脆响亮的声音。

[29] 宗老涂山：同族的长辈号涂山的。宗老，对同族长者的尊称。涂山，名文，方苞的同族祖父。

【品读】

《左忠毅公逸事》是清代文学家方苞创作的散文。此文通过记录左光斗与史可法的偶遇，展现了左光斗的知人之明，以及他对国家的忠诚和对人才的赏识与爱护。围绕左光斗与史可法的关系，作者叙述了左光斗"视学京畿"、狱中斥史、史可法治兵等动人事迹，多角度表现了左光斗识才、选才、惜才的崇高品格，刻画了他以国家利益为重、刚毅正直、临危不惧、大义凛然的英雄形象。全文语言简练，记事不杂，用笔精细，故人物形象十分丰满。左光斗与权势如日中天的阉党头目魏忠贤斗争，被诬告入狱，惨死狱中。方苞泼墨褒扬其逸事，借史可法之口，言其肺肝"皆铁石所铸造"，方苞的敬仰之情溢于言表。崇祯末年，史可法驻守扬州，与清兵血战到底，以身殉明，名垂青史。文章以左光斗为主，以史可法为宾，只以二人关系中的两件事，便成功地塑造了左光斗的光辉形象。

方苞作文，注重"义法"，这一点在本文中体现得尤为明显。作者先写左光斗识才、史可法有才，次写史可法冒死探监、左光斗惨烈教诲，再写史可法治兵严谨、无愧于恩师，最后以史可法始终敬重左光斗家属作为结尾。文章虽题名为"左忠毅公逸事"，但却以左光斗与史可法的关系为线索，始终将左光斗与史可法的事迹交织描写，实乃明线、暗线并行，正写、侧写交互衬托，直笔、曲笔掩映为用。本文记事写人，细节极其细腻传神：写左光斗，从"解貂""掩户"到"瞿然""面署"，再到摸械"投击"；写史可法，从"敝衣""抱公膝而呜咽"，到"不敢发声"，从令将士"蹲踞而背倚"，到"寒夜"振衣，皆寥寥数语，形貌、声色历历在目。方苞行文之简洁典雅，于此可见一斑。

【思考题】

一、作者为何花费颇多笔墨写史可法？这样写的用处何在？

二、人物传记可以有多种写法，试比较本文与韩愈《张中丞传后叙》在写法上有何不同。

梅花岭记[1]

全祖望

全祖望（1705—1755年），字绍衣，号谢山，浙江鄞县（今浙江宁波）人，清代著名学者、文学家，乾隆元年（1736年）进士，选翰林院庶吉士，后辞官回归乡里，主讲于端溪书院。全祖望致力于研究经史，曾以十年时间续修黄宗羲的《宋元学案》。主要著作有《鲒埼亭集》《经史问答》等。

顺治二年乙酉四月[2]，江都围急[3]。督相史忠烈公知势不可为[4]，集诸将而语之曰："吾誓与城为殉，然仓皇中不可落于敌人之手以死，谁为我临期成此大节者？"副将军史德威慨然任之。忠烈喜曰："吾尚未有子，汝当以同姓为吾后。吾上书太夫人，谱汝诸孙中[5]。"

二十五日城陷，忠烈拔刀自裁，诸将果争前抱持之。忠烈大呼"德威"，德威流涕，不能执刃，遂为诸将所拥而行。至小东门，大兵如林而至，马副使鸣騄、任太守民育及诸将刘都督肇基等皆死。忠烈乃瞠目曰："我史阁部也。"被执至南门。和硕豫亲王以先生呼之[6]，劝之降。忠烈大骂而死。初，忠烈遗言："我死当葬梅花岭上。"至是，德威求公之骨不可得，乃以衣冠葬之。

或曰："城之破也，有亲见忠烈青衣乌帽，乘白马，出天宁门投江死者，未尝殉于城中也。"自有是言，大江南北遂谓忠烈未死。已而英、霍山师大起[7]，皆托忠烈之名，仿佛陈涉之称项燕[8]。吴中孙公兆奎以起兵不克[9]，执至白下[10]。经略洪承畴与之有旧[11]，问曰："先生在兵间，审知故扬州阁部史公果死耶[12]，抑未死耶？"孙公答曰："经略从北来，审知故松山殉难督师洪公果死耶[13]，抑未死耶？"承畴大恚[14]，急呼麾下驱出斩之。呜呼！神仙诡诞之说，谓颜太师以兵解[15]，文少保亦以悟大光明法蝉脱[16]，实未尝死。不知忠义者圣贤家法，其气浩然，常留天地之间，何必出世入世之面目[17]！神仙之说，所谓为蛇画足。即如忠烈遗骸，不可问矣，百年而后，予登岭上，与客述忠烈遗言，无不泪下如雨，想见当日围城光景，此即忠烈之面目宛然可遇，是不必问其果解脱否也，而况冒其未死之名者哉？

墓旁有丹徒钱烈女之冢[18]，亦以乙酉在扬，凡五死而得绝[19]，特告其父母火之，无留骨秽地[20]，扬人葬之于此。江右王猷定、关中黄遵严、粤东屈大均为作传、铭、哀词[21]。顾尚有未尽表章者[22]：予闻忠烈兄弟，自翰林可程下[23]，尚有数人，其后皆来江都省墓。适英、霍山师败，捕得冒称忠烈者，大将发至江都，令史氏男女来认之。忠烈之第八弟已亡，其夫人年少有色，守节，亦出视之。大将艳其色，欲强娶之，夫人自裁而死。时以其出于大将之所逼也，莫敢为之表章者。呜呼！忠烈尝恨可程在北，当易姓之间[24]，不能仗节，出疏纠之[25]。岂知身后乃有弟妇，以女子而踵兄公之余烈乎？梅花如雪，芳香不染。异日有作忠烈祠者，副使诸公谅在从祀之列，当另为别室以祀夫人，附以烈女一辈也。

【注释】

[1] 梅花岭：在扬州原广储门外，是明朝州守吴秀挖河泥堆起的土丘，丘上栽种梅花，因而名为梅花岭。明末史可法守扬州，城陷殉国，葬衣冠于梅花岭。

[2] 顺治二年乙酉：公元 1645 年。顺治，清世祖年号，共使用 18 年。

[3] 江都：扬州。

[4] 督相史忠烈公：史可法，字宪之，号道邻，河南祥符（今河南开封）人。清兵入关后，明朝福王朱由崧在南京称帝。史可法任兵部尚书、大学士，遭奸臣排挤，遂自请到扬州督师抗清，后孤军奋战，兵败被俘，英勇殉国。明代大学士相当于宰相，史可法以大学士身份督师，所以被称为"督相"。忠烈，史可法的谥号。

[5] 谱汝诸孙中：把你的名字加到家谱里，列入孙辈。

[6] 和硕豫亲王：多铎（1614—1649 年），努尔哈赤的第十五子。和硕，满洲语，是加于亲王、公主称号前的尊称。

[7] 英、霍山师：英山、霍山（皆在今安徽）的抗清义军。

[8] 陈涉之称项燕：秦末陈胜起义借用楚国已故大将项燕的名义。

[9] 孙公兆奎：孙兆奎，字君昌，江苏吴江人，与同乡吴易一起起兵抗清，号"孙吴军"。

[10] 白下：古地名，在今南京附近。唐高祖将金陵更名为白下。

[11] 洪承畴：字彦演，号亨九，福建人，原明兵部尚书，松山一役兵败降清。清兵南下，他被委任为七省经略，当时驻扎在江宁。

[12] 审知：确切地知道。

[13] 松山殉难：洪承畴以兵部尚书的身份督师松山，战败被俘，明廷以为他已经殉国，崇祯帝亲自设坛祭吊，却不知他已经降清。

[14] 恚（huì）：愤怒，痛恨。

[15] 颜太师：唐代名臣颜真卿，字清臣，京兆万年（今陕西西安）人，官至吏部尚书、太子太师，封鲁郡公。唐德宗时，颜真卿为叛将李希烈所杀。传说他在被杀时成仙了。兵解：通过兵器来解脱躯壳而成仙，这是道教常有的说法。

[16] 文少保：南宋文天祥，曾任少保。元兵南侵时，他曾任右丞相，领导抗元斗争，后兵败被俘，遭囚禁多年，最后从容就义。他在狱中有诗云："谁知真患难，忽遇大光明。"诗句本意是说在患难中反而悟到人生真谛。后人就说，他悟大光明佛法而解脱成佛。蝉脱：即蝉蜕，此处喻人像蝉脱壳一样留下了躯壳。

[17] 出世入世：佛家语。出世是脱离俗世，入世是生活于人世。

[18] 冢：坟墓。

[19] 凡五死：共自杀了五次。

[20] 秽地：玷污土地。

[21] 王猷定：明末清初散文家，字于一，号轸石，江西南昌人，曾在史可法幕中承担文书工作，明亡后隐居不出，著有《四照堂集》。屈大均，明末清初著名诗人，字介子、翁山，广东人，曾参加抗清斗争，兵败后一度削发为僧，著有《翁山诗外》《翁山文外》。

[22] 顾：只不过。

[23] 可程：史可程，史可法的弟弟，明崇祯进士，曾任翰林院庶吉士，李自成攻破北京后，史可程投降。

[24] 易姓：指改朝换代。

[25] 出疏纠之：写奏章弹劾他。

【品读】

在中华传统文化中，梅花历来是高洁的象征，歌颂梅花的文学作品数不胜数。《梅花岭记》则是这些作品中，给人印象比较特别的一篇。

这篇作品的重点其实不在于描写梅花，而在于述说抗清名臣史可法从容就义的事迹和他宁死不屈的浩然正气。文章大体可以分为三部分：第一部分是他面对无法抵御的强敌从容地做出了殉国的抉择；第二部分是对于他赴死的种种看法以及作者的议论；第三部分是两位同样从容赴死的女性的事迹。全篇只有两处提到梅花：一处是史可法在安排后事时，特意提到要埋骨梅花岭；另一处是篇末插入的"梅花如雪，芳香不染"。就文章结构来看，这两处都有些突兀，但也恰恰是引起读者注意的地方，作者自有深意。这两处看似不经意的穿插，犹如"墙角数枝梅，凌寒独自开"（王安石诗句）、"雪虐风饕亦自如"（陆游诗句），从而含蓄地把史可法的精神境界做了艺术化的提升。

作为一篇以记人为主的文章，本文正面描写史可法的笔墨并不多，但能给读者留下深刻印象，其原因就在于作者把人物所处的情境与其言行联系、对比，在巨大的反差中表现史可法顶天立地的英雄情怀。本文先写史可法决心赴死、安排后事的情境。当史德威表示愿意帮助他殉国时，他的表现是"喜曰"，并把史德威收为族亲。接下来的情境是敌军"如林而至"，战友纷纷战死，他的表现是挺身而出，"瞠目"怒喝。第三个情境是被俘后敌酋做出礼贤下士的姿态，而他的回应是"大骂而死"。作者将这些细节置于特定的情境中，使人物英勇无畏的英雄气概更加鲜明，令读者肃然起敬。

【思考题】

一、文中所讲的"忠烈之面目"指什么？为什么作者说史可法是否解脱并不重要？

二、联系《正气歌》，分析文天祥、史可法的生死观。

三、文中为何穿插介绍洪承畴审问孙兆奎之事，作者的用意是什么？其效果如何？

断 魂 枪

老 舍

老舍（1899—1966 年），原名舒庆春，字舍予，笔名老舍，满族正红旗人，生于北京，中国现代小说家、戏剧家，杰出的语言大师、人民艺术家，中华人民共和国第一位获得"人民艺术家"称号的作家。著有小说《四世同堂》《猫城记》《牛天赐传》《骆驼祥子》《月牙儿》《断魂枪》等，话剧《龙须沟》《茶馆》等。

老舍创作四十余年，写尽城市生活中的各色人等，具有浓郁的市井风味和地方特色。他的文学语言通俗简易，朴实无华，幽默诙谐，具有较强的北京韵味。《断魂枪》是老舍 20 世纪 30 年代创作的一系列短篇小说中的精品之一，这是一部在市井日常生活中书写中国文化命运的力作。

沙子龙的镖局已改成客栈。

东方的大梦没法子不醒了。炮声压下去马来与印度野林中的虎啸。半醒的人们，揉着眼，祷告着祖先与神灵。不大会儿，失去了国土、自由与主权。门外立着不同面色的人，枪口还热着。他们的长矛毒弩，花蛇斑彩的厚盾，都有什么用呢，连祖先与祖先所信的神明全不灵了啊！龙旗的中国也不再神秘，有了火车呀，穿坟过墓破坏着风水。枣红色多穗的镖旗，绿鲨皮鞘的钢刀，响着串铃的口马，江湖上的智慧与黑话，义气与声名，连沙子龙，他的武艺、事业，都梦似的变成昨夜的。今天是火车、快枪，通商与恐怖。听说，有人还要杀下皇帝的头呢！

这是走镖已没有饭吃，而国术还没被革命党与教育家提倡起来的时候。

谁不晓得沙子龙是短瘦、利落、硬棒，两眼明得像霜夜的大星？可是，现在他身上放了肉。镖局改了客栈，他自己在后小院占着三间北房，大枪立在墙角，院子里有几只楼鸽。只是在夜间，他把小院的门关好，熟习熟习他的"五虎断魂枪"。这条枪与这套枪，二十年的工夫，在西北一带，给他创出来"神枪沙子龙"五个字，没遇见过敌手。现在，这条枪与这套枪不会再替他增光显胜了。只是摸摸这凉、滑、硬而发颤的杆子，使他心中少难过一些而已。只有在夜间独自拿起枪来，才能相信自己还是"神枪沙"。在白天，他不大谈武艺与往事。他的世界已被狂风吹了走。

在他手下创练起来的少年们还时常来找他。他们大多数是没落子的，都有点武艺，可是没地方去用。有的在庙会上去卖艺：踢两趟腿，练套家伙，翻几个跟头，附带着卖点大力丸，混个三吊两吊的。有的实在闲不起了，去弄筐果子，或挑些毛豆角，赶早儿在街上论斤吆喝出去。那时候，米贱肉贱，肯卖膀子力气本来可以混个肚儿圆。他们可是不成：肚量既大，而且得吃口管事儿的；干饽饽辣饼子咽不下去。况且他们还时常去走会：五虎棍，开路，太狮少狮……虽然算不了什么——比起走镖来——可是到底有个机会活动活动，露露脸。是的，走会捧场是买脸的事，他们打扮的得像个样儿，至少得有条青洋绸裤子，新漂白细市布的小褂，和一双鱼鳞洒鞋——顶好是青缎子抓地虎靴子。他们是神枪沙子龙的徒弟——虽然沙子龙并不承认——得到处露脸，走会得赔上俩钱，说不定还得打场架。没钱，上沙老师那里去求。沙老师不含糊，多少不拘，不让他们空着手儿走。可是，为打架或献技去讨教一个招数，或是请给说个"对子"——什么空手夺刀，或虎头钩进枪——沙老师有时说句笑话，马虎过去："教什么？拿开水浇吧！"有时直接把他们赶出去。他们不大明白沙老师是怎么了，心中也有点不乐意。

可是，他们到处为沙老师吹腾。一来是愿意使人知道他们的武艺有真传授，受过高人的指教。二来是为激动沙老师：万一有人不服气而找上老师来，老师难道还不露一两手真的么？所以：沙老师一拳就砸倒了个牛！沙老师一脚把人踢到房上去，并没使多大的劲！他们谁也没见过这种事，但是说着说着，他们相信这是真的了，有年月，有地方，千真万确，敢起誓！

王三胜——沙子龙的大伙计——在土地庙拉开了场子，摆好了家伙。抹了一鼻子茶叶末色的鼻烟，他抢了几下竹节钢鞭，把场子打大一些。放下鞭，没向四围作揖，又着腰念了两句："脚踢天下好汉，拳打五路英雄！"向四围扫了一眼："乡亲们，王三胜不是卖艺的；玩艺儿会几套，西北路上走过镖，会过绿林中的朋友。现在闲着没事，拉个场子陪诸位玩玩。有爱练的尽管下来，王三胜以武会友，有赏脸的，我陪着。神枪沙子龙是我的师傅，玩艺地道！诸位，有愿下来的没有？"他看着，准知道没人敢下来，他的话硬，可是那条钢鞭更硬，十八斤重。

王三胜，大个子，一脸横肉，努着对大黑眼珠，看着四围。大家不出声。他脱了小褂，紧了紧深月白色的"腰里硬"，把肚子杀进去。给手心一口唾沫，抄起大刀来："诸位，王三胜先练趟瞧瞧。不白练，练完了，带着的扔几个；没钱，给喊个好，助助威。这儿没生意口。好，上眼！"

大刀靠了身，眼珠努出多高，脸上绷紧，胸脯子鼓出，像两块老桦木根子。一跺脚，刀横起，大红缨子在肩前摆动。削砍劈拨，蹲越闪转，手起风生，忽忽直响。忽然刀在右手心上旋转，身弯下去，四围鸦雀无声，只有缨铃轻叫。刀顺过来，猛的一个"跺泥"，身子直挺，比众人高着一头，黑塔似的。收了势："诸位！"一手持刀，一手叉腰，看着四围。稀稀的扔下几个铜钱，他点点头。"诸位！"他等着，等着，地上依旧是那几个亮而削薄的铜钱，外层的人偷偷散去。他咽了口气："没人懂！"他低声地说，可是大家全听见了。

"有功夫！"西北角上一个黄胡子老头儿答了话。

"啊？"王三胜好似没听明白。

"我说：你——有——功——夫！"老头子的语气很不得人心。

放下大刀，王三胜随着大家的头往西北看。谁也没看重这个老人：小干巴个儿，披着件粗蓝布大衫，脸上窝窝瘪瘪，眼陷进去很深，嘴上几根细黄胡，肩上扛着条小黄草辫子，有筷子那么细，而绝对不像筷子那么直顺。王三胜可是看出这老家伙有功夫，脑门亮，眼睛亮——眼眶虽深，眼珠可黑得像两口小井，深深的闪着黑光。王三胜不怕：他看得出别人有功夫没有，可更相信自己的本事，他是沙子龙手下的大将。

"下来玩玩，大叔！"王三胜说得很得体。

点点头，老头儿往里走。这一走，四外全笑了。他的胳臂不大动，左脚往前迈，右脚随着拉上来，一步步的往前拉扯，身子整着，像是患过瘫痪病。蹭到场中，把大衫扔在地上，一点没理会四围怎样笑他。

"神枪沙子龙的徒弟，你说？好，让你使枪吧；我呢？"老头子非常的干脆，很像久想动手。

人们全回来了，邻场耍狗熊的无论怎么敲锣也不中用了。

"三截棍进枪吧？"王三胜要看老头子一手，三截棍不是随便就拿得起来的家伙。

老头子又点点头，拾起家伙来。

王三胜努着眼，抖着枪，脸上十分难看。

老头子的黑眼珠更深更小了，像两个香火头，随着面前的枪尖儿转，王三胜忽然觉得不舒服，那俩黑眼珠似乎要把枪尖吸进去！四外已围得风雨不透，大家都觉出老头子确是有威。为躲那对眼睛，王三胜耍了个枪花。老头子的黄胡子一动："请！"王三胜一扣枪，向前躬步，枪尖奔了老头子的喉头去，枪缨打了一个红旋。老人的身子忽然活展了，将身微偏，让过枪尖，前把一挂，后把撩王三胜的手。拍，拍，两响，王三胜的枪撒了手。场外叫了好。王三胜连脸带胸口全紫了，抄起枪来；一个花子，连枪带人滚了过来，枪尖奔了老人的中部。老头子的眼亮得发着黑光；腿轻轻一屈，下把掩裆，上把打着刚要抽回的枪杆；拍，枪又落在地上。

场外又是一片彩声。王三胜流了汗，不再去拾枪，努着眼，木在那里。老头子扔下家伙，拾起大衫，还是拉拉着腿，可是走得很快了。大衫搭在臂上，他过来拍了王三胜一下："还得练哪，伙计！"

"别走！"王三胜擦着汗："你不离，姓王的服了！可有一样，你敢会会沙老师？"

"就是为会他才来的！"老头子的干巴脸上皱起点来，似乎是笑呢。"走；收了吧；晚饭我请！"

王三胜把兵器拢在一处，寄放在变戏法二麻子那里，陪着老头子往庙外走。后面跟着不少人，他把他们骂散了。

"你老贵姓？"他问。

"姓孙哪，"老头子的话与人一样，都那么干巴，"爱练；久想会会沙子龙。"

沙子龙不把你打扁了！王三胜心里说。他脚底下加了劲，可是没把孙老头落下。他看出来，老头子的腿是老走着查拳门中的连跳步；交起手来，必定很快。但是，无论他怎么快，沙子龙是没对手的。准知道孙老头要吃亏，他心中痛快了些，放慢了些脚步。

"孙大叔贵处？"

"河间的，小地方。"孙老者也和气了些："月棍年刀一辈子枪，不容易见功夫！说真的，你那两手就不坏！"

王三胜头上的汗又回来了，没言语。

到了客栈，他心中直跳，唯恐沙老师不在家，他急于报仇。他知道老师不爱管这种事，师弟们已碰过不少回钉子，可是他相信这回必定行，他是大伙计，不比那些毛孩子。再说，人家在庙会上点名叫阵，沙老师还能丢这个脸么？

"三胜，"沙子龙正在床上看着本《封神榜》，"有事吗？"

三胜的脸又紫了，嘴唇动着，说不出话来。

沙子龙坐起来，"怎么了，三胜？"

"栽了跟头！"

只打了个不甚长的哈欠，沙老师没别的表示。

王三胜心中不平，但是不敢发作；他得激动老师："姓孙的一个老头儿，门外等着老师呢；把我的枪，枪，打掉了两次！"他知道"枪"字在老师心中有多大分量。没等吩咐，他慌忙跑出去。

客人进来，沙子龙在外间屋等着呢。彼此拱手坐下，他叫三胜去泡茶。三胜希望两个老人立刻交了手，可是不能不沏茶去。孙老者没话讲，用深藏着的眼睛打量沙子龙。沙很客气："要是三胜得罪了你，不用理他，年纪还轻。"

孙老者有些失望，可也看出沙子龙的精明。他不知怎样好了，不能拿一个人的精明断定他的武艺。"我来领教领教枪法！"他不由地说出来。

沙子龙没接碴儿。王三胜提着茶壶走进来——急于看二人动手，他没管水开了没有，就沏在壶中。

"三胜，"沙子龙拿起个茶碗来，"去找小顺们去，天汇见，陪孙老者吃饭。"

"什么！"王三胜的眼珠几乎掉出来。看了看沙老师的脸，他敢怒而不敢言地说了声"是啦！"走出去，撅着大嘴。

"教徒弟不易！"孙老者说。

"我没收过徒弟。走吧，这个水不开！茶馆去喝，喝饿了就吃。"沙子龙从桌子上拿起缎子褡裢，一头装着鼻烟壶，一头装着点钱，挂在腰带上。

"不，我还不饿！"孙老者很坚决，两个"不"字把小辫从肩上抡到后边去。

"说会子话儿。"

"我来为领教领教枪法。"

"功夫早搁下了，"沙子龙指着身上，"已经放了肉！"

"这么办也行，"孙老者深深地看了沙老师一眼："不比武，教给我那趟五虎断魂枪。"

"五虎断魂枪?"沙子龙笑了:"早忘干净了!早忘干净了!告诉你,在我这儿住几天,咱们各处逛逛,临走,多少送点盘缠。"

"我不逛,也用不着钱,我来学艺!"孙老者立起来,"我练趟给你看看,看够得上学艺不够!"一屈腰已到了院中,把楼鸽都吓飞起去。拉开架子,他打了趟查拳:腿快,手飘洒,一个飞脚起去,小辫儿飘在空中,像从天上落下来一个风筝;快之中,每个架子都摆得稳、准、利落;来回六趟,把院子满都打到,走得圆,接得紧,身子在一处,而精神贯串到四面八方。抱拳收势,身儿缩紧,好似满院乱飞的燕子忽然归了巢。

"好!好!"沙子龙在台阶上点着头喊。

"教给我那趟枪!"孙老者抱了抱拳。

沙子龙下了台阶,也抱着拳:"孙老者,说真的吧;那条枪和那套枪都跟我入棺材,一齐入棺材!"

"不传?"

"不传!"

孙老者的胡子嘴动了半天,没说出什么来。到屋里抄起蓝布大衫,拉拉着腿:"打搅了,再会!"

"吃过饭走!"沙子龙说。

孙老者没言语。

沙子龙把客人送到小门,然后回到屋中,对着墙角立着的大枪点了点头。

他独自上了天汇,怕是王三胜们在那里等着。他们都没有去。

王三胜和小顺们都不敢再到土地庙去卖艺,大家谁也不再为沙子龙吹胜;反之,他们说沙子龙栽了跟头,不敢和个老头儿动手;那个老头子一脚能踢死个牛。不要说王三胜输给他,沙子龙也不是他的对手。不过呢,王三胜到底和老头子见了个高低,而沙子龙连句硬话也没敢说。"神枪沙子龙"慢慢似乎被人们忘了。

夜静人稀,沙子龙关好了小门,一气把六十四枪刺下来;而后,挂着枪,望着天上的群星,想起当年在野店荒林的威风。叹一口气,用手指慢慢摸着凉滑的枪身,又微微一笑:"不传!不传!"

【品读】

老舍的《断魂枪》发表于 1935 年,是现代文学史上最优秀的短篇小说之一。小说蕴含着丰富的社会历史文化主题,表达了老舍对中国传统文化在现代化过程中的遭遇的反思。

老舍曾说:"一种文化的生存,必赖它有自我批判,时时矫正自己,充实自己。以老牌自夸自傲,固执地拒绝更进一步,是自取灭亡……由于个人的自私保守,祖国有多少宝贵的遗产都被埋葬掉了。"作者刻画的末路英雄沙子龙形象,就是这种文化意识的注脚。沙子龙不得不亲手埋葬自己昔日的辉煌,将充满传统气质的文化送进那个"活棺材"之中。沙子龙之所以淡出世俗,淡出江湖,淡出历史,其根本原因就在于他清醒地意识到,"今天是火车、快枪,通商与恐怖"的时代,在现代战争中,决定胜负的不再是人的绝技,而是现代化的技术。沙子龙清醒地意识到自身的问题，只能空怀"五虎断魂枪"的绝技而孤芳自赏。他显然不是和时代变动正面对抗的人物，他似乎颇识时务，能够与时俱进。既然祖先信奉的神灵都不再灵验，既然"走镖已没有饭吃"，他也就不再留恋旧业。他不仅及时把镖局改成了客栈，连他的武艺，包括他自创的绝技"五虎断魂枪"，也被弃之一旁，甚至旧日镖局里的徒弟前来求教时，他也不肯传授。这些做法无疑都是明智的，是他意识到民族悲剧的表现。从某种意义上说，他是一个先觉者。但他又是无奈的，因为他根本不清楚自己要往哪里去，找不到传统文化在现代社会中的延续点和连接线。

作品并没有简单化地处理处于特殊时代境遇之中的沙子龙形象，而是十分注重写出他思想性格的丰富性和复杂性，着力刻画了他心灵深处的矛盾冲突以及他在这种矛盾冲突中异于常人的理性。作品既浓墨重彩地展现了沙子龙选择放弃时的决然与果断，又以点睛之笔，含蓄地刻画了沙子龙内心的苦涩与无奈，从而完成了对人物形象的塑造，深化了作品的思想主题。欲扬先抑手法、传统的白描手法的使用，呈现出人物丰富而复杂的内心世界。

【思考题】

一、"知其不可而为之"是一种凛然之气。试结合特定的历史背景和文化氛围，感悟人物内心世界的苍凉和悲壮。这体现了怎样的人文精神？

二、将历史眼光和现代观念结合起来，感悟传统文化与现代性的关系，思考在当代中国如何发扬传统文化的魅力。

三、试分析沙子龙这个人物形象的特征。从沙子龙身上，你看到什么样的文化内容？

四、本文在艺术表现手法方面有哪些鲜明的特点？

正　气　歌

文天祥

文天祥（1236—1283年），字履善，一字宋瑞，号文山，吉州吉水（今江西吉安）人。南宋末年政治家、文学家。宝祐四年（1256年）进士第一。德祐年间，元兵南下，他组织义军，任右丞相，入元军营谈判，被扣留。逃脱后与陆秀夫等继续坚持抗元，曾收复州县多处，后兵败被俘。元廷多次威逼利诱，他坚贞不屈，被囚禁数年后在大都（今北京）从容就义。文天祥被俘后，作有《过零丁洋》诗以明志，其中，"人生自古谁无死，留取丹心照汗青"成为千古名句。有《文山先生全集》。

予囚北庭，坐一土室，室广八尺，深可四寻[1]，单扉低小，白间短窄[2]，污下而幽暗。当此夏日，诸气萃然：雨潦四集，浮动床几，时则为水气；涂泥半朝，蒸沤历澜[3]，时则为土气；乍晴暴热，风道四塞，时则为日气；檐阴薪爨，助长炎虐，时则为火气；仓腐寄顿[4]，陈陈逼人，时则为米气；骈肩杂遝，腥臊污垢，时则为人气；或圊溷[5]、或毁尸、或腐鼠，恶气杂出，时则为秽气。叠是数气，当侵沴，鲜不为厉[6]。而予以羸弱，俯仰其间[7]，于兹二年矣，无恙。是殆有养致然尔。然亦安知所养何哉？孟子曰："我善养吾浩然之气。"[8] 彼气有七，吾气有一，以一敌七，吾何患焉！况浩然者，乃天地之正气也。作《正气歌》一首。

天地有正气，杂然赋流形[9]。
下则为河岳，上则为日星。
于人曰浩然，沛乎塞苍冥。
皇路当清夷[10]，含和吐明庭。
时穷节乃见，一一垂丹青[11]。
在齐太史简[12]，在晋董狐笔[13]。
在秦张良椎[14]，在汉苏武节[15]。
为严将军头[16]，为嵇侍中血[17]。
为张睢阳齿[18]，为颜常山舌[19]。
或为辽东帽[20]，清操厉冰雪。
或为《出师表》[21]，鬼神泣壮烈。
或为渡江楫[22]，慷慨吞胡羯。
或为击贼笏[23]，逆竖头破裂。
是气所磅礴，凛烈万古存。
当其贯日月，生死安足论。
地维赖以立[24]，天柱赖以尊。
三纲实系命[25]，道义为之根。
嗟予遘阳九[26]，隶也实不力[27]。
楚囚缨其冠[28]，传车送穷北[29]。
鼎镬甘如饴[30]，求之不可得。
阴房阗鬼火[31]，春院闭天黑[32]。
牛骥同一皂[33]，鸡栖凤凰食。
一朝蒙雾露[34]，分作沟中瘠[35]。
如此再寒暑，百沴自辟易[36]。
嗟哉沮洳场[37]，为我安乐国。
岂有他谬巧[38]，阴阳不能贼[39]。
顾此耿耿在，仰视浮云白[40]。
悠悠我心忧，苍天曷有极[41]。
哲人日已远，典刑在夙昔[42]。
风檐展书读，古道照颜色[43]。

【注释】

[1] 寻：古时的长度单位，一寻为八尺。

[2] 白间：指不施油漆的窗子。

[3] 沥澜：翻起泥浆。

人生自古谁无死
留取丹心照汗青

[4] 仓腐：腐烂的粮食。寄顿：堆放。

[5] 圊（qīng）溷（hùn）：厕所。

[6] 鲜：很少。为厉：发生祸害。

[7] 俯仰：这里指起居。

[8] "我善"句：语出《孟子·公孙丑上》。

[9] 杂然：聚合貌。赋：赋予。这里是在表达理学的"气生万物"思想。

[10] 皇路：国运。清夷：清平，太平。

[11] 丹青：图画。这一句是流芳百世的意思。

[12] 太史简：春秋时齐国大夫崔杼杀齐庄公，齐国的太史在史册中写道："崔杼弑其君。"后太史被杀。太史的兄弟前仆后继，终于将此事记录到史册上。

[13] 董狐笔：春秋时，晋灵公被重臣赵穿所杀，史官董狐按照儒家所认可的"春秋笔法"对此进行记录，得到孔子的夸奖。

[14] 张良椎：秦始皇巡游天下时，张良招募刺客，在博浪沙以大铁椎伏击出巡的秦始皇。

[15] 苏武节：汉武帝时，苏武出使匈奴被扣留，坚贞不屈，牧羊于苦寒荒野十九年，始终不放下作为汉朝使者身份象征的符节。

[16] 严将军：东汉末年，刘璋的部将严颜被张飞俘虏后，面对张飞的威吓，厉声答道："我州但有断头将军，无有降将军也。"

[17] 嵇侍中：嵇绍，字延祖，魏晋名士嵇康之子，官侍中。随晋惠帝讨伐叛军，兵败众散，他以身体掩护晋惠帝，被乱箭射死，血溅帝衣。乱平后，晋惠帝保留衣上血迹，道："此嵇侍中血，勿去。"

[18] 张睢阳：张巡，唐邓州南阳（今河南南阳）人，官真源令，安史之乱中与睢阳太守许远死守睢阳阻挡叛军，每次督战时大声呼喊，"眦裂血流，齿牙皆碎"。

[19] 颜常山：颜杲卿，字昕，唐京兆万年（今陕西西安）人，安史之乱起，他以常山太守起兵讨伐叛军，失败后被俘，他大骂安禄山不止，被叛军割去舌头。

[20] 辽东帽：东汉末年，辽东人士管宁抱德怀贞，隐居不仕，出入常戴黑帽，着布衣。他曾与华歆交好，后发现其操守有亏，便割席绝交。

[21]《出师表》：三国时蜀相诸葛亮秉持"汉贼不两立"的信念，出师北伐，上表后主请战。前后两篇《出师表》后来成为千古传诵的名篇。

[22] 渡江楫：西晋末东晋初，北方被匈奴占据，豫州太守祖逖率众渡江北伐，船行驶到江心时，他击楫发誓："祖逖不能清中原而复济者，有如大江！"

[23] 击贼笏：唐德宗时，朱泚谋反，欲拉拢段秀实。段不肯同流合污，以笏板击伤朱泚，后段被叛贼杀害。

[24] 地维：系住地的大绳。古人认为天圆地方，天有九柱支撑，地有四维牵系。

[25] 三纲：封建时代基本的道德原则，即君为臣纲、父为子纲、夫为妻纲。

[26] 遘阳九：遭逢厄运。古代术士称"阳九"为灾年。

[27] 隶：自己服务于朝廷。

[28] 楚囚：春秋时楚人钟仪被俘，囚于晋国，始终戴着南冠。这里有不忘故国的意思。

[29] 传（zhuàn）车：驿车。

[30] 鼎镬：古代有以鼎镬烹人的酷刑，这里指处死。镬，无足的鼎。

[31] 阒（qù）：静悄悄。

[32]"春院"句：虽是春天，院门关得紧紧的，照样一片漆黑。

[33] 牛骥：比喻平庸的人和杰出的人，指自己同普通的罪囚关押在一起。皂：牛马吃草的槽。

[34] 蒙雾露：指因天气恶劣生病。

[35] 分作：恐怕应该变作。瘠：通"胔"，肉未烂尽的尸体。《说苑·善说》："死之则不免为沟中之瘠，不死则功复用于天下。"

[36] 辟易：退避。

[37] 沮（jù）洳（rù）场：低下潮湿的地方，指牢狱。

[38] 谬巧：花招。

[39] 阴阳：泛指外界杂气。贼：害。

[40] 浮云：孔子曾讲过，"不义而富且贵，于我如浮云"（《论语·述而》），这里化用其意。

[41] 苍天曷有极：化用《诗经·唐风·鸨羽》"悠悠苍天，曷其有极"句。这里意思是我的忧伤同苍天一样广阔无边。

[42] 典刑：同"典型"，榜样。

[43] 古道：古人所走的正道，指先辈的美德。颜色：神色。

【品读】

这首《正气歌》之所以千古流传，不仅仅是因为内容充实或写作技巧高超，主要是这首诗是以生命铸就，是以热血写成。文天祥面临的选择不是小利小义，而是生存还是死亡，死节还是叛变。在这人生最大的考验面前，他从传统文化中汲取了力量，找到了强大的精神支柱，写出了这首掷地有声的正义颂歌。

《正气歌》前面的序文是十分少见的，却是作品不可或缺的一部分。序文中提出了七种邪气，都是人所难以忍受的。七气叠加，足以置人于死地，作者却安然无恙。接下来，作者便引出孟子的"浩然之气"说，再引申一步，提出了天地正气的看法。这样写，在"气"的问题上做出强烈对比，既是恶劣环境与自己精神世界的对比，也隐含着正与邪的对比，给读者留下深刻印象，成为全诗的基础。

这首诗是以精神震撼力见长的。这种力量的产生源于三个方面。一是立意高远。作者把个人的精神操守同天地的本质属性联系起来，从"下则为河岳，上则为日星"到"贯日月""地维""天柱"，赋予"正气"以最高的价值。二是文中列举的十二位典型人物。作者用了强有力的排比手法，一气呵成，产生了不可阻挡的气势。句式有所变化，更生跌宕慷慨的效果。三是采用对比，即正气与邪气的对比，物质环境与精神力量的对比，死亡威胁与自己从容淡定的对比，在对比中凸显正气的崇高。

【思考题】

一、谈谈你对人生中"正气"价值的看法。

二、试用现代散文来叙述十二位典型人物的事迹，要求简练而有气势。

第六单元

铁 骨 柔 肠

　　铁骨指刚强不屈的骨气，柔肠指柔曲的心肠。军人就应该有铁骨柔肠，他们用铮铮铁骨面对困难，面对敌人；将寸寸柔肠献给人民，献给家庭。军人外表有多刚强，内心就有多柔软。中华传统典籍中的很多优秀篇目，都展现了军人的铁骨柔肠。

　　军人的铁骨柔肠反映在军旅生涯的方方面面，既有《诗经·王风·君子于役》"君子于役，如之何勿思"和李白《春思》"当君怀归日，是妾断肠时"中妻子对丈夫的思念；也有《诗经·豳风·东山》中"我徂东山，慆慆不归"中征人思归的期盼；又有《新婚别》中"君今往死地，沉痛迫中肠"中妻子对丈夫的真挚感情；还有《逢入京使》中"故园东望路漫漫，双袖龙钟泪不干"中对故土家园的强烈思念。

　　军人绝不是只知杀戮的战争机器，他们也是有血有肉的普通人。只是因为祖国和人民的召唤，他们才背井离乡，离开家人戍守一方，把心中的浓烈情感暂时冷藏，化成点点泪水、滴滴汗水、浓浓血水，汇入祖国的大江大河，留在神州的高山海岛，锻造成听党指挥的忠肝义胆，涵养成保家卫国的铁血丹心，融化成献身人民的赤子之情，凝聚成新时代军人的铁骨柔肠。

王风[1]·君子于役[2]

《诗经》

君子于役，不知其期[3]，曷至哉[4]？
鸡栖于埘[5]，日之夕矣，羊牛下来[6]。
君子于役，如之何勿思[7]！
君子于役，不日不月[8]，曷其有佸[9]？
鸡栖于桀[10]，日之夕矣，羊牛下括[11]。
君子于役，苟无饥渴[12]？

【注释】

[1] 王风：王都之风，即东周都城洛邑一带的民歌。《诗经》十五国风之一，今存十篇。

[2] 于：往。役：服劳役。

[3] 期：指服役的期限。

[4] 曷（hé）：何时。至：归家。一说"曷至哉"意为"到哪儿了呢"。

[5] 埘（shí）：鸡舍，由墙壁上挖洞做成。

[6] 下来：归圈。

[7] 如之何勿思：如何不思。如之，犹说"对此"。

[8] 不日不月：没法用日月来计算时间。

[9] 有佸：相会，来到。

[10] 桀：鸡栖木。一说指用木头搭成的鸡窝。

[11] 括：相会，聚集。

[12] 苟：且，或许。一说意为"但愿"。

【品读】

《王风·君子于役》写妻子怀念远行服役的丈夫。此诗叙述了日常生活中的情景，鸡进笼了，牛羊回圈了，而自己的丈夫还没有回来，用朴素的自然景象来表达思念之情，合情合理，恰如其分，感人肺腑。诗歌在结构上采用重章叠句的艺术形式，语言朴素简练，状景言情，真实纯朴，描绘出真挚动人的生活画卷。"不知其期""不日不月"，都是女主人公在等待丈夫归来，这种归期不定的情形，好像每天都有希望，结果每天都是失望。正是在这样的情境中，女主人公带着叹息问出了"曷至哉"这样的问题。

劳作的日子是辛劳的，但到了黄昏来临之际，一切归于平和、安静和恬美。可是在这首诗里，丈夫犹在远方，妻子生活中的缺损在这一刻也就显得最为强烈了，所以她如此怅惘地期待着。全诗的末句，把妻子的期待转变为对丈夫的牵挂和祝愿：不归来也就罢了，但愿他在外不要忍饥受渴吧。这也是最平常的话，但其中包含的感情却是那样真挚。这首古老的歌谣，以不加修饰的语言直接地触动了人心中最柔软的地方。

【思考题】

一、诗歌是如何营造日暮怀人的情境的？

二、诗歌是怎样用写景来言情的？

卫风·伯兮[1]

《诗经》

伯兮朅兮[2]，邦之桀兮[3]。伯也执殳[4]，为王前驱[5]。
自伯之东[6]，首如飞蓬[7]。岂无膏沐[8]？谁适为容[9]？
其雨其雨[10]，杲杲出日[11]。愿言思伯[12]，甘心首疾[13]。
焉得谖草[14]？言树之背[15]。愿言思伯，使我心痗[16]。

【注释】

[1] 卫风：《诗经》十五国风之一，今存十篇。伯：兄弟姐妹中年长者称伯，在此诗中，"伯"系女子对丈夫的称呼。

[2] 朅（qiè）：勇武高大的样子。

[3] 桀：同"杰"，杰出。

[4] 殳（shū）：古代兵器，杖类，长一丈二尺。

[5] 王：诸侯在自己的封地内可以称王。

[6] 之东：去往东方。

[7] 飞蓬：头发散乱貌。

[8] 膏：妇女润发的油脂。沐：洗。

[9] 谁适：即对谁、为谁的意思。适：当；一说"悦"，喜欢。

[10] 其雨：祈使句，盼望下雨的意思。

[11] 杲（gǎo）杲：明亮的样子。出日：日出。

[12] 言：而，语气助词。

[13] 甘心：情愿。首疾：头痛。

[14] 谖（xuān）草：萱草，忘忧草，古人认为此草可以使人忘忧。

[15] 背：屋子北面。

[16] 痗（mèi）：病。

【品读】

这是一首写妻子思念远行出征的丈夫的诗。全诗四章，每章四句，全以思妇的口吻来叙事抒情。第一章，思妇并无怨思之言，而是兴高采烈地夸赞丈夫；第二章，诗的笔锋和情调突然一转，变成了思妇对征夫的思念之情的描述；第三章，进一步描述思妇对征夫的思念之情；第四章，承第二章和第三章而来，思妇再次倾诉她对丈夫的深切思念。此诗写妻子思念从军的丈夫，包含了两方面的内容：一是为丈夫而骄傲，这种骄傲来自国家、来自群体的勉励；二是思念丈夫，并为之担忧，这种情绪来自个人的内心。

在艺术构思上，全诗采用赋法，边叙事，边抒情。全诗紧扣一个"思"字展开。思妇先夸夫，转而思夫，又由思夫而无心梳妆到因思夫而头痛，进而再由头痛到因思夫而患了心病，呈现出一种抑扬顿挫的跌宕之势。描述细致入微，感情逐渐加深，情节层层推进，思妇的内心活动以及情感的层层递进，既脉络清晰，又符合逻辑，使人物形象鲜活立体。

【思考题】

一、"岂无膏沐？谁适为容？"表达了妻子什么样的情感？

二、请通过分析诗句，论述妻子的情感是如何加深、递进的。

春思

李白

燕草如碧丝[1]，秦桑低绿枝[2]。
当君怀归日[3]，是妾断肠时[4]。
春风不相识，何事入罗帏[5]？

【注释】

[1] 燕草：指燕地的草。燕，今河北北部一带，这里泛指北部边地，征夫所在之处。

[2] 秦桑：秦地的桑树。秦，今陕西一带，这里泛指思妇所在之地。

[3] 君：指征夫。怀归：想家。

[4] 妾：古代妇女自称。此处为思妇自指。

[5] 罗帏：丝织的帘帐。

【品读】

《春思》是李白创作的乐府诗。此诗写一位出征军人的妻子在明媚的春日里对丈夫的思念，以及对早日取得战争胜利的盼望，表现思妇的思边之苦及其对爱情的坚贞。全诗语言朴实无华，情景交融，富有民歌特色。

此诗以相隔遥远的燕秦两地春天景物起兴，别具一格。思妇触景生情，想起了远方的丈夫，颇为伤怀。这首诗中的女主人公的可贵之处在于阔别而情愈深，迹疏而心不移。诗的最后两句是："春风不相识，何事入罗帏？"诗句表现了她忠于所爱之人的高尚情操。从艺术角度来说，这两句是多情的思妇对着无情的春风发问，用来表现独守春闺的特定环境中的思妇的情态。春风撩人，春思缠绵，思妇对春风发问，其实是在明志。全诗以此作结，恰到好处。

无理而妙是古典诗歌中一种常见的艺术表现手法。从李白的这首诗中，我们不难看出，所谓无理而妙，就是指在看似违背常理、常情的描写中，深刻地表现各种复杂的感情。

【思考题】

一、《春思》表达了军人妻子对丈夫的何种情感？

二、诗中作者通过燕草和秦桑的对比，营造了什么样的情感意象？

第六单元 铁骨柔肠

豳风·东山

《诗经》

　　我徂东山[1]，慆慆不归[2]。我来自东，零雨其濛[3]。我东曰归，我心西悲。制彼裳衣，勿士行枚[4]。蜎蜎者蠋[5]，烝在桑野[6]。敦彼独宿[7]，亦在车下。

　　我徂东山，慆慆不归。我来自东，零雨其濛。果臝之实[8]，亦施于宇[9]。伊威在室[10]，蟏蛸在户[11]。町畽鹿场[12]，熠耀宵行[13]。不可畏也，伊可怀也。

　　我徂东山，慆慆不归。我来自东，零雨其濛。鹳鸣于垤[14]，妇叹于室。洒扫穹窒[15]，我征聿至[16]。有敦瓜苦[17]，烝在栗薪[18]。自我不见，于今三年[19]。

　　我徂东山，慆慆不归。我来自东，零雨其濛。仓庚于飞，熠耀其羽。之子于归，皇驳其马[20]。亲结其缡[21]，九十其仪[22]。其新孔嘉，其旧如之何？

【注释】

　　[1] 徂（cú）东山：到东山。徂，往。东山，在今山东曲阜，亦名蒙山，是周公征伐驻军之地。

　　[2] 慆（tāo）慆：长久。

　　[3] 零雨其濛：正下着雨，天色蒙蒙。

　　[4] 勿士行枚：行军时，战士嘴里衔着小木条，以防发出声音。士，通"事"。行枚，亦作"衔枚"，古人行军时，把竹棍衔在口中，以保证不出声。此处指行军打仗。

　　[5] 蜎（yuān）蜎者蠋（zhú）：战士休息时像野蚕一样蜷缩着身体。蜎，幼虫蜷曲的样子。蠋，一种野蚕。

　　[6] 烝在桑野：长久地在野外。烝，久。

　　[7] 敦彼独宿：独自休息，也是一团团的（不能舒展身体）。敦，团状。

[8] 果蠃（luǒ）：葫芦科植物，又名栝楼。

[9] 施（yì）：蔓延。

[10] 伊威：一种小虫，俗称土虱。

[11] 蟏蛸（xiāo shāo）：一种蜘蛛。

[12] 町疃（tuǎn）：田舍旁有兽迹的空地。

[13] 熠耀：光明的样子。宵行：磷火，一说是虫名，即萤火虫。以上数语描写的是出征在外的将士自己家里一片荒芜的景象。

[14] 垤（dié）：小土丘。

[15] 洒扫穹窒：打扫卫生，填平地面。穹窒，堵塞漏洞。

[16] 聿：语气助词，有将要的意思。

[17] 瓜苦：犹言瓠瓜，一种葫芦，一说为苦瓜。古代有习俗，在婚礼上剖瓠瓜成两张瓢，夫妇各执一瓢盛酒漱口。以上数语言出征的将士回忆自己的新婚。

[18] 烝在栗薪：长久地废置在柴草堆上。栗薪：栗树柴。

[19] 三年：多年。

[20] 皇驳其马：马毛淡黄的叫皇，淡红的叫驳。此句言结婚迎亲队伍的盛况。

[21] 亲结其缡：母亲将佩巾系在带子上，古代婚仪。

[22] 九十其仪：言结婚时婚礼上的仪式和礼节很多。

【品读】

《豳风·东山》写的是远征将士对家乡与亲人的深深思念。离家数载，乡情甚浓，在归家途中，他一方面渴望尽早回归故里，另一方面又担心可能发生的各种情况，心境尤为复杂。此诗通过由此及彼的联想，将情感表达得真实而细腻。

全诗分为四章。每章的前四句叠咏，写将士在阴雨绵绵的天气踏上还乡之路，触景生情，思绪万千。每章的后八句则为叙事，按照时间顺序，第一章描写途中的生活，第二章想象家乡的近况，第三章遥想妻子的苦守，第四章描写重逢的画面。全诗充满丰富的想象力，将人生的酸甜苦辣融入其中，读来令人动容。

唐人宋之问有诗云："近乡情更怯，不敢问来人。"此诗句与《豳风·东山》中悲喜交集的情绪具有异曲同工之处。征人在归途之中，既充满期盼，又有种种猜测与不安。此诗在表达这种复杂的情绪时，委婉而含蓄，欲说还休，很容易激发读者的共鸣。

【思考题】

一、以《豳风·东山》为例，分析《诗经》重章叠句的表达方式及其作用。

二、此诗四章中所表达的情感，有何内在关联？

三、比较《豳风·东山》与《小雅·出车》，体会其内容与表现手法的异同。

新 婚 别

杜 甫

兔丝附蓬麻[1]，引蔓故不长。
嫁女与征夫，不如弃路旁。
结发为君妻[2]，席不暖君床。
暮婚晨告别，无乃太匆忙[3]。
君行虽不远，守边赴河阳[4]。
妾身未分明[5]，何以拜姑嫜[6]？
父母养我时，日夜令我藏[7]。
生女有所归[8]，鸡狗亦得将[9]。
君今往死地[10]，沉痛迫中肠[11]。
誓欲随君去，形势反苍黄[12]。
勿为新婚念，努力事戎行[13]。
妇人在军中，兵气恐不扬[14]。
自嗟贫家女，久致罗襦裳[15]。
罗襦不复施[16]，对君洗红妆[17]。
仰视百鸟飞，大小必双翔[18]。
人事多错迕[19]，与君永相望[20]。

【注释】

[1] 兔丝：一种蔓生的草，依附在其他植物枝干上生长。比喻女子嫁给征夫，相处难久。

[2] 结发：这里指结婚。君妻：一作"妻子"。

[3] 无乃：岂不是。

[4] 河阳：今河南孟州一带，当时唐军与叛军在此对峙。

[5] 身：身份，指在新家中的名分和地位。唐代习俗，嫁后三日，始上坟告庙，才算成婚。仅宿一夜，婚礼尚未完成，故身份不明。

[6] 姑嫜（zhāng）：婆婆、公公。

[7] 藏：躲藏，不随便见外人。

[8] 归：古代女子出嫁称"归"。

[9] 将：带领，相随，跟随。

［10］往死地：指"守边赴河阳"。

［11］迫：煎熬，压抑。中肠：内心。

［12］苍黄：同"仓皇"，仓促，慌张。这里意思是多有不便，更麻烦。

［13］事戎行：从军打仗。戎行：军队，也指军旅之事。

［14］"妇人"两句：意为妇女随军，会影响士气。扬：高昂。

［15］久致：许久才制成。襦（rú）：短衣。

［16］不复施：不再穿。

［17］洗红妆：洗去脂粉，不再打扮。

［18］双翔：成双成对地一起飞翔。这两句写出了女子的寂寞和对那些能够成双
成对的鸟儿的羡慕。

［19］错迕（wǔ）：错乱，矛盾，就是不如意的意思。

［20］永相望：永远盼望重聚。表示对丈夫的爱始终不渝。

【品读】

杜甫"三别"中的《新婚别》，精心塑造了一个深明大义的少妇形象。这首诗采
用独白的形式，全篇先后用了七个"君"字，都是少妇对新婚丈夫的肺腑之言，读
来真切感人。

《新婚别》是一部将思想性和艺术性完美结合的作品。诗人运用了大胆的、浪漫
的艺术虚构手法，实际上杜甫不可能有这样的生活经历，不可能去偷听少妇对丈夫
诉说的私房话。在人物塑造上，《新婚别》具有现实主义的精雕细琢的特点，诗中的
少妇形象丰满，有血有肉，通过剧烈的、痛苦的内心斗争，最后毅然勉励丈夫"努
力事戎行"，表现战争环境中人物思想感情的发展和变化，没有勉强之感，反而显得
非常自然，符合事件和人物性格发展的逻辑，并且能让读者深受感染。

人物语言的个性化，也是《新婚别》的一大艺术特点。诗人化身为少妇，用少
妇的口吻娓娓道来，非常生动、逼真。诗里采用了不少俗语，使语言显得更加个性
化，因为他描写的本来就是一个"贫家女"。

此外，在押韵上，《新婚别》和《石壕吏》有所不同。《石壕吏》换了好几个韵
脚，《新婚别》却是一韵到底，《垂老别》和《无家别》也是这样。这大概和诗歌用
人物独白的方式有关，一韵到底，一气呵成，更有利于主人公诉说，也更便于读者
倾听。

【思考题】

一、《新婚别》中包含了少妇对丈夫的几层情感，分别是什么？

二、《新婚别》塑造了一个怎样的军人妻子形象？请从心理和性格的层面加以
分析。

三、请结合自己对《新婚别》的理解，谈谈怎样处理"小家"和"大家"之间
的关系。

逢入京使^[1]

岑 参

　　岑参（约 715—约 770 年），荆州江陵（今湖北江陵）人，一说南阳（今河南邓州）人，唐代诗人，与高适并称"高岑"。岑参出生于一个官僚家庭，因聪颖早慧而五岁读书、九岁属文。天宝三载（744 年），岑参进士及第，获授右内率府兵曹参军，后两次从军，先任安西节度使高仙芝幕府掌书记，后在天宝末年任安西、北庭节度使封常清幕府判官。唐代宗时，岑参曾任嘉州（今四川乐山）刺史，故世称"岑嘉州"。岑参的诗影响广泛。早期诗歌多为写景、赠答、送别和感叹怀才不遇之作。岑参因边塞生活体验极为丰富和充实，亦是盛唐书写边塞题材诗歌数量最多、成就最突出的诗人。这些诗色调雄奇瑰丽，充满慷慨报国的英雄气概和不畏艰苦的乐观精神，其边塞诗代表作有《走马川行奉送封大夫出师西征》等。有《岑参集校注》和《岑参诗集编年笺注》。

　　故园东望路漫漫^[2]，双袖龙钟泪不干^[3]。
　　马上相逢无纸笔，凭君传语报平安^[4]。

【注释】

　　[1] 入京使：进京的使者。
　　[2] 故园：指长安和自己位于长安的家。漫漫：形容路途十分遥远。
　　[3] 龙钟：涕泪淋漓的样子。这里的意思是：思乡之泪怎么也擦不干，以至于把衣袖都沾湿了，眼泪还是止不住。
　　[4] 凭：托，烦，请。传语：捎口信。

【品读】

　　此诗描写了诗人远在边塞，路逢回京使者，托使者带平安口信，以安慰家人的场景，具有浓烈的人情味。诗文语言朴实，不加雕琢，却包含着两大情怀：思乡之情与渴望建功立业之情，亲情和豪情交织相融，真挚自然，感人至深。

　　"故园东望路漫漫"，写的是眼前的实际感受。诗人已经离开"故园"多日，正行进在去往边塞的途中，回望东边的长安城，思乡之情不免涌上心头，乡愁难收。"故园"，指的是在长安的家。"东望"是点明长安的位置。

　　"双袖龙钟泪不干"，意思是说思乡之泪怎么也擦不干，以至于把两支袖子都擦湿了，可眼泪就是止不住。这一句运用了夸张的修辞手法表现思念亲人之情，也为下文写"报平安"做了铺垫。

"马上相逢无纸笔，凭君传语报平安"，这两句是写作者遇到入京使者时，欲捎书信回家报平安，又苦于没有纸笔的情形，写得十分传神。"逢"字点明了题目，在赶赴安西的途中，遇到作为入京使者的故人，诗人想托故人带封家信回去，可偏偏"无纸笔"，诗人也顾不上写信了，只好托故人带个口信，"凭君传语报平安"。这最后一句，处理得很简单，显得干净利落，但寄托着诗人的一片深情，颇有韵味。

　　这首诗语言朴素自然，充满了浓郁的边塞生活气息，既有生活情趣，又有人情味，清新明快，余味悠长，既不加雕琢，又感情真挚。诗人善于把许多人心中所想、口里要说的话，用艺术手法加以提炼和概括，使之具有典型的意义，在平易之中显出丰富的韵味，自然能深入人心，让人回味。

　　【思考题】
　　一、诗歌中蕴含着诗人怎样的感情，试阐述。
　　二、"马上相逢无纸笔"写出了诗人什么样的情感和心理状态？

狱中上母书[1]

夏完淳

夏完淳（1631—1647年），原名复，字存古，号小隐，又号灵首，华亭（今上海松江）人。明末诗人，抗清志士。他聪明早慧，七八岁能写诗作文，十二岁博览群书，知军国大事。清兵南下，他积极参加抗清斗争，随父亲夏允彝起兵抗清。不久兵败父死，他同老师陈子龙重组义军，上书南明鲁王，得授中书舍人。后为清兵所俘，慷慨就义，年仅十六岁（虚岁十七）。有《夏节愍公全集》。

不孝完淳今日死矣！以身殉父，不得以身报母矣！

痛自严君见背[2]，两易春秋[3]。冤酷日深，艰辛历尽。本图复见天日[4]，以报大仇，恤死荣生[5]，告成黄土[6]。奈天不佑我，钟虐先朝[7]，一旅才兴，便成齑粉[8]。去年之举[9]，淳已自分必死[10]，谁知不死，死于今日也。斤斤延此二年之命[11]，菽水之养无一日焉[12]。致慈君托迹于空门[13]，生母寄生于别姓[14]。一门漂泊，生不得相依，死不得相问。淳今日又溘然先从九京[15]，不孝之罪，上通于天。呜呼！双慈在堂，下有妹女。门祚衰薄[16]，终鲜兄弟。淳一死不足惜，哀哀八口，何以为生？虽然，已矣！淳之身，父之所遗；淳之身，君之所用。为父为君，死亦何负于双慈！但慈君推干就湿[17]，教礼习诗，十五年如一日，嫡母慈惠，千古所难。大恩未酬，令人痛绝！

慈君托之义融女兄[18]，生母托之昭南女弟[19]。淳死之后，新妇遗腹得雄，便以为家门之幸。如其不然，万勿置后[20]。会稽大望[21]，至今而零极矣[22]！节义文章，如我父子者几人哉？立一不肖后如西铭先生[23]，为人所诟笑，何如不立之为愈耶？呜呼！大造茫茫[24]，总归无后[25]。有一日中兴再造[26]，则庙食千秋[27]，岂止麦饭豚蹄[28]，不为馁鬼而已哉[29]！若有妄言立后者，淳且与先文忠在冥冥诛殛顽嚚[30]，决不肯舍！兵戈天地，淳死后，乱且未有定期。双慈善保玉体，无以淳为念。二十年后，淳且与先文忠为北塞之举矣[31]！勿悲勿悲！相托之言，慎勿相负！武功甥将来大器[32]，家事尽以委之。寒食盂兰[33]，一杯清酒，一盏寒灯，不至作若敖之鬼[34]，则吾愿毕矣！新妇结缡二年[35]，贤孝素著，武功甥好为我善待之。亦武功渭阳情也[36]。

语无伦次，将死言善[37]，痛哉痛哉！人生孰无死？贵得死所耳！父得为忠臣，子得为孝子。含笑归太虚[38]，了我分内事。大道本无生[39]，视身若敝屣[40]。但为气所激，缘悟天人理[41]。恶梦十七年，报仇在来世。神游天地间，可以无愧矣！

【注释】

[1] 狱中上母书：清顺治四年（1647年）七月，夏完淳被捕，被关押在南京狱中，九月英勇就义，本文是夏完淳救义前写给其母亲的书信。

[2] 严君：旧时对父亲的敬称。见背：相弃，指去世。

[3] 两易春秋：换了两次春秋，即过了两年。本文写于1647年，作者的父亲夏允彝在1645年殉国，故云"两易春秋"。

[4] 图：图谋。复见天日：指光复明朝。

[5] 恤死荣生：使死去的人（指父亲）得到安慰，使活着的人（指家人）感到荣耀。

[6] 告成黄土：以复国成功的消息告慰先人。黄土，先人的坟墓，这里指坟墓中人，即亡故的父亲。

[7] 钟虐：聚集灾祸。钟，聚集。先朝，指明朝。

[8] 一旅：古代兵制，五百人为一旅。据《左传·哀公元年》和《史记·吴太伯世家》记载，夏朝中期失国后，少康曾凭借着"有土一成，有众一旅"的基础，终于恢复了国家。后世遂以"一旅"代称初建的义军。齑（jī）粉：粉末，这里比喻军队被击溃。

[9] 去年之举：指顺治三年（1646年）作者起兵抗清失败之事。

[10] 自分：自料。

[11] 斤斤：仅仅，徒然。

[12] 菽水之养：旧时指子女对父母微薄的供养。菽，大豆。

[13] 慈君：指作者的嫡母盛氏。托迹：藏身。空门：佛门。

[14] 生母：指作者的生母陆氏（一说姓宁），是夏允彝的妾。寄生：寄居。

[15] 溘（kè）然：忽然地，很快地。九京：本称"九原"，春秋时晋国卿大夫的墓地，后用于泛指墓地。

[16] 门祚（zuò）衰薄：家门衰微，福分浅薄。祚，福。

[17] 推干就湿：母亲把床上干处让给幼儿，自己睡在湿处，指母亲养育子女的辛劳。

[18] 义融女兄：作者的姐姐夏淑吉，号义融。

[19] 昭南女弟：作者的妹妹夏惠吉，号昭南。

[20] 置后：抱养别人的孩子为后嗣。

[21] 会稽：古郡名，当时松江府属古会稽郡。望，望族。

[22] 零极：萧条零落到了极点。

[23] 西铭先生：明末文学家张溥，字天如，号西铭，太仓（今江苏）人，是夏允彝的挚友，也是夏完淳的老师。张溥生前无子，死后由钱谦益等代为立嗣，名永锡。此子未能继承张溥的遗风，为人诟笑。

[24] 大造茫茫：谓天意不明，让明朝灭亡。造，造化，指上天。

[25] 总归无后：在清朝统治下，即使自己有后，也会被杀，仍是无后。

[26] 中兴再造：指复兴明朝。

[27] 庙食：鬼神在祠庙里享受祭祀。明如中兴，作者因抗清而死，纵或无后，也将受众人祭祀。

[28] 麦饭：磨麦连皮做成的面食。豚蹄：猪蹄。以上都指简单的祭品。

[29] 馁鬼：挨饿的鬼。

[30] 先文忠：作者的父亲夏允彝死后，南明鲁王予谥文忠。诛殛顽嚚（yín）：诛杀顽固愚蠢的人。诛殛，诛杀。顽嚚，愚蠢而又言行不正的人。

[31] 北塞之举：指出师北伐，把清军驱逐出北方的边塞。

[32] 武功甥：夏完淳的外甥侯檠，夏淑吉之子，字武功，比作者小六岁。

[33] 寒食：节名，在清明前两日，为祭扫坟墓的传统节日。盂兰：据《盂兰盆经》记载，目连之母死后于饿鬼道中受倒悬之苦，目连乃从佛言，于七月十五日置百味五果，供养三宝，以解救之。后来这一天成为民间超度先人的节日，叫中元节，俗称鬼节。

[34] 若敖之鬼：指没有后代的饿鬼。据《左传·宣公四年》记载，若敖氏为春秋时楚国贵族名。这一族的后代令尹子文看到族人子越椒思想行为不正，估计他可能会给整个家族带来灾难，临死时，对族人哭着说："鬼犹求食，若敖氏之鬼不其馁而。"后来，若敖氏终于因为越椒叛楚而被灭了全族。

[35] 结缡（lí）：结婚，也指女子出嫁。缡，旧时妇女出嫁覆面之巾。

[36] 渭阳情：甥舅之间的感情。春秋时，晋公子重耳亡命于秦，后来归国时，其甥秦太子送行，赠别诗中有"我送舅氏，曰至渭阳"之句，见《诗经·秦风·渭阳》。渭阳，渭水北岸。

[37] 将死言善：语出《论语·泰伯》，"鸟之将死，其鸣也哀；人之将死，其言也善"。

[38] 太虚：天上。

[39] 大道本无生：道家的说法，人本来是从无而生，死后又归于无。

[40] 敝屣：破旧的鞋子，喻无用之物。语出《孟子·尽心上》："舜视弃天下，犹弃屣也。"屣，草鞋。

[41] 天人理：天道与人事之理。

【品读】

夏完淳是一位抗清英雄，十五岁即追随父亲夏允彝、师父陈子龙参加抗清斗争，后被捕入狱，羁押于南京。这篇文章即写于狱中，是他与母亲的诀别信。

作者将"殉父""报母""中兴再造"联系起来加以阐述，指出："淳之身，父之所遗；淳之身，君之所用。为父为君，死亦何负于双慈！"这就把能否真正"报母"放到了抗清复明的大背景下来考察。只要"天日"尚未"复见"，杀父之"大仇"一日未报，作者就不能心安理得地承欢于"双慈"的膝下。换句话说，夏完淳以继承父亲的报国之志，来报答母亲的养育之恩，他不想做一只厮守在母亲身边的碌碌无为的家雀，而要到反抗压迫的斗争风云中一展鸿鹄之志，这才是真正的"报母"。如此情怀，中国古代的许多仁人志士已用各种形式的语言铿锵有力地书写、陈述过了。夏完淳在这封信中不是一味地明理，而是寓理于真诚的、强烈的念母之情。

文章感人肺腑。作为抗清志士，作者认为，国将不国，何以家为？因而他不怕历尽艰辛，以图"复见天日"，虽然事败入狱、即将牺牲，他依然视死如归，全然不惧，体现了以身殉国的英雄本色。在抒发国破家亡之恨的同时，作者反复表达了不能报答母亲养育之恩的遗憾和对妻子、外甥的惦念与关怀，但大义当先，绝无英雄气短、儿女情长的伤感。

　　文章始终将家国恨与骨肉情两相依托、映照，以见"忠""孝"不能两全之憾。今日读来，虽观念难免陈旧，而情意却实在真切。

　　【思考题】

　　一、本文是夏完淳在什么背景下创作的？作者在本文中表达了怎样的思想感情？

　　二、为什么作者要说"大造茫茫，总归无后。有一日中兴再造，则庙食千秋，岂止麦饭豚蹄，不为馁鬼而已哉"？

　　三、本文在语言运用上有何特点？

　　四、如何理解本文中的家国恨和骨肉情？

与 妻 书

林觉民

林觉民（1887—1911 年），字意洞，号抖飞，又号天外生，汉族，福建闽县（今福州）人。少年时，便接受民主革命思想，推崇自由平等学说。1907 年留学日本，并加入中国同盟会。1911 年春回国，后策划并参加广州起义，在战斗中受伤被俘，慷慨就义。为"黄花岗七十二烈士"之一。

意映卿卿如晤[1]，吾今以此书与汝永别矣！吾作此书时，尚为世中一人；汝看此书时，吾已成为阴间一鬼。吾作此书，泪珠和笔墨齐下，不能竟书而欲搁笔[2]，又恐汝不察吾衷，谓吾忍舍汝而死，谓吾不知汝之不欲吾死也，故遂忍悲为汝言之。

吾至爱汝，即此爱汝一念，使吾勇于就死也。吾自遇汝以来，常愿天下有情人都成眷属；然遍地腥云，满街狼犬[3]，称心快意，几家能彀[4]？司马春衫[5]，吾不能学太上之忘情也[6]。语云：仁者"老吾老以及人之老，幼吾幼以及人之幼"。吾充吾爱汝之心[7]，助天下人爱其所爱，所以敢先汝而死，不顾汝也。汝体吾此心[8]，于啼泣之余，亦以天下人为念，当亦乐牺牲吾身与汝身之福利，为天下人谋永福也。汝其勿悲！

汝忆否？四五年前某夕，吾尝语曰："与使吾先死也[9]，无宁汝先吾而死。"汝初闻言而怒，后经吾婉解，虽不谓吾言为是，而亦无词相答。吾之意盖谓以汝之弱，必不能禁失吾之悲，吾先死，留苦与汝，吾心不忍，故宁请汝先死，吾担悲也。嗟夫，谁知吾卒先汝而死乎？

吾真真不能忘汝也！回忆后街之屋，入门穿廊，过前后厅，又三四折，有小厅，厅旁一室，为吾与汝双栖之所。初婚三四个月，适冬之望日前后[10]，窗外疏梅筛月影，依稀掩映；吾与并肩携手，低低切切，何事不语？何情不诉？及今思之，空余泪痕。又回忆六七年前，吾之逃家复归也，汝泣告我："望今后有远行，必以告妾，妾愿随君行。"吾亦既许汝矣。前十余日回家，即欲乘便以此行之事语汝，及与汝相对，又不能启口，且以汝之有身也[11]，更恐不胜悲，故惟日日呼酒买醉。嗟夫！当时余心之悲，盖不能以寸管形容之[12]。

吾诚愿与汝相守以死，第以今日事势观之[13]，天灾可以死，盗贼可以死，瓜分之日可以死，奸官污吏虐民可以死，吾辈处今日之中国，国中无地无时不可以死。

到那时使吾眼睁睁看汝死，或使汝眼睁睁看我死，吾能之乎？抑汝能之乎？即可不死，而离散不相见，徒使两地眼成穿而骨化石[14]，试问古来几曾见破镜能重圆？则较死为苦也，将奈之何？今日吾与汝幸双健。天下人之不当死而死与不愿离而离者，不可数计；钟情如我辈者，能忍之乎？此吾所以敢率性就死不顾汝也[15]。吾今死无余憾，国事成不成自有同志者在。依新已五岁，转眼成人，汝其善抚之，使之肖我[16]。汝腹中之物，吾疑其女也，女必像汝，吾心甚慰。或又是男，则亦教其以父志为志，则吾死后尚有二意洞在也。甚幸，甚幸！吾家后日当甚贫，贫无所苦，清静过日而已。

吾今与汝无言矣。吾居九泉之下遥闻汝哭声，当哭相和也。吾平日不信有鬼，今则又望其真有。今人又言心电感应有道，吾亦望其言是实，则吾之死，吾灵尚依依旁汝也[17]，汝不必以无侣悲。

吾生平未尝以吾所志语汝，是吾不是处；然语之，又恐汝日日为吾担忧。吾牺牲百死而不辞，而使汝担忧，的的非吾所忍。吾爱汝至，所以为汝谋者惟恐未尽。汝幸而偶我[18]，又何不幸而生今日之中国！吾幸而得汝，又何不幸而生今日之中国！卒不忍独善其身。嗟夫！巾短情长，所未尽者，尚有万千，汝可以模拟得之。吾今不能见汝矣！汝不能舍吾，其时时于梦中寻我乎？一恸。辛未三月念六夜四鼓[19]，意洞手书。

家中诸母皆通文，有不解处，望请其指教，当尽吾意为幸。

【注释】

[1] 意映卿卿：意映，林觉民妻子名叫陈意映；卿卿，旧时夫妻间的爱称，多用于男方对女方。

[2] 竟书：写完。

[3] 遍地腥云，满街狼犬：比喻清朝血腥凶残的统治。

[4] 毂：同"够"。

[5] 司马春衫：白居易《琵琶行》中有"江州司马青衫湿"。这里比喻极度悲伤。春衫，一作"青衫"。

[6] 太上之忘情：指修养最高的人，能忘了个人的喜怒哀乐之情。

[7] 充：扩充。

[8] 体：体谅，体察。

[9] 与：与其。

[10] 望日：农历每月十五或十六日。

[11] 有身：有身孕。

[12] 寸管：笔的代称。

[13] 第：但，只是。

[14] 眼成穿而骨化石：形容夫妇离别，经历相思之苦。

[15] 率性就死：毅然赴死。

[16] 肖：像。

[17] 旁：通"傍"，靠近。

[18] 偶我：以我为配偶。

[19] 念：通廿，吴方言所说的二十。

【品读】

《与妻书》又名《与妻诀别书》，是林觉民在黄花岗起义前写给妻子陈意映的诀别信。1911年4月24日，他住在香港的一幢小楼上。想到生死未卜的起义，念及老父、妻子，他百感交集，彻夜难眠，分别给父亲和妻子写下了诀别书，翌日嘱托友人："我死，幸为转达。"写《与妻书》时，林觉民已经有了殉国的坚定决心。为了"助天下人爱其所爱"和"为天下人谋永福"，他舍弃了个人的生命，也舍弃了幸福的家庭，其奉献精神与高尚情怀，令人在感动之余，又有了敬仰与钦佩之情。

《与妻书》既是一封字字泣血、饱含深情的家书，又是一篇慷慨激昂、震撼人心的临终宣言。在这封绝笔信中，作者心潮澎湃，思绪万千，以细腻委婉、缠绵悱恻的语言，表达了自己对妻子的柔情；又以充满激情、正气凛然的情怀，流露出对祖国的热爱，表现了一位民主革命战士的高尚品格。此文紧紧围绕"吾至爱汝"，却又不得不"忍舍汝而死"的矛盾展开，作者把这种复杂而矛盾的情感写得真挚感人。这是一曲爱的颂歌，更是一首正气之歌。

作者在信中反复强调："吾至爱汝，即此爱汝一念，使吾勇于就死也。"因为"至爱汝"，也因为"老吾老以及人之老，幼吾幼以及人之幼"，作者敢于献身，与爱妻永别，献身于"为天下人谋永福"的革命事业。"生命诚可贵，爱情价更高。若为自由故，两者皆可抛。"为了中华儿女的自由与幸福，作者无怨无悔，死而无憾。时至一百多年后的今天，《与妻书》依然感人肺腑、催人泪下，这不仅是因为爱情感人，而且是因为作者高尚的人格使此文焕发出夺目的光辉。

【思考题】

一、在书信中，作者如何表达对妻子的深情？

二、作者引用孟子的话，来表明自己拥有怎样的胸襟？

三、你如何理解林觉民在国与家之间做出的选择？他的选择给了我们什么样的启迪？

文学经典作品荐读

高山下的花环[1]（节选）

李存葆

李存葆（1946—　），山东日照人，作家，编剧。1961 年初中毕业后辍学回乡务农。1964 年参加中国人民解放军，开始学习创作，并有作品发表。《高山下的花环》是李存葆创作的中篇小说，首发于《十月》1982 年第 6 期。该小说通过描写云南边防部队某部三营九连指导员在战前、战中、战后的生活，塑造了一系列有着高尚道德情操的当代军人英雄群像，展现了广阔的社会生活画面。其他作品包括《将门虎子》《山中，那十九座坟茔》《大河遗梦》《绿色天书》《最后的野象谷》等。

以下为《高山下的花环》故事概况。解放军某部宣传处干事赵蒙生，一心想调回城市。自卫反击战前夕，他凭借母亲吴爽的关系，怀着曲线调动的目的，临时下放到某部九连任副指导员。九连连长梁三喜已获准回家探亲，他的妻子韩玉秀即将分娩。赵蒙生整日为调动之事奔波，无心工作。梁三喜放心不下连队工作，归期一再推迟。排长靳开来对此愤愤不平，做主替梁三喜买好车票，催他启程。可是，九连接到开赴前线的命令。梁三喜探亲假取消，赵蒙生却接到回城的调令。全连战士哗然，梁三喜严厉斥责了赵蒙生临阵脱逃的可耻行为。舆论的压力迫使赵蒙生上了前线。赵母吴爽不顾军情紧急，竟动用前线专用电话，要求雷军长将赵蒙生调离前线，当即遭到雷军长的谴责。战争中，九连承担穿插任务，靳开来、梁三喜，以及雷军长的儿子"小北京"等人先后牺牲。赵蒙生受到感染，经受住了考验，出色地完成了任务。战后，在清理战友的遗物时，梁三喜留下的一张要家属归还 620 元的欠账单，使赵蒙生震惊不已。当梁三喜的母亲和妻子玉秀来到驻地用抚恤金及卖猪换来的钱，还清了梁三喜因家里困难向战友借的钱时，所有人的心灵都被这一高尚的行动震撼了，尤其是赵蒙生。赵蒙生在血与火的考验中，心灵得到了洗礼。

次日，军长离开连队到军区开会去了。临行前，他又一再嘱咐，让我们好好关照梁大娘一家。

梁大娘和韩玉秀在连里又住了一个星期，便说啥也待不住了，非要回去不可。我知道真的无法挽留她们了。再说，住在连里，举目便是烈士新坟，这对她们也无疑是精神上的折磨。我想，一切待今后从长计议吧，让她们早些回去，或许还好些。团里也同意我的想法。

梁大娘一家明天早饭后就要离开连队了。

这天下午，团政治处主任来到连里，一是来为梁大娘一家送行，二是要代表部队和组织，问一下梁大娘家有哪些具体困难。对于像梁三喜烈士这样不够随军条件的直系亲属及子女，抚恤的事需部队和地方政府联系商量。据我们了解，在农村，对家中有劳动力的烈士父母，一般是可照顾可不照顾的；对烈士的爱人及子女，按

各地生活水准不同，有的每月照顾五元，有的每月照顾八元……团里想把梁大娘一家无依无靠的情况，充分向地方政府反映一下，以取得民政部门对梁大娘一家特殊的照顾。

梁三喜烈士没有为他的亲人留下什么遗产。他的两套破旧军装被作为有展览价值的遗物征集之后，团后勤又补了两套新军装。再就是他生前用塑料袋精心保管的那件军大衣。

我拿着那件军大衣和两套新军装，准备交给玉秀。

当我和政治处主任走至梁大娘一家住的房前时，玉秀正坐在水龙头下洗床单和军衣。这些天来，不管我和战士们怎样劝阻，玉秀不是帮炊事班洗笼屉布，就是替战士们拆洗被子，一刻也闲不住……

"小韩，快别洗了，"我对玉秀说，"快进屋来，主任代表组织，要跟您和大娘谈谈。"

玉秀不声不响地站起来擦擦手，跟我和主任进了屋。

我把那两套新军装和塑料袋里的军大衣放在玉秀的床上："小韩，这是连长留下的……"

玉秀用手一触碰那装军大衣的塑料袋，便"啊"地尖叫一声，扭头跑出屋去。

我连忙跟出来，问："小韩，您……怎么啦？"

玉秀满脸泪花，把两手插在洗衣盆里，用劲搓揉着盆中的衣服。

"小韩……主任要跟您谈谈……"

她上嘴唇紧咬着下嘴唇，没有回答。

"蒙生啊，你让她洗吧。"屋内的梁大娘对我说，"俺早就跟同志们唠叨过，玉秀要干活，你们谁也别拦住她。她啥时也闲不住的，让她闲着，她心里更不好受。洗吧，让她洗吧。明日她想给同志们洗，也洗不成了……"

从玉秀身上，我看到了中国女性忍辱负重、值得大书特书的传统美德！可此时，梁三喜留下的军大衣为何引起她那般伤痛，我困惑不解……

"蒙生，别喊她了。有啥话，你们就跟俺说吧。"梁大娘又说道。

我和主任面对梁大娘坐了下来。主任把组织上的意图，一一和梁大娘讲了。

大娘摇了摇头："没难处，没啥难处。"

我和主任再三询问，大娘仍是摇头："真的，没啥难处。如今有盼头了，庄稼人的日子好过了。"

面对憨厚而执拗的老人，我和主任无话可说了。

过了会儿，梁大娘望着我和主任："有件事，大娘想请你们帮俺说说。"

"大娘，您说吧。"主任郑重地打开记事本，准备记下来。

"咳！"梁大娘叹了口气，"说起来，俺梁家真是祖上三辈烧过高香，才摊上玉秀那样的好媳妇呀！你们都见了，要模样她有模样，要针线她有针线。家里的事她拿得起，外面的活她拢得下。她脾气好，性子温，村里人都夸俺命好有福……"大娘撩起衣襟擦了擦眼睛，"可一说起玉秀，大娘心里就难受，俺这当婆婆的对不起她呀！她过门前，三喜他爹病了两年多，俺手头上紧……她过门时，别说给她做衣服，俺连……连块布头都没扯给她，她就嫁到俺梁家来了……"

梁大娘难受得说不下去了。

停了阵，梁大娘又断断续续地说："……去年入冬俺病了，病了一个多月。俺本想打封信让三喜回去一趟，可玉秀怕误了三喜的工作，说来回还得破费，就没给三喜打信说俺病了。那阵子玉秀快生了，是她拖着那重身子，到处给俺寻方取药，端着碗一口一口喂俺吃饭……又擦屎又端尿的……唉，大娘这辈子没有闺女，就是亲生的闺女又会怎样，也……也比不上她呀！眼下，媳妇待俺越是好，大娘俺心里越是难受……"

梁大娘不停地用衣襟擦着眼角，我心里涌起阵阵痛楚。良久，她抬起头来看着我和主任："玉秀她今年才二十四岁，大娘俺不信老封建那一套。再说，三喜也留下过话，让玉秀她……可就是有些话，俺这当婆婆的不好跟媳妇说。你们在外边的同志，懂的道理多，你们帮俺劝劝玉秀，让她早……早日寻个人家吧……"

"娘！您……"玉秀闯进屋，双膝"扑通"一声跪在婆婆面前，猛地用手捂住婆婆的嘴，哭喊着，"娘！您别……别说……俺伺候您老一辈子！"

梁大娘紧紧抱着儿媳："秀啊，那话……当娘的早晚要……跟你说，娘想过，还是……还是早说了好……"

"娘！……"玉秀又用手捂着婆婆的嘴，把头紧紧贴在婆婆怀里，放声哭着。

"秀，哭吧……把憋在肚子里的眼泪全……全哭出来吧……"梁大娘也流泪了，她用手抚摸着儿媳的头，"哭出来心里就好受了……"

玉秀突然止住哭声，抽泣起来。

主任已转过脸去不忍目睹，他手中的记事本和笔不知啥时落在了地上。我用双手紧紧捂着脸，只觉得泪水顺着指缝流了下来……

炊事班班长三天前便得知梁大娘一家要回去，他借跟团后勤的卡车进城拉菜的机会，买回了连队过节也难吃到的海米、海参、木耳、冰冻对虾等，准备做一餐为梁大娘一家送行的饭。

是的，世上任何山珍海味，珍馐佳肴，大娘和玉秀都有权利享用，也应该让她们尝一尝！

翌日晨。团里派来了吉普车，要把梁大娘一家直接送到火车站。

营长来了。我妈妈也过来了。各班还选派了一个代表，和大娘一家一起就餐。

桌子上摆着二十多盘子菜。炊事班班长说"起脚饺子落脚面"，为了图吉利，还包了不少水饺。

我妈妈替玉秀抱着盼盼，用奶瓶给盼盼喂奶。

我们不停地把各种菜夹到大娘和玉秀碗里，让大娘和玉秀多吃点菜。但是，夹进碗里的各种菜都冒出了尖，大娘和玉秀却没动一下筷子……

在场的人谁心里都明白，这桌菜并不是供大家享用的，其作用只不过是借劝饭让菜，来掩饰大家心中的伤感罢了。

在大家的一再劝说下，大娘只吃了两个饺子，喝了几口饺子汤。玉秀只吃了一个饺子，喝了一口汤，便说她早晨吃不下饭，她不饿，她饱了。

战士们已陆陆续续来到连部，要为大娘一家送行。昨晚，我已经和大家讲过，在大娘一家离开连队时，让大家把眼泪忍住……

这时，段雨国竟第一个忍不住抹起泪来。他一抹泪，好多战士也忍不住掉眼泪了。

梁大娘站起来说："莫哭，都莫哭……庄稼人种地，也得流点汗擦破点皮，打江山，保江山，哪有不流血的呀！三喜他是为国家死的，他死得值得……"

大娘这一说，段雨国更是哭出声来，战士们也都跟着哽咽起来。有人捅了段雨国一下，他止住了哭。大家也意识到不该在这种时候，当着大娘和玉秀的面流泪。

屋内静了下来。

"秀啊，时辰不早了。别麻烦同志们了，咱该走了。"停了停，大娘对玉秀说，"秀，你把那把剪子拿过来。"

玉秀从蓝底上印着白点的布包袱里，拿出一把做衣服用的剪子，递给了梁大娘。大娘撩起衣襟。这时，我们发现，大娘衣襟的左下角里面缝进了东西，鼓鼓囊囊的。大娘拿起剪子，几下便铰开了衣襟的缝……

我们不知大娘要干啥，都静静地望着。

只见大娘用瘦骨嶙峋的手，从衣襟缝里掏出一叠崭新的人民币，放在了桌上！我们一看，那全是十元一张的人民币，中间系着一绺火红的绸布条儿。

接着，又见大娘从衣襟缝隙里，摸出一叠旧的人民币，也全是十元的……

大娘这是要干啥？我惊愕了！大娘身上有这么多钱，可她们祖孙三代下了火车竟舍不得买汽车票，一步步挪了一百六十多公里……

大娘看看我，指着桌上的两叠钱说："那是五百五十块，这是七十块。"

这时，玉秀递给我一张纸条，说："指导员，这纸条留给您，托您给俺办办吧。"

我接过纸条一看，是梁三喜留给她们的欠账单！这纸条和那血染的纸条是一样的纸，原是一张纸撕开的各一半……

顿时，我的头皮发麻！

梁大娘心平气和地说："三喜欠下六百二十元的账，留下话让俺和玉秀来还上。秀啊，你把三喜留下的那封信，也交给蒙生他们吧。"

玉秀把一封信递给了我。

啊，我们在此时，终于见到了梁三喜烈士的遗书！遗书内容如下。

玉秀：

你好！娘的身子骨也还好吧？

昨天收到你的来信，内情尽知。因你的信是从部队留守处转到这里的，所以从你写信那天到眼下，已过去一个月的时间了。

你来信说你很快就要生了。那么，我们的小宝贝眼下该是快满月啦。我遥遥祝福，祝福你和孩子都平安无事！娘看到她的小孙子（或小孙女），准是乐得合不拢嘴了。

秀，从去年六月开始，我每次给你写信都说我很快就回家休假，你也天天盼着我回去。然而，由于种种原因，眼下新的一年又过去一个月了，我却没能回去。尽管你在来信时对我没有丝毫抱怨，但我心里觉得，我实在对不起你！

一个月前，我给你写信时说我们连要外出执行任务，别的没跟你多说。现在我告诉你，我们连离开原来的驻地，坐火车赶到云南边防线了。来到这里一看，越南鬼子实在欺人太甚，常常入侵我领土，时时残杀我边民！我们国家十年动乱刚结束，实在腾不出人力、物力来打仗，但这一仗非打不可了！别说我们这些当兵的，就是普通老百姓来这里看看也会觉得，如再不干越南小霸一家伙，我们作为中国人的脸是会没处放的！

当你接到这封信时，我们就已经冲上自卫反击的战场了！

秀，咱俩出生在同一个山村枣花峪，你比我小八岁，虽说不上青梅竹马，可也是互相看着长大的。自咱俩结婚以来，只红过一次脸。你当然会清楚地记得，那是去年三月你来连队后的一天夜里。我跟你开了个玩笑，说我说不定哪一天会上战场，会被一颗子弹打死的。想不到这话惹恼了你，你用拳头捶着我的胸膛，说我真狠、真坏！之后，你哭了，哭得那样伤心。我苦苦劝你，你问我以后还说不说那样的话，我说不说了，你才止住了泪。你说："两个人，谁也不能先死，要死，就一块死！"秀，我知道你爱我爱得那样无私，那样纯真，那样深沉！但是，现在我可不是跟你开玩笑了，我不得不告诉你，这极有可能是我写给你的最后一封信了！

秀，咱俩结婚快三年了。连我回家结婚那次休假在内，我休过两次假，你来过一次连队。我们在一起生活的时间，总共还不到九十天！去年你来连队，要回去的前一个晚上，你悄悄抹了一夜泪。（眼下看来，那很可能是我们最后一次见面和最后一次在一起了。）我知道你是那样舍不得离开我，我也很想让你多住几天。但你既挂念着咱娘一个人在家，又惦记着农活忙，还是启程了。当你眼泪汪汪，一步三回头地上了车，我当时心里也说不出的难受。艰苦并不等于痛苦，平时连队干部最大的苦衷，莫过于夫妻遥遥相盼，长期分居两地呀！我当时想过，干脆转业回老家算了，咱不图在部队上多拿那点钱，那点钱还不如你来我往扔在路上的多！家中日子虽苦，咱们苦在一处，不是比啥都好吗？！但转念一想，如果都不愿长期在连队干，那咋行？兵总得有人带，国门总得有人守，江山总得有人保啊！

秀，我赤条条来到这人世间，吮吸着山村母亲的奶汁长大成人。如果就经济地位来说，我这个土包子连长同他人站在一起，实在够寒碜人的了！但我却常常觉得我比他人更幸福，我是生活中的幸运儿！之所以有这样的感觉，那是因为有了你，我亲爱的秀！每当听到战友们夸奖和赞美你时，我心里就甜丝丝的。又岂止是甜丝丝的，你是我莫大的自豪和骄傲！但是，每当想起你，阵阵酸楚也常常涌上我的心头。这是因为我家的那些遭遇，咱的家乡还太贫穷，你跟了我，没过过一天宽裕日子呀！尽管我是被人们称为"大军官"的人，又是个月薪六十元的连职干部，可我却没能给你买过一件衣服。然而，你却常常安慰我："有身衣裳穿着就行了，比上不足，比下咱还有余呢！"秀，此时想起这一切，我真不知该怎样感谢你，我只能说，你对我，你对俺梁家的大恩大德，我在九泉之下也绝不会忘记的！

　　头一次给你写这么长的信，但仍觉得话还没有说尽。营里通知我去开会，回来抽空再接着给你写。

　　秀，如果我在战场上牺牲，下面的话便是我的遗嘱。

　　当我死后，你和娘是老革命根据地的人民，我深信你们是不会给组织和同志们添麻烦的。娘只有我这一个儿子，她本人也曾为革命做出过贡献，一旦我牺牲，政府是会妥善安排和照顾她的。她的晚年生活是有保障的。望你们按政府的条文规定，享受烈士遗属的待遇即可。但万万不能向组织提出半点额外的要求！人穷志不能短。再说我们的国家也不富裕，我们应多想想国家的难处！尽管以前有不少人利用职权浑水摸鱼，捞了不少油水（现在也还有人那么干），但我们绝不能学那种人，那种人的良心是叫狗吃了！做人如果连起码的爱国心都没有，那就不配为人！

　　秀，你去年来连队时知道，我当时还欠着近八百元的账，现在还欠着六百二十元。（欠账单写在另一张纸条上，随信寄给你。）我原想三四年内紧紧手，就能把账全还上，往后咱们的日子就好过多了。可一旦我牺牲，原来的打算就落空了。不过，不要紧。按照规定，战士、干部牺牲后，政府会给一笔抚恤金，战士是五百元，连职干部是五百五十元。这样，当你从民政部门拿到五百五十元的抚恤金后，还差七十元就好说了。你和娘把家中喂的那头猪提前卖掉吧。总之，你和娘在来部队时，一定要把我欠的账一次还清。借给我钱的同志们大都是我知心的领导和战友，他们的家境也都不是很富裕。如果欠账单的名单中，有哪位同志也牺牲了，望你务必托连里的同志将钱转交给他的亲属。人死账不能死。切记！切记！

　　秀，还有一桩比还账更至关紧要的事，更望你一定遵照我的话办。这些天，我反复想过，我们上战场拼命流血为的啥？是为了祖国人民生活得更美好！在人民之中，也应该包括你——我心爱的妻子！秀，你年方二十四岁，正值芳龄。我死后，希望你坚强地活下去，更盼望你生活得美满！咱那一带文化也是比较落后的，但你是个初中生，望你敢于蔑视那什么"忠臣不事二主，烈女不嫁二夫"的封建遗训，盼你毅然冲破旧的世俗观念，一旦遇上合适的同志，从速改嫁！咱娘是个明白人，我想她绝不会也不应该在这种事上阻拦你！切记！切记！不然，我在九泉之下是不会瞑目的！！！

秀，我除了给你留下一纸欠账单外，没有任何遗产留给你。几身军装，摸爬滚打全破旧了。还有一件新大衣，发下来两年我还一次没穿过，我放在一个塑料袋里装着。我牺牲后，连里的同志会将那件军大衣交给你的。那么，那件崭新的军大衣，就作为我送给你未来丈夫的礼物吧！

秀，我们连是全训连队，听说将承担最艰巨的战斗任务。别了，完全有可能是要永别了！

你来信让我给孩子起名儿，我想，不论你生的是男是女，就管他（她）叫盼盼吧！是的，"四人帮"被粉碎了，党的三中全会也开过了，我们已经看到了未来美好的曙光，我们有盼头了，庄稼人的日子也有盼头了！

秀，算着你现在已出了月子，我才敢将这封信寄走。望你替我多亲亲他（她）吧，我那未见面的小盼盼！

此致
军礼！

三喜

1979 年 1 月 28 日

我捧读遗书，泪如泉涌，怎么也忍不住，终于号啕大哭起来……

我用颤抖的手拿起那五百五十元抚恤金，对梁大娘哭喊着："……大娘，我的好大娘！您……这抚恤金，不能……不能啊……"

屋内一片呜咽声。在场的人们都已完全明白到底发生了什么。

战士段雨国大声哭着跑出去，将他的袖珍收音机拿来，又一下撸下他腕上的电子表，"砰"一下按在桌子上，说："连长欠的钱，我们……还！"

"我们还！"

"我们还！！"

"我们还！！！"

泪眼中，我早已分不清这是谁，那是谁，只见一块块手表，一把又一把人民币，全堆在了我面前的桌子上……

当一片撕心裂肺的哭声渐渐沉下来，我哀求梁大娘："我是……吃着您的奶长大的……三喜哥欠的钱，您就……让我还吧……"

梁大娘用手背抹了抹眼睛，苍老的声音嘶哑了："……孩子们，你们的好意，俺和玉秀……心领了，全都心领了！可三喜留下的话，俺这当娘的不能违……不然，三喜他在九泉之下，也闭不上眼……"

不管大家怎样劝，大娘说死者的话是绝对不能违的！她和玉秀把那六百二十元钱放下，上了车……

我妈妈已哭得昏了过去，不能陪梁大娘一家去火车站了。战士们把哭得东倒西歪的我扶进了吉普车内……

走了！从沂蒙山来的祖孙三代人，就这样走了！啊，这就是我们的人民！

【注释】

[1]《高山下的花环》1982年发表在《十月》上，是李存葆深入南疆前线采访后写出的第一部中篇小说。它通过对1979年南线战斗中一支基层连队的生动描写，将前方和后方、高层与基层、人民与军队、历史与现实有机地结合起来，不仅塑造了梁三喜、"小北京"、靳开来、梁大娘、韩玉秀等形象，而且对"曲线调动""臭弹事件"进行揭露，反映了军队内部的现实问题和历史伤痛，引起了社会反响，被拍为电影和电视连续剧。

【品读】

《高山下的花环》在当时曾经给读者带来了强大的冲击力，很多人都是伴着泪水读完这部作品的。一部作品之所以产生如此强烈的感染力，除了特殊时代造就的读者特殊的审美和心理需求外，自然有它本身的艺术魅力。《高山下的花环》的动人之处就在于作者对于人物命运与心灵的强烈关注。小说中的人物，从军长到普通战士，从参加过解放战争的老革命到老区普通的劳动妇女，不可谓不丰富，也不可谓不繁多。我们从中可以看出作者对于现实主义的执着追求。

《高山下的花环》具有巨大的社会影响力，意味着军旅文学创作新局面已经开启，意味着以李存葆为代表的新一代军旅作家已经崛起。从这个意义上来说，《高山下的花环》既是句号，又是冒号，在它的感召之下，战争题材的军旅文学创作呈现出了勃勃生机，优秀作家和作品不断涌现。其中，较出色的有雷铎的《男儿女儿踏着硝烟》、韩静霆的《凯旋在子夜》、江奇涛的《雷场上的相思树》、周大新的《走廊》等。

【思考题】

一、通过梁三喜的遗书，分析梁三喜这个人物的性格，谈谈你对这个人物的看法。

二、李存葆在小说的引子中借赵蒙生的口吻说："当前，读者对军事题材的作品不甚感兴趣。我看其原因是某些描写战争的作品没有战争的真实感，把本来极其尖锐的矛盾冲突磨平，从而失去了震撼读者心灵的艺术力量。别林斯基说过，缺乏戏剧性的长篇小说，是生气索然而沉闷的。"他在这篇小说中是如何表现真实性，表现矛盾冲突的？请举例说明。

依依惜别的深情

魏　巍

　　魏巍（1920—2008年），原名魏鸿杰，河南郑州人，当代诗人、散文家、小说家。1950—1958年，他三次奔赴朝鲜，写下了一系列散文、报告文学作品，后结集为《谁是最可爱的人》。这部文集热情讴歌了中国人民志愿军的革命英雄主义精神，揭示了"谁是最可爱的人"这个深刻的主题。该文集在全国引起了广泛反响，也一举奠定了他在文学史上的地位。1952年，他与白艾共同创作并出版了中篇小说《长空怒风》后，1956年又与钱小惠合作写出了电影小说《红色的风暴》。1978年，他完成了抗美援朝题材长篇小说《东方》，后凭借这部小说获首届茅盾文学奖。

　　我在凯歌声里来到了朝鲜。我又看到了这里的人民，这里的山水。多明丽的秋天哪，这里，再也不是焦土和灰烬，这是千万座山冈都披着红毯的旺盛的国土。那满身嵌着弹皮的红松，仍然活着，傲立在高高的山岩上，山谷中汽笛欢腾，白鹭在稻田里缓缓飞翔。在那山径上，碧水边，姑娘们穿着彩色长裙，顶着竹篮、水罐，走回开满波斯菊的家园。看到这种种情景，回想起朝鲜人民的遭遇，真叫人说不尽的激动，说不尽的欢欣！

　　可是，在这些日子，在志愿军就要跟他们分开的日子，深深的离情却牵着他们的心。他们可以承担一场浩大的战争，可以承担重建家园的种种艰辛，可是却承担不了如此沉重的离情。志愿军也是这样。他们在远离祖国的八年中，时时想着祖国，念着祖国，可是，当他们一旦要离开这结下生死友谊的人民，却是无限的依恋。

用什么来表达自己的心意呢？战士们又有什么呢？他们只有一双结着硬茧的手，一颗赤诚的心。在这离别以前的有限时间里，我看见他们在日夜忙碌。人民军的战友们就要接防来了，他们把营房刷了一遍又一遍，就是墙上溅了几个泥点，也要重新刷过，就是一把水壶，也要把它擦亮。为了美化营地，他们简直成了传说中炼石补天的女神。他们从东山爬到西山，从北岭奔到南河，采来了红石、白石、黄石、绿石，还挖来了苔藓的青茸，给每座房舍的四周都镶了花边，给每座院子都修了花坛，说是花坛，实在是一幅幅绣在地上的彩画。这里有龙、凤、狮、虎，有白兔、彩蝶，有水中青莲，有雪地红梅，还有白云环绕的天安门和牡丹峰。如果你走近细看，就更能看出战士们的苦心：他们是用手电灯泡涂了红漆，做成小白兔的眼睛；把瓶口切下来，镶上花瓷碗片，做成了蝴蝶翅上的花点；就是在那漱口池里，也砌了红日、雄鸡和"早晨好"的祝词。正像战士诗里说的，"园地道路作锦绸，摆花好似坐绣楼"，这里的一花一叶，都渗透着战士们的汗水和深情！

此外，战士们还把最心爱的东西留赠给人民军的战友，在每一座礼品室里，都袒出了他们的一颗颗红心。就是我这在部队多年的人，也从没有见识过战士们这么多的机密。这些赠品，都是他们从来不舍得用，从来不拿给人看，一直藏在小包袱的最里层的，都是珍藏多年，跟他们跋山涉水，在水里火里就是牺牲生命也不肯丢的。这次，为了离开这片国土，为了最珍贵的友谊，他们的机密泄露了。这里有爱人分别时连夜做的手帕，有一参军就背着的绣花袜底，有家传几代的瓷碗，有姐妹的绣花荷包，有洞房花烛之夜的合欢杯，还有未婚妻用红毛线织成的腰带。这些爱物，就是他们本人，也只是在没人的时候，才取出来看一下，接着又匆匆藏起，可是，今天他们拿出来了，而且用红纸题了诗句，摆在这里。有一双做得异常精美的绣花袜底，上面附着一首这样的诗：

妻子做袜千针线，
临别赠我在江边，
爱情绵绵如江水，
永远长流水不断。
此袜爱在我心间，
藏在包内整四年，
转送战友表心意，
两心相盼永相连。

战士胡明富等三个同志，决定亲手做绣花手绢送给人民军。他们没有布，就扯了包袱皮，又找来颜料，染了几束采线，染的时候还放了碱，让它永不褪色。杀敌勇士就这样拿起了绣花针，变成了绣花姑娘。绣呵，绣呵，两条绣花手绢终于绣成了。他们还题了下面的诗：

粗手绣花夜更深，
绣了一针又一针，
针针线线心相印，
中朝友谊比海深。

在这有限的时刻里，战士们还多方寻思着，为当地的父老们尽一点力。他们思虑着，哪些溪涧在山洪到来时不好通过，就架起一座座石桥和木桥；哪些人家离河太远，就在散居的村舍边，挖下一口口水井；哪些水井靠近大路，又在水井上加了井盖。他们还挨家挨户去看，看谁家的房子漏雨，就铺上新草，谁家的屋台裂了缝，就用灰泥把它抹好。他们还拾来美国的炸弹片，生起炉火，打成了镰刀，割下山藤编成筐篮，按照朝鲜式样做成活腿的小圆桌，然后把它分赠给朝鲜的阿爸基和阿妈妮（朝鲜族语，对父亲、母亲的称呼）。另一些心灵手巧的战士们，还为孩子们制作了小手枪、万花筒和滑冰用的小冰车；为年迈的老人雕制了龙头拐杖。当这些饱经沧桑的老人把拐杖接到手里，他们昏花的老眼涌出泪水，他们感慨活了几个时代，从来没有见过这样的军队，这制作小手枪、万花筒和龙头拐杖的军队！他们称颂着，中国共产党和毛泽东教导得好，这些中国孩子的心，简直是金子一般的心，银子一般的心，水晶石一般晶莹玲珑的心！

在阳德郡，我看见战士们正急急忙忙赶修着一座朝鲜风格的房子。原来，村里有一个驼背的孤苦的妇人，带着四个孩子，十年来没有一间住房，到处借居着。这房子就是为她修的。战士们怀着深切的爱，把廊柱染成红的，还在飞檐下绘了鸟虫花卉，绘了两国人民并肩作战的彩画。直到出发前一天，他们才把房子烘干。搬家时非常热闹。部队出动了好几十名战士，有人端锅碗，有人抱坛罐，有人扛木头，有人背草袋，有人赶小猪，小猪吱吱叫着，锣鼓敲着，排成了一长队，热热闹闹，把这一家送进新居。接着，战士们手拉手，围着房子，围着这位朝鲜妈妈跳起舞来，朝鲜妈妈伏在战士肩上，流着眼泪。这时候，她的老母亲也赶来了。这位头发花白的老人，斟满一杯酒，捧到政委的唇边，说昨天晚上她做了一个梦。她说她梦见一条天龙从天上下来了。这条天龙在空中兜兜转转，消失了，然后她就听见乐声。乐声里，从四面八方涌来了不知道多少志愿军，向她的女儿走来，围着她的女儿跳舞，就像今天战士们围着她女儿跳舞的情景一样。她说，在梦境里，她的女儿用双手提起了裙子，志愿军就争着向她的怀里投着鲜花。那些花朵，看来很轻，可是一落下来，每一朵都沉甸甸的，把裙子都坠沉下来……深情的人民呵，你对我们的军队做了多么美丽的歌颂！可以想见，人们要离开这样的一支军队，怎么会不深深地依恋！

可是，志愿军的行期，仍然是一天天地迫近了。朝鲜父老们，他们白天做活也安不下心去，夜里也不能安静睡眠。他们再三探问志愿军的行期，唯恐人们悄悄离开，一听见汽车声响，就要推开门窗来，张望一回。如果哪个战士到了他们家，阿妈妮们就会端出一铜碗一铜碗的栗子，或者就从鸡窝里慌张地抓出发热的鸡蛋，拿来敬客。他们还把熟识的战士请到家里，杀鸡，买酒，眼看着战士吃到肚里，仿佛才能缓解一下他们的离情。温井里有二十二个老妈妈，她们集了钱，准备酒食，请了几十个战士去谈心。这一夜，她们向中国孩子们倾诉了自己的感情。有的说，你们走了，就像我掉了一扇膀子；有的说，你们走了，就像是吃饭时缺少了盐；有的说，要是背得动，妈妈要把你们背着送过鸭绿江！她们带着泪，把头上的银簪拔下来，把带了几十年的结婚戒指取下来，把传了几代的跳舞时带在身上的小铜铃拿出来，塞向战士的怀里，戴在战士的手指上。她们还把菜一口一口夹到战士们的嘴里，有的人含着热泪咽下去了，有的人背过身去，把阿妈妮喂到嘴里的栗子又悄悄吐出来，用纸包好，小心地放在衣袋里，作为对朝鲜母亲终生不忘的纪念。战士们激动地说："如果美帝敢再动手，就是我活到八十岁，胡子三尺长，我也要带着儿孙们来抗美援朝！"朝鲜人民的深情厚谊，就是这样叫人终生难忘。温井里有一个瞎老妈妈，自她的女儿被日本人抢走，她的一双眼睛就被那年月的泪水沤瞎了。当二十几个战士去向她告别的时候，老妈妈动情地说："你们在这儿住了几年，我也没看见过你们的模样儿，你们帮我修好了房子，我也看不见修房子的是谁。天哪，要是我的眼睛能看你们一眼，就是立刻死了我也甘心！"她拍拍自己的心，又摸摸战士们的胸口："孩子，我看不见你们，让我摸摸你们吧！"说着，她把二十几个战士的胸口都摸了一遍。

在这惜别时刻，简直无一处不是友谊的诗，感人的诗。人们编成许多诗歌来赞美这珍贵的友谊。在阳德郡的枫林柴门中，住着一位满头白发的无名诗翁。我去访问了他。谈到志愿军的撤离，老人异常惋惜地叹了口气，拔笔写下几个汉字："完似股肱，人民全部之言。"老人还递给我五六个自己糊的白纸信封，信封上都写着："平安南道阳德郡东阳里七十八岁翁朴仁俊谨奉"的字样，打开来，都是赠给志愿军的送行诗章。其有一首是：

> 还乡千里路，
> 雁叫三月秋。
> 两国兄弟谊，
> 苍江不尽流。

还有一首：

> 夜霜红深千林树，
> 可作明朝欢送情，
> 带白头鬓车下满，
> 连呼万岁动山城。

在这惜别时刻，朝鲜人民对牺牲在这块国土上的烈士们，尤其怀有深深的感情。在修建东阳里九龙江桥的时候，流送的木头常常被石头堵住，为了排除阻塞，年轻的蔡定琪跳进急流，不幸被卷进旋涡而牺牲了。这也许是志愿军牺牲在朝鲜的最后一人。牺牲后，他被埋葬在志愿军的烈士陵园。可是，东阳里的人民，坚持要把他葬在东阳里，并且选择一块最好的向阳的墓地，按朝鲜礼节重新安葬。深情的人民呵，他们要东阳里的男女老幼，抬起头就能望见蔡定琪的坟墓，也让蔡定琪能够望见他所献身的九龙江桥。志愿军答应了这个请求。移葬那天，东阳里的男男女女都参加了葬仪。下葬前本来是极好的天气，下葬时，忽然间来了一片乌云，下了一阵大雨，这时候，在墓地上空，出现了一弯美丽非凡的彩虹。下葬结束，彩虹又渐渐隐没，事后，在东阳里居民中流传着一段神话式的解说，说这是中朝友谊感动了天地，所以才出现了这样美丽的彩虹。

离别的日子终于不顾人们深重的离情来临了。行李被装上了汽车，大车被套上了骡马，大炮着好了炮衣。营门上已经换上了人民军的哨兵。战士们最后一次扫净了院子，挑满了水缸，拍一拍身上的尘土，装好了行囊。

这一夜，有多少朝鲜人家没有合眼，有多少人家午夜三点就亮起了灯，他们再一次整理好花束，把礼物放进竹篮，坐等着集合号就要响起的拂晓。拂晓，这是深秋的拂晓呵，可是人们已经走出来了，穿着单薄的衣裳走出来了。老人们戴着高高的帽子。妇女们顶着竹篮，背着孩子。人们都拿着枫叶。就是背上的孩子，小手里也拿着枫叶。他们站在大路边，站在寒气袭人的风中。

部队集合了。妇女们打开竹篮，分赠着礼物。孩子们爬上大炮，把红叶插上炮口。小吉普也被无数彩纸条和成串的纸花缠成了花车。阿妈妮们、孩子们、姑娘们，他们做这些事情的时候，都没有哭。前一天晚上，战士们就告诉他们不要哭。里（即村）干部们也告诉他们，为了不使志愿军难过，让他们不要哭。他们很听话，他们真的止住了，在做这些事情的时候，都没有哭。

出发号响起了。战士们背起背包，挎上了枪，走向夹道欢迎的人群。"万岁"声响起来了，火红的枫叶举起来了，孩子们奋力地撒着纸屑，欢呼着："荣光——伊斯达！""荣光——伊斯达！"（即"光荣啊！"）志愿军的脚步移动了，人们的眼睛湿了，但谁都忍着，竭力喊着口号，仍然没有哭。可是，当战士们握着老妈妈的手，叫了一声"阿妈妮，再见！"，不知道是那个老妈妈忍不住了，拉着战士的手，第一个哭出了声。接着是姑娘们、孩子们哭出声来，然后是那些男人们无声地流泪，低声地啜泣。这时候，战士们简直是在朝鲜人民送行的泪雨中行进，这不是哪一个人在哭，这是全朝鲜人在捧着赤心送着他们至亲至爱的友人！

我的一滴泪，也止不住滴在这千行泪雨中。呵，亲爱的、可敬的朝鲜人民！在纷飞的战火中，你是那样刚强！敌人把你的城镇变成了废墟，你没有哭；敌人把你的家园烧成了灰，你没有哭；敌人杀死了你的亲人，你没有哭；敌人把你绑在大树上，烧你，烤你，你没有哭；你真是一把拉不断的硬弓，一座烧不毁的金刚！可是今天，当你的战友——中国战士们要离开你的时候，你却倾洒了这样多的眼泪！仿佛要把你们每个人一生一世的眼泪，都倾洒在今天！你们是多么刚强而多情多义的人啊！

请收起眼泪吧，亲爱的、可敬的人民！你的泪是这样倾流不止，已经打湿了你们的国土。我知道，你是为中国战士的鲜血而痛惜，为中国战士的一点点工作而感怀。你今天的泪，是对中国战士的最崇高的评价，是给予中国战士的无上的光荣！我知道，这泪雨中的每一滴，都不是普通的眼泪，都是万金难买的友谊的珍珠！

在这送行的泪雨中，中国战士们也个个垂泪，一个小时已经过去了，还没有走出二里路。这时候，在送行人的行列里，不知是谁在喊："不要哭了，替他们背背包呵！"人们才像忽然醒过来，擦擦泪，去夺战士们的背包，小孩子也抢过背包来背在肩上，妇女们把夺过的背包高高地顶在头上。这时的队伍，已经不分行列，不分军民，不分男女，错错落落，五光十色，互相搀着扶着，边说边哭，边哭边走。这是个什么队伍呵！也许这不像队伍吧，可是这的确是世界上最强有力的队伍，这是心连着心、肩并着肩的友谊的巨流！这支巨流行进着，越过了一道道水，一道道山，他们行进在枫林烧红的山野，行进在社会主义的东方⋯⋯

【品读】

这篇文章描写了中国人民志愿军撤离朝鲜时，和朝鲜人民依依惜别的情景，歌颂了中朝人民用鲜血凝结成的崇高深厚的友谊，也颂扬了志愿军的爱国主义精神、国际主义精神和纯洁高尚的品质，颂扬了朝鲜人民淳朴热情的气质和刚毅坚强的英雄气概，显示了中朝两国人民团结起来的伟大力量。

《依依惜别的深情》通篇激荡着中朝人民的深厚友谊。读这篇文章，读者仿佛在读一首感情浓郁的抒情诗。其中有些片段，比如中朝人民重建家园的情景、朝鲜老妈妈关于天龙的梦境和最后送别的场面等，都很富于诗意。文章中引用的志愿军和朝鲜的白发诗翁所作的四首诗，更加强了这篇文章感人的诗的气氛。

文章语言细腻，鲜明生动；句式富于变化，气势充沛。作者选择特征最鲜明、最能说明中朝人民的深情厚谊的典型事例，生动、深刻地展示了他们的内心世界。在描写朝鲜人民送别志愿军的极其感人的情景时，作者阐述了其中蕴含的深刻的意义，议论中洋溢着诗意，充满激情。

【思考题】

一、魏巍的战地通讯具有什么特点？

二、请分析这篇作品是如何进行抒情的。

第七单元

修 身 立 志

　　人无德不立。道德之于个人、之于社会，都具有基础性意义。无论做人还是做事，都要注重崇德修身。古今成大业者，无不以修身立志为人生之根本。习近平总书记多次强调，广大青年要把正确的道德认知、自觉的道德养成、积极的道德实践紧密结合起来，自觉树立和践行社会主义核心价值观，带头倡导良好的社会风气，不断修身立德，打牢道德根基，让自己的人生道路走得更正、走得更远。广大青年要做社会主义核心价值观的坚定信仰者、积极传播者、模范践行者，向英雄学习，向前辈学习，向榜样学习。那么，何谓修身？修身就是陶冶身心，涵养德性，砥砺躬行。凡修身者，必先立志。何谓立志？立志就是确定志向，树立理想，明确奋斗目标。修身不是一蹴而就的事，相反，它需要艰苦磨砺的过程，因为人需要不断面对自己的弱点，反复考验自己的意志。只有志存高远，坚忍不拔，方能使修身成为个体自觉的行为。

　　修身立志具有深厚的历史底蕴和丰富的文化内涵，它或体现为珍惜时光、及早努力的谆谆告诫；或体现为不畏艰难、勤奋苦读的求知精神；或体现为矢志不渝、一往无前的浩然正气；或体现为借物明理、赋予自然之物以人格之美的缜密细致；或体现为心无旁骛、毫无功利意图的读书态度；或体现为珍惜当下、知足常乐的生存智慧；或体现为淡泊明志、宁静致远的人生境界；或体现为善良慷慨、无私奉献的人性光辉……

　　中华民族历来崇尚道德，把人的德性修养视为立身之本。修身立志一直是中华传统文化的重要内容，它是独善其身、实现自我价值的内在动力，也是心系天下、更好地履行个体社会责任的思想源泉。中华民族历经五千年风雨沧桑，始终生生不息、充满活力，正是受益于传统文化精华的丰厚滋养，而在这其中，修身立志、自强不息的精神内核无疑发挥了重要的作用。广大青年要自觉用中华优秀传统文化、革命文化、社会主义先进文化培根铸魂、启智润心，加强道德修养，明辨是非曲直，增强自我定力，追求更有高度、更有境界、更有意义的人生。

赠从弟[1]（其二）

刘 桢

刘桢（186—217年），汉魏间文学家，字公干，东平（今山东泰安）人。祖父刘梁，以文学见长。建安中，刘桢被曹操召为丞相掾属。与曹植兄弟交好。后因在曹丕席上平视曹丕之妻甄氏，以不敬之罪服劳役。文学成就主要表现在诗歌，特别是五言诗创作方面。曹丕就曾说他"其五言诗之善者，妙绝时人"。其作品气势恢宏，不假雕琢，格调颇高。他与王粲合称"刘王"，与曹植合称"曹刘"，与孔融、陈琳、王粲、徐干、阮瑀、应玚合称"建安七子"。

亭亭山上松[2]，瑟瑟谷中风[3]。
风声一何盛[4]，松枝一何劲！
冰霜正惨凄[5]，终岁常端正。
岂不罹凝寒[6]？松柏有本性[7]。

【注释】

[1] 从（旧读 zòng）弟：堂弟。
[2] 亭亭：高耸的样子。
[3] 瑟瑟：形容风声。
[4] 一何：多么。
[5] 惨凄：凛冽，严酷。
[6] 罹（lí）凝寒：遭受严寒。罹，遭受。凝寒，严寒。
[7] 本性：固有的性质或个性。

【品读】

读刘桢的诗，须先了解他的为人。在建安时代，刘桢是一位很有骨气和正气的文人。史书记载，有一次，曹丕宴请文人雅士，席间命夫人甄氏出拜，"坐中众人皆伏"，唯独刘桢"平视"。曹丕因他"不敬"而重罚他。以这样的风骨作诗，其诗自然具有颇高的格调。

《赠从弟》共三首诗，都带有这样的风骨。作者在诗中运用比兴之法，分咏浮萍、松柏、凤凰三物，以其高洁坚贞的品性、远大的胸怀抱负来激励堂弟，亦以自勉。三首诗在古人赠答之作中都堪称独具一格。

本文选取的是第二首，吟咏的对象是松柏。松柏自古以来为人们所称颂，成为品性坚贞、不向恶势力低头的象征。孔子当年就曾满怀敬意地赞美它："岁寒，然后知松柏之后凋也。"首联中，"亭亭"之松拔地而起，展现出挺拔的气势，在"瑟瑟"谷风的衬托下，"亭亭"之松显得格外雄伟。颔联中，作者为表现松柏的苍劲，进一步渲染谷风之凛冽。作者先用"一何"感叹谷风似乎要横扫万木，再用"一何"描写松枝的耐力，彰显出松柏"其奈我何"的坚贞品性。颈联中，作者也许觉得，与谷风对抗并不足以表现松柏的气节，所以又以"惨凄"的冰霜来进一步衬托松柏的"端正"。尾联中，作者用设问点明全诗的主题。这首诗看似咏物，实为言志，借松柏之刚劲，明志向之坚贞。全诗由表及里，由此及彼，寓意高远。

【思考题】

一、诗人借松柏抒发情怀，这样的表现手法在文学作品中很常见。与他并称"建安七子"的其他文人中，谁的气质和刘桢最为相似？作为新时代的军校学员，我们应该怎样培养自己的松柏情怀？

二、这是一首咏物诗，标题是《赠从弟》，内容却写"松柏"，请简要分析作者的用意。

第七单元　修身立志

咏怀（第三十九首）

阮　籍

阮籍（210—263年），字嗣宗，陈留尉氏（今河南尉氏）人，三国时期魏国文学家。曾为步兵校尉，世称"阮步兵"。因与嵇康、刘伶等名士常聚会于竹林之下，世称"竹林七贤"。他擅长五言诗，格调高昂，对五言诗发展做出了重要贡献。

阮籍始终忠于曹魏，对篡权的司马氏不满。为躲避司马氏的迫害，他或闭户读书数月不出，或登临山水多日不归。所作诗均无篇名，统一命名"咏怀"。

壮士何慷慨[1]，志欲威八荒[2]。
驱车远行役[3]，受命念自忘[4]。
良弓挟乌号[5]，明甲有精光[6]。
临难不顾生，身死魂飞扬[7]。
岂为全躯士，效命争战场[8]。
忠为百世荣，义使令名彰[9]。
垂声谢后世[10]，气节故有常。

【注释】

[1] 壮士：意气豪迈而勇敢的人。何：多么。慷慨：感慨，叹息，暗指壮志难酬。

[2] 志：志向。欲：想要。威：使人敬畏的力量或气势。八荒：八方，亦称八极，这里指天下所有的地方。这两句意思是：壮士为自己的抱负难以实现而感慨叹息，但报效国家、扬威天下的志向决不改变。

[3] 行役：从军，出征。

[4] 受命：接受国家命令。念自忘：排除个人杂念。这两句意思是：壮士驾战车出征远方执行命令，就要抛弃个人杂念，效命疆场。

[5] 乌号：一种良弓的名称。

[6] 明甲：一种叫明光的铠甲。这里指精良的铠甲。精光：极明亮的光辉。这两句意思是：带上良弓，披着明甲，展现壮士忠于国家、勇敢出征的雄姿。

[7] 这两句意思是：国家有危难时，壮士决不会顾惜自己的生命，为国捐躯虽死犹荣。

[8] 全躯士：因怕死而保全性命的人。这两句意思是：壮士怎能贪生怕死，只有效命沙场，争取胜利，才是英雄本色。

[9] 令名：好的名声。这两句意思是：忠诚报国永远是壮士的荣耀，正义之举才能使人名扬天下。

[10] 谢：告诉。后世：后人。

【品读】

在魏晋时期，活跃着著名的"竹林七贤"，阮籍就是其中一员，也是这个名士群体中诗歌成就最高者，代表作是八十二首《咏怀》诗。当时，司马氏为了堂而皇之地篡夺曹魏政权，打出了名教的幌子，阮籍便用老庄的"自然"与之对抗。司马氏杀戮异己，被株连者很多。阮籍本来在政治上倾向于曹魏皇室，对司马氏心怀不满，但同时又感到世事已不可为，于是他采取不涉是非、明哲保身的态度，或者闭门读书，或者登山临水，或者酣醉不醒，或者缄口不言，只通过作品抒发内心的苦闷之情。在一些诗作中，阮籍表达了自己志存高远、渴望建功立业的愿望。

这首诗讴歌了受命不顾私、报国忘其身的壮士。俗话说，"好男儿志在四方"，英勇的壮士出征远方，心无杂念，只为保家卫国。前两句中的"威八荒"，强调壮士心怀大志，不惧艰辛，远赴"八荒"。壮士们的豪情壮志具有强大的威慑力，足以让敌人闻风丧胆，不战而溃。壮士手持"良弓"，身披"明甲"，英勇杀敌，奋不顾身，宁愿血染沙场，也绝不苟且偷生，这些都表现了壮士们不怕流血牺牲的英雄气概。作者热情赞扬壮士以忠诚效命为荣、以贪生怕死为耻的高尚情操，展现了壮士甘愿为国捐躯，使忠义美名流传千古的强烈的爱国之情。全诗文字刚健有力，情感饱满激昂，是一首荡气回肠的爱国诗歌。

【思考题】

一、简要概括本诗的思想主题。
二、你认为本文的主旨对培养新时代革命军人有怎样的现实意义？

修　身

墨　子

墨子（约公元前 476—约公元前 390 年），名翟（dí），春秋末期战国初期宋国（今河南商丘）人，一说鲁国（今山东滕州）人。墨子是宋国贵族目夷的后裔，曾担任宋国大夫。墨子是著名的思想家、教育家、科学家、军事家，墨家学派的创始人。墨家在先秦时期影响很大，墨学与儒学并称"显学"。当时的百家争鸣，有"非儒即墨"之称。墨子提出了"兼爱""非攻""尚贤""节用"等观点。后来，其弟子收集其语录，完成《墨子》一书。墨子创立了以几何学、物理学、光学为突出成就的一整套科学理论。

君子战虽有陈[1]，而勇为本焉；丧虽有礼，而哀为本焉；士虽有学，而行为本焉。是故置本不安者，无务丰末；近者不亲，无务来远；亲戚不附，无务外交[2]；事无终始，无务多业；举物而暗，无务博闻。

是故先王之治天下也，必察迩来远。君子察迩修身也，修身见毁而反之身者也。此以怨省而行修矣。谮慝之言[3]，无入之耳；批扞之声[4]，无出之口；杀伤人之孩，无存之心。虽有诋讦之民，无所依矣。故君子力事日强，愿欲日逾，设壮日盛。

君子之道也，贫则见廉，富则见义，生则见爱，死则见哀，四行者不可虚假，反之身者也。藏于心者，无以竭爱；动于身者，无以竭恭；出于口者，无以竭驯。畅之四支，接之肌肤，华发隳颠[5]，而犹弗舍者，其唯圣人乎！

志不强者智不达，言不信者行不果。据财不能以分人者，不足与友；守道不笃，遍物不博，辩是非不察者，不足与游。本不固者末必几，雄而不修者，其后必惰。原浊者流不清，行不信者名必秏。名不徒生而誉不自长，功成名遂。名誉不可虚假，反之身者也。务言而缓行，虽辩必不听；多力而伐功[6]，虽劳必不图。慧者心辩而不繁说，多力而不伐功，此以名誉扬天下。言无务为多而务为智，无务为文而务为察。故彼智无察，在身而情，反其路者也。善无主于心者不留，行莫辩于身者不立。名不可简而成也[7]，誉不可巧而立也。君子以身戴行者也。思利寻焉，忘名忽焉，可以为士于天下者，未尝有也。

【注释】

[1] 陈：同"阵"，阵法。
[2] 外交：与亲戚以外的人交往。
[3] 谮慝：恶意的诽谤。
[4] 批扞之声：冒犯别人的话。

［5］臒颠：秃顶。这里指年纪大。

［6］伐功：夸耀自己的功劳。

［7］简：轻易。

【品读】

许多有大成就的人，都有意志、天赋与勤奋。坚定的意志在其中犹如统帅。人只有意志强，才能充分地施展才能。如果没有坚强不屈的意志和坚韧不拔的毅力，即使有超人的智慧，人也难以有所作为。

儒家讲修身，墨家也讲。墨家不但认识到修身是立身行事之本，而且阐述了实践、反省等修身的方法，以及环境对于修身的影响和作用，并将"天志"作为修身的根本准则。墨家修身的原则是固本为先，务末次之，即要抓住主要矛盾的主要方面，方能事半功倍，切中要害，不能舍本逐末，流于形式。墨子提出了衡量君子的标准：志强言信、慷慨大方、守道笃行、博学多才、明辨是非。这便是墨家强调的修身的目的。至于具体的修身方法，就是发自内心，杜绝虚假。墨子反对为了名而修身，但人只要如此修身，必可"名誉扬天下"。墨家特别强调环境的重要性。墨子认为，只有君子能做到"谮慝之言，无入之耳；批扞之声，无出之口；杀伤人之孩，无存之心"。先秦诸子思想的特质是各家思想在本质上都是政治思想，墨家的修身目的与儒家相似，只不过最终达到的政治蓝图有异罢了。墨家认为，君子修身，以成为慷慨大方、博学多才、明辨是非、对天下有用的贤人，承担治国安邦的重任，则"兼相爱，交相利"的天下大治局面指日可待矣。

修身思想是墨家思想体系中的有机组成部分。墨家的修身观对于中国传统修身思想的发展产生了重要影响，至今仍然可以给我们以有益的启示。

【思考题】

一、通过对本文的学习，谈谈你对修身的理解。

二、墨家怎么看待实践对于个人成长的影响？这对作为军校学员的我们有什么启示？

勉学篇（节选）

颜之推

颜之推（531—约595年），字介，临沂（今山东临沂）人，南北朝时期文学家、教育家。颜之推生于士族官僚家庭，自幼好学，博览群书，得到南朝梁湘东王赏识，被任命为国左常侍。西魏攻陷江陵后，颜之推被俘，后在北齐任官。北齐为北周所灭，他被征为御史上士。隋灭北周后，他被召为学士。颜之推自叹"三为亡国之人"，任官四朝，可谓屡经世变。颜之推结合自己的人生经历、处世哲学，写成《颜氏家训》一书，用以告诫子孙。

人生小幼，精神专利，长成已后，思虑散逸，固须早教，勿失机也。吾七岁时，诵《灵光殿赋》[1]，至于今日，十年一理，犹不遗忘；二十以外，所诵经书，一月废置，便至荒芜矣。然人有坎壈[2]，失于盛年，犹当晚学，不可自弃。孔子云："五十以学《易》，可以无大过矣。"魏武、袁遗，老而弥笃，此皆少学而至老不倦也。曾子十七乃学，名闻天下；荀卿五十，始来游学，犹为硕儒；公孙弘四十余，方读《春秋》，以此遂登丞相；朱云亦四十，始学《易》《论语》，皇甫谧二十，始受《孝经》《论语》：皆终成大儒，此并早迷而晚寤也。世人婚冠未学，便称迟暮，因循面墙，亦为愚耳。幼而学者，如日出之光，老而学者，如秉烛夜行，犹贤乎瞑目而无见者也。

学之兴废，随世轻重。汉时贤俊，皆以一经弘圣人之道，上明天时，下该人事，用此致卿相者多矣。末俗已来不复尔，空守章句[3]，但诵师言，施之世务，殆无一可。故士大夫子弟，皆以博涉为贵，不肯专儒。梁朝皇孙以下，总丱之年[4]，必先入学，观其志尚，出身已后，便从文吏，略无卒业者。冠冕为此者，则有何胤、刘瓛、明山宾、周舍、朱异、周弘正、贺琛、贺革、萧子政、刘绍等，兼通文史，不徒讲说也。洛阳亦闻崔浩、张伟、刘芳，邺下又见邢子才：此四儒者，虽好经术，亦以才博擅名。如此诸贤，故为上品，以外率多田野间人，音辞鄙陋，风操蚩拙，相与专固，无所堪能，问一言辄酬数百，责其指归，或无要会。邺下谚云："博士买驴，书卷三纸，未有驴字。"使汝以此为师，令人气塞。孔子曰："学也禄在其中矣。"今勤无益之事，恐非业也。夫圣人之书，所以设教，但明练经文[5]，粗通注义，常使言行有得，亦足为人；何必"仲尼居"即须两纸疏义，燕寝讲堂，亦复何在？以此得胜，宁有益乎？光阴可惜，譬诸逝水。当博览机要，以济功业；必能兼美，吾无间焉[6]。

俗间儒士，不涉群书，经纬之外，义疏而已。吾初入邺，与博陵崔文彦交游，尝说《王粲集》中难郑玄《尚书》事。崔转为诸儒道之，始将发口，悬见排蹙，云："文集只有诗赋铭诔，岂当论经书事乎？且先儒之中，未闻有王粲也。"崔笑而退，竟不以粲集示之。魏收之在议曹，与诸博士议宗庙事，引据《汉书》，博士笑曰："未闻《汉书》得证经术。"收便忿怒，都不复言，取《韦玄成传》，掷之而起。博士一夜共披寻之，达明，乃来谢曰："不谓玄成如此学也。"

……

邺平之后，见徙入关。思鲁尝谓吾曰："朝无禄位，家无积财，当肆筋力，以申供养。每被课笃，勤劳经史，未知为子，可得安乎？"吾命之曰："子当以养为心，父当以学为教。使汝弃学徇财，丰吾衣食，食之安得甘？衣之安得暖？若务先王之道，绍家世之业，藜羹缊褐，我自欲之。"

……

校定书籍，亦何容易，自扬雄、刘向，方称此职耳。观天下书未遍，不得妄下雌黄。或彼以为非，此以为是；或本同末异；或两文皆欠，不可偏信一隅也。

【注释】

[1]《灵光殿赋》：即《鲁灵光殿赋》，东汉文学家王延寿所作的一篇赋，内容为追忆鲁恭王受封及建造灵光殿的情景。

[2] 坎壈：困顿，坎坷。

[3] 章句：古书的章节和句子。

[4] 总丱（guàn）之年：指童年时代。

[5] 明练：通晓，熟悉。经，儒家经典。

[6] 吾无间：我没有什么可批评的。间，间隙，空子，可乘之机。

【品读】

《颜氏家训》是一部内容丰富、内涵深邃的家训，也是一部学术著作。作者阐述了立身治家的方法，其内容涉及许多领域，尤其强调教育体系应以儒学为核心，注重孩子的早期教育，并针对儒学、文学、佛学、历史、文字、民俗、社会、伦理等提出了独到的见解。

这篇文章情感真切，论述充分。题目为"勉学"，意为努力学习。作者认为，人要趁年少多读书，多读儒家经典，在文中强调一"破"一"立"："破"即批判魏晋以来盛行于士族阶层的不肯实学之风；"立"即倡导一种以读儒家经典为主，勤勉踏实的学风。作者针对贵族子弟不学无术、养尊处优的社会现实，以自己背诵《鲁灵光殿赋》的经历为例子，指出一个人"固须早教"，如若"失于盛年"，则"犹当晚学，不可自弃"。人在读书时要勤于思考，如果不求甚解，"不涉群书，经纬之外，义疏而已"，就会成为浅学之徒，遭人耻笑。针对世人急功近利的读书态度，颜之推反复强调"勉学"的重要性。他认为，如果一个人坚持读书，则必会成为人才，既能提升个人修养，也能在社会上谋生。此外，颜之推认为，士人读书养性，一定要效法古代圣贤，因此他批评魏晋以来社会上常见的浅尝辄止的读书人，指出读书是为了充实自己，而不是为了向别人炫耀。颜之推生于乱世，身历数朝，他深知魏晋以来政治之得失、学术之短长，在《颜氏家训》一书中记录了自己的见解。《勉学篇》对后世影响很大，作者不拘章法，循循善诱，读起来让人有如沐春风之感，实为家训之典范。

【思考题】

一、作者在本文中运用了哪些修辞手法？

二、从颜之推的文章中，我们可以看出，读书和不读书有什么区别？请谈谈你对读书和学习的理解。

稼说送张琥^[1]

苏　轼

曷尝观于富人之稼乎^[2]？其田美而多，其食足而有余。其田美而多，则可以更休^[3]，而地力得完。其食足而有余，则种之常不后时，而敛之常及其熟^[4]。故富人之稼常美，少秕而多实^[5]，久藏而不腐。

今吾十口之家，而共百亩之田，寸寸而取之，日夜以望之，锄耰铚艾^[6]，相寻于其上者如鱼鳞，而地力竭矣。种之常不及时，而敛之常不待其熟，此岂能复有美稼哉？

古之人，其才非有以大过今之人也，其平居所以自养而不敢轻用以待其成者，闵闵焉如婴儿之望长也^[7]。弱者养之以至于刚，虚者养之以至于充。三十而后仕，五十而后爵^[8]，信于久屈之中^[9]，而用于至足之后；流于既溢之余，而发于持满之末^[10]，此古之人所以大过人，而今之君子所以不及也。

吾少也有志于学，不幸而早得与吾子同年^[11]，吾子之得亦不可谓不早也。吾今虽欲自以为不足，而众且妄推之矣^[12]。呜呼！吾子其去此而务学也哉^[13]！

博观而约取，厚积而薄发^[14]，吾告子止于此矣。子归过京师而问焉，有曰辙子由者，吾弟也，其亦以是语之^[15]。

【注释】

[1] 说：古代的一种文体，常在叙述中表明作者的观点和见解。张琥：张瑰，苏轼的好友。

[2] 曷（hé）：同"盍"，何不，此处"曷尝"可解作"可曾"。稼，庄稼。

[3] 更：轮换。

[4] 敛：收获。旧时青黄不接时，贫者常不待庄稼成熟就收割充饥，谓之"杀青"。

227

[5] 秕（bǐ）：只有壳而没有米的谷粒，俗称瘪谷。实：饱满的谷粒。

[6] 铚（zhì）：短镰。艾：收割。

[7] 闵闵焉：殷切状，十分关心的样子。

[8] 三十而后仕，五十而后爵：三十岁以后才出来做官，五十岁以后再求加官封爵。语出《礼记·曲礼上》。

[9] 信（shēn）：同"伸"。

[10] 发于持满之末：在弓拉满之后才把箭发出去。发，发射。持满，把弓拉满。末，后。

[11] 早得：很早登第。

[12] 妄推：错误地推崇。

[13] 去此：抛弃已得（登第）的浮名。务学：勤学。

[14] 博观而约取，厚积而薄发：广泛地读书而精准审慎地取用，在有丰富的积累之后慢慢地释放出来。约，简，少。薄，这里有谨慎、有力不尽使的意思。

[15] 其：句首发语词。是：这，指"博观而约取，厚积而薄发"。语（yù）：告诉。

【品读】

《稼说送张琥》是北宋文学家苏轼创作的一篇杂说。苏轼在京都任职时，进士张琥归家之前来看望苏轼，作者有感于当时士大夫中滋长着急功近利、浅薄轻率的风气，因而特地写了这篇短文送给张琥，并愿与之共勉。

全文以譬喻开篇，先用"曷尝观于富人之稼乎？"一句提问，自然引出下文，也能引起读者的重视。然后，作者生动具体地讲述了富人与穷人的两种耕作方法，以及带来的两种不同效果。富人的地越种越好，收获越来越丰富；穷人的地越种越贫瘠，收获也越来越微薄。究其原因，是富人土地多，粮食也多，因而可以实行轮作，让土地休养生息，形成良性循环，也能够不断发展再生产；穷人却不能做到这些，陷入恶性循环，最终连简单的再生产都难以维持。作者据此归纳出物质生产的自然规律，并将其引申到精神生产上，将古人与今人对比，认为治学就和种庄稼一样，不能急于求成，必须勤劳修养，做到"流于既溢之余，而发于持满之末"。作者结合自己的学习实践和亲身经历，进一步说明这个问题，指出做学问千万不能自得自满、追求虚名，要去专心学习，"博观而约取，厚积而薄发"。在文末，作者托张琥将自己的意见转告弟弟苏辙，看似闲笔，却意在表明这确实是他发自内心的肺腑之言。

文章写得随意自然，语言简明，比喻有趣，道理却很深刻。种庄稼与做学问看起来是风马牛不相及的两件事，作者却自然而巧妙地把它们紧密联系在一起，说明物质生产与精神生产有着相同的规律，通俗易懂，亲切自然。这充分说明苏轼善于观察事物，善于了解和掌握事物发展的规律，了解农业生产，拥有丰富的生活阅历。同时，本文也展现了苏轼高超的写作技巧和独具特色的行文风格。

【思考题】

一、分析北宋嘉祐至熙宁年间急功近利、浅薄轻率社会风气形成的原因。

二、苏轼是如何提醒张琥保持本心的？

三、种庄稼与做学问之间有何相似之处？这对于我们新时代军校学员的成长和成才之路有何启示？

训 俭 示 康

司马光

司马光（1019—1086 年），字君实，号迂叟，世称涑水先生，北宋时期政治家、史学家、文学家，宝元进士，先后任谏议大夫、翰林学士、御史中丞等职。治平三年（1066 年），司马光完成《通志》八卷的撰写，上呈英宗，颇受重视。英宗命设局续修，后神宗赐书名《资治通鉴》。熙宁初年，司马光竭力反对王安石变法，与王安石争论，强调祖宗之法不可变，后退居洛阳，继续编撰《资治通鉴》，至元丰七年（1084 年）成书。哲宗即位后，高太后听政，召司马光入京主持朝政，任尚书左仆射兼门下侍郎。司马光排斥新党，废止新法，在为相八个月后，于元祐元年（1086 年）病逝，获赠太师、温国公，谥号"文正"。

司马光学识渊博，在史学、哲学、经学、文学、医学方面都进行过钻研。在文学上，他明确反对辞藻堆砌，推崇文以载道。司马光为人低调，正直严谨，淡泊名利。著有《温国文正司马公文集》《稽古录》《涑水记闻》等。

吾本寒家，世以清白相承。吾性不喜华靡，自为乳儿，长者加以金银华美之服，辄羞赧弃去之。二十忝科名[1]，闻喜宴独不戴花[2]，同年曰[3]："君赐不可违也。"乃簪一花。平生衣取蔽寒，食取充腹，亦不敢服垢弊以矫俗干名[4]，但顺吾性而已。

众人皆以奢靡为荣，吾心独以俭素为美。人皆嗤吾固陋，吾不以为病。应之曰："孔子称'与其不逊也宁固'[5]。"又曰："以约失之者鲜矣[6]。"又曰："士志于道而耻恶衣恶食者，未足与议也[7]。"古人以俭为美德，今人乃以俭相诟病。嘻，异哉！

近岁风俗[8]，尤为侈靡，走卒类士服，农夫蹑丝履。吾记天圣中先公为群牧判官[9]，客至，未尝不置酒，或三行五行[10]，多不过七行。酒酤于市，果止于梨、栗、枣、柿之类，肴止于脯醢、菜羹[11]，器用瓷漆。当时士大夫家皆然，人不相非也。会数而礼勤，物薄而情厚。近日士大夫家，酒非内法，果肴非远方珍异，食非多品，器皿非满案，不敢会宾友。常数日营聚，然后敢发书，苟或不然，人争非之，以为鄙吝，故不随俗靡者盖鲜矣。嗟乎！风俗颓弊如是，居位者虽不能禁，忍助之乎？

又闻昔李文靖公为相[12]，治居第于封丘门内[13]，厅事前仅容旋马[14]。或言其太隘，公笑曰："居第当传子孙，此为宰相厅事诚隘，为太祝、奉礼厅事已宽矣[15]。"参政鲁公为谏官[16]，真宗遣使急召之，得于酒家。既入，问其所来，以实对。上曰："卿为清望官，奈何饮于酒肆？"对曰："臣家贫，客至，无器皿肴果，故就酒家觞之。"上以其无隐，益重之。张文节为相[17]，自奉养如为河阳掌书记时[18]，所亲或规之曰："公今受俸不少，而乃自奉若此，公虽自信清约，外人颇有公孙布被之讥[19]。公宜少从众。"公叹曰："吾今日之俸，虽举家锦衣玉食，何患不能？顾人之常情，由俭入奢易，由奢入俭难。吾今日之俸岂能常有？身岂能常存？一旦异于今日，家人习奢已久，不能顿俭，必致失所。岂若吾居位去位，身在身亡，常如一日乎？"呜呼！大贤之深谋远虑，岂庸人所及哉？

御孙曰[20]："俭，德之共也；侈，恶之大也。"共，同也。言有德者，皆由俭来也。夫俭则寡欲，君子寡欲，则不役于物，可以直道而行；小人寡欲，则能谨身节用，远罪丰家。故曰俭，德之共也。侈则多欲，君子多欲，则贪慕富贵，枉道速祸；小人多欲，则多求妄用，败家丧身。是以居官必贿，居乡必盗，故曰侈，恶之大也。

昔正考父饘鬻以糊口，孟僖子知其后必有达人[21]。季文子相三君[22]，妾不衣帛，马不食粟，君子以为忠。管仲镂簋朱纮[23]，山楶藻棁，孔子鄙其小器。公叔文子享卫灵公[24]，史䲡知其及祸，及戌，果富得罪出亡。何曾日食万钱[25]，至孙，以骄溢倾家。石崇以奢靡夸人[26]，卒以此死东市。近世寇莱公豪侈冠一时[27]，然以功业大，人莫之非。子孙习其家风，今多穷困。其余以俭立名，以侈自败者多矣，不可遍数，聊举数人以训汝。汝非徒身当服行，当以训汝子孙，使知前辈之风俗云。

【注释】

[1] 二十忝科名：司马光于仁宗宝元年间考中进士，时年20岁。

[2] "闻喜宴"句：宋朝凡新科进士都由皇帝赐宴，称"闻喜宴"，并赐簪花。

[3] 同年：同榜及第的人。

[4] 服：穿。干名：沽名钓誉。

[5] 与其不逊也宁固：见《论语·述而》。子曰："奢则不逊，俭则固。与其不逊也宁固。"意思是说，奢侈的人显得傲慢无礼，节俭的人显得见识浅薄。与其傲慢无礼，宁可见识浅薄。

[6] 以约失之者鲜矣：见《论语·里仁》。约，节俭。

[7] "士志于道"句：见《论语·里仁》。

[8] 近岁：指宋神宗元丰年间。

[9] 天圣：宋仁宗年号。先公：作者已去世的父亲司马池。群牧判官：宋代掌管全国各地公用马匹事务的机构称"群牧司"，群牧判官为该机构的高级官员。

[10] 行：行酒。主人劝酒一次为一行。

[11] 脯：干肉。

[12] 李文靖公：李沆（hàng），字太初，北宋诗人。宋真宗时官至宰相，死后谥号"文靖"。

[13] 封丘门：汴京（今河南开封）城门。

[14] 厅事：一作"听事"，处理公务或接待宾客的厅堂。

[15] 太祝、奉礼：即太祝和奉礼郎，这是太常寺的两个官，主管祭祀，往往由功臣的子孙担任。

[16] 参政鲁公：鲁宗道，字贯之，官至参知政事、吏部侍郎，北宋著名谏臣。

[17] 张文节：张知白，字用晦，宋真宗时为河阳（今河南洛阳）节度判官，宋仁宗初年为宰相，死后谥号"文节"。

[18] 掌书记：唐朝官名，相当于宋朝的判官，都是主管审批公文的官。古人作文，常用前代的官名称当时的官。

[19] 公孙布被：公孙弘，汉武帝时为丞相，封平津侯。史书上说他盖的是布被。

[20] 御孙：春秋时鲁国的大夫。

[21] 孟僖子：姬姓，孟氏，春秋后期鲁国司空，孟孝伯之子。

[22] 季文子：鲁国大夫季孙行父。三君：鲁文公、鲁宣公、鲁襄公。

[23] 管仲：姬姓，管氏，名夷吾，字仲，春秋时齐桓公的国相。镂簋：刻有花纹的簋。簋，盛食物的器具。纮（hóng）：在下巴以下打结的帽带。

[24] 公叔文子：卫国大夫公孙发。享卫灵公：请卫灵公到家参加宴会。

[25] 何曾：原名何谏，字颖考，阳夏（今河南太康）人，官至太尉、太宰。何曾一生奢侈无度，讲究饮食。

[26] 石崇：字季伦，西晋大臣、诗人。

[27] 寇莱公：寇准，字平仲，北宋政治家、诗人，封莱国公，故后人多称寇莱公，与白居易、张仁愿并称"渭南三贤"。

【品读】

《训俭示康》是作者为教导儿子司马康崇尚节俭而写的。在司马光生活的年代，社会风俗习惯日益奢侈腐化，人们讲排场、比阔气。司马光以其深邃的政治眼光敏感地洞察到，一个人对待物质生活的态度，直接关系到他事业的成功与失败。为使子孙后代避免遭受这种不良社会风气的影响，他特意为儿子撰写了家训，一为"训汝"（司马康），二为"训汝子孙，使知前辈之风俗"，教育儿子及后代要继承并发扬俭朴家风，杜绝奢侈腐化。

司马光在《训俭示康》一文中，紧紧围绕着"成由俭，败由奢"这个古训，结合自己的生活经历和切身体验，旁征博引，对儿子进行耐心细致、深入浅出的教诲。全文首先从清白的家风着手，现身说法，避免说理的生硬之感；其次介绍作者自身所信奉的节俭准则，对当时奢靡的世俗展开批评，强调了保持高尚情操的重要性；最后，作者列举本朝李沆、鲁宗道、张知白三人的事迹，指出崇尚节俭是一种美德，更是一种能彰显个人深谋远虑的举动，并进一步援引事例，说明是否崇尚节俭与一个人的品德养成乃至命运具有直接关系。文章虽似拉家常，却娓娓道来，脉络清晰，主旨鲜明，说理透彻，具有较强的逻辑性。

司马光认为，俭朴是一种美德，应大力提倡，反对奢侈腐化，这种思想在当时无疑是具有巨大进步意义的。本文表面看来是在谈节俭的重要性，其实质仍是强调清高脱俗的君子品性，以及通过自我约束、磨炼形成健全的人格。在物质生活丰富、价值观多元化的今天，这对于我们为人处世与把握自我仍具有深刻的现实意义。

【思考题】

一、概括本文的内容层次。

二、你认为作者的观念在当今有怎样的现实意义？

祖 逖 北 伐[1]

司马光

　　初，范阳祖逖，少有大志，与刘琨俱为司州主簿[2]，同寝，中夜闻鸡鸣[3]，蹴琨觉曰[4]："此非恶声也[5]。"因起舞[6]。及渡江[7]，左丞相睿以为军谘祭酒[8]。逖居京口[9]，纠合骁健[10]，言于睿曰[11]："晋室之乱，非上无道而下怨叛也[12]，由宗室争权，自相鱼肉[13]，遂使戎狄乘隙[14]，毒流中土[15]。今遗民既遭残贼[16]，人思自奋[17]，大王诚能命将出师[18]，使如逖者统之以复中原[19]，郡国豪杰[20]，必有望风响应者矣[21]。"睿素无北伐之志[22]，以逖为奋威将军、豫州刺史，给千人廪[23]，布三千匹，不给铠仗[24]，使自召募。逖将其部曲百余家渡江[25]，中流[26]，击楫而誓曰[27]："祖逖不能清中原而复济者[28]，有如大江！"遂屯淮阴[29]，起冶铸兵[30]，募得二千余人而后进。

【注释】

[1] 祖逖：字士稚，范阳郡（今河北涞水）人，士族出身，曾任西晋司州主簿。

[2] 刘琨：东晋军事家、文学家，字越石，中山魏县（今河北无极）人。

[3] 中夜：半夜。

[4] 蹴琨觉（jué）：用脚踢，使刘琨醒来。

[5] 恶（è）声：不祥的声音，传说半夜鸡叫是不吉之兆。

[6] 因起舞：于是起床舞剑。因，于是，就。舞，指舞剑。

[7] 及渡江：即"永嘉南渡"，东晋建立。

[8] 以为军谘（zī）祭酒：派他做军谘祭酒。以为，即"以之为"，派他做。军谘祭酒，军事顾问一类的官职。

[9] 京口：地名，今江苏镇江。

[10] 纠合骁（xiāo）健：集合勇猛健壮的人。

[11] 言于睿：对司马睿进言说。睿，司马睿（276—323 年），东晋开国皇帝。

[12] 怨叛：怨恨，反叛。

[13] 鱼肉：残杀，残害。

[14] 戎狄：我国古代对于西北地区少数民族的统称。

[15] 中土：中原地区。

[16] 遗民既遭残贼：沦陷区的百姓已遭到残害。遗民，指沦陷区的百姓。残贼，残害，伤害。

[17] 自奋：自己奋起（反抗）。

[18] 大王诚能命将出师：您如果能任命将领，派出军队北伐。大王，指司马睿。诚，假如，如果。命将出师，任命将领，派军队征战。

[19] 统：统率。

[20] 郡国：指全国各地。

[21] 望风响应：听见消息就起来响应。望风，指听到消息。

[22] 素：向来。

[23] 廪（lǐn）：官府发的粮食，这里指军饷。

[24] 铠（kǎi）仗：铠甲和作战兵器的总称。

[25] 将其部曲：率领自己手下的士兵。部曲，当时世家大族的私人部队，这里指下属。

[26] 中流：江心。

[27] 击楫：拍击船桨。

[28] 清中原而复济：扫清中原，再次渡过长江。清，肃清。济，渡，过河。

[29] 屯：军队驻扎。

[30] 起冶铸兵：起炉炼铁，铸造兵器。

【品读】

西晋的短暂统一，结束了东汉末年黄巾起义以来的战乱局面，百姓得以休养生息。然而，司马氏集团内部纷争不断，引来北方少数民族武装进入中原参与争权斗争，出现了"八王之乱"与边防冲突叠加的局面。中原大片国土沦陷，百姓重遭战火的洗劫，有识之士心急如焚。

祖逖就是一位忧国忧民的将领。祖逖心怀报国之志，对严峻的政治局势十分关切。西晋末年，洛阳沦陷，祖逖率领亲族乡党数百家南下避乱，当时司马睿与南北门阀士族正热衷于建立东晋新朝廷，进行权力再分配，根本无意北伐。祖逖不甘故国倾覆，主动请缨，要求领兵北伐，收复失地，留下了"中流击楫"的历史佳话。

本文讲述了东晋名将祖逖准备北伐、收复失地的故事。作者从祖逖年少时闻鸡起舞的举动写起，表现了祖逖胸怀大志、刻苦砥砺的精神面貌。洛阳沦陷后，祖逖率亲族南下，被司马睿任命为徐州刺史，不久又被征为军谘祭酒，率部驻扎京口。祖逖不忍见山河破碎，在理性分析政治形势和人心向背的基础上，毅然请缨北伐。

然而，司马睿只怀偏安之心，无北伐之志，对于祖逖的请求并未给予有力的支持。在这种内忧外患的不利局势下，祖逖以奋威将军、豫州刺史的身份开始了北伐。当他北渡长江，船至江心之时，面对滚滚东去的江水，他感慨万千，想到山河沉沦和生灵涂炭的情景，想到身世浮沉和壮志难酬的处境，不禁热血涌动，中流击楫，立下誓言：若不能平定中原、收复失地，决不返回！这展示了一代名将坚如磐石的意志和矢志不移的决心。南宋文天祥《正气歌》中写道："或为渡江楫，慷慨吞胡羯。"这就是指祖逖。祖逖北进途中，经过多次苦战，最终收复了黄河中下游以南的地区。后来，东晋统治者沉迷于内部斗争，竟然取消了北伐的计划，使满腔热忱的祖逖忧愤成疾，病死军中。祖逖死后，河南和淮河流域地区再度沦陷，中国由此进入南北朝对峙的局面。

祖逖年少时便志存高远，及至请缨北伐，更不问成败利害，临危不惧，万死不辞，堪称英雄的典范。祖逖矢志不渝、忧国忧民的品格丰富了我们的民族精神，其风骨永远激励着后人。

【思考题】

一、结合本文内容，分析祖逖这一人物形象。

二、祖逖的行为与统治者的表现形成了怎样的对比？请做简要分析。

三、文中"闻鸡起舞""中流击楫"等情节成为后世诗文中常用的典故，对于表现人物性格起到了怎样的作用？

曾国藩家书（节选）

曾国藩

曾国藩（1811—1872 年），初名子城，字伯涵，号涤生，晚清政治家、战略家、理学家、文学家、书法家，清末汉族地主武装湘军的首领。

道光进士，曾任内阁学士，官至侍郎。善于讲"道德"，说"仁义"，对程朱理学推崇备至。太平天国进军湖南时，曾国藩被任命为团练大臣，在湖南举办团练。后来，他组建起一支具有正规军规模的地方团练——湘军，率湘军多处作战，为清政府收复失地。为了增强力量，他主张引进西方先进技术，设立安庆内军械所，制造新式枪炮，奉命统辖苏、皖、赣、浙四省军务。1864 年，湘军在其弟曾国荃的率领下攻下天京，曾国藩成为镇压太平天国的功臣，被封为一等毅勇侯，成为清代以文人而封武侯的第一人，后历任两江总督、直隶总督、武英殿大学士，官居一品，成为晚清重臣。

曾国藩一生著述颇多，但以家书流传最广，影响最大。光绪五年（1879 年），也就是曾国藩死后第 7 年，传忠书局刻印了由李瀚章、李鸿章编校的《曾文正公家书》。

曾国藩的崛起，对清王朝的政治、军事、文化、经济等方面都产生了深远的影响。以曾国藩为首的汉族地主经世派的崛起，使清封疆大吏由权贵当权变为经世派当权，促使清地方官员中满汉比例发生变化。曾国藩曾积极推进洋务运动，主张对外坚守，"羁縻为上"；对内任用贤才，引进西方的先进技术。

沅弟左右：

......

弟谓命运作主，余素所深信；谓自强者每胜一筹，则余不甚深信。

凡国之强，必须多得贤臣工；家之强，必须多出贤子弟。此亦关乎天命，不尽由于人谋。

至一身之强，则不外乎北宫黝、孟施舍、曾子三种，孟子之集义而慊，即曾子之自反而缩也。惟曾、孟与孔子告仲由之强，略为可久可常。

此外斗智斗力之强，则有因强而大兴，亦有因强而大败。古来如李斯、曹操、董卓、杨素，其智、力皆横绝一世，而其祸败亦迥异寻常；近世如陆、何、肃、陈，皆予知自雄，而俱不保其终。故吾辈在自修处求强则可，在胜人处求强则不可。若专在胜人处求强，其能强到底与否，尚未可知。即使终身强横安稳，亦君子所不屑道也。

贼匪此次东窜，东军小胜二次，大胜一次，刘、潘大胜一次，小胜数次；似已大受惩创，不似上半年之猖獗。但求不窜陕、洛，即窜鄂境，或可收夹击之效。

余定于明日请续假一月，十月请开各缺，仍留军营，刻一木戳，会办中路剿匪事宜而已。

……

同治五年九月十二日

【品读】

曾国藩作为晚清政坛上的知名人物，区别于其他政治家的一个最为显著的地方，就是在建功立业的过程中，他非常注重完善自己的人格，同时又以人格修养的完善来促进功业的建立。

在曾国藩看来，人生是努力追求理想、自强不息的过程，所以他所立下的志向，"其大者"，"欲行仁义于天下，使凡物各得其分"；"其小者"，"欲寡过于身，行道于妻子，立不悖之言以垂教于宗族乡党"。孟子说过，"得志，泽加于民，不得志，修身见于世。穷则独善其身，达则兼善天下"，这便是君子的自处之道，和曾国藩的志向有相似之处。

在中国历史上，曾国藩可谓是众多追求成功者心目中的楷模。他有道德，有军功，有文章。他把修身当作日常生活中很重要的一部分，修身可归纳为如下几个方面：诚、敬、静、谨、恒。

"诚"即诚实、诚恳，为人表里如一，自己的一切都可以公之于众。所谓"敬"，就是敬畏。人要有所畏惧，不能无法无天，要有敬畏之心，表现在内心，就是不存邪念，为人端庄严肃。"静"是指人的心、气、神、体都要处于安宁放松的状态。"谨"指的是言语上谨慎，不说大话、假话、空话，讲究实实在在。"恒"是指生活有规律，饮食有节，起居有常。

上述五个字的最高境界就是"慎独"，是指人在没有任何监督的情况下，也要按照圣人的标准，按照最高准则来做人做事，不能放松对自己的要求，要谨言慎行。

曾国藩"慎独"的手段是写日记，他每天都会对自己一天的言行进行检查、反思，对自己在修身方面进行检讨。此外，他通过家书向子孙传达自己修身、齐家、治国、平天下的毕生追求。曾氏家书行文从容镇定，形式自由，挥笔自如，平淡家常中蕴含真知良言，具有极强的说服力和感召力。他的家书句句妙语，讲求人生理想、精神境界和道德修养，是为人处世的金玉良言，值得我们借鉴。

最为可贵的是，从三十一岁开始的修身，一直贯穿了曾国藩的后半生。在此后的三十年中，即便身为军事统帅，每天在杀戮中度过，他仍然坚持每天反省，以修养身心。可以说，修身是曾国藩事业成功最重要的原因之一。

【思考题】

一、谈谈你对"慎独"的理解。

二、曾国藩个人努力追求理想、自强不息的过程对新时代军校学员有什么启示？

精神的三间小屋

毕淑敏

毕淑敏（1952—　），祖籍山东，生于新疆，长在北京。国家一级作家。1969 年入伍，历任卫生员、助理军医、军医等职。1987 年发表中篇小说《昆仑殇》。1989 年加入中国作家协会，之后发表小说《预约死亡》《红处方》《血玲珑》《女心理师》等。著有散文集《男生，我大声对你说》《女生，我悄悄对你说》《巴尔干的铜钥匙》，游记《非洲三万里》《破冰北极点》《南极之南》等。曾获第四、五、六届百花文学奖，第二届中国女性文学奖，第四届北京市文学艺术奖等。

面对那句"人的心灵应该比大地、海洋和天空都更为博大"的名言，人们往往会自惭形秽。我们难以拥有那样雄浑的胸襟。不知累积至那种广袤，需如何积攒每一粒泥土、每一朵浪花、每一朵云霓？

甚至那句恨不能人人皆知的中国古话——宰相肚里能撑船，也让我们在敬仰之余不知所措。也许因为我们不过是小小的草民，即便怀有效仿的渴望，也总是可望而不可即，便以位卑宽宥了自己。

两句关于人的心灵的描述，不约而同地使用了空间的概念。人的肢体活动需要空间。人的心灵活动也需要空间。那容心之所，该有怎样的面积和布置？

人们常常说，安居才能乐业。如今的城里人一见面，就问，你是住两居室还是三居室啊？……喔，两居室窄巴点，三居室虽说并不富余，也算小康了。

身体活动的空间是可以计量的，心灵活动的疆域，是否也有个基本达标的数值？

有一颗大心，才盛得下喜怒，输得出力量。于是，宜选月冷风清、竹木萧萧之处，为自己的精神修建三间小屋。

第一间，盛着我们的爱和恨。

对父母的尊爱，对伴侣的情爱，对子女的疼爱，对朋友的关爱，对万物的慈爱，对生命的珍爱……对丑恶的仇恨，对污浊的厌烦，对虚伪的憎恶，对卑劣的蔑视……这些复杂对立的情感，林林总总，会将这间小屋挤得满满的，间不容发。你的一生，经历过的所有悲欢离合、喜怒哀乐，仿佛以木石制作的古老乐器，铺陈在精神小屋的几案上，一任岁月飘逝，在某一个金戈铁马之夜，它们会无师自通，与天地呼应，铮铮作响。假若爱比恨多，小屋就光明温暖，像一座金色池塘，有红色的鲤鱼游弋，那是你的大福气。假如恨比爱多，小屋就凄风苦雨，愁云惨雾，你会精神悲戚压抑，形销骨立。如果想重温祥和，就得净手焚香，洒扫庭院。销毁你的精神垃圾，重塑你的精神天花板，让一束圣洁的阳光，从天窗洒入。

无论一生遭受多少困厄欺诈，请依然相信人类的光明大于暗影。哪怕是只多一个百分点呢，也是希望永恒在前。所以，在布置我们的精神空间时，给爱留下足够的容量。

第二间小屋，盛放我们的事业。

一个人从 25 岁开始做工，直到 60 岁退休，要在工作岗位上度过整整 35 年的时光。按一日工作 8 小时，一周工作 5 天计算，每年就要为你的职业付出约 2000 个小时。倘若一直干到退休，那就是 70000 个小时。在这个庞大的数字面前，相信大多数人都会始于惊骇，终于沉思。假如你所从事的工作，是你的爱好，这 70000 个小时，将是怎样快活和充满创意的时光！假如你不喜欢它，漫长的 70000 个小时，足以让花容磨损，日月无光，每一天都如同穿着淋湿的衬衣，针芒在身。

我不晓得一下子就找对了行业的人，能占多大比例。从大多数人谈到工作时乏味麻木的表情推算，估计这样的幸运儿不多。不要轻觑了事业对精神的濡养或反之的腐蚀作用，它以深远的力度和广度，挟持着我们的精神，以成为它麾下持久的人质。

适合你的事业，不靠天赐，主要靠自我寻找。这不但因为相宜的事业，并非像雨后的菌子一样俯拾即是，而且因为我们对自身的认识，也如抽丝剥茧，需要水落石出的流程。你很难预知，将在 18 岁还是 40 岁甚至更沧桑的时分，才真正触摸到倾心的爱好。当我们太年轻的时候，因为尚无法真正独立，受种种条件的制约，那附着在事业外壳上的金钱、地位，或是其他显赫的光环，也许会晃了我们的眼。当我们有了足够的定力，将事业之外的赘生物一一剥除，露出它单纯可爱的本质时，可能已耗费半生。然费时弥久，精神的小屋也定须住进你所爱好的事业。否则，鸠占鹊巢，李代桃僵，那屋内必是鸡飞狗跳，不得安宁。

我们的事业，是我们的田野。我们背负着它，播种着，耕耘着，收获着，欣喜地走向生命的远方。规划自己的职业生涯，使事业和人生呈现缤纷和谐、相得益彰的局面，是第二间精神小屋坚固优雅的要诀。

第三间，安放我们自身。

这好像是一个怪异的说法。我们自己的精神住所，不住着自己，又住着谁呢？

可它又确是我们常常犯下的重大失误——在我们的小屋里，住着所有我们认识的人，唯独没有我们自己。我们把自己的头脑变成他人思想汽车驰骋的高速公路，却不给自己的思维留下一条细细的羊肠小道；我们把自己的头脑变成搜罗最新信息和网络八面来风的集装箱，却不为自己的发现留下一个小小的储藏盒。我们说出的话，无论声音多么嘹亮，都是别的喉咙嘟囔过的；我们发表的意见，无论多么周全，都是别的手指圈画过的。我们把世界万物保管得好好的，偏偏弄丢了开启自己的钥匙，在自己独居的房屋里，找不到自己曾经生存的证据。

如果真是那样，我们的精神小屋，不必等待地震和潮汐，在微风中就悄无声息地坍塌了。它纸糊的墙壁化为灰烬，白雪的顶棚变作泥泞，露水的地面成了沼泽，江米纸的窗棂破裂，露出惨淡而真实的世界。你的精神，孤独地在风雨中飘零。

三间小屋，说大不大，说小不小。非常世界，建立精神的栖息地，是智慧生灵的义务，每人都有如此的权利。我们可以不美丽，但我们健康。我们可以不伟大，但我们庄严。我们可以不完满，但我们努力。我们可以不永恒，但我们真诚。

当我们把自己的精神小屋建筑得美观结实、储物丰富之后，不妨扩大疆域，增修新舍，矗立我们的精神大厦，开拓我们的精神旷野。因为，精神的宇宙是如此的辽阔啊。

【品读】

严格地说，这是一篇讲述如何完善个人道德修养、畅谈人生意义的文章。这样的题材，如果写成议论文，并非什么难事。但若要把这些枯燥的大道理，写成一篇生动优美的散文，的确很难。然而毕淑敏做到了，并且做得相当出色。这里没有居高临下的训诫，也没有自以为是的卖弄，更没有虚张声势的高谈阔论。一如作者惯有的朴实文风，在这里，我们看到的是来自作者心灵深处的娓娓倾诉。在阅读中，我们不知不觉受到感染，变得健康、庄严、努力和真诚。平易朴实，寓深于浅，举重若轻，是毕淑敏散文的独特风格，也是这篇散文的最大特点。当然，作者最擅长的比喻技巧，在这篇文章中也表现得非常突出。"精神的三间小屋"这个题目本身就是个巧妙的比喻。虽然作者那令人目不暇接的比喻，常常为一些评论家所诟病，但在这篇文章中，作者通过恰到好处的比喻，化抽象为具体，变刻板为生动，的确取得了很好的艺术效果。

【思考题】

一、文中有哪些比喻？说说它们的作用。

二、举例说明此文的艺术特色。

三、联系实际，谈谈自我修养的重要性。

第七单元 修身立志

渴望苦难

马丽华

马丽华（1953—　），山东济南人，当代作家，1976 年进藏，在《西藏文学》编辑部任编辑，后就读于北京大学中文系作家班，获北京大学文学学士学位。后任西藏自治区文学艺术界联合会副主席、西藏作家协会副主席。马丽华擅长纪实散文创作，著有长篇纪实散文《藏北游历》《西行阿里》等，散文集《终极风景》《西藏之旅》等，诗集论著《雪域文化与西藏文学》等。她的作品在文学与人类学之间架起了一座桥梁，被评论家视为开创了中国的文学人类学。诵读她的作品，我们可以相当深入地了解并认知雪域文化的神秘色彩，多角度地透视藏民族的内心世界。

　　登上别号"小唐古拉"的桃儿九山，视线尽头就是东西走向的唐古拉大山脉了。那里雪村雾障、莽莽苍苍，在这海拔五千米以上的青藏公路上，面迎恒久的大自然，处于意识的直觉状态，可以尽兴体验强烈的力度沉淀，体验巨大的空间感受。

　　千里唐古拉，绵绵而遥遥，伫立亿万年，占据着如此广阔的空间，又凝聚和延续了更加漫长的时间。节奏徐缓，韵律悠长，在厚重沉着的固态中，分明又感到了它绵绵而遥遥的流动美。

　　我就要翻越它，去曾遭受严重雪灾的多玛乡，记录那里的人们半年来的际遇和抗争。此刻，唐古拉顶部及山北的雪，是一九八五年十月间那场百年不遇特大雪灾的遗作。

　　心里，我早已的的确确成为藏北人了。多年来，弄不清楚藏北高原以怎样的魅力打动了我，诱惑了我，感召着我，使我长久地投以高举远慕的向往和挚爱。从视野中寻找，从诗里寻找，从自己的《在八月》《九月雪》《走向羌塘》《百年雪灾》的诗行里寻找……只是在此时此地，我才恍然悟出了这谜底：那打动我、诱惑我、感召我的魅力是苦难。

——肯定是！

置身于唐古拉山顶，感觉气温骤降。雪风并不暴虐，它只是慢条斯理地吹送，耐心地把陈年积雪轻洒在柏油路面。雪融了，雪冻了，路就封了，车就堵了。在这个下午，山顶就堵了几百台车。

唐古拉，藏语，有译作"平平的高地"的，有译作"高原之山"的，总之有水涨船高的意思。在藏北，唐古拉的相对高度未见其高，虽然海拔五千六百多米。我们的车在山顶搁浅，就见这高地几乎一马平川，上山下山不陡不急。向忙着疏通道路的道班工人打听，能不能从路侧绕过去，那个戴狐皮帽的黑脸膛的年轻人取笑我们："你要是想把车在这儿摆一年的话，就试试吧。"

其实我们早知道山谷已被雪填满了。平平的雪壤之下深不可测。部队一个运输连的大车在山这边抛锚。几位大兵司机百无聊赖地闲逛，朝我们的丰田幸灾乐祸地吹口哨——同是天涯沦落人了，唐古拉山顶经常堵车，惯跑青藏线的人们习以为常。一堵几天，也会死人，因为缺氧和酷寒。

藏北是充满了苦难的高地。寸草不生的荒滩戈壁居多。即使草原，牧草也矮小瘦弱得可怜。一冬一春是风季，狂风搅得黄尘铺天盖地，小草裸露着根部，甚至被席卷而去。季候风把牧人的日子给风干了；要是雨水不好，又将是满目焦土，夏天是黄金季节，贵在美好，更贵在短暂。草场青绿不过一个月，就渐渐黄枯。其间还时有雹灾光临；游牧的人们抗灾能力极低。冬季一旦有雪便成灾情。旧时代的西藏，每逢雪灾就人死畜亡。我在采访中听藏族老人讲述得多了。翻阅西藏地方历史档案，有关雪灾的记载也多。那记载是触目惊心的，常有"无一幸免""荡然无存"字样。半年前的一场大雪，不是一阵一阵下的，是一层一层铺的。三天三夜后，雪深达一米。听说唐古拉一级及藏北地区大约二十五万平方公里的广大地域蒙难。不见人间烟火，更像地球南北极。听说牧人的牛马四处逃生，群羊啃吃帐篷，十几种名贵的野生动物，除石羊之外，非死即逃。只是乌鸦和狼高兴得发昏，它们叼啄牲畜的眼睛，争食牛羊的尸体……

山那边的重灾区多玛乡，正处于哺育了中华民族的伟大母亲河长江的源头。彼时，富庶美丽的长江中下游地区的人们，如何知道那大江怎样从劫难中出发！古往今来，洁白无瑕的冰雪如同美丽的尸衣，缠裹着藏北高原，几乎在每一个冬季！

我读过一本译著中的一番话：科学成就了一些伟大的改变，但却没能改变人生的基本事实；人类未能征服自然，只不过服从了自然，避免了一些可避免的困难；但没能除绝祸害；地震，飓风，以及类似的大骚动都提醒人们，宇宙还没有尽入自己的掌握……事实上，人类的苦难何止于天灾，还有人祸；何止于人祸，还有个人难以言状的不幸。尤其是个人不幸，即使在未来高度发展的理想社会里，也是忠实地伴随着人生。啊！

由此，自古而今的仁人志士都常怀忧国忧民之心。中国知识分子从屈原以来尽皆"哀民生之多艰"；中国之外的伯特兰·罗素也说过，三种单纯然而极其强烈的激情支配着他的一生。他说，那是对爱情的渴望，对知识的寻求，对人类苦难痛彻肺腑的怜悯。他说，爱情和知识把他向上导往天堂，但怜悯又总是把他带回人间。痛苦的呼喊在他心中反响、回荡。因为无助于人类，他说他感到痛苦。而这种痛苦无疑地充实了每个肯于思想、富于感情的人生。这或许也算一种生活于世的动力。

这或许正是对于苦难所具有的特殊魅力的注解。

在这一九八六年四月末的一天，在唐古拉山的千里雪风中，我感悟到了藏北草原之于我的意义，理解了长久以来使我魂牵梦绕的、使我灵魂不得安宁的那种极端的心境和情绪的主旋律——就是渴望苦难。

渴望苦难，就是渴望暴风雪来得更猛烈一些，渴望风雪之路上的九死一生，渴望不幸联袂而至，病痛蜂拥而来，渴望历尽磨难的天涯孤旅，渴望艰苦卓绝的爱情经历，饥寒交迫，生离死别，渴望在贫寒的荒野挥汗如雨，以期收获五彩斑斓的精神之果，不然就一败涂地，一落千丈，被误解，被冷落，被中伤。最后，是渴望轰轰烈烈或是默默无闻的献身。

我在这一天想到这些，而这一天正是我的日子：在今天，我满三十三周岁。

我早过了"为赋新词强说愁"的年龄了。我的笔下，也早就拒绝了"哀伤""痛苦"之类的字眼。我们倾心注目于人类的大苦难。我们有了使命感。幸福未曾使我心醉神迷过，苦难却常使我警醒。要是有一百次机会让我选择，我必将第一百零一次地选择苦难。

我刚从家乡度假归来不久。假期中，我曾有那么一段时间是在异乎寻常的安逸中度过的。这一段是精神与时间的空白，差点使我窒息。从此，我永远不再向往安逸。我见识过无数普通人的生活，劳碌而平静的生活。在那样的生活中，我怎能宣泄时常不请自来的激昂跌宕的情感！我不想重复别人的生活，渴望天马行空式的与众不同，在常人轨道之外另辟蹊径。

在陕南农村，一位老年农家妇女，拉着我的手哭诉说：我想飞，早想飞，想飞呵。可是她一辈子也没飞出这个家和院子……新春佳节，老人借酒浇愁，未饮先醉。

望着那张皱纹密布的脸，思考着作为女人的苦难，又庆幸自己飞得很远，总算远走高飞。高原十载，每年属于我们的这一天的所有经历我都记得：那一年，乘一台货车从川藏公路进藏，到第七天，从藏东一鼓作气赶到拉萨，赶上吃那顿"长寿面"；又一年是在藏南，自中印边境骑马翻过雪山，再赶回泽当镇；今年则是在藏北，唐古拉风雪羁旅。

一位学者曾断言，安宁与自由，谁也无力兼获二者。我和友人们义无反顾地选择了后者，宁肯受苦受难。我的友人，与我一起翻越唐古拉的这位同伴，从他那里我得知苦难不独为女人所有。他曾经不信服命运，结果他却非常幸运。只不过他对个人苦难缄默不语，不去喋喋不休地倾诉。我们超乎常人地渴望和追求自由，幻想扶摇直上，来一番"逍遥游"，以展示垂天之翼，不幸又太清醒地意识到毕竟还需栖落于大地，并明确知道对于人类苦难仅有伤感情调还不够，仅有伤感情调远不能认识和理解我们的西藏。于是，作为社会人，我们只好力所能及地尽着自己那份义务和责任，只在精神世界里，惠存作为自然人的飞翔之梦。

我的伤感情调够多的。我明白，时至今日，自己的人格尚未真正完善，因为少年和青年时代的我在某个既定模式中困窘太久，对于人生的自我意识启蒙甚晚。以至于时至中年，我的人格尚未完善到有信心驾驭自己的命运，对待一切变故也不能坚定不移。对于苦难，我也没能准确把握它的实质，竟至于我未能认定何为真正的苦难。就如雪灾，我感受到了那种悲凄，盛赞了抗灾斗争的悲壮，我却不能深入这一切的内部。我前不久见到的一位藏族青年人（他一定是牧人之子）写了一首有关雪灾的诗。他写的是"洼地的雪可以淹没一匹马"的大雪天，"最后的结局就是这样，大雪那件死神的白披风里，牧人总是鸟一样地飞出，并且总唱着自信的歌"。他这样乐观轻松地写雪灾，我却写不出来。我也写不出那样的诗句："（牧人）发亮的眼睛是生命之井，永远不会被坚冰封冻。"此刻，寒气逼人的唐古拉山顶，火红的、橘黄的、深蓝的经幡在玛尼堆上招摇。这是环境世界的超人力量和神秘的原始宗教遗风的结合，可以理解为高寒地带人们顽强生存的命运之群舞，实与日月星光同存于世的一种生命力量，具有相当强烈的美学魅力。如果不是亲眼所见，这情景我永远构思不出。我甚至不如这位同伴。他曾说过寂寞是美，孤独是美，悲怆是美——由于这句话，我说他是草原哲人——时至今日我终究也未寻求到属于自己的精神美学。

缺乏苦难，人生将剥落全部光彩，幸福更无从谈起。

我们的丰田终于没能到达山那边，我在这冰天雪地里的感悟，却使灵魂逾越了更为高峻的峰岭，去俯瞰更为广阔的非环境世界。心灵在渴望和呼唤苦难，我将有迎接和承受一切的思想准备。而当寻求到了苦难的真实内涵，寻求到了非我莫属的精神美学，将会怎样呢？也许终于能够高踞于人类的全部苦难之上，去真正感受高原的慷慨馈赠，真正享受朗月繁星的高华，杲杲朝日的丰神，山川草野的壮丽。到那时，帐篷也似皇宫，那领受者将如千年帝王。

【品读】

唐古拉山海拔超过5000米，作者站在唐古拉山上时，正值33岁的生日，面对冰天雪地、巨大的空间、恒久的大自然，作者受到强烈的触动，不由得浮想联翩，在内心深入探求藏北高原对自己产生诱惑、感召的潜在原因——苦难。

缺氧酷寒、戈壁荒滩、堵车翻车、雪灾雹灾、畜亡人死，哪一样不会给人带来痛苦和灾难？这些苦难使大多数人望而生畏，人们只看到大自然带来的天灾，但是作者拓宽了我们的视野：人类的苦难何止于天灾，还有人祸、个人的不幸。

作者在藏北的亲身体验，强化了她对苦难的认识，那就是超越苦难。苦难的特殊魅力，在于它能激发仁人志士的忧国忧民之情，能使人产生痛彻肺腑的怜悯，而这正是肯于思想、富于感情的人特殊的生活动力。作者由自然想到人类，由人类想到自我，渴望和呼唤着苦难，这种想法源于作者对不同生活的感受和对比。作者假期安逸的生活，陕南农妇的咒诉，学者的断言，都使作者义无反顾地选择了自由，也就选择了苦难。作者进一步剖析自己的人格还不够完善的原因，提出要为追求自己的精神美学而做好思想准备。

《渴望苦难》是一篇颇富思辨意蕴的抒情散文，文章思路很清晰，由找到内心的动力是苦难，到探求苦难的意义，再探求为什么渴望苦难，最后归结到渴望苦难的目的是追求精神美学。文章通过对比的手法和穿插哲理性的议论，加强了情感的力度，给人以巨大的启迪。

【思考题】

一、在文章的启发下，作为军校大学生，谈一谈你对"苦难美"有什么认识。

二、结合实际谈一谈，为什么很多教育专家提出要对中小学生实施苦难教育，对大学生进行生存训练？

三、文中陕南农妇借酒浇愁说的一些话，你是怎样理解的？

病起书怀^[1]

陆 游

陆游（1125—1210 年），字务观，号放翁，越州山阴（今浙江绍兴）人，南宋诗人。少时受家庭爱国思想熏陶，高宗时应礼部试，为秦桧所黜。孝宗时赐进士出身。中年入蜀，投身军旅生活，官至宝章阁待制。晚年退居家乡，但收复中原的信念始终不改。陆游一生创作的诗歌很多，今存九千多首，为现存作品最多的古代诗人。其诗内容极为丰富：有的抒发政治抱负，反映百姓疾苦，风格雄浑豪放；有的描写日常生活，也多清新之作。词作量不如诗篇巨大，但同样贯穿了气吞残虏的爱国主义精神。杨慎谓其词纤丽处似秦观，雄慨处似苏轼。著有《剑南诗稿》《渭南文集》《南唐书》《老学庵笔记》等。

病骨支离纱帽宽，孤臣万里客江干^[2]。
位卑未敢忘忧国，事定犹须待阖棺^[3]。
天地神灵扶庙社，京华父老望和銮^[4]。
出师一表通今古，夜半挑灯更细看^[5]。

【注释】

[1] 病起书怀：这首诗是淳熙三年（1176 年），陆游闲居成都时写的。

[2] 病骨支离纱帽宽：意为病体憔悴，连头上的纱帽也比以前松宽。支离：憔悴。江干：江边。

[3] 阖棺：指人死亡。

[4] 庙：宗庙。社：社稷。宗庙与社稷在封建时代被视为国家的象征。和銮：车上的铃，一般用于指皇帝的车驾。

[5] 出师一表：汉建兴五年，即公元 227 年，蜀相诸葛亮伐魏，临行前曾上后主刘禅一表，后人谓之《出师表》，诸葛亮在《出师表》中表明了"北定中原，兴复汉室"的决心。

【品读】

陆游从小深受爱国主义思想的熏陶，怀有从军抗金的壮志，虽屡遭主和投降派的排挤和打压，却白首不移早岁之志。本诗作于宋孝宗淳熙三年，陆游时年五十一岁。诗人被免去官职后，移居成都城西南的浣花村，一病就是二十多天。这首诗从患病起笔，以挑灯夜读《出师表》结束，所表现的是百折不挠的精神和永不磨灭的意志。病愈之后，诗人仍为国担忧。为了表明自己要效法诸葛亮北伐，诗人挥笔泼墨，写下了这首名垂千古之作。这首诗表达的就是作者虽"病骨支离"，却"位卑未敢忘忧国"的崇高的爱国主义精神。

全诗运用对比手法，先正面写"孤臣"的忧国情与"京华父老"的爱国心，以见恢复中原乃人心所向。首联写出了诗人的现实境况，身体刚刚病愈，并且因被罢官客居在万里之外的成都岷江江边，纵使有满腔报国之志，也只能身处江湖之远，心中的痛苦与烦恼可见一斑。"位卑未敢忘忧国，事定犹须待阖棺"是在写自己的忧国心，也不乏对眼下压抑情绪的抒发。诗人在当时显然只能勉励自己，虽然自己地位卑微，但是从没忘记忧国忧民的责任，这是一个被罢了官的普通百姓的爱国情怀。至于自己究竟是怎样的人，还要待盖棺方可定论。"天地神灵扶庙社，京华父老望和銮"，这是诗人的企盼，也是天下百姓的企盼。当时，因为宋朝朝廷腐败，君主昏庸，致使大宋失落了半壁江山，百姓处在水深火热之中，正如诗人写的那样：百姓天天企盼天地神灵能保佑国家和皇帝，天天盼望皇帝能早一天起兵讨伐外族侵略者，还百姓太平盛世，可事实上这些只是枉然。尾联以诸葛亮的积极进取反衬当朝权臣苟且偷安，诗人在此表明自己内心的悲愤，在不动声色的情况下痛斥了南宋主和投降派。

作品通篇贯穿了诗人忧国忧民的爱国情怀，揭示了百姓与国家的血肉联系。"位卑未敢忘忧国"这一传世警句，是诗人内心的真实写照，也是历代爱国志士爱国之心的真实写照。这是它能流传至今的原因所在。

【思考题】

一、归纳此诗的主旨。

二、请说明诗中所运用的对比手法。

第八单元

咏 史 怀 古

历史是最好的教科书，也是最好的营养剂。

历史是迄今为止人类全部社会实践活动的总和，包含人类的全部成功和失败、欢乐和痛苦、经验和教训。洞察历史，可以使人眼界开阔，见识深远；从历史中汲取成功的经验和失败的教训，可以使个人少犯错误，少走弯路。中华民族有五千多年的文明历史，有着难以计数的历史故事和历史人物，这是一笔极为宝贵的文化遗产和精神财富。

我国古代的文学作品里有众多咏史怀古的名篇。秦皇汉武、唐宗宋祖、七雄争霸、三国归一、吴宫花草、晋代衣冠，一些历史人物、历史事件和历史遗迹，为后人关注和审视，并以文字形式被记录下来。作家们以史为鉴，从中寻觅国家兴废的原因，探究朝代更替的缘由，或针砭时弊，或寻求勉励，或为根治顽疾提供良方猛药。登临咏怀之际，许多作家"观古今于须臾，抚四海于一瞬"，"念天地之悠悠，独怆然而涕下"，不仅以宽阔的视野、深刻的见识给人以思想启迪，而且以博大的胸襟、炽热的情怀给人以心灵震撼。

历史的积淀是厚重的，一些反复呈现的历史现象，实质上揭示了社会历史发展的必然规律。如果一个人凭借个人的主观意志去强行改变社会发展的方向，那无异于螳臂当车。"以史为鉴，可以知兴替"，中华民族历来就有重史的传统——用悠久的历史观照现实、走向未来。史学传统可以说是构成中华民族文化的基本要素，并且这种传统可以内化成为深沉含蓄、厚积薄发的力量。

秦晋殽之战[1]

《左传》

《左传》，原名《左氏春秋》，其作者相传是春秋末年鲁国的史官左丘明。《左传》虽有解经（为《春秋》做注解）性质，但大体上可以认定为中国历史上第一部形式完备的编年体史书。它与公羊高的《公羊传》、谷梁赤的《谷梁传》并称"《春秋》三传"。《左传》的叙事起于鲁隐公元年（公元前722年），止于鲁哀公二十七年（公元前468年）。《左传》详细地记载了诸侯国之间的争霸或侵夺的斗争以及各诸侯国内部贵族之间的权力斗争，对于研究中国古代社会的政治、外交、军事等具有较高的历史价值。同时，《左传》擅长描写战争，叙事线索分明，详略得当，尤其善于通过人物的语言、行动等细节来刻画人物，具有很高的文学价值，标志着我国叙事散文的成熟。

冬[2]，晋文公卒[3]。庚辰[4]，将殡于曲沃[5]。出绛[6]，柩有声如牛[7]。卜偃使大夫拜[8]，曰："君命大事[9]：将有西师过轶我[10]，击之，必大捷焉。"

杞子自郑使告于秦[11]，曰："郑人使我掌其北门之管[12]，若潜师以来[13]，国可得也。"穆公访诸蹇叔[14]。蹇叔曰："劳师以袭远[15]，非所闻也。师劳力竭，远主备之，无乃不可乎？师之所为，郑必知之。勤而无所[16]，必有悖心[17]。且行千里，其谁不知？"公辞焉[18]。召孟明、西乞、白乙[19]，使出师于东门之外。蹇叔哭之曰："孟子[20]！吾见师之出，而不见其入也[21]！"公使谓之曰："尔何知？中寿[22]，尔墓之木拱矣[23]！"

蹇叔之子与师[24]，哭而送之，曰："晋人御师必于殽[25]，殽有二陵焉：其南陵，夏后皋之墓也[26]；其北陵，文王之所辟风雨也[27]，必死是间，余收尔骨焉！"

秦师遂东。

三十三年春，秦师过周北门[28]，左右免胄而下[29]，超乘者三百乘[30]。王孙满尚幼[31]，观之，言于王曰[32]："秦师轻而无礼，必败。轻则寡谋，无礼则脱[33]。入险而脱，又不能谋，能无败乎？"

及滑[34]，郑商人弦高将市于周[35]，遇之，以乘韦先[36]，牛十二，犒师，曰："寡君闻吾子将步师出于敝邑[37]，敢犒从者[38]。不腆敝邑[39]，为从者之淹[40]，居则具一日之积[41]，行则备一夕之卫[42]。"且使遽告于郑[43]。

郑穆公使视客馆，则束载、厉兵、秣马矣[44]。使皇武子辞焉[45]，曰："吾子淹久于敝邑，唯是脯资饩牵竭矣[46]，为吾子之将行也。郑之有原圃[47]，犹秦之有具囿也[48]。吾子取其麋鹿，以闲敝邑[49]，若何？"杞子奔齐[50]，逢孙、扬孙奔宋[51]。

孟明曰："郑有备矣，不可冀也[52]。攻之不克，围之不继[53]，吾其还也。"灭滑而还。

晋原轸曰[54]："秦违蹇叔，而以贪勤民[55]，天奉我也[56]。奉不可失，敌不可纵[57]。纵敌，患生；违天，不祥。必伐秦师！"栾枝曰[58]："未报秦施[59]，而伐其师，其为死君乎？"先轸曰："秦不哀吾丧[60]，而伐吾同姓[61]，秦则无礼，何施之为？吾闻之：'一日纵敌，数世之患也。'谋及子孙[62]，可谓死君乎！"遂发命，遽兴姜戎[63]。子墨衰绖[64]，梁弘御戎[65]，莱驹为右[66]。夏四月辛巳，败秦师于殽，获百里孟明视、西乞术、白乙丙以归。遂墨以葬文公[67]，晋于是始墨[68]。

文嬴请三帅[69]，曰："彼实构吾二君[70]，寡君若得而食之不厌[71]，君何辱讨焉[72]？使归就戮于秦[73]，以逞寡君之志，若何？"公许之。

先轸朝，问秦囚。公曰："夫人请之，吾舍之矣[74]。"先轸怒曰："武夫力而拘诸原[75]，妇人暂而免诸国[76]，堕军实而长寇仇[77]，亡无日矣[78]！"不顾而唾[79]。

公使阳处父追之[80]，及诸河，则在舟中矣。释左骖[81]，以公命赠孟明[82]。孟明稽首曰："君之惠[83]，不以累臣衅鼓[84]，使归就戮于秦，寡君之以为戮[85]，死且不朽。若从君惠而免之[86]，三年将拜君赐[87]。"

秦伯素服郊次[88]，乡师而哭[89]，曰："孤违蹇叔，以辱二三子，孤之罪也。"不替孟明[90]。曰："孤之过也，大夫何罪？且吾不以一眚掩大德[91]。"

【注释】

[1] 秦晋殽之战：本文选自《左传·僖公三十二年》《左传·僖公三十三年》，标题为后人所拟。殽（xiáo），又作"崤"，山名，在今河南洛宁北，有东、西二殽，本文中所说的秦晋之战，发生在东殽的南北二陵之间。

[2] 冬：指鲁僖公三十二年（公元前 628 年）冬天。

[3] 晋文公：名重耳，"春秋五霸"之一，曾与秦穆公缔结秦晋之盟。

[4] 庚辰：晋文公死后的第二天，据推算，为十二月初十。

[5] 殡：埋葬。曲沃：地名，在今山西闻喜东，是晋君祖坟所在地。

〔6〕出绛：（灵柩）运出绛。绛（jiàng）：地名，晋国都城，故址在今山西翼城东南。

〔7〕柩有声如牛：棺木发出像牛叫的声音。

〔8〕卜偃：晋国的卜筮官郭偃。使大夫拜：领着众官员向灵柩行礼。

〔9〕君命大事：晋文公发布军事命令。这是卜筮官借对"柩有声如牛"现象占卦，从而进行战争动员。

〔10〕西师：指秦军，因秦国在晋国的西边，故称。过轶：超越边境而过。

〔11〕杞子：秦大夫名，被派驻郑国，以监视郑国。

〔12〕掌：掌握。管：钥匙。

〔13〕潜师：秘密发兵。

〔14〕穆公：秦穆公，名任好。诸：之于。蹇（jiǎn）叔：秦国的老臣。

〔15〕劳师：使军队疲劳。袭远：袭击远方的国家。

〔16〕勤而无所：劳而无功。勤：劳。

〔17〕悖心：叛离的心思。

〔18〕辞：拒听。

〔19〕孟明、西乞、白乙：孟明视、西乞术、白乙丙，均为秦国将领。

〔20〕孟子：孟明。

〔21〕入：返回。

〔22〕中寿：通常理解为中等寿命。

〔23〕墓之木拱：墓旁的树已有两臂合围那么粗了。此是穆公对蹇叔的诅咒。

〔24〕与（yù）师：随师出征。与：参与。

〔25〕御：抵抗，阻击。

〔26〕夏后皋：夏桀的祖父。

〔27〕文王：周文王。辟：同"避"，躲避。

〔28〕周北门：周天子都城洛邑（今河南洛阳）的北门。

〔29〕左右：战车上的左右卫士。免胄：摘下头盔。

〔30〕超乘：跃而登车。

〔31〕王孙满：周共王的儿子圉的曾孙。

〔32〕王：周襄王，当时的周天子。

〔33〕脱：轻率，放肆。

〔34〕滑：原为姬姓小国，在今河南滑县。

〔35〕市于周：（去）周的都城洛邑做生意。市：买卖，做生意。

〔36〕乘（shèng）韦：四张熟牛皮。乘：代指四（每乘四马）。韦：熟牛皮。先：送。

〔37〕寡君：对郑国国君的谦称。吾子：对秦帅的尊称。敝邑：对本国（郑国）的谦称。

〔38〕敢：自言冒昧之词。

〔39〕不腆（tiǎn）：贫穷。腆：丰厚，富饶。

〔40〕淹：停留，驻扎。

［41］积：军需给养。

［42］卫：安全保卫工作。

［43］遽（jù）告：通过驿车迅速传递消息。遽：驿车。

［44］束载、厉兵、秣（mò）马：扎束行装，磨砺兵器，喂饱马匹，指做好了战斗准备。

［45］皇武子：郑国大夫。辞：辞谢，下逐客令，即请他们离开郑国。

［46］脯资饩（xì）牵：各种食物。脯：熟肉。资：粮食。饩：已杀而未煮熟的牲畜。牵：尚在栏内未杀的牲畜。

［47］原圃：狩猎之地。

［48］具圃：狩猎之地。

［49］闲：休息。

［50］奔齐：逃往齐国。

［51］逢孙、扬孙：人名，皆为随从杞子驻郑的秦军将领。

［52］冀：希望（获胜）。

［53］继：继续。一说指援军。

［54］原轸（zhěn）：又名先轸，晋国大臣。

［55］勤民：使百姓辛劳（指出征郑国）。

［56］奉：送，给予。

［57］纵：放纵，放走。

［58］栾枝：晋国大夫。

［59］报：报答。施：恩施，恩惠。

［60］不哀吾丧：不为我国君之死而哀悼。

［61］同姓：晋、郑两国国君均姓姬。

［62］谋及子孙：为国家的长远利益考虑。

［63］遽：急速。兴：征调。姜戎：秦、晋之间的一个部族，一向被秦所逐，和晋国友好。

［64］子：晋襄公，系晋文公之子。因当时晋文公尚未安葬，晋襄公尚未继位，故称子。墨：黑色。衰（cuī）绖（dié）：白色孝服和麻带。因出征之师着白色服装不吉利，故将其染黑。

［65］梁弘：晋国将领。御戎：驾兵车。

［66］莱驹：晋国将领。右：副将。

［67］墨以葬文公：穿着黑色的丧服为文公举行葬礼。

［68］始墨：开始形成着黑色丧服的风俗。

［69］文嬴：秦穆公之女，晋文公之妻，晋襄公之嫡母。请三帅：请求释放秦国的三个被俘将领。

［70］构：结怨。二君：两国之君。

［71］厌：同“餍”，满足，甘心。

［72］君何辱讨焉：您何必屈尊而去处罚他们呢？

[73] 就戮于秦：到秦国受处罚。

[74] 舍：舍弃，放。

[75] 拘：捉拿。原：原野，此指战场。

[76] 暂：仓促，这里指轻易。免：赦免。

[77] 堕（huī）：同"隳"，损害，毁坏。军实：战果。长（zhǎng）寇仇：助长敌方气焰。

[78] 亡无日：距亡国的日子不远了。

[79] 不顾：顾不上（在晋襄公面前的规矩）。一说，"顾"指回头。

[80] 阳处父：晋国大夫。

[81] 释左骖（cān）：解下车子左边的马。

[82] 以公命：借晋襄公的名义。

[83] 惠：恩惠。

[84] 不以累臣衅鼓：意为"不把我等战俘杀死"。累臣：囚臣，孟明自称。衅鼓：古代有将牲畜或战俘的血涂抹在钟鼓上的仪式。

[85] 寡君：指秦穆公。

[86] 从君惠：接受晋襄公的恩惠。

[87] 拜君赐：拜谢晋君的恩赐。

[88] 秦伯：秦穆公。郊次：等候在郊外。

[89] 乡师：面对军队。乡：同"向"。

[90] 不替孟明：不曾下令中止孟明的袭郑之举。替：废。一说此句系秦穆公的话，非作者插叙。

[91] 眚（shěng）：眼力障碍，比喻小过错。

【品读】

春秋中叶，东周王朝日益衰微，已无力控制天下，诸侯中的一些大国凭借军事实力逐鹿中原，扩张势力。殽之战之所以爆发，根本原因在于秦晋两国要争夺中原霸权。

孟子曾说，"春秋无义战"。《左传》作者对春秋时的战争也多持否定态度，对战争的发起者多有谴责。秦穆公为了称霸中原，不仅不讲信义，背弃盟约，偷袭盟邦郑国，而且利令智昏，不听蹇叔对形势的分析和预测，制定了"劳师以袭远"的错误方略，从而导致了秦军的败亡。因此，作者认为，秦穆公"以贪勤民"，师出不义，是挑起战争的罪魁祸首，应该承担罪责。

本文记录殽之战，重点不在于描写战争经过和战争场面，而在于揭示秦军之所以失败的原因。对战争本身，作者仅以寥寥数语一笔带过，而将笔墨用于陈述战争酝酿阶段多方对形势的分析、判断，以及道义、民心、策略、士气等因素对战争胜负的影响，以揭示战争胜负的必然性。所以，尽管本文涉及的人物众多，却依然给人以脉络清晰的感觉。

本文虽以记事为主，但也生动简洁地描绘了人物的言语和行动，刻画了蹇叔、弦高、先轸、秦穆公等人物的鲜明个性。文章对人物语言的描写尤其出色，尤其是弦高犒师、皇武子辞客、孟明谢赐的三段言辞，都绵里藏针，意在言外，委婉得体。

【思考题】

一、试对秦国失败的原因做综合分析。

二、晋国的文嬴、先轸对于处理秦国战俘的态度为什么截然不同？

三、分析文中的几段外交辞令（如弦高的话、皇武子的话和孟明的话）意在言外的特点。

巨 鹿 之 战[1]

司马迁

　　章邯已破项梁军[2]，则以为楚地兵不足忧，乃渡河击赵，大破之。当此时，赵歇为王[3]，张耳为相，皆走入巨鹿城。章邯令王离、涉间围巨鹿[4]，章邯军其南，筑甬道而输之粟。陈馀为将，将卒数万人而军巨鹿之北，此所谓河北之军也。

　　初，宋义所遇齐使者高陵君显在楚军[5]，见楚王曰[6]："宋义论武信君之军必败[7]，居数日，军果败。兵未战而见其败征，此可谓知兵矣。"王召宋义与计事而大说之，因置以为上将军；项羽为鲁公，为次将[8]；范增为末将[9]，救赵。诸别将皆属宋义，号为卿子冠军[10]。行至安阳[11]，留四十六日不进。项羽曰："吾闻秦军围赵王巨鹿，疾引兵渡河，楚击其外，赵应其内，破秦军必矣。"宋义曰："不然。夫搏牛之虻不可以破虮虱[12]。今秦攻赵，战胜则兵罢[12]，我承其敝[13]；不胜，则我引兵鼓行而西，必举秦矣。故不如先斗秦、赵。夫披坚执锐，义不如公；坐而运策，公不如义。"因下令军中曰："猛如虎，很如羊[14]，贪如狼，强不可使者[15]，皆斩之。"乃遣其子宋襄相齐，身送之至无盐，饮酒高会[16]。天寒大雨，士卒冻饥。项羽曰："将戮力而攻秦[17]，久留不行。今岁饥民贫，士卒食芋菽，军无见粮[18]，乃饮酒高会，不引兵渡河因赵食[19]，与赵并力攻秦，乃曰'承其敝'。夫以秦之强，攻新造之赵，其势必举赵。赵举而秦强，何敝之承！且国兵新破，王坐不安席，扫境内而专属于将军[20]，国家安危，在此一举。今不恤士卒而徇其私，非社稷之臣。"项羽晨朝上将军宋义，即其帐中斩宋义头，出令军中曰："宋义与齐谋反楚，楚王阴令羽诛之[21]。"当是时，诸将皆慑服，莫敢枝梧[22]。皆曰："首立楚者，将军家也。今将军诛乱。"乃相与共立羽为假上将军[23]。使人追宋义子，及之齐，杀之。使桓楚报命于怀王[24]。怀王因使项羽为上将军，当阳君、蒲将军皆属项羽[25]。

　　项羽已杀卿子冠军，威震楚国，名闻诸侯。乃遣当阳君、蒲将军将卒二万渡河，救巨鹿。战少利，陈馀复请兵。项羽乃悉引兵渡河，皆沉船，破釜甑[26]，烧庐舍，持三日粮，以示士卒必死，无一还心。于是至则围王离，与秦军遇，九战，绝其甬道，大破之，杀苏角[27]，虏王离。涉间不降楚，自烧杀。当是时，楚兵冠诸侯。诸侯军救巨鹿下者十馀壁[28]，莫敢纵兵[29]。及楚击秦，诸将皆从壁上观。楚战士无不一以当十，楚兵呼声动天，诸侯军无不人人惴恐。于是已破秦军，项羽召见诸将，入辕门[30]，无不膝行而前，莫敢仰视。项羽由是始为诸侯上将军，诸侯皆属焉。

　　章邯军棘原[31]，项羽军漳南[32]，相持未战，章邯欲约[33]。约未成，项羽使蒲将军日夜引兵度三户[34]，军漳南，与秦战，再破之。项羽悉引兵击秦军汙水上[35]，大破之。

章邯使人见项羽，欲约。项羽召军吏谋曰："粮少，欲听其约。"军吏皆曰："善。"乃立章邯为雍王[36]，置楚军中。使长史欣为上将军，将秦军为前行。

　　到新安[37]，诸侯吏卒异时故繇使屯戍过秦中[38]，秦中吏卒遇之多无状[39]；及秦军降诸侯，诸侯吏卒乘胜多奴虏使之[40]，轻折辱秦吏卒[41]。秦吏卒多窃言曰："章将军等诈吾属降诸侯，今能入关破秦，大善；即不能，诸侯虏吾属而东，秦必尽诛吾父母妻子。"诸将微闻其计[42]，以告项羽。项羽乃召黥布、蒲将军计曰："秦吏卒尚众，其心不服，至关中不听，事必危。不如击杀之，而独与章邯、长史欣、都尉翳入秦[43]。"于是楚军夜击坑秦卒二十餘万人新安城南。

【注释】

　　[1] 巨鹿之战：本文选自《史记·项羽本纪》。巨鹿：原作"钜鹿"，在今河北邢台。

　　[2] 章邯：秦将，在巨鹿兵败投降，被项羽封为雍王。项梁：秦末义军领袖。

　　[3] 赵歇：赵之后裔。

　　[4] 王离、涉间：均为秦将。

　　[5] 宋义：曾为楚令尹，后为楚将。高陵君显：封于高陵的大臣，其名叫显。高陵，在今山东境内。

　　[6] 楚王：楚怀王。

　　[7] 武信君：指项梁。

　　[8] 次将：副帅。

　　[9] 范增：项羽谋士，被尊为亚父。后被项羽猜疑，愤而离走，于途中病死。末将：地位在副帅之后。

　　[10] 卿子：对别人的尊称。冠军，军中领袖。宋义为上将，故称卿子冠军。

　　[11] 安阳：古邑名，今山东曹县。

　　[12] 兵罢：兵力疲惫。罢：通"疲"。

　　[13] 承：引申为利用。

　　[14] 很：执拗，不听招呼。

　　[15] 强不可使：倔强，不听差遣。

　　[16] 高会：大宴宾客。

　　[17] 戮力：并力，合力。

　　[18] 见粮：现存的粮。

　　[19] 因：依傍，凭借。

　　[20] 扫：有"全"和"尽"的意思。

　　[21] 阴：暗中，私下。

　　[22] 枝梧：一作"支吾"，抗拒，抵触。

　　[23] 假：暂时代理。

　　[24] 桓楚：楚将。怀王：楚怀王。

　　[25] 当阳君：即黥布。蒲将军：楚将，其名不详。

　　[26] 釜甑：炊具。

［27］苏角：秦将。

［28］壁：营垒。

［29］纵兵：起兵出战。

［30］辕门：竖起车辕对立为门，故称辕门。中国古代帝王出巡或者狩猎时，晚上住在野外，在出入之处，竖起两辆车子，使两架车辕相对作为大门，这个门便称为辕门。古代将军带兵外出作战，军营一般都在边关或者荒野之地，所以辕门便演变为军营的大门。

［31］棘原：地名，在今河北。

［32］漳南：漳水之南。

［33］欲约：想要谈判结盟。

［34］三户：漳水上的渡口名，在今河北。

［35］汙水：旧水名，源出太行山，在临漳流入漳水。

［36］雍王：雍地之王。雍为春秋时秦国都城，在今陕西。

［37］新安：秦地名，在今河南。

［38］异时：从前。故：曾经。

［39］遇之多无状：接待上往往无礼。

［40］奴虏使之：像对待奴隶和俘虏一样驱使他们。

［41］轻：随便，任意。

［42］微闻其计：隐隐约约听到了他们的议论。

［43］翳：董翳，秦将。

【品读】

巨鹿之战是司马迁着力塑造项羽这位历史英雄的重要一笔，着重刻画了项羽知权变、懂兵法的特征。

秦始皇统一六国，对于中国历史的发展是有积极意义的。然而，秦王朝建立后，对百姓实施残酷的剥削和压迫，导致社会矛盾全面激化。陈胜、吴广率领起义军举起了反抗秦王朝残暴统治的大旗，项梁、项羽和刘邦相继聚众起义，被秦所灭的六国旧贵族也乘机起兵，出现了天下反秦的形势。秦王朝统治者不甘心退出历史舞台，调动军队镇压农民起义。其中最为英勇的一支，便是秦将章邯统率的部队。在巨鹿之战前，各地起义军元气大伤，只有赵地一支起义军还没遭到毁灭性打击。由此，章邯认为"楚地兵不足忧，乃渡河击赵"。在这种情况下，楚王派宋义领兵救赵。可是宋义出于保存实力、坐观成败的目的，在半路上"不恤士卒而徇其私"，按兵不动。项羽为顾全大局，挽狂澜于既倒，断然采取措施，杀将夺军，随即调兵遣将，破釜沉舟，以大无畏精神在各诸侯军畏缩不前时率先猛攻秦军，带领起义军全歼王离军，并于数月后迫使章邯投降。至此，项羽在各路起义军中确立了领导地位。经此一战，秦王朝主力尽丧，名存实亡。

本文叙事简洁，条理清晰，场面描写和人物描写非常生动。有评论家说，在《史记》中，巨鹿之战是项羽最得意之战，也是太史公最得意之笔。

【思考题】

一、《史记》是一部什么样的史书？

二、巨鹿之战在历史上有何意义？

三、本文呈现了项羽怎样的性格特征和历史功绩？

李将军列传[1]

司马迁

  李将军广者，陇西成纪人也[2]。其先曰李信[3]，秦时为将，逐得燕太子丹者也[4]。故槐里[5]，徙成纪[6]。广家世世受射[7]。孝文帝十四年[8]，匈奴大入萧关[9]，而广以良家子从军击胡[10]，用善骑射，杀首虏多[11]，为汉中郎[12]。广从弟李蔡亦为郎[13]，皆为武骑常侍[14]，秩八百石[15]。尝从行[16]，有所冲陷折关及格猛兽[17]，而文帝曰："惜乎，子不遇时[18]！如令子当高帝时[19]，万户侯岂足道哉[20]！"

  及孝景初立[21]，广为陇西都尉[22]，徙为骑郎将[23]。吴、楚军时[24]，广为骁骑都尉[25]，从太尉亚夫击吴楚军[26]，取旗[27]，显功名昌邑下[28]。以梁王授广将军印，还，赏不行[29]。徙为上谷太守[30]，匈奴日以合战[31]。典属国公孙昆邪为上泣曰[32]："李广才气，天下无双，自负其能[33]，数与虏敌战[34]，恐亡之[35]。"于是乃徙为上郡太守[36]。后广转为边郡太守，徙上郡[37]。尝为陇西、北地、雁门、代郡、云中太守，皆以力战为名。

  匈奴大入上郡，天子使中贵人从广勒习兵击匈奴[38]。中贵人将骑数十纵[39]，见匈奴三人，与战。三人还射[40]，伤中贵人，杀其骑且尽。中贵人走广[41]。广曰："是必射雕者也[42]。"广乃遂从百骑往驰三人[43]。三人亡马步行[44]，行数十里。广令其骑张左右翼，而广身自射彼三人者[45]，杀其二人，生得一人，果匈奴射雕者也。已缚之上马，望匈奴有数千骑。见广，以为诱骑[46]，皆惊，上山陈[47]。广之百骑皆大恐，欲驰还走。广曰："吾去大军数十里，今如此以百骑走，匈奴追射我立尽。今我留，匈奴必以我为大军之诱[48]，必不敢击我。"广令诸骑曰："前！"前未到匈奴陈二里所，止，令曰："皆下马解鞍！"其骑曰："虏多且近，即有急[49]，奈何？"广曰："彼虏以我为走[50]，今皆解鞍以示不走，用坚其意[51]。"于是胡骑遂不敢击。有白马将出护其兵[52]，李广上马与十馀骑奔射杀胡白马将，而复还至其骑中，解鞍，令士皆纵马卧[53]。是时会暮[54]，胡兵终怪之，不敢击。夜半时，胡兵亦以为汉有伏军于旁欲夜取之[55]，胡皆引兵而去。平旦[56]，李广乃归其大军。大军不知广所之，故弗从[57]。

居久之，孝景崩，武帝立[58]。左右以为广名将也，于是广以上郡太守为未央卫尉[59]，而程不识亦为长乐卫尉[60]。程不识故与李广俱以边太守将军屯[61]。及出击胡，而广行无部伍行阵[62]，就善水草屯[63]，舍止[64]，人人自便，不击刁斗以自卫[65]，莫府省约文书籍事[66]，然亦远斥候[67]，未尝遇害。程不识正部曲行伍营陈[68]，击刁斗，士吏治军簿至明[69]，军不得休息，然亦未尝遇害。不识曰："李广军极简易，然虏卒犯之[70]，无以禁也[71]；而其士卒亦佚乐[72]，咸乐为之死[73]。我军虽烦扰，然虏亦不得犯我。"是时汉边郡李广、程不识皆为名将，然匈奴畏李广之略[74]，士卒亦多乐从李广而苦程不识。程不识孝景时以数直谏为太中大夫[75]。为人廉，谨于文法[76]。

后汉以马邑城诱单于[77]，使大军伏马邑旁谷，而广为骁骑将军，领属护军将军[78]。是时单于觉之，去，汉军皆无功。其后四岁，广以卫尉为将军，出雁门击匈奴[79]。匈奴兵多，破败广军，生得广[80]。单于素闻广贤，令曰："得李广必生致之[80]！"胡骑得广，广时伤病，置广两马间，络而盛卧广[81]。行十馀里，广详死[82]，睨其旁有一胡儿骑善马[83]，广暂腾而上胡儿马[84]，因推堕儿[85]，取其弓，鞭马南驰数十里，复得其馀军，因引而入塞[86]。匈奴捕者骑数百追之[87]，广行取胡儿弓[87]，射杀追骑，以故得脱。于是至汉，汉下广吏[88]。吏当广所失亡多[89]，为虏所生得，当斩，赎为庶人[90]。

顷之[91]，家居数岁。广家与故颍阴侯孙屏野居蓝田南山中射猎[92]。尝夜从一骑出[93]，从人田间饮[94]。还至霸陵亭[95]，霸陵尉醉[96]，呵止广[97]。广骑曰："故李将军。"尉曰："今将军尚不得夜行，何乃故也[98]！"止广宿亭下。居无何[99]，匈奴入杀辽西太守[100]，败韩将军[101]。后韩将军徙右北平[102]，死，于是天子乃召拜广为右北平太守。广即请霸陵尉与俱[103]，至军而斩之。

广居右北平，匈奴闻之，号曰"汉之飞将军"，避之数岁，不敢入右北平。

广出猎，见草中石，以为虎而射之，中石没镞[104]，视之石也。因复更射之[105]，终不能复入石矣。广所居郡闻有虎[106]，尝自射之。及居右北平射虎，虎腾伤广，广亦竟射杀之[107]。

广廉[108]，得赏赐辄分其麾下[109]，饮食与士共之。终广之身，为二千石四十馀年[110]，家无馀财，终不言家产事。广为人长[111]，援臂[112]，其善射亦天性也[113]，虽其子孙他人学者[114]，莫能及广。广讷口少言[115]，与人居则画地为军陈，射阔狭以饮[116]。专以射为戏，竟死[117]。广之将兵[118]，乏绝之处[119]，见水，士卒不尽饮，广不近水；士卒不尽食，广不尝食[120]。宽缓不苛[121]，士以此爱乐为用[122]。其射，见敌急[123]，非在数十步之内，度不中不发[124]，发即应弦而倒[125]。用此[126]，其将兵数困辱，其射猛兽亦为所伤云。

居顷之，石建卒[127]，于是上召广代建为郎中令。元朔六年[128]，广复为后将军[129]，从大将军军出定襄[130]，击匈奴。诸将多中首虏率[131]，以功为侯者，而广军无功。后二岁，广以郎中令将四千骑出右北平，博望侯张骞将万骑与广俱[132]，异道。行可数百里[133]，匈奴左贤王将四万骑围广[134]。广军士皆恐，广乃使其子敢往驰之[135]。敢独与数十骑驰，直贯胡骑[136]，出其左右而还，告广曰："胡虏易与耳[137]。"军士乃安。广为圜陈外向[138]，胡急击之，矢下如雨。汉兵死者过半，汉矢且尽[139]。广乃令士持满毋发[140]，而广身自以大黄射其裨将[141]，杀数人，胡虏益解[142]。会日暮，吏士皆无人色[143]，而广意气自如[144]，益治军[145]。军中自是服其勇也。明日，复力战，而博望侯军亦至，匈奴军乃解去。汉军罢[146]，弗能追。是时广军几没[147]，罢归[148]。汉法，博望侯留迟后期[149]，当死，赎为庶人。广军功自如[150]，无赏。

初，广之从弟李蔡与广俱事孝文帝。景帝时，蔡积功劳至二千石。孝武帝时，至代相[151]。以元朔五年为轻车将军[152]，从大将军击右贤王，有功中率，封为乐安侯[153]。元狩二年中[154]，代公孙弘为丞相[155]。蔡为人在下中[156]，名声出广下甚远，然广不得爵邑[157]，官不过九卿[158]；而蔡为列侯，位至三公[159]，诸广之军吏及士卒或取封侯[160]。广尝与望气王朔燕语[161]，曰："自汉击匈奴而广未尝不在其中[162]，而诸部校尉以下[163]，才能不及中人[164]，然以击胡军功取侯者数十人，而广不为后人[165]，然无尺寸之功以得封邑者[166]，何也？岂吾相不当侯邪[167]？且固命也[168]？"朔曰："将军自念[169]，岂尝有所恨乎[170]？"广曰："吾尝为陇西守，羌尝反[171]，吾诱而降，降者八百馀人，吾诈而同日杀之[172]。至今大恨独此耳。"朔曰："祸莫大于杀已降，此乃将军所以不得侯者也。"

后二岁，大将军、骠骑将军大出[173]，击匈奴[174]。广数自请行[175]，天子以为老，弗许；良久乃许之，以为前将军。是岁，元狩四年也。

广既从大将军青击匈奴，既出塞，青捕虏知单于所居，乃自以精兵走之[176]，而令广并于右将军军，出东道[177]。东道少回远[178]，而大军行水草少，其势不屯行[179]。广自请曰："臣部为前将军，今大将军乃徙令臣出东道；且臣结发而与匈奴战[180]，今乃一得当单于[181]，臣愿居前，先死单于[182]。"大将军青亦阴受上诫[183]，以为李广老，数奇[184]，毋令当单于，恐不得所欲[185]。而是时公孙敖新失侯[186]，为中将军从大将军，大将军亦欲使敖与俱当单于，故徙前将军广[187]。广时知之，固自辞于大将军[188]。大将军不听[189]，令长史封书与广之莫府[190]，曰："急诣部[191]，如书[192]。"广不谢大将军而起行[193]，意甚愠怒而就部[194]，引兵与右将军食其合军出东道。军亡导[195]，或失道[196]，后大将军[197]。大将军与单于接战，单于遁走，弗能得而还。南绝幕[198]，遇前将军、右将军。广已见大将军，还入军[199]。大将军使长史持糒醪遗广[200]，因问广、食其失道状，青欲上书报天子军曲折[201]。广未对，大将军使长史急责广之幕府对簿[202]。广曰："诸校尉无罪，乃我自失道，吾今自上簿[203]。"

至莫府，广谓其麾下曰："广结发与匈奴大小七十余战，今幸从大将军出接单于兵[204]，而大将军又徙广部行回远，而又迷失道，岂非天哉[205]！且广年六十余矣，终不能复对刀笔之吏[206]。"遂引刀自刭[207]。广军士大夫一军皆哭[208]，百姓闻之，知与不知[209]，无老壮皆为垂涕[210]。而右将军独下吏，当死，赎为庶人。

太史公曰[211]：传曰"其身正，不令而行；其身不正，虽令不从[212]"。其李将军之谓也[213]？余睹李将军悛悛如鄙人[214]，口不能道辞[215]。及死之日，天下知与不知，皆为尽哀[216]。彼其忠实心诚信于士大夫也[217]？谚曰："桃李不言，下自成蹊[218]。"此言虽小，可以谕大也[219]。

【注释】

[1] 李将军列传：本文节选自《史记·李将军列传》。

[2] 陇西：郡名，在今甘肃。成纪：县名，在今甘肃。

[3] 先：祖先。

[4] "逐得"句：战国时，燕太子丹派荆轲刺秦王，不中。秦王怒，派李信领兵击燕。燕王恐，乃斩太子丹首以献。事见《史记·刺客列传》。

[5] 故槐里：原来是槐里地方人。槐里：古地名，在今陕西。

[6] 徙：迁徙，调职。

[7] 受射：向长辈学习射法。受：通"授"，接受，继承。

[8] 孝文帝十四年：公元前166年。

[9] 匈奴：古代北方的一个游牧民族。大入：大举入侵。

[10] 良家子：清白人家的子弟。根据汉朝的制度，医、巫、商贾、百工都不能列入良家。

[11] 杀首虏多：斩敌人首级和俘获多。

[12] 为汉中郎：为汉朝皇帝当侍从。加"汉"字，是为了区别于当时的其他诸侯国。

[13] 从弟：堂弟。

[14] 武骑常侍：皇帝的骑兵侍从。

[15] 秩：官吏的俸禄，引申为官吏的职位或品级。

[16] 尝从行：曾经跟随皇帝出行。

[17] 有所：指有下面一些行为。冲陷：冲锋陷阵。折关：抵御，破关。折：折冲，打回敌人的冲锋。关：抵挡。

[18] 子不遇时：意为"生不逢时"。

[19] 当高帝时：处在汉高祖刘邦平定天下的时候。

[20] "万户侯"句：取得一个万户侯的封爵是不在话下的。万户侯：封邑万户的侯爵。

[21] 孝景：汉景帝刘启，文帝之子。初立：刚做皇帝。

[22] 陇西都尉：陇西郡尉，掌管一郡的武事。

[23] 骑郎将：统率骑兵护卫皇帝车驾的郎官的将领。

〔24〕吴、楚军时：吴、楚起兵举事的时候。汉景帝三年（前154年），吴、楚等七国曾联合起兵反抗中央政权。

〔25〕骁（xiāo）骑都尉：统率骁骑的将领。骁：勇猛。

〔26〕太尉：掌管全国军政大事的长官，汉时与丞相、御史大夫并称"三公"。亚夫：周亚夫。吴、楚等七国造反时，汉朝以周亚夫为主帅，率军征讨。

〔27〕取旗：夺得敌人的军旗。

〔28〕显：彰显。昌邑下：昌邑城下。昌邑是梁国的重镇，周亚夫的重兵当时就集结在此。

〔29〕"以梁王"句：由于接受了梁王授予的将军印，李广还朝以后，得不到赏赐。李广是由中央政府领导的将领，接受地方政府（梁王）授予的将军印是错误的。

〔30〕上谷：郡名，在今河北。

〔31〕日以合战：每天来与李广交战。以：与，同。合战：交战。

〔32〕典属国：掌管与外族交往事务的官员。上：指汉景帝。

〔33〕负：倚。

〔34〕数：不止一次，屡次。

〔35〕亡之：失去他，指在战斗中死亡。

〔36〕上郡：今陕西北部及内蒙古自治区南部地区。

〔37〕后广转为边郡太守，徙上郡：一说这里的"徙上郡"与上文的"徙为上郡太守"语意重复，疑有误；一说这里与下面的话是插叙，即李广是在担任边郡各地太守以后，才调任上郡太守的。

〔38〕天子：汉景帝。中贵人：宫中贵人，指受到皇帝信任的太监。勒：约束，监督。习：训练，操练。兵：军队。

〔39〕将：带领。纵：放马驰骋。

〔40〕还射：转身射箭。匈奴本已离去，见有人追来，故回身射之。

〔41〕走广：逃到李广处。

〔42〕雕：一种比鹰大的凶猛飞禽，飞翔时速度极快，非善射者不能得。

〔43〕乃：于是。遂：就，立即。驰：追逐。

〔44〕亡：失去。

〔45〕身自：亲自。

〔46〕诱骑：作为诱饵的骑兵。

〔47〕陈：通"阵"，这里指排兵布阵。

〔48〕"匈奴"句：匈奴一定以为我们是大军的诱骑，是来引诱他们的。

〔49〕即：假如。

〔50〕以我为走：认为我们要逃跑。

〔51〕用坚其意：以（这个办法）来使他们坚信自己的判断（认为我们是大军的诱骑）。

〔52〕白马将：骑白马的将官。护：安排，整顿。

〔53〕纵马卧：把马放开，各自随便躺下。

〔54〕会：适逢。

[55] 欲夜取之：准备夜间攻击他们。

[56] 平旦：天刚亮时。

[57] 弗从：没有办法跟随接应。

[58] 武帝：景帝子刘彻。

[59] 未央卫尉：未央宫（皇帝所居）的禁卫军长官。

[60] 长乐卫尉：长乐宫（太后所居）的禁卫军长官。

[61] 故：从前。以边太守将军屯：以边郡太守的身份带领军队驻防。屯：驻扎。

[62] 行：行军。部伍行阵：部队的编制和行列阵势。汉朝军队编制有部，部下有曲，五人为伍。

[63] 就：靠拢。善水草：水草好的地方。

[64] 舍止：留宿。

[65] 刁斗：军用铜锅，白天用来做饭，晚上用来敲击巡更。

[66] 莫府：军中将帅所居的帐幕，后泛指将帅办事的地方。莫：通"幕"。省约文书籍事：指各种公文案牍之类。

[67] 远斥候：远远地布置侦察瞭望的哨兵。

[68] 正：整齐，指严格约束。

[69] 至明：直到天亮。

[70] 卒：同"猝"，突然。

[71] 无以禁也：不能制服。一说，这里指李广军无法阻挡敌人的突然侵犯。

[72] 佚乐：同"逸乐"。

[73] 咸乐为之死：都心甘情愿地为他去死。

[74] 略：谋略，胆略。

[75] 数直谏：屡次直言进谏。

[76] 谨于文法：严格遵守条文法令。

[77] "后汉以"句：汉武帝元光二年（前133年），汉朝派遣马邑人聂壹以马邑为诱饵，诱使单于带十万骑兵进攻马邑。汉在马邑伏兵三十万，准备伏击，结果被匈奴察觉，汉军徒劳无功。马邑：在今山西。

[78] 领属：隶属于。护军将军：指韩安国，是这次战役的主将。

[79] 雁门：关名，在今山西。

[80] 生致之：活捉他。

[81] "置广"句：把用绳结成的网兜放置于两马之间，让李广躺在网兜里。

[82] 详：一作"佯"，假装。

[83] 睨（nì）：斜视。

[84] 暂腾：突然跳起。

[85] 因：顺势。

[86] 塞（sài）：边关。

[87] 行取：一边走，一边拿起。

[88] 下广吏：把李广交给执法官审判。

［89］当：判决。失亡：损失，伤亡。

［90］赎为庶人：纳金赎罪，免去死刑，降为普通百姓。

［91］顷之：不久。

［92］故颍阴侯孙：指灌彊，为前颍阴侯灌婴之孙。屏野：摒除人事，隐居田野。蓝田：县名，今陕西蓝田。

［93］从一骑：带了一骑随从。

［94］"从人"句：与人一起在野外饮酒。

［95］霸陵亭：霸陵县的驿亭。霸陵：在今陕西西安东。

［96］霸陵尉：汉时有县尉，此处似指管理驿亭的官吏。

［97］呵止：呵斥，阻止。

［98］何乃：何况是。

［99］居无何：过了不久。

［100］辽西：郡名，在今河北、内蒙古自治区、辽宁接壤的地区。

［101］韩将军：指韩安国，曾驻守渔阳（今北京）。

［102］右北平：郡名，在今河北兴隆一带。

［103］请霸陵尉与俱：请求朝廷派前面说的那个霸陵尉一起跟随他到右北平去。

［104］中石没（mò）镞（zú）：射中了石头，整个箭头都陷入石内。没：陷入。

［105］更：再，又。

［106］所居郡：指所任职过、居住过的各郡。

［107］竟：终于。

［108］廉：廉洁。

［109］辄：就。麾（huī）下：部下。

［110］终广之身，为二千石四十馀年：李广一生，直到他死，担任年俸二千石的官职有四十多年。

［111］长：指身材高大。

［112］援臂：指两臂像猿那样长而灵活。援，一作"猿"。

［113］天性：天赋。

［114］学者：向他学习的人。

［115］讷（nè）口：口才笨拙，不善言辞。

［116］与人居则画地为军陈，射阔狭以饮：与人闲居无事的时候，会在地上画出或宽或窄的行列，作为军队的阵势，以射中宽或窄来判定胜负，决定由谁饮酒。

［117］竟死：直到死。

［118］将兵：带兵之道。

［119］乏绝之处：粮食、水草缺乏的时候。

［120］不尝食：不曾食，指一口不食。

［121］宽缓：宽容。苛：苛刻。

［122］"士以此"句：兵士因此爱戴他，并乐于听从他的指挥。

［123］急：逼近。

［124］度（duó）：估计。

［125］应弦而倒：（敌人）随着弓弦声响而倒下。

［126］用此：因此，指上面说的见敌人靠近才发箭的做法。

［127］石建：石奋之子，一生以谨慎著称，汉武帝时为郎中令（掌宫殿门户）。

［128］元朔六年：公元前123年。

［129］后将军：当时有前、后、左、右四将军，其位次于上卿。

［130］大将军：当时军职中的最高头衔。此处指武帝卫皇后的弟弟卫青。定襄：郡名，在今山西西北部和内蒙古自治区西南部一带。

［131］中（zhòng）首房率（lǜ）：斩敌人首级和俘虏的数量符合标准。中：符合。率：标准。

［132］张骞（qiān）：汉中人，初为郎，后因出使西域有功，被封为博望侯。

［133］可：大约。

［134］左贤王：匈奴单于手下的统帅，协助单于处理国事。

［135］往驰之：驰往左贤王的队伍。

［136］贯：从中间穿过。

［137］易与：容易对付。

［138］圜陈：圆形的阵势。圜：通"圆"。外向：面向外。

［139］且：将要。

［140］持满毋发：把弓拉满，不把箭射出。

［141］大黄：一种黄色的强弓。裨（pí）将：副将。

［142］益解（xiè）：逐渐松弛。解：通"懈"。

［143］无人色：即面无人色，指吏士因恐惧而面容失色。

［144］意气自如：神色气概跟平时一样。

［145］益治军：更加注意整顿队伍。

［146］罢（pí）：通"疲"，疲惫。

［147］几没：几乎全军覆没。

［148］罢归：收兵回朝。

［149］留迟后期：因滞留延误而未能在规定日期到达。

［150］军功自如：指李广在战斗中丧失兵士过半，但杀敌也多，功与过相当。如：当。

［151］代相：代国的相。相：王国的最高官职。

［152］元朔五年：公元前124年。

［153］乐安：县名，在今山东。

［154］元狩二年：公元前121年。

［155］公孙弘：薛县（今山东滕州）人，西汉丞相。

［156］"蔡为人"句：李蔡的才能在下等的中档。

［157］爵邑：爵位和封邑。

［158］九卿：西汉时以太常、光禄勋、卫尉、太仆、廷尉、典客、宗正、大司农、少府为九卿。

［159］三公：汉以丞相、太尉、御史大夫为三公，位在九卿之上。

［160］诸：众多。或：有的。

［161］望气：古代的一种迷信行为，以观测天象来讨论人事，预言吉凶。此处指望气者。燕语：私下闲聊。

［162］未尝不在其中：没有一次不参与。

［163］诸部校尉以下：即指上文所言李广所率领部队中的军吏及士卒。校尉：军官名。

［164］中人：才能一般的人。

［165］不为后人：不落在人家后面。

［166］尺寸之功：微小的功劳。

［167］相：指面相、骨相。不当侯：不应该封侯。

［168］且固命也：还是命中注定的呢？且：或者，还是。

［169］自念：自己想一想。

［170］"岂尝"句：莫非曾经做过自己感到遗憾的事情？

［171］羌（qiāng）：当时居住在陇西一带的少数民族。

［172］诈：欺骗。

［173］骠骑将军：指霍去病，是大将军卫青的外甥。

［174］击：出击。

［175］自请行：自动请求随军出征。

［176］"乃自以"句：于是自己率领精锐部队追赶单于。

［177］出东道：从东路出兵。

［178］少：稍微。回远：迂回而路远。

［179］而大军行水草少，其势不屯行：两相权衡，可知东路部队肯定会晚到，因此急于求战的李广不愿走东路。

［180］结发：束发，指刚成年。古代男子二十岁束发戴冠，从此算作成人。

［181］"今乃"句：现在才得到一个与单于对战的机会。当：对。

［182］先死单于：指首先与单于决一死战。

［183］阴受上诫：暗中得到武帝的告诫。

［184］数奇（jī）：命运不好。数：命运。奇：不偶，不逢时。古代以偶为吉，以奇为凶。

［185］不得所欲：指不能实现俘获单于的愿望。

［186］公孙敖：义渠人，曾三次随卫青出击匈奴有功，封合骑侯。元狩二年，公孙敖领兵出击匈奴，因未能与霍去病按时会师，当斩，被贬为庶人，所以这里说他"新失侯"。

［187］大将军亦欲使敖与俱当单于，故徙前将军广：大将军为了让公孙敖跟自己一起出击单于，所以故意把前将军李广的军队与右将军的军队合并。此处可见卫青之偏心。

［188］固：坚决。自辞：指要求辞去合并于右将军的任命。

［189］不听：不接受。

［190］长史：指大将军幕府中的属官。书：文书，公文。

[191] 诣（yì）：往。部：指右将军军部。

[192] 如书：按照文书执行。

[193] 谢：辞别。

[194] 就部：回到自己的军中。

[195] 亡（wú）导：没有向导。

[196] 或：同"惑"，迷惑。失道：迷路。

[197] 后大将军：指延误了与大将军会师的日期。

[198] 南绝幕：横穿沙漠南归。绝：横渡，横穿。幕：通"漠"，沙漠。

[199] 还入军：回到自己的军中。

[200] 糒（bèi）：干粮。醪（láo）：酒。遗（wèi）：赠送。

[201] 军曲折：军情的曲折经过。

[202] "大将军"句：大将军派长史责令李广府中的人员去对质、受审。

[203] 上薄：即"对簿"。簿：文状。受审时，就文状对质。

[204] 接：对战。

[205] 岂非天哉：这难道不是天意吗?! 李广自请出塞，欲借卫青立大功，不料反受其害。此处表李广饮恨无穷。

[206] 刀笔之吏：指掌管文书法令的官吏。古代的文书用笔书写在简牍上，如有错误，则用刀削去。这里也指那种善于用文字编造罪名、置人于死地的文法之吏。

[207] 引刀：抽刀。自刭：自刎。

[208] 士大夫：指将士。

[209] 知：相知，熟识。

[210] 无：无论。垂涕：流泪。

[211] 太史公：司马迁，当时任太史令。以下文字都是他的评论。

[212] "传曰"句：（管理者）如果自身行为端正，不用发布命令，事情也能推行得通；如果本身不端正，就是发布了命令，百姓也不会听从，语出《论语》。传：指《论语》，是孔子弟子及再传弟子记录孔子及其弟子言行的文集，成书于战国前期。

[213] "其李将军"句：说的不正是李将军吗？

[214] 悛悛：诚恳拘谨的样子。鄙人：乡野之人。

[215] 不能道辞：不擅辞令。

[216] 尽哀：极尽悲哀之情。

[217] "彼其"句：他忠诚正直的品德确实得到了天下人对他的信任和称赞。

[218] 桃李不言，下自成蹊：桃树和李树虽然不会说话，但由于它们花实叶茂，能够吸引人们爱慕，人们甚至在树下自然地踩出一条条小路。蹊（xī）：小路。

[219] 谕：通"喻"，比喻。

【品读】

这篇人物传记记录了西汉名将李广的从军生涯，赞扬了他抗击匈奴的卓越功绩。作者以具体生动的事例，呈现了李广骁勇善战、临危不惧、处变不惊的英雄本色，刻画了李广廉洁正直、爱护士卒、忠实诚信、口讷少言等品性，塑造了一个血肉丰满的"飞将军"形象。同时，作者也记录了李广长期压抑、最终被迫自杀的不幸遭遇，揭露了朝廷的赏罚不公、刻薄寡恩、黑暗无道。作者在字里行间流露出对李广才略、人品的钦佩和对李广遭遇、结局的同情。

文章对材料的选择和安排颇具匠心。上郡之战等典型战役作为传记的主要构成部分，情节惊心动魄，描述鲜明生动，表现了作者善于通过各具特色的战争场面描写，多角度地刻画人物英雄本色和悲剧命运的才能。而在典型战役之间，作者又插叙一些关于李广生平、治军、爱好的奇闻逸事，不仅使人物形象更加丰满立体，而且使文章行文张弛有度，富有情致。文中对于"中石没镞""画地为军陈，射阔狭以饮""士卒不尽饮，广不近水"等典型细节的描写，更使李广的个性特点跃然纸上。

此外，文中多处运用了对比手法：与匈奴射雕者的对比，突出了李广善射；与程不识的对比，突出了李广治军的特点；与李蔡的对比，突出了李广遭遇的不公。这些对比，对强化人物性格特征、展现李广的独特风采起到了很重要的作用。

【思考题】

一、概括李广这一人物的性格特征。

二、司马迁在这篇传记中倾注了怎样的思想感情？

三、为什么说这篇传记在材料的选择和安排上是颇具匠心的？

四、找出文中的典型细节描写，并指出其意义。

五、谈谈你对李广悲剧命运的看法。

勾践雪耻

《国语》

《国语》是一部国别体历史著作，记载了西周（前 11 世纪—前 771 年）、春秋（前 770—前 476 年）周王朝及诸侯国的人物、事迹、言论，涉及的人物上起周穆王，下至鲁悼公。《国语》的史料来源于各国史官的记录与口述，由后人辑录成书，主要记载历史人物的言论，兼有叙事，分为"周语"三卷、"鲁语"二卷、"齐语"一卷、"晋语"九卷、"郑语"一卷、"楚语"二卷、"吴语"一卷、"越语"二卷，成书时间大概在战国初期。

关于《国语》的作者，学界未有定论。最早传说《国语》为左丘明所作，与《左传》并列，为解说《春秋》的著作。因此，《左传》被称为《春秋内传》，而《国语》则被称为《春秋外传》。近代学者考证，《国语》史料庞杂，自成体系，采集了各国的史官记录，或许与左丘明的记录和讲述有一定的关系。

勾践卧薪尝胆的故事家喻户晓，也得到文艺作品的大力宣传，其中蕴含着重要的历史规律。本文记录的是越王勾践巧妙使用外交手段，得以保存越国的基础，励精图治，忍辱负重，发奋图强，坚定意志，经过了长期准备之后，挥师北上，巧妙布局，最终灭掉吴国，成为春秋后期最后一任霸主的故事。

越王勾践栖于会稽之上[1]，乃号令于三军曰："凡我父兄昆弟及国子姓[2]，有能助寡人谋而退吴者，吾与之共知越国之政[3]。"大夫种进对曰[4]："臣闻之：贾人夏则资皮，冬则资𫄨[5]，旱则资舟，水则资车，以待乏也。夫虽无四方之忧[6]，然谋臣与爪牙之士[7]，不可不养而择也。譬如蓑笠，时雨既至，必求之。今君王既栖于会稽之上，然后乃求谋臣，无乃后乎[8]？"勾践曰："苟得闻子大夫之言[9]，何后之有？"执其手而与之谋。

遂使之行成于吴[10]，曰："寡君勾践乏无所使[11]，使其下臣种，不敢彻声闻于大王[12]，私于下执事曰[13]：寡君之师徒不足以辱君矣[14]，愿以金玉、子女赂君之辱[15]，请勾践女女于王[16]，大夫女女于大夫，士女女于士。越国之宝器毕从[17]，寡君帅越国之众，以从君之师徒，唯君左右之[18]。若以越国之罪为不可赦也，将焚宗庙，系妻孥[19]，沈金玉于江，有带甲五千人将以致死，乃必有偶[20]。是以带甲万人事君也，无乃即伤君王之所爱乎[21]？与其杀是人也，宁其得此国也，其孰利乎？"

夫差将欲听与之成，子胥谏曰[22]："不可。夫吴之与越也，仇雠敌战之国也[23]。三江环之[24]，民无所移，有吴则无越，有越则无吴，将不可改于是矣。员闻之，陆人居陆，水人居水。夫上党之国[25]，我攻而胜之，吾不能居其地，不能乘其车。夫越国，吾攻而胜之，吾能居其地，吾能乘其舟。此其利也，不可失也已，

271

君必灭之。失此利也，虽悔之，必无及已。"

越人饰美女八人纳之太宰嚭[26]，曰："子苟赦越国之罪，又有美于此者将进之。"太宰嚭谏曰："嚭闻古之伐国者，服之而已。今已服矣，又何求焉。"夫差与之成而去之。

勾践说于国人曰："寡人不知其力之不足也，而又与大国执雠，以暴露百姓之骨于中原[27]，此则寡人之罪也。寡人请更。"于是葬死者，问伤者，养生者，吊有忧，贺有喜，送往者，迎来者，去民之所恶，补民之不足。然后卑事夫差，宦士三百人于吴，其身亲为夫差前马[28]。

勾践之地，南至于句无[29]，北至于御儿[30]，东至于鄞[31]，西至于姑蔑[32]，广运百里[33]。乃致其父母昆弟而誓之："寡人闻，古之贤君，四方之民归之，若水之归下也。今寡人不能，将帅二三子夫妇以蕃[34]。"令壮者无取老妇[35]，令老者无取壮妻。女子十七不嫁，其父母有罪；丈夫二十不取，其父母有罪。将免者以告[36]，公令医守之。生丈夫，二壶酒，一犬；生女子，二壶酒，一豚[37]。生三人，公与之母[38]；生二人，公与之饩[39]。当室者死[40]，三年释其政[41]；支子死，三月释其政。必哭泣葬埋之如其子。令孤子、寡妇、疾疹[42]、贫病者，纳官其子[43]。其达士，洁其居[44]，美其服，饱其食，而摩厉之于义[45]。四方之士来者，必庙礼之[46]。勾践载稻与脂于舟以行，国之孺子之游者，无不铺也[47]，无不歠也[48]，必闻其名。非其身之所种则不食，非其夫人之所织则不衣，十年不收于国，民俱有三年之食。

国之父兄请曰："昔者夫差耻吾君于诸侯之国，今越国亦节矣，请报之。"勾践辞曰："昔者之战也，非二三子之罪也，寡人之罪也。如寡人者，安与知耻？请姑无庸战。"父兄又请曰："越四封之内[49]，亲吾君也，犹父母也。子而思报父母之仇，臣而思报君之仇，其有敢不尽力者乎？请复战。"勾践既许之，乃致其众而誓之曰："寡人闻古之贤君，不患其众之不足也，而患其志行之少耻也。今夫差衣水犀之甲者亿有三千[50]，不患其志行之少耻也，而患其众之不足也。今寡人将助天灭之。吾不欲匹夫之勇也，欲其旅进旅退也[51]。进则思赏，退则思刑，如此则有常赏[52]。进不用命，退则无耻，如此则有常刑。"果行，国人皆劝[53]，父勉其子，兄勉其弟，妇勉其夫，曰："孰是君也，而可无死乎？"是故败吴于囿[54]，又败之于没[55]，又郊败之。

夫差行成，曰："寡人之师徒，不足以辱君矣。请以金玉、子女赂君之辱。"勾践对曰："昔天以越予吴，而吴不受命；今天以吴予越，越可以无听天之命，而听君之令乎！吾请达王甬句东，吾与君为二君乎。"夫差对曰："寡人礼先壹饭矣[56]，君若不忘周室[57]，而为弊邑宸宇[58]，亦寡人之愿也。君若曰：'吾将残汝社稷，灭汝宗庙。'寡人请死，余何面目以视于天下乎[59]！"越君其次也，遂灭吴。

【注释】
[1] 越王勾践栖于会稽之上：越王勾践栖息在会稽山上。勾践：越王允常之子。栖：本指居住，此指越王勾践失败后退守会稽。会稽：山名，在今浙江绍兴。
[2] 父兄昆弟：父亲的兄弟及其儿子。国子姓：本指国君的同姓，这里指国内的子民，即百姓。
[3] 共知越国之政：共同掌握治理越国的权力。知：管理，主持。政：政务，政事。
[4] 大夫种（zhǒng）：即文种，越国大夫，字子禽，楚国郢人，入越后，与范蠡同助勾践，终灭吴。功成，文种为勾践所忌，被赐死。
[5] 绤（chī）：细葛布，可做夏衣。
[6] 四方之忧：指外敌入侵。
[7] 爪牙之士：指武士，勇猛的将士。
[8] 无乃后乎：恐怕太晚了吧。无乃：恐怕。后：迟。
[9] 子大夫：对大夫（文种）的尊称。大夫是文种的身份，前面加子表敬重。
[10] 行成：求和并达成协议。
[11] 乏：此指缺乏人才。
[12] 不敢彻声闻于大王：不敢使声音让大王听到。彻：通，达。大王：指吴王。
[13] 下执事：手下的办事官员。
[14] 寡君之师徒不足以辱君：鄙国国君手下的军队不值得您蒙受屈辱亲自讨伐。寡君：鄙国寡德之君，谦卑之语。师徒：指军队士兵。辱君：让您承受屈辱（亲自来讨伐）。这是极度谦卑的说辞。
[15] 赂君之辱：慰劳您的到来。
[16] 请勾践女女于王：请求让勾践的女儿作为大王的婢妾。第一个"女"作为名词，指勾践的女儿，第二个"女"作为动词，指做婢妾。下面的表述同此结构。
[17] 从：跟从，归顺，归属。
[18] 左右：动词，有处置、指使的意思。
[19] 孥（nú）：子女。

[20] 必有偶：必然有相对应的战死者。意为越国五千死士，必然造成吴国军队五千人死亡。偶：相对应。

[21] 伤君王之所爱：损伤吴王的仁爱之心。这里指越民、越器与吴国军民皆为吴王所钟爱。如越人拼死决战，则越民、越器与吴国军民都不免遭受损失，岂不损伤了吴王加爱于吴越两国的仁慈恻隐之心？

[22] 子胥：即伍子胥，吴大臣。

[23] 仇雠（chóu）：仇敌。雠：敌对。

[24] 三江：指钱塘江、吴江、浦阳江，这里说越国与吴国一样，多是水网交错的地方。

[25] 上党之国：此指中原各国。

[26] 太宰嚭（pǐ）：太宰伯嚭，夫差的亲信。太宰：官名。

[27] 中原：此指原野。

[28] 前马：仪仗队中骑马开道的人。

[29] 句无：地名，在今浙江诸暨。

[30] 御儿：地名，在今浙江嘉兴。

[31] 鄞（yín）：地名，在今浙江宁波。

[32] 姑蔑：地名，在今浙江衢州。

[33] 广运百里：方圆百里。东西为广，南北为运。此处指越国的土地已经很狭小了。

[34] 将帅二三子夫妇以蕃：将率领你们各自的家庭在此繁衍生息。二三子：你们，指百姓。蕃：繁衍生息，有增长、壮大的意思。

[35] 取：同"娶"。

[36] 免：同"娩"，指生育。

[37] 豚（tún）：小猪，也泛指猪。

[38] 母：乳母。

[39] 饩（xì）：口粮。

[40] 当室者：长子，嫡子。

[41] 三年释其政：减免三年的赋税。政：同"征"，赋税。

[42] 疹：疾病。

[43] 纳官其子：官府接纳他的儿子，指抚养。

[44] 洁其居：提供整洁的居所。洁，一作"絜"。

[45] 摩厉：同"磨砺"，这里有激励的意思。

[46] 庙礼之：在宗庙里接见，以示尊重。

[47] 铺（bǔ）：提供食物。

[48] 歠（chuò）：给水喝。

[49] 封：疆界，边境。

[50] 衣水犀之甲者亿有三千：穿着用水牛皮、犀牛皮做的铠甲的将士有十万三千人。衣，动词，穿。水犀之甲，水牛牛、犀牛皮制造的铠甲。亿有三千，言吴兵之多。亿，这里指十万。有，同"又"。

[51] 旅进旅退：军队统一行动，服从命令同进退。

[52] 常赏：符合常规、有规则的赏赐，下文的"常刑"指符合常规、有规则的惩罚。

[53] 劝：勉励。

[54] 囿（yòu）：即笠泽，吴地名，在今江苏苏州。

[55] 没：一作"木"，即木渎，吴地名，在今江苏苏州，吴国的都城就在附近。越国进攻吴国，水陆并进。水路由太湖进兵，直达笠泽，已处于吴国都城之南。陆路经石湖、上方山，抵达木渎，形成夹击吴都的态势。

[56] 先壹饭矣：原先有过一个小小的恩惠，指曾有恩于越（指吴王曾同意与越议和）。

[57] 不忘周室：吴是周的同姓，故曰。

[58] 宸宇：一作"寰宇"，指屋檐下，也泛指房屋住处，这里指给吴国一个栖息之地。

[59] 视于天下：被天下人看见，犹言活下来。

【品读】

《国语》以记言为主，很多段都能单独成文，简单介绍事件起因和背景，集中笔墨对人物言论进行描述，在言论描述中，力图挖掘隐藏在言论背后的治国安邦之策。《国语》语言在形象思维和逻辑思维方面都很缜密，又有通俗化、口语化的特点，显得生动活泼。本文主要介绍越王勾践报仇雪耻的故事，在写作技巧上很有借鉴意义。

首先，本文的叙事手法非常高超。本文主旨是勾践灭吴，在开篇就介绍勾践失败，带领五千残兵退守于会稽山，眼看着就要亡国，但没有详细描述五湖之战的经过，营造了一种国家存亡只在旦夕之间的紧张气氛。这时的勾践，是命悬一线、痛定思痛、期望复仇的流亡国君。全文紧紧围绕勾践誓雪国耻这一主要目标展开人物性格特征和故事情节的描写。勾践为了获得一线生机，只能奴颜婢膝，忍辱负重，求和于吴。文章重点描绘了勾践痛下决心、图谋复兴，而不是贪生怕死的心路历程；"败吴于囿，又败之于没，又郊败之"，"遂灭吴"，寥寥16字写勾践多次出征，终于灭吴的过程，简约而有力。

其次，本文的人物语言描写非常生动，通过政治家、战略家的个性化语言，来展现特定历史环境下不同人物的性格。勾践对国人的话语，亲切诚恳；勾践出师的训令，英姿勃发，铿锵有力。本文通过勾践的前后语言对比，刻画了一个深谋远虑、忍辱负重、苦心复国的君主形象。文种的说辞，符合其身份以及当时紧迫严峻的形势，同时也展现了他足智多谋、智勇双全、忠心耿耿的谋略家风采。伍子胥为吴王夫差分析吴越形势，精辟雄辩，气势夺人，逻辑严密，体现了他的战略眼光和军事才能。太宰伯嚭向吴王夫差的进言，隐含了其好大喜功、贪财好色的特点。吴王夫差的言辞暴露了他优柔寡断、缺乏远见、是非不明、狂妄自大的致命弱点。

最后，对比手法的运用使本文异常出彩。越王勾践与吴王夫差、文种与伯嚭、吴越之间的对弈，说明不同的处事原则、不同的用心、不同的人物参与甚至决策，会导致不同的结果。

【思考题】

一、越王勾践为复兴越国主要采取了哪些措施？

二、吴王夫差为什么接受越国的求和？

三、根据本文的内容，谈谈你对"同仇敌忾"的理解。

四、简要分析文中几个主要人物的性格特征。

五、结合本文，进行扩展阅读，熟悉成语"鸟尽弓藏""兔死狗烹"的故事。

吊古战场文^[1]

李 华

李华（约715—766年），字遐叔，赵州赞皇（今属河北）人，唐代文学家，开元二十三年（735年）中进士，历任秘书省校书郎、右补阙、检校吏部员外郎，后以病辞官。李华为盛唐时期的著名古文家，与萧颖士齐名，并称"萧李"，为唐代古文运动的先驱。有《李遐叔文集》。

浩浩乎平沙无垠^[2]，敻不见人^[3]，河水萦带^[4]，群山纠纷^[5]。黯兮惨悴^[6]，风悲日曛^[7]。蓬断草枯^[8]，凛若霜晨^[9]。鸟飞不下，兽铤亡群^[10]。亭长告余曰^[11]："此古战场也，常覆三军^[12]。往往鬼哭，天阴则闻。"伤心哉！秦欤？汉欤？将近代欤^[13]？

吾闻夫齐、魏徭戍^[14]，荆、韩召募^[15]。万里奔走，连年暴露^[16]。沙草晨牧^[17]，河冰夜渡。地阔天长，不知归路。寄身锋刃，腷臆谁诉^[18]？秦、汉而还，多事四夷^[19]。中州耗斁^[20]，无世无之。古称戎、夏^[21]，不抗王师^[22]。文教失宣^[23]，武臣用奇^[24]。奇兵有异于仁义，王道迂阔而莫为^[25]。呜呼噫嘻！

吾想夫北风振漠，胡兵伺便^[26]，主将骄敌，期门受战^[27]。野竖旄旗^[28]，川回组练^[29]。法重心骇^[30]，威尊命贱^[31]。利镞穿骨^[32]，惊沙入面。主客相搏，山川震

眩。声折江河，势崩雷电。至若穷阴凝闭[33]，凛冽海隅[34]，积雪没胫，坚冰在须，鸷鸟休巢，征马踟蹰[35]。缯纩无温[36]，堕指裂肤[37]。当此苦寒，天假强胡[38]，凭陵杀气[39]，以相剪屠[40]。径截辎重，横攻士卒。都尉新降[41]，将军覆没。尸填巨港之岸[42]，血满长城之窟。无贵无贱，同为枯骨。可胜言哉[43]！鼓衰兮力尽，矢竭兮弦绝，白刃交兮宝刀折，两军蹙兮生死决[44]。降矣哉？终身夷狄。战矣哉？暴骨沙砾[45]。鸟无声兮山寂寂，夜正长兮风淅淅。魂魄结兮天沉沉[46]，鬼神聚兮云幂幂[47]。日光寒兮草短，月色苦兮霜白。伤心惨目，有如是耶？

吾闻之：牧用赵卒[48]，大破林胡[49]，开地千里，遁逃匈奴。汉倾天下[50]，财殚力痡[51]。任人而已，其在多乎[52]？周逐猃狁[53]，北至太原[54]，既城朔方[55]，全师而还。饮至策勋[56]，和乐且闲，穆穆棣棣[57]，君臣之间。秦起长城，竟海为关[58]，荼毒生灵[59]，万里朱殷[60]。汉击匈奴[61]，虽得阴山，枕骸遍野，功不补患。

苍苍蒸民[62]，谁无父母？提携捧负，畏其不寿。谁无兄弟，如足如手？谁无夫妇，如宾如友？生也何恩[63]？杀之何咎[64]？其存其没，家莫闻知。人或有言，将信将疑。悁悁心目[65]，寝寐见之。布奠倾觞[66]，哭望天涯。天地为愁，草木凄悲。吊祭不至，精魂何依？必有凶年[67]，人其流离[68]。呜呼噫嘻！时耶？命耶？从古如斯。为之奈何？守在四夷[69]。

【注释】

[1] 吊古战场文：本文约作于唐天宝年间。李华曾奉使朔方（今雁北一带），目睹了北方古战场的景象，不满于开元、天宝年间唐玄宗好大喜功，边将邀功求赏，以致战乱不断、百姓流离失所的情况，写下此文。文中所谓古战场，表面是泛指，其实是指当时北方边境。

[2] 无垠：无边无际。

［3］夐（xiòng）：远。

［4］萦带：环绕。

［5］纠纷：纷乱。

［6］黯兮：黯然，沮丧。惨悴：凄凉。

［7］曛（xūn）：天色昏暗。

［8］蓬：多年生草本植物，枯后根断，随风乱飞，因而又名"飞蓬"。

［9］凛：寒冷。

［10］铤：快速奔走。亡：失。

［11］亭长：地方小吏，管治安等事。

［12］常：通"尝"，曾经。三军：泛指军队。

［13］将：抑或，还是。

［14］徭戍：徭役，劳役。

［15］荆：楚国。

［16］暴露：露宿野外，受烈日炙烤、风雨吹打。

［17］沙草：沙漠和草原。

［18］愊（bì）臆：苦闷的心情。

［19］事：指战事，战争。四夷：四方的少数民族。"夷"与下文的"戎""狄"等都是古代汉族统治者对四方少数民族的称呼。

［20］中州：中原。耗：消耗，破坏。

［21］戎、夏：此指四方各族及中原人民。

［22］不抗王师：古人以为，天子以礼乐教化安天下，其军队乃仁义之师，有征无战，天下都不能抵抗。

［23］文教：指古代君主用以统治天下的典章制度、礼乐教化等。失宣：没有得到宣扬、提倡。

［24］用奇：用奇兵妙计。

［25］王道：以仁义治天下的法则。莫为：无人实施。

［26］胡兵：指北方少数民族的军队。伺便：犹言趁便，乘机。

［27］期门受战：到敌人袭至军营才被动应战。期门：军营的大门。

［28］旄旗：古代用牦牛尾做竿饰的旗子。

［29］川：平川，原野。组练：组甲和被练，是古代战士所穿的衣甲服装，代指军队。

［30］法重：军法严苛。

［31］命贱：指士兵心里害怕触犯军法，只得拼死作战。

［32］镞（zú）：箭头。

［33］至若：至于。穷阴：穷冬，极寒之时。

［34］海隅：西北极远之地。

［35］踟蹰：徘徊不前。

［36］缯纩（zēng kuàng）：指冬天穿的衣服。缯，丝织品。纩，丝绵。

〔37〕堕指：手指都冻掉。

〔38〕天假：指上天给敌人以可乘之机。假，借给。

〔39〕凭凌：横行，猖獗。

〔40〕剪屠：杀戮。

〔41〕都尉：比将军级别略低的军官。

〔42〕巨港：大河。

〔43〕胜言：尽言。

〔44〕蹙（cù）：迫近，逼近。

〔45〕暴骨：暴露尸骨，指死于郊野。

〔46〕魂魄结：死者的阴魂集结。沉沉：昏暗无光。

〔47〕冥（mì）冥：阴森凄惨的样子。

〔48〕牧用赵卒：战国末年，赵国良将李牧守雁门郡（今山西宁武、代县一带），大破匈奴，降服林胡，匈奴首领单于逃脱，其后十余年匈奴不敢靠近赵国边境。

〔49〕林胡：匈奴的一个部族。

〔50〕汉倾天下：据《史记·匈奴列传》记载，汉初，刘邦率兵出击匈奴，中计被围，结和亲之约，汉每年向匈奴提供财物，以求边境安定，但边患始终未除。

〔51〕殚（dān）：竭，尽。痡（pū）：疲倦，衰竭。

〔52〕其：岂，难道。

〔53〕猃狁（xiǎn yǔn）：北方少数民族。

〔54〕太原：今宁夏固原一带，一说在今甘肃平凉。

〔55〕城：筑城。

〔56〕饮至：古代军队出征凯旋，要到宗庙告祭，饮酒庆贺，称为"饮至"。策勋：把功勋写在简策上。

〔57〕穆穆棣棣：形容仪态端庄美好，优雅恭敬。

〔58〕竟海为关：长城东端直至山海关，已临海，故云。竟，至。

〔59〕荼（tú）毒生灵：残害百姓。

〔60〕朱殷（yān）：指鲜血。朱，红色。殷，赤黑色。

〔61〕汉击匈奴：据《史记·匈奴列传》记载，汉武帝时，卫青、霍去病北征匈奴，控制了今河套地区及阴山山脉一带，但汉军亦死亡数万。

〔62〕苍苍：众多貌。蒸民：众民。

〔63〕恩：君王的恩德。

〔64〕咎：罪过。

〔65〕悁（juān）悁：忧郁的样子。

〔66〕布奠倾觞：把酒倒在地上祭奠死者。布奠：设祭。

〔67〕凶年：荒年。古时战争之后，必有荒年。

〔68〕其：将要。

〔69〕守在四夷：语出《左传·昭公二十三年》，"古者天子守在四夷"。意为君王施仁政，行王道，那么四方边境的外族都会为天子守卫国土，就可以免于战争。

【品读】

　　边患不靖，是中国古代长期存在的一个重大问题。作者凭吊古战场，回顾边患历史，体察百姓苦难，有针对性地尖锐指出：边战不息的原因，有时也在本国君王好战，边将邀功，"多事四夷"，致使士卒死伤无数，百姓流离失所。作者主张，为政应重在宣文教，施仁义，行王道，睦邻友好，方得"守在四夷"之效，足见其用心可贵，精神可嘉。

　　文章从描绘古战场的悲凉景色入手，以"常覆三军"作为行文纲领，展开对边境战事的历史回顾和场景描绘，重点描述不义之战的残酷性、危害性和古战场阴森惨淡的景象、气氛，揭示不义之战的根源是某些君王、边将"多事四夷"，而"多事四夷"的根源在于"文教失宣"，从而归结出君王应施仁政、行王道的主旨。

　　作者想象力丰富，描述亦见功力，无论是"声折江河，势崩雷电"的总体描述，还是"利镞穿骨，惊沙入面"的细致刻画，都可谓简洁生动。"河水萦带，群山纠纷"描写了古战场悲凉肃杀的景象，作者还在其中倾注了悲怆沉痛的情感，将惨淡之景与惨痛之情融为一体，读来令人深受触动。

　　文章以四言为主，多骈偶，多用韵，给人以整齐匀称的美感。"吾闻夫""吾想夫""吾闻之"等散句的点缀，又使文章有舒展和流畅之美。

【思考题】

　　一、本文的主旨是否是"守在四夷"？

　　二、有人以为，本文对战争的看法有失偏颇，情调也太凄惨。你如何看待这种观点？

　　三、具体分析本文的抒情与写景是如何密切交融，以共同表现作品主旨的。

第八单元　咏史怀古

官渡之战[1]

罗贯中

罗贯中（生卒年不详，约1330—1400年），名平，号湖海散人。其主要文学成是小说。代表作品《三国演义》，是我国第一部章回体长篇历史小说，作品采用历史真实和艺术虚构相结合、现实主义和理想主义相结合的手法，详尽地反映了东汉末年军阀混战的社会现实，描写了统治者之间的政治斗争，既是一部卓越的文学名著，又是一部生动的战争教科书，对后世的小说、戏曲等产生了重大影响。其他作品有《隋唐两朝志传》《残唐五代史演义》《三遂评妖传》等。

却说曹操守官渡，自八月起，至九月终，军力渐乏，粮草不继。意欲弃官渡退回许昌，迟疑未决，乃作书遣人赴许昌问荀彧。彧以书报之。书略曰："承尊命，使决进退之疑。愚以袁绍悉众聚于官渡，欲与明公决胜负，公以至弱当至强，若不能制，必为所乘。是天下之大机也。绍军虽众，而不能用；以公之神武明哲，何向而不济！今军实虽少，未若楚、汉在荥阳、成皋间也。公今画地而守，扼其喉而使不能进，情见势竭，必将有变。此用奇之时，断不可失。惟明公裁察焉。"曹操得书大喜，令将士效力死守。

绍军约退三十余里，操遣将出营巡哨。有徐晃部将史涣，获得袁军细作，解见徐晃。晃问其军中虚实。答曰："早晚大将韩猛运粮至军前接济，先令我等探路。"徐晃便将此事报知曹操。荀攸曰："韩猛匹夫之勇耳。若遣一人引轻骑数千，从半路击之，断其粮草，绍军自乱。"操曰："谁人可往？"攸曰："即遣徐晃可也。"操遂差徐晃将带史涣并所部兵先出，后使张辽、许褚引兵救应。当夜韩猛押粮车数千辆，解赴绍寨。正走之间，山谷内徐晃、史涣引军截住去路。韩猛飞马来战，徐晃接住厮杀。史涣便杀散人夫，放火焚烧粮车。韩猛抵挡不住，拨回马走。徐晃催军烧尽辎重[2]。袁绍军中，望见西北上火起，正惊疑间，败军投来："粮草被劫！"绍急遣张郃、高览去截大路，正遇徐晃烧粮而回，恰欲交锋，背后张辽、许褚军到。两下夹攻，杀散袁军，四将合兵一处，回官渡寨中。曹操大喜，重加赏劳。又分军于寨前结营，为掎角之势[3]。

却说韩猛败军还营，绍大怒，欲斩韩猛，众官劝免。审配曰："行军以粮食为重，不可不用心提防。乌巢乃屯粮之处[4]，必得重兵守之。"袁绍曰："吾筹策已定。汝可回邺都监督粮草[5]，休教缺乏。"审配领命而去。袁绍遣大将淳于琼，部领督将眭元进、韩莒子、吕威璜、赵睿等，引二万人马，守乌巢。那淳于琼性刚好酒，军士多畏之；既至乌巢，终日与诸将聚饮。且说曹操军粮告竭，急发使往许昌教荀彧作速措办粮草，星夜解赴军前接济。使者赍书而往[6]，行不上三十里，被袁军捉住，缚见谋士许攸。那许攸字子远，少时曾与曹操为友，此时却在袁绍处为谋士。当下搜得使者所赍曹操催粮书信，径来见绍曰："曹操屯军官渡，与我相持已久，许昌必空虚；若分一军星夜掩袭许昌，则许昌可拔，而操可擒也。今操粮草已尽，正可趁此机会，两路击之。"绍曰："曹操诡计极多，此书乃诱敌之计也。"攸曰："今若不取，后将反受其害。"正话间，忽有使者自邺郡来，呈上审配书。书中先说运粮事；后言许攸在冀州时，尝滥受民间财物，且纵令子侄辈多科税，钱粮入己，今已收其子侄下狱矣。绍见书大怒曰："滥行匹夫！尚有面目于吾前献计耶！汝与曹操有旧，想今亦受他财贿，为他作奸细，啜赚吾军耳[7]！本当斩首，今权且寄头在项！可速退出，今后不许相见！"许攸出，仰天叹曰："忠言逆耳，竖子不足与谋！吾子侄已遭审配之害，吾何颜复见冀州之人乎！"遂欲拔剑自刎。左右夺剑劝曰："公何轻生至此？袁绍不纳直言，后必为曹操所擒。公既与曹公有旧，何不弃暗投明？"只这两句言语，点醒许攸；于是许攸径投曹操。后人有诗叹曰："本初豪气盖中华，官渡相持枉叹嗟。若使许攸谋见用，山河争得属曹家？"却说许攸暗步出营，径投曹寨，伏路军人拿住。攸曰："我是曹丞相故友，快与我通报，说南阳许攸来见。"军士忙报入寨中。时操方解衣歇息，闻说许攸私奔到寨，大喜，不及穿履，跣足出迎[8]，遥见许攸，抚掌欢笑，携手共入，操先拜于地。攸慌扶起曰："公乃汉相，吾乃布衣，何谦恭如此？"操曰："公乃操故友，岂敢以名爵相上下乎！"攸曰："某不能择主，屈身袁绍，言不听，计不从，今特弃之来见故人。愿赐收录。"操曰："子远肯来，吾事济矣！愿即教我以破绍之计。"攸曰："吾曾教袁绍以轻骑乘虚袭许都，首尾相攻。"操大惊曰："若袁绍用子言，吾事败矣。"攸曰："公今军粮尚有几何？"操曰："可支一年。"攸笑曰："恐未必。"操曰："有半年耳。"攸拂袖而起，趋步出帐曰："吾以诚相投，而公见欺如是，岂吾所望哉！"操挽留曰："子远勿嗔，尚容实诉：军中粮实可支三月耳。"攸笑曰："世人皆言孟德奸雄，今果然也。"操亦笑曰："岂不闻兵不厌诈！"遂附耳低言："军中止有此月之粮。"攸大声曰："休瞒我！粮已尽矣！"操愕然曰："何以知之？"攸乃出操与荀彧之书以示之曰："此书何人所写？"操惊问曰："何处得之？"攸以获使之事相告。操执其手曰："子远既念旧交而来，愿即有以教我。"攸曰："明公以孤军抗大敌，而不求急胜之方，此取死之道也。攸有一策，不过三日，使袁绍百万之众，不战自破。明公还肯听否？"操喜曰："愿闻良策。"攸曰："袁绍军粮辎重，尽积乌巢，今拨淳于琼把守，琼嗜酒无备。公可选精兵诈称袁将蒋奇领兵到彼护粮，乘间烧其粮草辎重，则绍军不三日将自乱矣。"操大喜，重待许攸，留于寨中。

次日，操自选马步军士五千，准备往乌巢劫粮。张辽曰："袁绍屯粮之所，安得无备？丞相未可轻往，恐许攸有诈。"操曰："不然，许攸此来，天败袁绍。今吾军粮不给，难以久持；若不用许攸之计，是坐而待困也。彼若有诈，安肯留我寨中？且吾亦欲劫寨久矣。今劫粮之举，计在必行，君请勿疑。"辽曰："亦须防袁绍乘虚来袭。"操笑曰："吾已筹之熟矣。"便教荀攸、贾诩、曹洪同许攸守大寨，夏侯惇、夏侯渊领一军伏于左，曹仁、李典领一军伏于右，以备不虞。教张辽、许褚在前，徐晃、于禁在后，操自引诸将居中。共五千人马，打着袁军旗号，军士皆束草负薪，人衔枚，马勒口，黄昏时分，望乌巢进发。是夜星光满天。且说沮授被袁绍拘禁在军中，是夜因见众星朗列，乃命监者引出中庭，仰观天象。忽见太白逆行[9]，侵犯牛、斗之分[10]，大惊曰："祸将至矣！"遂连夜求见袁绍。时绍已醉卧，听说沮授有密事启报，唤入问之。授曰："适观天象，见太白逆行于柳、鬼之间[11]，流光射入牛、斗之分，恐有贼兵劫掠之害。乌巢屯粮之所，不可不提备。宜速遣精兵猛将，于间道山路巡哨，免为曹操所算。"绍怒叱曰："汝乃得罪之人，何敢妄言惑众！"因叱监者曰："吾令汝拘囚之，何敢放出！"遂命斩监者，另唤人监押沮授。授出，掩泪叹曰："我军亡在旦夕，我尸骸不知落何处也！"后人有诗叹曰："逆耳忠言反见仇，独夫袁绍少机谋。乌巢粮尽根基拔，犹欲区区守冀州。"却说曹操领兵夜行，前过袁绍别寨，寨兵问是何处军马。操使人应曰："蒋奇奉命往乌巢护粮。"袁军见是自家旗号，遂不疑惑。凡过数处，皆诈称蒋奇之兵，并无阻碍。及到乌巢，四更已尽。操教军士将束草周围举火，众将校鼓噪直入。时淳于琼方与众将饮了酒，醉卧帐中；闻鼓噪之声，连忙跳起问："何故喧闹？"言未已，早被挠钩拖翻。眭元进、赵睿运粮方回，见屯上火起，急来救应。曹军飞报曹操，说："贼兵在后，请分军拒之。"操大喝曰："诸将只顾奋力向前，待贼至背后，方可回战！"于是众军将无不争先掩杀。一霎时，火焰四起，烟迷太空。眭、赵二将驱兵来救，操勒马回战。二将抵敌不住，皆被曹军所杀，粮草尽行烧绝。淳于琼被擒见操，操命割去其耳鼻手指，缚于马上，放回绍营以辱之。

却说袁绍在帐中，闻报正北上火光满天，知是乌巢有失，急出帐召文武各官，商议遣兵往救。张郃曰："某与高览同往救之。"郭图曰："不可。曹军劫粮，曹操必然亲往；操既自出，寨必空虚，可纵兵先击曹操之寨；操闻之，必速还：此孙膑围魏救赵之计也。"张郃曰："非也。曹操多谋，外出必为内备，以防不虞。今若攻操营而不拔，琼等见获，吾属皆被擒矣。"郭图曰："曹操只顾劫粮，岂留兵在寨耶！"再三请劫曹营。绍乃遣张郃、高览引军五千，往官渡击曹营；遣蒋奇领兵一万，往救乌巢。且说曹操杀散淳于琼部率，尽夺其衣甲旗帜，伪作淳于琼部下收军回寨，至山僻小路，正遇蒋奇军马。奇军问之，称是乌巢败军奔回，奇遂不疑，驱马径过。张辽、许褚忽至，大喝："蒋奇休走！"奇措手不及，被张辽斩于马下，尽杀蒋奇之兵。又使人当先伪报云："蒋奇已自杀散乌巢兵了。"袁绍因不复遣人接应乌巢，只添兵往官渡。

却说张郃、高览攻打曹营，左边夏侯惇、右边曹仁、中路曹洪，一齐冲出：三下攻击，袁军大败。比及接应军到，曹操又从背后杀来，四下围住掩杀。张郃、高览夺路走脱。袁绍收得乌巢败残军马归寨，见淳于琼耳鼻皆无，手足尽落。绍问："如何失了乌巢？"败军告说："淳于琼醉卧，因此不能抵敌。"绍怒，立斩之。郭图恐张郃、高览回寨证对是非，先于袁绍前谮曰："张郃、高览见主公兵败，心中必喜。"绍曰："何出此言？"图曰："二人素有降曹之意，今遣击寨，故意不肯用力，以致损折士卒。"绍大怒，遂遣使急召二人归寨问罪。郭图先使人报二人云："主公将杀汝矣。"及绍使至，高览问曰："主公唤我等为何？"使者曰："不知何故。"览遂拔剑斩来使。郃曰："袁绍听信谗言，必为曹操所擒；吾等岂可坐而待死？不如去投曹操。"郃曰："吾亦有此心久矣。"

于是二人领本部兵马，往曹操寨中投降。夏侯惇曰："张、高二人来降，未知虚实。"操曰："吾以恩遇之，虽有异心，亦可变矣。"遂开营门命二人入。二人倒戈卸甲，拜伏于地。操曰："若使袁绍肯从二将军之言，不至有败。今二将军肯来相投，如微子去殷[12]，韩信归汉也[13]。"遂封张郃为偏将军、都亭侯，高览为偏将军、东莱侯。二人大喜。

却说袁绍既去了许攸，又去了张郃、高览，又失了乌巢粮，军心惶惶。许攸又劝曹操作速进兵；张郃、高览请为先锋；操从之，即令张郃、高览领兵往劫绍寨。当夜三更时分，出军三路劫寨。混战到明，各自收兵，绍军折其大半。

荀攸献计曰："今可扬言调拨人马，一路取酸枣，攻邺郡；一路取黎阳，断袁兵归路。袁绍闻之，必然惊惶，分兵拒我；我乘其兵动时击之，绍可破也。"操用其计，使大小三军，四远扬言。绍军闻此信，来寨中报说："曹操分兵两路：一路取邺郡，一路取黎阳去也。"绍大惊，急遣袁谭分兵五万救邺郡，辛明分兵五万救黎阳，连夜起行。

曹操探知袁绍兵动，便分大队军马，八路齐出，直冲绍营。袁军俱无斗志，四散奔走，遂大溃。袁绍披甲不迭，单衣幅巾上马；幼子袁尚后随。张辽、许褚、徐晃、于禁四员将，引军追赶袁绍。绍急渡河，尽弃图书车仗金帛，止引随行八百余骑而去。操军追之不及，尽获遗下之物。所杀八万余人，血流盈沟，溺水死者不计其数。

操获全胜，将所得金宝缎匹，给赏军士。于图书中检出书信一束，皆许褚及军中诸人与绍暗通之书。左右曰："可逐一点对姓名，收而杀之。"操曰："当绍之强，孤亦不能自保，况他人乎？"遂命尽焚之，更不再问。

却说袁绍兵败而奔，沮授因被囚禁，急走不脱，为曹军所获，擒见曹操。操素与授相识。授见操，大呼曰："授不降也！"操曰："本初无谋，不用君言，君何尚执迷耶？吾若早得足下，天下不足虑也。"因厚待之，留于军中。授乃于营中盗马，欲归袁氏。操怒，乃杀之。授至死神色不变。操叹曰："吾误杀忠义之士也！"命厚礼殡殓，为建坟安葬于黄河渡口，题其墓曰："忠烈沮君之墓。"后人有诗赞曰："河北多名士，忠贞推沮君。凝眸知阵法，仰面识天文。至死心如铁，临危气似云。曹公钦义烈，特与建孤坟。"操下令攻冀州。正是势弱只因多算胜，兵强却为寡谋亡。

【注释】

［1］官渡之战：选自《三国演义》第三十回。官渡：古地名，在今河南中牟县东北。

［2］辎重：军用物资。

［3］犄角：牛犄角。犄角之势：作战时将兵力相应地分散开，以便牵制敌人或相互支援。

［4］乌巢：古泽名，在今河南延津县东南。

［5］邺都：即下文的"邺郡"，治所在今河南安阳（一说河北邯郸）。

［6］赍书：送信。

［7］啜赚：哄骗，欺骗。

［8］跣足：赤脚。

［9］太白：星名。

［10］牛、斗：星宿名。

［11］柳、鬼：星宿名。

［12］微子去殷：殷纣王的兄长见纣王无道，数谏不听，遂离开纣王。

［13］韩信归汉：韩信初属项羽，因不满项羽的刚愎自用，遂归汉，为刘邦所用。

【品读】

官渡之战是军事史上一场著名的战役，也是《三国演义》重点描写的重大战役之一。在官渡相持中，曹操与袁绍在兵力上相差悬殊，在后勤保障上也面临诸多困难。曹操在听从荀彧的劝告后，决心继续坚守，并对袁绍的后勤保障线进行攻击，但并未对袁绍构成威胁，曹操为此正苦闷万分，恰好袁绍谋士许攸前来投靠。在与许攸的对话中，曹操机智狡诈的性格可见一斑。许攸献计劫乌巢之粮，曹操认真权衡后，认为若不用许攸之计，只能坐而待毙。于是，在进行了周密的布置之后，曹操夜晚突袭乌巢，使袁军粮草化为灰烬，袁军内部也发生了争斗，从此曹胜袁败便成定局。

作者写曹操的胜利，虽然只抓住了几个偶然事件，即许攸来降、淳于琼醉酒、张郃与高览叛归等，但在偶然中展示了其胜利的必然性。作者通过将曹操"大喜"与袁绍"大怒"进行对比，表现了曹操善于听取意见的大将风度，反映了袁绍主观武断、粗暴蛮横的性格特征，从而揭示了袁绍失败的必然性。

【思考题】

一、许攸问粮一段揭示了曹操怎样的性格？

二、官渡之战反映了哪些战争规律？

三、通过学习这场战争，你认为战争指挥员需要具备怎样的才能和素质？

四、试举例分析文中人物语言的特点。

西江月·井冈山[1]

毛泽东

毛泽东（1893—1976年），字润之，湖南湘潭人。伟大的马克思主义者，伟大的无产阶级革命家、战略家、理论家，中国共产党和各族人民的伟大领袖和导师。早年即开始革命活动，是中国共产党和中国人民解放军的缔造者和领导人。他将马克思主义和中国革命的具体实践相结合，并汇集全党的智慧及革命实践经验，创立了毛泽东思想。他为创建中华人民共和国和推进社会主义事业的发展，建立了不朽的功勋。其诗词在内容上博大精深，在艺术上独具魅力，被翻译成多种文字出版。

山下旌旗在望[2]，山头鼓角相闻[3]。
敌军围困万千重，我自岿然不动[4]。
早已森严壁垒，更加众志成城[5]。
黄洋界上炮声隆[6]，报道敌军宵遁。

【注释】

[1] 本文作于1928年秋，最早发表于《诗刊》。

[2] 山下：指井冈山下。

[3] 鼓角：本指古代军中所用的战鼓与号角，当时已有军号，此处为借指。

[4] 岿然不动：形容坚如磐石，牢不可破。

[5] 众志成城：即"众心成城"，典出《国语·周语下》。

[6] 黄洋界：又称汪洋界，井冈山的哨口之一，是进入井冈山腹地的必经之处。

【品读】

1927年大革命失败后，毛泽东遵照党的路线方针，回湖南发动秋收起义，并很快将起义部队带上井冈山。1928年，湘赣敌军奉蒋介石之命，屡次进犯井冈山。当时，井冈山守军不足一营，人员不足2000人。大敌当前，全体军民众志成城，打退了敌人的进攻，保卫了革命根据地。毛泽东得到喜讯后，写下了这首《西江月·井冈山》。

全词从视觉和听觉两方面起笔，描写了敌军的嚣张和我军的严阵以待，接着写全体军民临危不惧，在战略上藐视敌人的英雄气概。"山下旌旗在望，山头鼓角相闻"概括了红军士气高昂、严阵以待的雄壮声势，为全词的雄伟气势以及红军的胜利做了铺垫。黄洋界处在井冈山上很高的位置，从这里向下远望各山头，到处是红军迎风招展的战旗；到处军号长鸣，战鼓齐奏，说明红军正严阵以待。作者写"旌旗在望"，其实并没有飘扬的旗子，都是卷起的，"旌旗"更加形象，红军和井冈山一带的地方武装都在坚守井冈山，山下并没有全部被敌人占领。"敌军围困万千重，我自岿然不动"用夸张的手法写敌人人多势众，气焰嚣张，红军被敌人包围，但在敌强我弱的严峻形势下，英勇的红军毫不畏惧，沉着应战，泰然自若，展现了大无畏的英雄气概。虽然敌人在数量上占了优势，把红军一层又一层地包围起来，但"岿然"一词充分表现了红军临危不惧的雄姿。

词的下阕写保卫战的胜利。由于早有准备，全体军民在敌军进犯时能够众志成城，将敌人打得落花流水。全词语言慷慨激昂，气势雄浑，细节典型真实，在对比和反衬中，表达了作者对于战胜敌人的乐观和自信。"早已森严壁垒，更加众志成城"写红军已预料到了敌人会前来围攻，早就做好了充分的准备，筑好了防御工事，戒备森严，军民团结一致，英勇抗敌的情景，指明了红军战胜敌人的原因。"黄洋界上炮声隆，报道敌军宵遁"指明了具体的战场（黄洋界）和战斗结果，即战斗取得了胜利。这胜利是通过"炮声"传递的，既巧妙地嘲笑了敌人，又有力地鼓舞了军民。

【思考题】

一、请分析此词在哪些方面进行了对比，取得了怎样的艺术效果。

二、这首词抒发了作者怎样的思想感情？

与本书配套的二维码资源使用说明

　　本书部分课程及与纸质教材配套数字资源以二维码链接的形式呈现。利用手机微信扫码成功后提示微信登录，授权后进入注册页面，填写注册信息。按照提示输入手机号码，点击获取手机验证码，稍等片刻收到 4 位数的验证码短信，在提示位置输入验证码成功，再设置密码，选择相应专业，点击"立即注册"，注册成功。（若手机已经注册，则在"注册"页面底部选择"已有账号，立即登录"，进入"账号绑定"页面，直接输入手机号和密码登录。）接着提示输入学习码，须刮开教材封底防伪涂层，输入 13 位学习码（正版图书拥有的一次性使用学习码），输入正确后提示绑定成功，即可查看二维码数字资源。手机第一次登录查看资源成功以后，再次使用二维码资源时，在微信端扫码即可登录进入查看。（需要获取本书数字资源，可联系编辑宋焱：15827068411）